启 真 照 亮 经 典

启真馆 出品

孩子害怕黑暗，情有可原；
人生真正的悲剧，是成人害怕光明。

启真照亮经典系列

浮士德

（插图本）

[德] 歌德　著

[法] 德拉克洛瓦　等绘

周学普　译

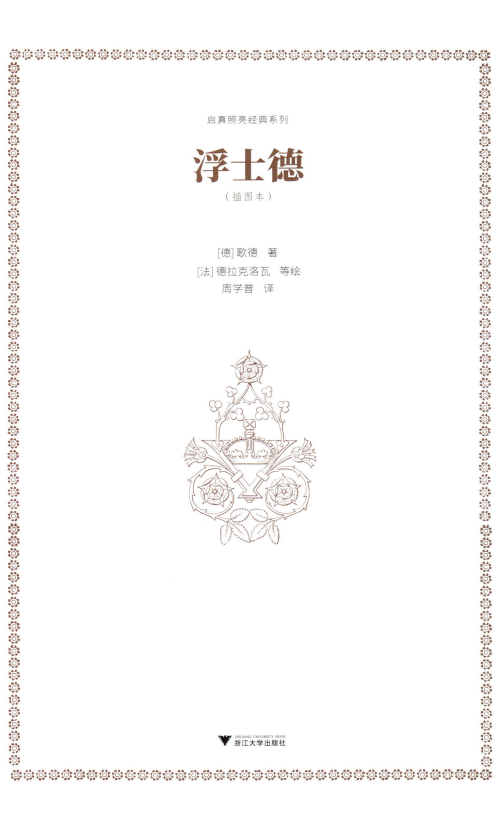

ZHEJIANG UNIVERSITY PRESS
浙江大学出版社

　　本书采用德文教授周学普先生的译本，此译本被称为学者翻译《浮士德》的经典译作之一。
　　本书插画来自德拉克洛瓦、恩格尔伯特·西贝茨、罗特列克、雷东、蒙蒂切利的作品。

欧仁·德拉克洛瓦《歌德像》

15.1cm×15.4cm 1826—1827 年

德拉克洛瓦美术馆

欧仁·德拉克洛瓦《画家自画像》

65cm×54.5cm　1837 年

卢浮宫博物馆

欧仁·德拉克洛瓦《梅非斯特和浮士德》

45.5cm×37.7cm　1827—1828 年

伦敦华勒斯典藏馆

欧仁·德拉克洛瓦《受伤的华伦亭》

32.5cm×24.3cm 1830 年

慕尼黑新绘画陈列馆

欧仁·德拉克洛瓦《华伦亭之死》

82cm×65cm　1847 年

不来梅艺术馆

欧仁·德拉克洛瓦《教堂的玛格莱特》

56cm×46.5cm 1850 年

巴塞尔美术馆

图文交织的时代

　　早在文字发明以前，苏美人的泥板书就是辅助记忆的基本工具，但是单纯用于记录数字讯息。之后在代表数字的刻痕旁出现了不同的图案，以代表商品（牲畜、蔬果、物品）或人名。初始的图像符号体系之所以能作为记录支出与收入的备忘录，是因为其早已应用在艺术品上，特别是彩绘陶瓶上。原本在丧葬、祭祀和日常用品上出现的个人和神祇的"名"就是以人像表现的，其中揉合了敬佩、畏惧、爱慕和主宰之情，既是心情，也是面对世界的态度。这意味着在文字诞生之前，我们已经可以界定诗意和贸易记事是两种不同的需求，若不考虑这两种因素，文字就无法成史。

　　在书写的发展历程中，至少有两千年的时间游移在图案文字之间。古埃及的浅浮雕和墓穴图画中的人像旁总有几行竖行的文字，那是人物的对白，就跟今天的漫画一样。有趣的是这些抽象化、以侧脸示人的人像似乎也成为一种图形字符，只是大小有所不同。而古埃及人所发明的圣书体文字，共有 21 个字母符号（而且已经包含了今天我们使用的子音），以及其他代表字母群、字谜的符号，用以理解其他符号意义的符号；但依然被归入人物世界，突显了漫画和埃及文字演变之间的相似性。

　　早期人类的艺术活动开始对不同事物的外形、状态、动作及特征等进行模仿和描绘，也跟书写游移在图像与文字之间有关。不同于文字表意的功能。在所有的人类壁画、岩画和雕塑中，我们可以看到各种各样的动物、男人和女人的形象。从这些原始、简陋的绘画和雕塑中，女人的乳房和外阴部，男人的阳物往往是最突出、最引人注目的，这无非是人类生殖器崇拜时期的一种表现。

现代意义上的漫画所有的夸张、放大事物本质特征的手法，只是在人们发现了事物和人体普遍的内在和谐之后，才开始使用的，而这种和谐与平衡的规律，集中体现在合理的比例关系上。希腊人首先将这些比例关系确定下来并运用到艺术创造中，从此漫画便从绘画中分离出来。

人们把插图看成是附属于文本的图画或其他视觉形象，和图像文字的发展一样，绘画和书写两者之间有着共同的起源。尤其在中世纪的手抄本中，它作为手抄本的装饰画，重要性更加突出。那些手抄本，常常不惜以高昂的代价用金粉作装饰，不但设计极为精致，画笔异常细密，而且色彩艳丽动人，具有很高的艺术性。装饰画的这一悠久传统，延续了一个相当长的历史时期，并在艺术发展史上起过重要的作用。从四世纪幸存下来的少数几部主要供卑微的读者看的古罗马手抄本来看，在插图书籍中，图像的表述通常要比装饰的作用重要得多。

直到十五世纪下半叶，欧洲的印刷术发展之后，手抄本装饰画才为版画印刷的插图所取代，原来装饰画赞助人的文化素养越高，对文本越是熟悉，对手稿中插图的装饰性就越是讲究，例如美第奇家族聘请波提切利为但丁《神曲》画的插图。十五世纪中期版画印刷开始推广之后，这种情况才开始发生了变化；这时，书籍发展到了一个各阶层读者都可能从中获得发展的新阶段，这些读者希望书中的图画有助于阐释文本甚至起到补充作用。到了十八九世纪浪漫主义运动兴起，插图更获得了新的生命，出现一种新的理念，即插图艺术能为文本提供一种富有想像的空间。

1830 年，巴黎发动为期三天的"七月革命"，推翻了在位的查理十世，结束了复辟的波旁王朝，短短数日后，路易·菲利普一世继位，建立君主立宪政体。同年年底，德拉克洛瓦完成了一幅名为《自由领导人民》的大型油画，以纪念那场七月革命。时至今日，但凡需要用图像纪念或突显人民起义的自由力量时，全世界都会想到这幅画。这幅画作的划时代意义首先从绘画史角度来看，我们今天虽然视其为一幅寓意画，但在当时堪称为第一幅写实作品，不仅前所未见，而且闻所未闻。同时也表现了它的文学含意，卡尔维诺称它为"画中小说"。

热拉尔·德·奈瓦尔是法国文学中最早的超现实主义诗人之一，颇具浪漫主义气质。他对德国文学很感兴趣，尤其喜爱歌德的《浮士德》。同样，由于气质的投合，德拉克洛瓦为《浮士德》的法文译本创作了一组共十七幅石版插图。德国作家、歌德晚年的助手约翰·彼得·埃克曼晚年回忆说，歌德特别欣赏德拉克洛瓦的精美插图。歌德挑出《浮士德》第二十一场浮士德和墨菲斯托菲里斯"瓦尔普吉斯"开头描绘"难道春光没有刺激我们的肢体"的那幅插图，以此为例，甚至称赞说：在"有些场境"的表达上，"德拉克洛瓦先生比我自己想得要好"。

最早人类游移图案于图像与文字之间，图像与文字在历史的长河之中各自发挥优势，如今我们已经进入互联网、社交媒体的时代，几乎没有一时一刻能够脱离电子媒体，与随之而来的是文字与图像的交织。但是图像几乎没有能够留存在我们脑海里，进一步产生思维的作用。正如同歌德看到德拉克洛瓦的插图产生了比他更好的场境；卡尔维诺参观德拉克洛瓦《自由领导人民》油画，称它表达了"画中小说"的叙事性；范景中则指出："图像是连续的画面，而文字则是分立的句子等等。"关于图像与文字关系的问题，他进一步指出，插图本"不仅仅是有助于人们对图像理解的欣赏之作，而且也是有助于人们对一些类似于哲学问题进行思考的沉思之作"。这正是插图本书籍所引起人们思考的一些问题。

但愿这一个回顾的工作，能有抛砖引玉的作用，启发人生更多的智慧。

吴兴文

2019 年 7 月夏末于北京

译者序

一

　　十八世纪后期至十九世纪初期是德国文学特别兴盛的时代，可以代表这个时代的大诗人是歌德和席勒。文德尔班（Windelband）说歌德是超绝万象、包涵万象的一个"宇宙"。

　　他的人格和生活可以说竭尽了人类的可能性。文艺批评家梅林（Franz Mehring）在他的《歌德与现代》一文中指出："在德国文化界成了伟人的一切人中未曾有如歌德那样纯粹、伟大、不朽的艺术家……德国的艺术未曾有如在歌德那样繁复地、纯粹而深刻地具体化。"歌德出现后，德国文学才能与英国文学及法国文学争雄。

　　我们要明白这样伟大的歌德所表现的当时新社会的时代精神及日耳曼民族的文化对于世界文化的意义，在他各时期的许多作品中，自然以精读《浮士德》最能得到系统的认识。因为《浮士德》是歌德二十岁以后六十年间长期的创作，不像其他著作仅表示他的思想和感情的某一方面，其中有反映少壮时代反抗超人的热情，许多深刻恋爱的经验，中年时代有关政治、科学、哲学、艺术等的种种学识，老年时代高雅优美的趣味和智慧。

　　这部雄伟博大的《浮士德》，即使是德国学者们也认为是最难懂而深刻的经典名著之一，学者的注释和批评多如恒河沙数。新渡户稻造说得好，《浮士德》这种名著，若深刻地加以体味，则含有哲学家也不能窥知的深度，但若浅近地予以解释，则虽三尺儿童也能相当领会。

二

　　歌德的《浮士德》正如他的传记作者彼尔叔斯基（Bielschosky）所说，不是以预定的目的写成的，而是从歌德潜意识的生命奥秘中涌现、蜕变、生长而成的。歌德写作《浮士德》初稿的时候，并无确定的计划，只依随时的创作冲动和深刻丰富的体验。当他的著作在1790年发表了一些片断时，他写成了"计划"，后来在和席勒交游的时期，才有所谓"观念"的显现，但二者极不相同。其后写作第二部时，他的构想也依他生活的进展而时有改变。因此，即在现刊本的《浮士德》里，其内容和形式也有种种矛盾和不连续的地方；但就整体而论，却绝不是片断的接合，而是一部将自强不息的歌德、浮士德生活的有机发展象征化了的作品，是被体内的辩证法的矛盾流贯着的歌德杰作。

　　歌德用浮士德和梅非斯特斗争的过程表现人心中的光明与黑暗，个人与社会，求真理的努力与情性，离心力与求心力，否定与肯定两极性的矛盾及由矛盾的克服必然而来的不断上进。歌德说："每一个问题的解决，就是一个新的问题。"《浮士德》就是象征着因主观和客观的现实之间的对立和综合而发展的人生片断。《浮士德》的内容表示：欲探究宇宙的秘密而将自己扩大到全世界，在混沌中努力的超人浮士德，在为了寻求最高的真理和由享乐而体验一切人生的探险中，经历了因个人与自然及社会的冲突而生的种种痛苦，更进而参加当代的政治经济的所谓"大世界"里的实践生活，领悟了自然发展妥当的方式，在理念世界中寻求古典的纯粹的美，终于以其实践道德的自觉，成为在社会活动中实现其理想的伟人。这就是歌德在当时的社会环境中由"狂飙"时代热情的英雄变为威玛时代的古典主义及稳健的改良主义者，又变为当时新兴社会乐天的理想家过程的象征。

三

　　《浮士德》是描写人生全相的作品，且因其题材的广泛及其写作各时期的作者的思想和感情的变迁，就是歌德自己也觉得不能，也不必求其有严格戏剧的统一和整齐的结构乃至戏剧人物的性格。所以此书与其说是戏剧，不如说是如荷马史诗般的叙事诗，其剧情的进行也不如严格的戏剧那样单纯，而如前面所述，形成着许多曲折和起伏。

　　第一部不分幕，第二部则分为五幕。第一部不分幕，是由支配着《浮士德》初稿内容的形式带来的必然的结果。歌德在"狂飙"时代开始写作的时候，要想把浮现于心中的人物和事件直接显示于读者，所以采取了戏剧的形式；但又恐破坏表现的直接性，所以不采取传统的分幕的形式。至于第二部歌德则因希望其可以上演，所以分幕。第一部和第二部的形式差异是在于，第一部的形式是以读者的空想为对象，第二部的形式是以观众的耳目为对象。

1830 年 2 月 3 日歌德曾对《歌德对话录》的作者爱克曼说："浮士德却是一种不能比量的东西，想以悟性接近它的一切努力都是无效的。"关于第二部则说："它是如同世界和人的历史一样，其中终究被解决了的问题又常引起其他崭新的亟待解决的问题。所以第二部还隐匿着更多的问题，那么，凡是因脸色、目示和轻微的暗示而能有所领悟的人，它必定会使他喜欢。他甚至会寻见比我所能给他更多的东西。"《浮士德》是在自然和社会中发展的人生"着色的反映"，比喻或象征，在其表现中实在包含着歌德所谓"不能表现的""不能描写的""说不尽的"内容，它是借有限的形式、特殊的人物和事情以表现作者所"说不尽"的意义象征的艺术作品。歌德这样教我们，应该虚心地在这种"常为片断的作品"之中领悟他说不尽的意义。被某思想家称为"奥林匹斯的宙斯"的光明伟大的歌德，在《浮士德》中启示我们要以自身修养而得的能力，即"纯粹直观"或他所谓"创造的镜子"观察一切，启示我们："不论自由或生活，天天亲自获得的人才有享受的权利。"他以自强不息的《浮士德》生命发展的过程，启示我们积极的行动和努力的伟大教义。我们要把他的浮士德及其他遗产与他的时代精神积极的和消极的各方面进行相互关联地观察和鉴赏，以此来理解他由艺术所表现的一切，对于我们当前伟大的时代有什么和怎样的文化的意义。

本书是以马耶尔（Meyer）版的《歌德著作集》及乔治·维特考斯基（George Witkowski）的《歌德的浮士德》（Hesse & Becker, Leipzig, 1923）（除本文外附有《浮士德》〔初稿〕《浮士德片断》、《遗稿》、《草稿》等）德文本为底本，并参照戴拉（Bayard Taylor）及拉撒姆（Latham）的两种英译本，以及森鸥外、秦丰吉、樱井隆政及相良守峰等日译本而译成的。

戴拉的英译本，是音节、行数及韵脚都依原文译的，这在中文却不能勉强模仿。译者以为文句之长短及押韵与转韵，须依文意的自然趋势而变化，使内容和形式浑然融洽，译文方能流畅而优美，所以采取较为自由的方式。

本人于 1933 年在浙大教授德文，由于一位至友的鼓励，试译歌德的《浮士德》，想以供国人诵读及将来其他译者参考。但因这种翻译工作实甚困难，历年余之久，才勉强译成了上下两部的初稿，自觉过于草率，不敢贸然发表，在箱中放了两年。后来不幸抗战发生，生活很不安定，但只在课余之暇，将译稿时时加以重写或修正，似乎渐渐有些进步。最初是以散文翻译，后来改用较为顺口的韵脚，似乎比较流畅。后来又再进一步，按照名著翻译，使译文的行数与原著的完全一致，以便读者对照原文阅读与检查。但这部《浮士德》是最伟大的文豪歌德的旷世巨作，实际上可以说是非常难翻译的，所以本人觉得无论怎样修改，也不能合于"信达雅"的要求。因此本人对这部名著《浮士德》的翻译始终不能十分满意，迟迟不敢发表，竟已过了数十寒暑。某日偶然与出版家张清吉先生谈及此事，他说非常乐意出版我的译品《少年维特的烦恼》与《浮士德》，这对于译者是美好的纪念，也是很荣幸的美事。

1978 年 9 月于台北

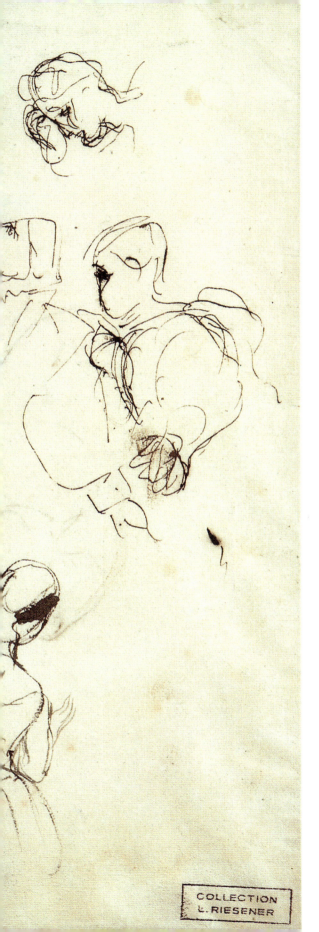

主要人物表

浮士德 十六世纪传说中的魔术师、学者，不满足现实人生的探求者。在第一部，对知识感觉失望，但得到极有意义的爱情。在第二部体验了美与行为的阶段后，安静地升天了。

梅非斯特 浮士德传说中的魔鬼。颇有悟性，饶富逻辑头脑，但不具理性的魔鬼，成为浮士德的旅伴，欲引诱浮士德之灵魂坠入地狱。

华格纳 浮士德的学生，是个功利主义者。沉迷在知识世界中的学究，与尊重创造精神的浮士德恰为强烈之对比。在第二部已成为一个大学者。

玛格莱特 即葛莱卿，纯真可爱的小故娘，浮士德的初恋情人。

玛尔特 葛莱卿邻居的女子，为一位寡妇。

华伦亭 葛莱卿之兄、军人。与浮士德及梅非斯特战斗而被杀。

普鲁都斯 浮士德在第二部第一幕中所扮演之角色。

驭车童子 普鲁都斯的御者，为不受时间和场所限制的创作精神的化身。

何蒙古鲁士　华格纳所造之小人，具有惊人的神秘智慧。

希隆　半人半马之神，被称为贤人，是医师、音乐家和天文学者。

皇帝　没有姓名，一般普通的皇帝，喜爱享乐的大好人。

海伦　希腊的绝世美人，斯巴达国王梅纳拉斯之妃，后与浮士德结婚。

阿那克萨哥拉斯　对地球地壳之形成，持火成论之学者。

泰勒斯　对地球地壳之形成，持水成论之学者。

福尔基亚斯　梅非斯特借用一眼一齿的三女怪，作为丑人的典型。

纳莱乌斯　纳莱乌斯族之父，著名的预言家。

赛伦们　女首鸟声的怪物，以美妙的歌声引诱船夫而使其遭难。

欧福列洪　浮士德和海伦所生之子，因飞行坠地而死。

斐莱蒙和鲍济斯　一对热心助人的年老夫妻，被梅非斯特吓死。

（编者按：为最大可能保留经典译本的原貌，篇中专有名词的翻译、字词的用法等，不按现行用法修改。）

目　录

剧前三部曲

悲剧第一部

悲剧第二部

第一幕

欧仁·德拉克洛瓦《戴着大羽毛帽子的演员》

23.6cm×14.5cm　1824 年

卢浮宫博物馆

剧前三部曲

献 词

你们这些飘浮的幻影①，

　　以前曾经在我朦胧的眼前现形；

现在你们又向我走近，

这一次我可要捉住你们？

我的心儿可还是倾慕那昔日的梦境？

你们尽管向我逼近！

好吧，你们从烟雾中出来，

　　尽可在我的周围为所欲为。

由于在你们的

　　行列周围吹动的奇异气息，

我的心胸感到青春般地震撼。

你们带来了快乐的昔日影像，

有许多可爱的影儿②又飘升；　　　　　　　　　　　10

初恋和交情③

像半淡忘的古老故事似地同时来临；

苦痛更新，我的悲歌

又重复人生迷茫的旅程，

并且说出那些被幸运女神欺骗，　　　　　　　　　15

未能过快乐的日子、先我逝去了的善人。

我曾向他们唱出最初的那些歌儿的人们，

不能将我其后的歌曲也都听闻；

亲爱的友群已经流散离分；

最初的回响，唉，也已经消泯！　　　　　　　　　20

我的歌声虽传向未知的人们；

---

① 歌德《浮士德》在《片断》(*Fragment*, 1790) 发表以前，书中人物的性格及行动还未有明确的形态，歌德现在
　（1797）要予以明确的表现而完成这部巨著。这篇献词是作者有意对一般读者说的。

② 指 Cornelia, Merck, Lenz, Fräulein von Klettenberg 等人。

③ 指 Gretchen, Friederike, Lotte, Lili 等爱人及 Behrisch, Herder, Merck 等朋友。

但连他们的赞词也使我烦闷。
往时爱听我的歌儿的良友，纵然依然生存，
也都在世界中飘零。

对于那幽静庄严的精灵们的国土的   25
久已忘了的景慕之情，又侵袭我的心神。
我微语似的歌声，像爱渥鲁斯^①的竖琴一般
现在正以不确定的音调在飘行；
我浑身战栗，眼泪扑簌洒落，
连严肃的心儿也觉得温柔和平。   30
我目前所拥有的现实似乎遥不可及；
而久已消失了的却如实物般地显现。

---

① 爱渥鲁斯（Aeolus）的竖琴：爱渥鲁斯是希腊的风神。这种琴是一种古代的乐器，会因风的强弱而发出微妙的音色。

舞台上的序剧

经理　诗人　丑角

经　理

你们两位在我有困难的时候，

常给我帮忙；

你们以为我们这次的企图，　　　　　　　　　　35

在德国能有什么可以希望？

我很愿使大家惬意，

尤其是因为观众要自己快乐，也使别人欢畅，

柱子已经立起来，舞台也预备妥当；

人人都在希望能有一番热闹的景象。　　　　　　40

他们已经泰然坐着，把眉儿高扬，

希望将有什么，能使他们惊异迷惘。

我很知道怎样迎合观众，

却从未这样慌张。

他们虽非看惯最佳的杰作，　　　　　　　　　　45

却也读过无数的文章。

我们要将一切演得新颖、有意义而且可喜，

不知道应该怎样？

在我呢，当然是要能有观众踊跃如潮，

向我们的剧场奔跑，　　　　　　　　　　　　　50

反复地进退挨挤，

要向狭窄的恩惠门内争先走入，

在白天四点钟以前

已经冲撞着涌向售票处买票，

好像饥荒的时候在面包店门口争夺面包，　　　　55

为了一张戏票，几乎把头也挤掉。

对于这样纷歧的观众发挥这样奇迹似的功效，

只有诗人能够办到；

朋友呀，今天也请这样去干才好。

诗　人

关于繁杂的群众，请勿对我多讲；

一旦瞥见他们，我们的灵魂就会逃亡。　　　　　　　　　60

那种把我强迫地拉入漩流里去的

汹涌的众人的波浪，请为我隐藏。

不，请将我引导到静寂的天乡，

那里有清纯喜悦的花儿只为诗人开放；

那里有爱情和友谊，　　　　　　　　　　　　　　　　65

以神之手把我们心中的幸福创造和培养。

啊！凡出自我的深心，

口唇之所羞怯低吟的，

有时失败，有时或能完成，

蛮横的瞬间暴力却把它吞并。　　　　　　　　　　　70

往往经过许多年

才成为完全的形影。

大凡外貌灿烂的东西，只为片刻而产生；

而凡是真实的东西，则传诸后世而不消泯。

丑　角

什么后世，谈它做什么？　　　　　　　　　　　　75

假如我痴谈后世，

谁给现代人弄点诙谐？

因为人们需要欢乐，当然要给他们欢乐。

场中有个出色的青年演员，

也总会有点效果。　　　　　　　　　　　　　　　80

凡能愉快地发表自己的人，

不会因群众的任性而难过；

他要更能感动观众，

希望人数众多。

所以请你高明而巧妙地去做， 85

请使空想与其附属物配合，

即如理性、悟性、热情和感觉；

但请留意，不可没有滑稽和幽默！

经　理

尤其要有足够的事件！

观众来看戏，当然最喜欢观看。 90

许多事情在观众眼前交织地进展，

他们就会张口痴看，

那么你们一定可以出尽风头，

为大家所喜欢。

只有丰富的分量才能克制大众的心愿； 95

他们各人终能有什么发现。

如能多多贡献，那么若有所得的人数自然增添；

人人会满意地走出戏院。

你们做任何作品，都要分成短章小篇！

做这样的杂菜，你们想是不难， 100

容易筹措，容易给人飨宴。

即使你们做完整的作品，会有什么效验？

因为观众总把它撕成碎片。

诗　人

你们不明白这种细工有多拙劣！

对于真的艺术家多不适合！ 105

由此可知冒牌作家的粗劣作品，

在你们是成为金科玉律。

经　理

这样的非难毫不使我恼怒；

7

凡欲有成效的人，

必须留意最好的工具。 110

请你们想想，你们所劈的是柔软的树木。

你为谁而写作，务须认识清楚！

有些人是因无聊而来消遣，

有些人是吃饱了过多的大餐而来休养肚腹。

而最坏的 115

是因读厌了新闻杂志而来光顾。

观众如同到化装舞会去似地茫然恍惚地跑向此处，

只因好奇心而加速每个人的脚步。

女客们来炫示她们自己和装饰，

好像不受酬报地同在演戏。 120

你在诗人的高处梦想何物？

客满会使你开心，是因为什么缘故？

请就近细看那些捧场顾客！

他们一半是冷淡，一半是粗鲁。

有的想在看完了戏之后打牌豪赌； 125

有的想在妓女的怀中求得终夜放肆的欢娱。

为了此等的目的而使温柔的诗之女神饱吃苦头，

难道不是可怜的愚夫？

我劝你们，给予的分量务须尽量丰富，

那么你们绝不会误入歧途。 130

你们只要使人家迷惘，

反正不容易使他们满足——

你们有什么感想？你们觉得喜悦还是痛苦？

诗 人

为这种目的，请去寻另外的奴隶！

大自然授人权于诗人， 135

诗人不应该为你

轻率地放弃这种最高的权利！

他用什么鼓动人心？

用什么克制地水风火等一切？

岂不是涌自胸中而能摄回世界　　　　　　　　　140

于心中的所谓谐音的那种东西？

大自然漫然缫着无限的长丝，

尽管向锤上纺去；

万物不和谐地鸣响，

庞杂而不整齐；　　　　　　　　　　　　　　145

谁把那老是同样流着的行列，

生动地加以分切，使其活动得很有韵律？

谁把个别的东西净化而合成普遍调和的全体，

谁在奏其庄丽的音调？

谁使热情的暴风雨成为狂暴激烈？　　　　　　150

谁使晚霞在庄严的心里辉煌？

谁在情人道上

将所有的美丽春花播种？

谁将无意义的绿叶编成荣冠，

以表彰建立各种功勋的英杰？　　　　　　　　155

谁使奥林匹斯安稳，而将诸神聚集？

这岂不是显示诗人心中的人的能力？

丑　角

那么请用这些美好的能力，

来将诗的业务经营，

如同情人们玩恋爱的那种游戏。　　　　　　　160

偶然邂逅，若有所思，因而逗留，

渐被情丝缠绕牵萦，

乐趣渐增，却有什么妨碍，

才刚在热恋狂欢时，就有烦恼产生，

不知不觉中就有一篇小说形成。　　　　　　　165

请让我们也来做这样的戏文！

请只向充实的人生之中将材料求寻！

人人都在亲自做着，许多人却没有认清，

一旦你写了它，就成为有趣的奇文。

在五色斑斓的画像之中使其不甚分明，   170

有许多谬误，但也偶有真理的火星；

最好的美酒，就被这样酿成，

能给人以安慰，能给人以教训。

那么最优秀的青年们都来看你的戏文，

将你的启示悉心聆听；   175

那么凡有温柔感情的人，

都从你的作品吸取忧郁的养分；

而你的作品会引起这种或那种感情，

观众都会看见自己心中所藏隐的。

青年们还是容易悲啼，容易欢笑，   180

喜欢精神的激动，欣赏虚象的幻景。

大凡已经老成的人，什么都不能使他高兴；

而正在成长的人，则常富于感激之情。

诗 人

那么请还给我

我自己还在成长的时代！   185

那时候郁积的诗歌泉源，

不断地新鲜地产生出来；

那时候有烟雾蒙蔽着世界，

花的蓓蕾还引人将奇迹期待；

那时候我将绚丽地充满所有溪谷的   190

千万种花儿随意采撷。

那时候我一无所有然而觉得满足；

有对于真理的追求，有对于梦幻的热爱。

请将那些冲动任其奔放地还来！

请将深沉而多苦痛的幸福，   195

憎恶的力和爱的热情还来！
请还给我青春的时代！

丑　角

朋友呀，你在下列的
　　各种场合，固然需要青春：
例如你在战场上被敌人追逐；
或被你所爱的姑娘　　　　　　　　　　　　200
用力抱住了你的头颈；
或有作为竞走奖品的花环
从难以达到的决胜点向你招引；
或在旋风般的剧烈跳舞之后，
夜夜欢畅地宴饮。　　　　　　　　　　　　205
可是要大胆而优雅地
弹奏熟练的弦乐，
和向自己所定的目标，
怀着美妙的迷妄漫步前进，
老师们呀，这是你们的责任；　　　　　　　210
但我们并不因此将对你们的尊敬有所减轻。
我们并不认为老年
　　会使人变成幼稚，如同世人所云；
我们虽老然而仍是真正的儿童，幼稚而天真。

经　理

议论的话，已经太多；
且看你们如何实行！　　　　　　　　　　　215
你们这样巧妙地互相恭维，
或许能有有益的事情做成。
说什么兴致气氛，只是无谓的空论；
因为踌躇犹疑的人不会有什么气氛。
你们既然自命为诗人，　　　　　　　　　　220

就应当成为诗歌的司令。

我们需要什么，你们已经知道：

我们要强烈的饮料啜饮。

要从速酿造才行！

今天不做，明天也不会做成；   225

即使是一天，也不可浪掷光阴。

凡是可能的事情，

应当像握头鬃似地毅然抓定，

而绝不任它逃遁；

所做的工作必定要继续进行。   230

你们知道在我们德国的舞台上

人人都在尝试自己所要做的事情；

所以这次的演出也不必客气，

使用器械和背景。

阳光与月光都可以用，   235

也使星光尽可能发亮。

我们也不缺少

水、火、岩壁和鸟兽等等。

你们可在狭小的舞台上

表现万物造化的一切情形，   240

以适当的速度

从天上通过人间而直入幽冥。

天上序曲

拉斐尔

太阳依旧在同胞的群星之中

将竞赛的歌儿同唱，

在完成其预定的旅程，   245

步伐如雷霆般鸣响。

神秘的道理，虽无人能加以阐明，

但看见这种景象，天使们都觉得心神抖擞。

不可思议的崇高功业，

和在天地开辟之日同样庄严。   250

伽伯列

壮丽的大地，

神奇迅速地自行旋转；

天国般光明的白昼，

和深沉而恐怖的黑夜交换。

大海形成广阔的潮流，   255

在幽深的岩底将泡沫飞溅；

岩石和大海，

也因天体的运行而永远急速地旋转。

米迦勒

暴雨由海而陆，由陆而海，

竞相怒号，   260

猖狂地形成极深秘作用的连锁

在其周遭。

在霹雳的道路上，

有闪电的破坏火焰在燃烧。

但是主呀，你的天使们，

赞美你的时日推移是如此的精妙安好。

三　人

神秘的道理虽无人能阐明，

而看见这种景象，天使们都觉得心神抖擞。

你的崇高功业，

和在天地开辟之日同样庄严。

梅非斯特

哦，主呀，你又光临，

并且垂询世上何等景况。

你平素也喜欢见我，

所以我也夹杂在众人之间特来拜望。

或许会为大家所嘲笑，

我不能说大言狂语，请你原谅！

我若勉强说豪迈的话，你一定会笑我！

如果你还未把笑遗忘。

关于太阳和世界，我没有什么可讲，

我只看见人类受苦的情况。

世间的小神，脾气常是同样，

和在天地开辟之日同样奇怪荒唐。

假如你不曾给以天光的影子，

他或许能够活得比较好些；

他名之为理性，

而只用以使自己成为比任何动物都愚妄。

你若容许我说，

我看它很像长脚的蚱蜢，

常在飞翔或跳跃，

随即在草中将它的老曲歌唱。

265

270

275

280

285

290

若它常躲在草中，那还无妨！
他却将鼻子向任何污物乱闯。

上　帝

难道除此以外你再无什么可讲？
你常常只来怨叹毁谤？
难道你以为地上的什么都不妥当？　　　　　　　　295

梅非斯特

主呀，我看人间总是那么悲惨，
他们天天受苦，我觉得真是可怜，
连我也不想去和他们为难。

上　帝

你认识浮士德吗？

梅非斯特

是不是那个博士？

上　帝

我的下使！

梅非斯特

真的，他以奇特的方式服侍你。　　　　　　　　300
那个愚人，饮食的不是地上的东西。
沸腾的感情使他妄想遐思。
他的痴愚，也有一半自知。
他想从天上攫取最美的星儿，
想从地上求得最高的快适，　　　　　　　　305
远近的一切都不能使他
激动的心胸满足。

欧仁·德拉克洛瓦《梅非斯特在空中》

16.3cm×21cm　1827 年

博纳博物馆

欧仁·德拉克洛瓦《梅非斯特飞过城市》

25cm×19cm 1828 年

霍顿图书馆

欧仁·德拉克洛瓦《梅非斯特在空中》

21.5cm×16.6cm　1828 年

马丁·博得默基金会

欧仁·德拉克洛瓦《梅非斯特在空中》

27cm×23cm　1826—1827 年

德拉克洛瓦美术馆

上　帝

现在他虽然迷惘地服侍我。

不久我将引导他到澄明的境地。

园丁也知道树儿发生绿芽，310

将会有花果来给未来的年月作装饰。

梅非斯特

你用什么来赌？倘使你允许我

把他引入我的道路，

你将失去你的忠仆！

上　帝

在他活在世上的期间，315

我对你不加禁阻。

人在努力的时候，总不免迷误。

梅非斯特

蒙你应许，我很感激；

我从来不喜欢和死人玩什么把戏。

丰满而新鲜的脸颊，是我最欢喜的。320

对于死尸，我不愿加以理睬，

我对人类，就像猫对老鼠的态度一般相似。

上　帝

好吧，那么由你随意处理！

你尽可以把他的精神从它的本源分离；

若你能把他捉住，325

可以引诱他在你的路上沉迷；

但你将不得不承认：

善人即使被黑暗的冲动所驱使，

也不会将正路忘记；

那时候你将惭愧地伫立。

梅非斯特

好的！那也不要很久。　　　　　　　　　　330
对于这次打赌，我毫不忧愁。
将来我达到目的时，
请允许我将凯歌高奏。
我将使他
像我著名的姨母蛇 ^① 一般地贪吃尘垢。　　335

上　帝

那时你也可以自由随便。
你的同类，我从未嫌厌。
在以否定为务的精灵之中，
我以为促狭鬼是最不麻烦的。
人的活动是很容易弛缓的，　　　　　　340
稍有机会，就会贪求绝对的安息；
所以我把能刺激、催促他，
能做恶魔的工作者给他作伴。
你们 ^② 这些真正的神子，
则尽可以将生动而丰富的美欣赏赞叹。　　345
永远在活动和发挥作用的生成之力中，
将围绕你们以爱的温柔的栅栏。
凡成为摇晃的现象而飘动的东西，
你们可用持续的思想将它羁绊。

（天界关闭，天使群仙分散。）

---

① 即诱惑夏娃，使亚当和夏娃食智慧树果实的蛇。
② 此系对三位天使长说。

梅非斯特（独留。）

这位老人，我喜欢时时和他会见，　　　　　　　　　

务须小心不可使他失欢。

伟大的主宰对恶魔也这样恳切地交谈，

确实是非常的和善。

悲 剧

第一部

夜（一）

在一个高穹形，狭小的哥德式房间里。

浮士德不安地坐在书桌靠椅上。

浮士德

我到如今，

唉，已经把哲学、法学、医学，   355

可叹地 ① 连神学等学问，

都热心地精深钻研！

但是我还是这样，一个可怜的愚人，

我并不比从前稍微高明；

虽然名为学士乃至博士 ②，   360

而在大约十年之间，

将学生们的鼻子

上下纵横地牵引——

自己却明白我们不能知道什么事情！

简直使我心焦如焚。   365

我虽然比世间的博士、学士、

文人、牧师们较为灵敏；

没有犹豫和疑惑使我苦恼，

对于地狱和恶魔我也不畏惧寒心——

但是一切快乐却被剥夺干净，   370

既不自矜有什么真知灼见，

也不自信能有什么足以教人，

能使人改进，能使人弃邪归正。

我既然没有金银财产，

---

① 哲、法、医、神是中世纪大学之四学院。浮士德以为前三者只不过是无用而已，而神学则妨碍了自然科学的研究，尤其有害。

② 学士（Magister）和博士（Doktor）都是学位的名称。

欧仁·德拉克洛瓦《浮士德在书房》

16.5cm×13.5cm　1828 年

哈佛艺术博物馆

也没有世间的荣华声名；   375

就是狗也不愿这样长此生存！

所以我向魔术倾注精神，

或许会有许多秘密，

藉妖魔的力和口而被阐明。

那么我可以不必再辛酸地流汗，   380

而对人们说自己也不知道的事情；

那么极深奥地统一着宇宙的是什么，

我将能认清；

那么我将能观照一切有作用的力和种子①，

而不必再掉弄玄虚的言论。   385

哦，圆满的月光呀，

我在这案旁对着你醒过多少午夜，

但愿你照临我的痛苦，

如今是最后的一遭。

忧郁的朋友呀，   390

你在那样的时候曾经在我书上纸上照临，

啊！我愿能于你的幽美的柔光中

在山上逍遥，

和精灵们环绕山洞而飞飘，

于你的微光中在牧场上游戏，   395

忘掉了一切知识的烦恼，

沐浴于露水中，可使身心健康良好！

唉，可怜！我还要困守在这个牢狱里面吗？

该诅咒的墙洞般的阴郁房间，

连那可爱的天光，   400

也因射过有画的玻璃窗而昏暗！

---

① 种子（Samen），炼金术上的用语，系指元素而言。

且被书籍堆塞得狭小不堪。

这些被蠹虫咬着，灰尘蒙掩的书籍，

堆迭得高齐屋顶，

有一张张熏黄了的纸片插在其间；　　　　　　405

周围摆着瓶罐等东西，

被种种机械塞满，

又夹杂着祖传的家具古玩——

这是你的世界！这算是你的世界！

你还不知道，　　　　　　　　　　　　　　410

你的心在胸中何以这样苦恼？

何以有不能说明的痛苦，

把你生命的一切发动阻挠？

上帝在活生生的自然中

创造了人，　　　　　　　　　　　　　　415

而你则在烟雾和腐物中

为人和动物的骸骨所环绕。

快逃逸！逃向广大的境地！

诺斯特拉达姆斯 ^① 亲笔所写的

这本富于神秘的书籍，　　　　　　　　　　420

难道不足以做你的伴侣？

那么星辰的运行，你也能明悉。

且若受大自然的指教，

那么心灵的能力也会醒转，

如同精灵和精灵互相对语似地。　　　　　　425

枯燥的思想在这里给你说明神圣的教谕，

那是毫无利益。

在我近旁飞翔着的精灵们呀，

---

① 诺斯特拉达姆斯（Michel de Nostradamus, 1506—1566），法国的医师和占星术师。

你们在听着，请回答我的问话！

（翻开书来看到大宇宙①的符箓。）

哈！我一见了这个，霎时有何等欢乐　　　　　　　　　430

在我的一切官能中流动！

我觉得有青春而神圣的生之幸福，

重新燃起流贯在我的血管和神经。

这些灵符把我的内心的骚扰镇静，　　　　　　　　　435

把我的可怜的心儿用快乐充盈，

以神秘的催促作用使自然的

种种力量在我的四周显现。

写这种灵符的可不是神灵？

我也是神吗？我的心境是如此澄明！

我在这些清净的笔画中间　　　　　　　　　　　　　440

看见生动的自然在我的心灵之前显现。

现在我才领悟先哲②所说的箴言：

"灵界并不关闭；

只是你的感觉闭塞，你的心死灭！

后生们，快毅然奋起，　　　　　　　　　　　　　445

在晨光③中将尘怀洗涤！"

（观符。）

哦，万物交织而成为全体，

各在他物之中发生作用而生存！

天上的诸力不停地升降，

好像互相传递着汲水的金瓶！　　　　　　　　　　450

这一切都拍动着发散祝福香气的翅膀，

从天上贯穿下界，

在万有之中发着和谐的鸣声！

---

① Parazelsus 等神秘家称宇宙为大宇宙（Makrokosmus），称人为小宇宙（Mikroksmus）。

② 这里所引用的为先哲之言，不一定是诺斯特拉达姆斯所说的。

③ 不灭的生命或高深智慧的象征。

哦，何等的壮观！但可惜只是一种壮观！

我在哪里能捉住你们呀？   455

你们这些乳房，你这无限的自然，

万物生命的泉源呀，

　　你们是天地万物的寄托，

枯萎的心胸所渴求的泉源，

你们涌出给万物啜饮，而为何让我干渴？

　　（不悦地翻书，看到地灵 ① 的符箓。）

这道灵符给我以多少不同的感应！   460

地灵呀，我和你较为相近；

我觉得我的精力增高，

像喝了新酒般地醉热，

我觉得有冒险跃入世界的勇气，

能忍受地上的痛苦和欢欣，   465

能和暴风雨奋斗，

就是在将沉的船的破裂声中也不逡巡！

我的头上遮盖了云霓——

月光已经藏隐——

灯火熄了——   470

有烟霭升腾——

有红光在我的头的周围闪映——

有阴冷的鬼气来自屋顶，

侵袭我的心身！

我觉得你在我周围飞行，

　　你这位我所召请的精灵。   475

请你现形！

哈！好像有什么拉扯我的心！

我的一切官能都被扰动，

似乎有新的感情发生！

---

① 地灵：支配地上生物的生命作用的精灵。

我觉得我的心完全向你注倾！ 480

请你现形，你务须现形，

　　即使要牺牲我的性命！

　　（拿起书来，以神秘的声调念地灵的符箓。淡红的火焰闪动，地灵在火焰

　　　中出现。）

地　灵

谁向我呼唤？

浮士德（转过脸。）

怪可怕的颜面！

地　灵

你强烈地吸引我，

你长久地吸吮于我的领域里面，

可是现在——

浮士德

　　哦，我觉得惶恐不堪！ 485

地　灵

你喘着气恳求我来，

要见我的容貌，要听我的声息；

我为你强烈的心愿所感动

而来到此地！——你这位超人

多么可怜惶恐地战栗！

　、心灵的呼声哪里去了？ 490

那在自身中创造了一个世界，

并且抱持、抚育它的胸襟，

如今是在哪里？不胜喜悦地

　　高涨起来，要和我们精灵齐等的胸襟，

如今是在哪里？

　　浮士德，你的声音向我传来，

你以全力向我迫近，而现在是在哪里？　　　　　　　　　　495

为我的气息所吹，

就浑身战栗，

畏怯而蜷缩的虫豸似的东西，难道就是你？

浮士德

你这个火焰形的精灵，难道我要对你退避？

我是浮士德，我和你原是类似！　　　　　　　　　　　500

地　灵

我在生命的潮流里、在行为的暴风雨中，

飘动升降，

游行来往，

诞生和死亡，

永恒的大洋，　　　　　　　　　　　　　　　　　　　505

转变的活动，

热烈的生命，

我在"时间"的吵杂织机之旁，

织着神祇的生动衣裳。

浮士德

你这个周游广大世界的忙碌精灵，　　　　　　　　　510

我觉得和你多么相近！

地　灵

你近似你所理解的精灵，

却不和我相近。

　　（消逝。）

浮士德（惊倒。）

不和你相近？

那么和谁相近？ 515

我是神的形象，

而竟和你都不相近？

（叩门声。）

哦，死鬼！我知道——这是我的助手！

我最美的幸福被他消毁无余！

这样充满着幻觉的瞬间， 520

竟被扰乱于偷偷而来的无聊人物。

（华格纳着寝衣，戴寝帽，手持灯浮士德不悦地避开。）

华格纳

请原谅我，先生！我听见你在吟诵，

一定是在朗读希腊悲剧吧？

我也想研究它来增加一点学问；

因为它现在很是流行。 525

我常听人称赞它，

说是戏子能做牧师的先生。

浮士德

是的，倘使牧师是个戏子，

或许不时有这样的事情。

华格纳

唉，如同我这样常关在研究室里面， 530

只偶尔在节日中观看世界，

也只有用望远镜从远处看看，

那怎么能够用言论领导世界？

浮士德

你所说的事情，若非你自己感觉到，

若非从自己的心中涌出，   535

那么你要领导世界，是绝不会成功。

你们尽可坐着，

用胶水做细工，

用他人的残肴冷肉配合杂菜，

从小小的灰堆里   540

吹起微弱的火种！

若这适合你的趣味，

或许也能为小儿和猴子们所称颂——

但若非从自己的心里涌出，

绝不能将他人的心灵感动。   545

华格纳

可是演说家是因雄辩而成功；

我很明白，我还是初学的蒙童。

浮士德

你求成功，必须正直地去追求才是！

而不可以做摇铃的傻子 ①！

若有理解力和正当的见识，   550

则纵无技巧也能畅达意思；

你有认真要说的事情，

难道必须寻求什么言词？

你们的演说以人生的碎屑凑成，

虽然光怪陆离，   555

却和秋天吹响枯叶的湿风一般，

是不愉快的东西！

---

① 以前在衣上挂铃演戏的小丑，用以比作无聊的宣传的人。

欧仁·德拉克洛瓦《梅非斯特和浮士德》

22cm×17cm　1828 年

霍顿图书馆

欧仁·德拉克洛瓦《梅非斯特和浮士德》

20.6cm×16.5cm

皮尔庞特·摩根图书馆

华格纳

唉!"艺术千秋,人生朝露"①,

令人兴叹。

我努力于批评的研究时,　　　　　　　　　　　　560

常忧虑头胸二者是否健全。

得到追本溯源的方法②,

是多么困难!

还未达到半途,

可怜的学徒怕就要归天。　　　　　　　　　　　　565

浮士德

羊皮纸的古书,

难道是饮了一口就可永远止渴的圣泉?

若非从你自己的心中涌出,

你不能得到什么可以使你爽健。

华格纳

但是,请你原谅我!

　我们沉潜于各时代的精神之中,　　　　　　　　570

看看我们之前的圣贤想过了什么,

以及我们终于使它发展了几多,

这真是一种很大的快乐。

浮士德

是的,是的,发展到星辰那样遥远的境地!

朋友呀,过去的时代,　　　　　　　　　　　　575

是七重封印的书籍。

你所说的各时代的精神,

---

① 系拉丁语的格言,出自希腊的希波克拉底斯(Hyppokrates)。
② 即例如古代语言等预备知识。

无非是各时代反映于其中的
学者们自己的精神，
所以往往有不幸的事情发生！ 580
世人一看到你们就会逃避；
那是垃圾箱或废物室，
最好也不过是
加了些或许适于作为木偶戏台词的
巧妙的实用格言的历史剧而已！ 585

华格纳

但是世界、人心和精神！
人人都愿有所认识。

浮士德

是的，所谓认识须知道是什么意思！
谁会直率地说出所认识的真实？
有所认识的少数人 590
愚蠢地不隐蔽自己充实的心，
向愚民们说明他们的感情和见识，
他们总是被人磔死或烧死。
朋友呀，夜已深了，我请求你，
我们今天必须就此终止。 595

华格纳

我情愿这样尽管醒着，
和你渊博地讨论。
但是明天是复活节的第一日，
请允许我提出几个疑问。
我是很热心从事于研究； 600
知道的虽然已经颇多，但愿能知道一切事情。

（退场。）

浮士德（独白。）

一切希望还未从他的脑中消失，

只顾粘着于无用的事物，

用贪婪的手探掘珍宝，

寻见了蚯蚓也会手舞足蹈！ 605

精灵们正环绕在我的室内，

岂可让这样的人声聒噪？

但是！这一次我却感谢你的恩惠，

你这地上的所有人之中最可怜的一位。

承蒙你把我从绝望之中拉开； 610

那种绝望几乎把我的官能都毁坏。

啊！那种显现①是那么伟大，

我觉得简直侏儒般矮小。

我是神的形象，

自以为和永恒的真理镜子已经接近， 615

在天的光明和清澄之中自得其乐，

以为已经解脱了凡身，

我以为自己更优于火焰的天使，

自己的自由力量已经在自然的脉管中流行，

冀望能够创造而且享受神祇的生活； 620

哪里期望受到如此的痛惩！

霹雳般的一言把我吓出了那种梦境。

我不该妄想自以为和你酷肖！

我虽然有引来你的力量，

而要留住你却是不能办到。 625

在那幸福的瞬间，

---

① 指地灵。

41

我觉得我是那么伟大而又渺小。

你却残酷地

把我推回到不确定的人的命运之中来了，

我应当回避什么？该向谁领教？ 630

我是否应该听从那种热望的引导？

唉，连我们的事业以及我们的烦恼，

都将我们的生命的行程阻挠。

我们的精神所感受到最美的东西，

也常有不相干的杂质羼混； 635

我们完成这个世界的善事时，

更好的善事却被称为妄想和迷误。

那些给我们以生命的美妙感情，

也在尘世扰攘中凝固。

幻想平时充满希望， 640

而大胆地飞往永远的境地；

但到幸福相继地在时代的漩涡中毁灭时，

它就以小小的乾坤为满足。

忧虑就在心中栖息，

造成隐秘的痛苦， 645

不安地摇动自己，以扰乱人的安静和喜悦。

它常更换新的假面具而来，

可能现形而为家产、妻妾和儿女，

现形而为水、火、匕首或毒剂。

你要对碰不到你的灾难战栗， 650

不得不常为实际不会失去的东西而悲泣。

我不像神们！我深痛地感受这种事实；

我却像在尘埃中钻动的虫蚁，

在尘土中求食偷生，

被行人踏死而埋在里头。   655

挤塞在高壁边的许多格子中，
而使我觉得房间狭小的东西，不是尘土吗？
千百种杂物、旧器具，
岂不是与尘土无异？
难道我要在这里寻求我所缺少的东西？   660
难道我要读千万卷书籍才能知道——
人间到处都在苦恼，
即有幸福者也是寥寥无几，
空洞的髑髅，你为什么向我睥睨？
无非表示你的头脑曾经和我一样，   665
茫然地寻找轻快的日子，
怀着追求真理的欲望而在
　　沉重的幽暗中悲惨地昏迷。
你们这些有轮、有栅、有圆筒和曲柄的机械
也当然在笑我愚痴。
我以前立在门边时，你们要充当钥匙。   670
现在你们的虬须虽然曲卷，却不将门锁拨起。
"自然"在白天也神秘地，
不让人将它的面纱揭去。
凡它不愿启示于你的精神的东西，
你都不能用螺丝起子或杠杆强启。   675
我从未用过你这种旧式器具，
你还立在这里，只因为我父亲用过你的缘故。
你这个悬灯的旧滑车，凡是在这桌边，
有幽暗的灯火熏染的时候，
　　你越来越被烟尘玷污。
我还不如早把这些无聊的东西卖掉，   680
何必为它们所累而出汗受苦！
你从祖先继承的东西，

43

欧仁·德拉克洛瓦《浮士德在书房》

31.6cm×26.5cm 1827 年

法国国家图书馆

若欲作为自己的所有物，也应该努力求取。
凡不利用的东西就是一种累赘；
只有瞬间所创造的东西，
　对于那瞬间才会有用处。 685
可是我的目光为什么凝注在那个地方？
难道那个瓶子对于我的眼睛有磁石般的力量？
为什么好像月光在夜间的林中围绕我们似地，
我的心境忽然可喜地明朗？

你这个唯一的小瓶呀，我对你礼赞！ 690
如今我虔诚地将你拿下来，
我在你身上将人的智慧和技术赞叹。
你是善良的催眠液的精华，
你是由杀生的微妙诸力炼成的灵丹。
如今可要对你的主人将你的功效奉献！ 695
我看见你，痛苦就减轻，
我拿着你，努力就弛缓，
精神的潮流渐渐退去，
我被引导到汪洋的大海上面，
镜子般的潮流光耀，在我脚下辉扬， 700
一个新的日子引诱我到新的彼岸。

一辆火焰的车子轻快地飘动而来！
我觉得已经整备
在新的路上穿过大气，
前往纯粹活动的新境地。 705
这种高远的生命、这种天神般的欢乐，
刚才还是虫豸似的你是否有资格享受它们呢？
是的，你须向和善的太阳
转过你的背脊！
你须把那人人愿意偷偷地走过的 710

门扉 ^① 果敢地开启。

如今正是适当的时机要用行为来证明：

男子的尊严不畏避神祇的权威：

纵然在幻想使自己受痛苦的

那个暗洞之前也不战栗，   715

敢向全地狱的火在其狭口周围燃烧的

那条通路毅然前进；

纵使有融入虚无的危险，

也要放胆迈步前进。

我多年没有想到你了，   720

你这个晶莹纯洁的酒杯，

请你下来——从你的古老的匣内！

你在祖先的宴会上发过闪烁的光辉，

而当一人将你递给别人的时候，

你使严谨的客人也轻松畅快。   725

这是饮者的义务：要用韵文说明

镌刻在你面上的精美图画，

一口气干杯，

我不禁想起少年时代的多次夜间欢聚。

我现在不把你递给别人，   730

不在你的美画上显示我的机智诗才。

这里有一种酒，能很快地使人陶醉。

它是棕色液汁，充满你这个杯内。

我所酿成、我所选择的这种美酒，

我现在将最后的一杯

虔诚地奉献于清晨，   735

作为愉快的庆祝干杯！　（举杯于口边）

（钟声和合唱。）

---

① 即死之门。

天使的合唱

基督蒙难已复活！
罪恶潜入人心中，
使人身心都堕落，
请恕世世犯罪者，   740
请主赐人以欢乐。

浮士德

多么沉宏的钟声，多么清朗的音调，
使这个酒杯离开我的嘴边！
这种庄严的钟声，
是否已在告知复活节开始的时间？   745
这些合唱队又在唱那首安慰的歌吗？
这种歌，天使们曾经在黑夜里的坟边^①唱过，
给新教友们确定了信念。

女人们的合唱

我们曾将主圣体，
虔诚敬用香膏涂，   750
我们忠实的信徒，
将主放在蒙难处；
并且郑重而清洁，
络以巾带包以布；
而今前往再寻觅，   755
异哉不复见我主！

天使的合唱

基督蒙难已复活！
主对世人常爱怜，

---

① 玛莉亚在黎明时去看耶稣的坟墓，以香膏涂抹圣体，两位天使告诉她："耶稣已经复活。"

救人济世发宏愿。
曾受残酷之试炼，　　　　　　　　　　　　760
愿我救主永平安！

浮士德

你们这些有力而温和的天籁，
为什么在尘埃中寻我？
你们尽可在柔弱的人们所在的地方传播。
我虽然听着福音，无奈缺乏信心，　　　　765
奇迹原是信仰最爱的儿孙。
向那可喜的消息传来的那种境界
我不敢奋勇前进；
但因为我从小习惯于这种歌声，
现在它又把我引回人生。　　　　　　　　770
曩昔在严肃的安息日静寂中，
有上天的爱的接吻向我降临。
那时祈祷是我热烈的享乐，
丰满的钟声有深意般地传鸣；
一种不可思议的急切景慕策励我　　　　　775
到森林和原野中去遨游，
流着千行热泪，
觉得有个新的世界为我创造。
这首歌传扬青春的快乐游戏、
春日佳节的自由欢欣。　　　　　　　　　780
回忆使我又有青春的感情，
使我在跨出严肃的最后一步之前驻留。
哦，你们这些甜美的天上的圣歌呀，
　请继续传扬！
泪水涌溢，大地又有我这个人！

弟子们的合唱

埋葬了的基督，   785

在坟墓中复苏，

已经向天上

庄严地高升。

他快乐地成长，

与创造的快乐接近。   790

我们则仍将留在地上，

悲苦地生存。

他遗留了信徒

在世间烦恼苦闷。

哦！主呀，   795

我们泣祝你的幸运！

天使的合唱

基督已经复活，

在腐朽的大地中苏生！

请你们欣喜地

折断羁绊而解放自身！   800

你们要以行为将主赞美，

奉献爱情，

兄弟似地共同饮食，

为传道而旅行，

向人预言来世将有极乐的天恩，   805

主和你们亲近！

主和你们共存！

市门之前

各种散步的人出去

第一批手艺学徒

为什么走向那边？

第二批

我们到猎师茶店去逛逛。

第一批

我们却要同往那个磨坊①。   810

学徒一

我劝你们同到河滨小馆去玩一趟。

学徒二

到那里去的路没有美丽的风光。

第二批

那么你怎么样？

学徒三

我和大家同往。

学徒四

到堡村去罢！

那里有顶好的啤酒和极美的姑娘，   815

---

① Jägerhaus, Miihle, Wasserhof, Burgdorf 皆为地名。

就是争吵打架，也有极精采的花样。

学徒五

这个怪开心的家伙，
难道你的皮又在第三次发痒？
我不愿去，我讨厌那个地方。

侍女甲

不！不！我要转回城市。　　　　　　　　　　820

侍女乙

我们定能看见他，在那些白杨树的旁边。

侍女甲

即使能和他见面，我也不会很喜欢；
他会和你并行，
在舞场上跳舞也只和你同伴。
你的快乐与我有什么相干！　　　　　　　825

侍女乙

今天他一定不是独自一个人，
他说那个鬈发的青年也陪他来玩。

学生一

喂！那些活泼的女孩走得多么轻快！
老兄，快来！我们要去奉陪。
烈酒和辣烟，　　　　　　　　　　　　830
以及盛妆的女孩，是我特别喜爱的。

城市姑娘

请看那漂亮的青年！

怎么不知害羞：

他们要和上等的小姐们交际也都够资格，

而竟然去跟侍女们行走！ 835

学生二 （向第一个）

不要走得太匆忙！后面又来了一对，

她们打扮得那么漂亮，

有一个是我邻家的女郎；

我很爱那个姑娘。

她们慢慢地走着， 840

也许终于会和我们结伴同行。

学生一

老兄，我不喜欢这样拘束。

快一点！我们不要将那种猎物辜负。

礼拜六拿扫帚的手，

礼拜天最能将你爱抚。 845

市民一

不，我不喜欢这个新任的市长！

他上任以后，一天比一天蛮横无理。

他为本市做些什么？

岂不是每下愈况？

政令比以前更加繁苛， 850

各种捐税也比以前高涨。

乞 丐 （唱。）

善良的先生，漂亮的太太，

你们脸颊那么红润，服装那么高贵；

请帮助我这个穷人，

可怜我的困难！ 855

莫使我的风琴白奏。

施舍的善人，不胜愉快。

诸位消遣的今天，

我希望像在收获日般地得温饱。

市民二

在星期日和节日，我觉得没有什么   860

比谈战争和呐喊 ① 更令人喜欢，

如今在遥远的土耳其，

各民族正在互相激战。

我们立在窗边，把一杯啤酒喝完，

欣赏在河中下行的许多华丽的船只；   865

然后在傍晚时分快乐地回家，

祝福太平的世界。

市民三

邻家的老哥，我也和你一般，

任他们将脑袋互砍，

任别处的一切事情纷扰混乱；   870

只要我们家乡依旧平安。

老妇人（向城市姑娘。）

喂，你们都是如此俏丽！打扮得如此美好！

看见你们，谁能不倾倒？ ——

不要这样骄傲！这样已经够了！

你们希望什么，我都能替你们办到。   875

---

① 语见《马可福音》(13∶7)。

城市姑娘一

阿加特①，走开吧！
和这样的女巫公然在路上同行可真要当心；
虽然她在圣安特勒亚斯之夜②
给我看过了未来的情人。

城市姑娘二

她也在水晶③盘中使我看见 880
军人般的容貌，和几个威武的人同道；
我四处观望，到处将他寻找，
但还没有找到。

士兵们

有高墙坚堞的城堡
和心情骄矜的女郎， 885
两者都是
我要占领的对象！
工作虽然辛苦，
却能有
很好的报偿！ 890
召集的喇叭，
可随时鸣响，
不论叫我们赴欢会，
或叫我们赴战场。
这是人生！ 895
这是冲锋打仗！
坚城和女郎
都不得不投降。

---

① 阿加特（Agathe），另一个城市姑娘。
② 圣安特勒亚斯（Sankt Andreas）之夜，此为圣徒之殉教纪念日，未婚少女念某种咒语，可召他给她们看未来的丈夫。
③ 有一种迷信，占卜者能使人在水晶或镜中看鬼怪或远处的人物。

工作虽然辛苦，

却有很好的报偿！ 900

我们士兵

大家向前同往。

（浮士德和华格纳。）

浮士德

河水和溪流

由于鼓舞生命的春天阳光，从冰冻解放；

溪谷中渐呈绿色，有欣欣向荣的景象！ 905

老迈的冬天衰弱了，

已经向荒山里躲藏。

它一边逃走，一边从那里送冰粒般的细雨，

在渐成绿色的原野上，

使其成为波纹的形状。 910

但太阳不容有白色的东西，

到处可见形成和努力的作用，

它要使万物有富丽的颜色和生气；

可是这个地方还没有花朵，

太阳却叫盛装的人们聚集。 915

试从这些高处

转身向市内眺望。

从那空洞而阴暗的市门

有形形色色的人群涌出。

今天他们都到阳光下来欢娱。 920

他们庆祝基督的复活，

因为他们自己也仿佛复活了一般，

纷纷从矮屋的暗室中出来，

摆脱工商业平时的羁绊，

从压迫的屋侧或屋顶下， 925

从狭窄拥挤的街道中，

55

欧仁 · 德拉克洛瓦《寻找浮士德》

19.9cm×25.1cm　1827—1828 年

不来梅艺术馆

从庄严阴郁的教室里面，

都到阳光中来游玩。

请看！群众多么轻快地

向草原和田野分散； 930

又在河上纵横交错地

移动着许多欢乐的游船。

最后的小艇满载着人，

几乎要沉没似地离岸。

就在遥远的山的许多小径中， 935

也见到彩色的衣服鲜明灿烂。

我已经听到村中的喧声；

这里是人民的真正天堂。

男女老少都满意地欢呼：

"我在这里才觉得是人，在这里

　才能真的像人一般地快乐！" 940

华格纳

我陪伴先生散步，

是光荣而又能受益；

假如我独自一人，永远不会到这里来；

因为我是一切粗暴事物的仇敌。

提琴声、喊声、玩九柱戏的响声， 945

都是我所痛恨的东西；

民众却像被恶鬼鼓励似地胡闹，

而说这是唱歌，这是为了喜悦。

农夫们在菩提树下

跳舞与唱歌

　　舞蹈牧童已装扮，

　　彩衣、带儿和花环， 950

　　打扮起来真好看。

　　菩提树旁站满人群，

57

大家疯狂般地跳舞。
唷嗨！唷嗨！
唷嗨沙！嗨沙！嗨！   955
提琴之声这般响着。

牧童来得很匆忙，
来时他用一只臂膀
触着某一位姑娘；
姑娘活泼地回身说：   960
"你这家伙真鲁莽！"
唷嗨！唷嗨！
唷嗨沙！嗨沙！嗨！
你们不要太放荡！
两人向左或向右，   965
很轻捷地回旋跳舞，
  衣衫飞起而飘扬。
舞得脸红和身热，
携手透气和休息。
唷嗨！唷嗨！   970
唷嗨沙！嗨沙！嗨！
肘臀相触无顾忌。

如此亲狎可不行！
世间有多少男子！
曾经欺骗了女人！   975
他却仍向她勾引。
树下远远在喧腾：
唷嗨！唷嗨！
唷嗨沙！嗨沙！嗨！
胡琴之声和喊声。   980

老 农

博士先生，真是荣幸！

今天你不轻视我们，

也来这众人之中，

以大学者的身份光临。

这只最美的杯中刚装满了好酒，   985

请先生拿去饮！

我献先生这一杯酒，

高声庆祝先生：

它不只替你解渴：

且能如同它所盛着的酒滴

　　之数而增加你的年龄。   990

浮士德

你们的酒，我当受领，

谢谢各位，并祝安宁。

（农民围聚。）

老 农

你在这欢乐的日子光临，

真是不胜欢迎！

以前你在患难的时候，   995

曾经为我们费心！

这儿有许多健全地站立的人，

当时几乎成为疫病的牺牲者，

曾蒙令尊

从热病中救活了性命。   1000

你当时还是个少年公子，

你也到各医院去看病。

当时抬出了许多死尸，

你并未受害，依然康宁。

你通过了许多艰危的试炼；   1005
那是天上的神明援助先生。

众　人

但愿硕学的先生健康，
还能长远援助我们！

浮士德

请低头感谢天上，
教人援助，也给人援助的神明。   1010
（他和华格纳走开。）

华格纳

哦，伟大的人，你被众人这样尊敬，
不知是怎样的心境！
因自己的才力
而能得到这样的利益的人，真是多么荣幸！
父亲指示给他的儿子，   1015
人人探问，连忙跑来，
提琴中止，跳舞者也肃立致敬。
你走过去，
人们就排列成行将帽子高举；
他们弯腰屈膝，   1020
好像圣体通过似的情形。

浮士德

我们再走几步到那块石头那里，
去休养我们步行的疲劳。
我常常坐在这儿独自沈思，
为责备自己而断食祈祷。   1025
那时候我希望无穷，信仰坚定，

欧仁·德拉克洛瓦《浮士德和华格纳》（局部）

19.6cm×26.3cm 1826—1827 年

德拉克洛瓦美术馆

欧仁·德拉克洛瓦《浮士德和华格纳》

20.6cm×23.8cm　约 1827 年

卢浮宫博物馆

以流泪叹息和搓手，

折求上帝

把那瘟疫驱除。

现在众人的赞颂，

　我听起来好像是讥讽。 1030

你若能体察我的内心，

就能知道我和我父亲

不配受如此的荣名！

我父亲是个隐姓埋名的君子，

关于大自然及其圣境， 1035

真挚、任意而特殊地研究，

煞费苦心。

他和炼金的术士们结交，

藏隐在黑暗的厨室 ① 里，

按照无数的药方， 1040

混合了性质不相合的药品。

他使一个大胆的求爱者红狮子 ②，

在温汤中和百合姬 ③ 结婚，

然后用熊燃的火焰攻着新婚夫妻，

从一个卧室追到另一个卧室纠缠着。 1045

于是年轻的皇后 ④

在玻璃杯中带着各种颜色出现。

药剂就这样造成，病人相继归天，

而无人询问：有哪一个病人已成健全？

我们这样带着地狱的炼药， 1050

肆虐于这些山谷之间，

远比疫病更为凶险。

---

① 炼金术的实验室。

② 从金中取出的男性金属素。

③ 从银中取出的女性金属素。

④ 即所谓"贤人之石"，据说是能医治百病的灵丹。

我曾经亲自把毒物交给数千病人；

他们衰弱地死了，我还活着，

且不得不经验厚颜的凶手被人称赞。 1055

华格纳

先生何必为了这个自寻烦恼！

能诚实而精确地

应用祖传的医道，

那么贤能的人岂不是行为够好？

你年轻时尊敬父亲， 1060

喜欢从他那儿领教；

长大之后你若又将学术促进，

则令郎就能达到更高的目标。

浮士德

哦，还能够希望

从这个迷妄的大海中

　浮升的人真是幸福！ 1065

人要用的不能知道，

能知道的没有用处。

但我们不宜用这种沉闷的思想，

使这瞬间的美丽的幸福萎缩！

请看在夕阳中 1070

闪烁着许多绿色围绕的小屋。

夕阳跑开避走，今天已经日暮。

夕阳匆匆跑去，将新的生命催促。

哦，可惜我没有翅膀，不能升空，

永远跟随太阳飞翔！ 1075

我如能飞行，就可以在永恒的夕阳中，

看见平静的世界在我脚边，

山岭都红得似火，溪谷都静寂平安，

银色的溪涧向金色的大河流注，
即使有许多溪壑的高山，   1080
也不会将我神也似的行程阻拦；
有若干温水港湾的大海
已经在我惊异的眼前开展。
但太阳女神似乎终于西沉；
而有新的冲动苏醒，   1085
我为欲饮她永恒的光，
面昼背夜，顶天跨波而急行。
一个美丽的梦，
而太阳即在此时消隐。
唉，对于心灵的翅膀，   1090
肉体的翅膀不容易陪伴随行。
但若云雀在我们头上飞没于苍穹，
而发着高亢的歌声；
或老鹰在有枞树的险峻山上
展翼飞行；   1095
或白鹤经过田野或湖上
飞驰归程，
则人的感情必高升前进，
这是人类的天性。

华格纳

我也常有胡思乱想的时候，   1100
却从未感觉到这样的心愿。
森林和田野容易看厌；
鸟儿的翅膀我不艳羡。
精神的快乐与此不同地将我们运搬，
从一册到一册、从一面到一面！   1105
于是冬夜成为舒适美妙，
幸福的生命将四肢百体温暖。

65

哦，你若翻开珍贵的羊皮纸书籍，
天国就完全降到你的身边。

浮士德

你只知道一种本能；　　　　　　　　　　　1110
但愿你永远不会将其他一种认明！
我的心胸中，唉，栖住着两种心灵！
一种想从另一个分离；
一种因强烈的爱欲，
以粘附的器官执着于凡尘；　　　　　　　　1115
另一种则倔强地要脱离尘世，
而高升于高尚的祖先之灵境①。
哦，如果空中有精灵们，
在天地之中有势力地活动，
则请从金色的烟霭中降临，　　　　　　　　1120
将我向新鲜而绚烂的生活中引领！
是的，我希望有一件魔术的大衣，
能带我到外国异域！
那么它将是我的宝贝，
任何华服或皇袍也不能把它代替。　　　　　1125

华格纳

请勿呼唤那些大家周知的妖精们②，
他们遍布在云中游行，
从四面八方
准备千万种危险以害人。
从北方有利齿箭舌的妖怪们　　　　　　　　1130
向你逼近；

---

① Himmel（天）、Elisium（乐土）、Walhalla 是神话中的英雄们所住之处。
② Pratorius Antropodemus, Plutonicus 等，能以雷电风雨等危害人类。

从东方也有妖怪来使万物干燥，

而以你的肺脏为养分；

南方也从沙漠中遣来妖怪，

重叠热火于你的头顶； 1135

而西方也送来一群妖怪，

起先使人爽快，随即会淹没原野和人们。

他们幸灾乐祸而喜欢顺从，

因为要骗人，

他们装作从天上遗下来似地， 1140

在说谎时如天使般低声微语。

可是我们去吧！四周已成灰暗，

烟雾下来了，空气已成寒冷！

到了晚上，人才喜爱家庭。——

你为什么这样站着而诧异地望着那边？ 1145

在昏暗中有什么捉住先生的心神？

浮士德

你是否看见一只黑犬徘徊于残根和种苗之间？

华格纳

我早已看见，我以为是无关紧要的事物。

浮士德

你以为它是什么动物？请仔细看！

华格纳

那是龙犬

它如同习惯的情形一般， 1150

将主人的踪迹寻探。

欧仁·德拉克洛瓦《浮士德、华格纳和长卷毛猪犬》

26cm×21cm　1826—1827 年

德拉克洛瓦美术馆

欧仁·德拉克洛瓦《浮士德、华格纳和长卷毛猪犬》

20.1cm×15.7cm　1827 年

勃艮第公爵宫（第戎）

浮士德

你看，它不是画着大大的螺旋，
渐渐跑向我们身边？
如果我没有看错，它带火的漩涡在背后，
在它所走的小径上面。 1155

华格纳

我只见一条黑色的龙犬；
这或许是你眼睛的虚幻。

浮士德

它似乎想系结未来的因缘，
在我们脚的周围画着轻微的魔圈。

华格纳

我以为它因看不见主人
　而遇到两个生人， 1160
所以畏怯不安地在我们四周跳跃回旋。

浮士德

圈子渐成狭小，它已经逼近我们身边！

华格纳

你看这是一只狗，不是什么妖怪。
它哼着、怀疑、匍匐，
将尾巴摇摆，一切都是狗的习气。 1165

浮士德

你来吧，跟我们走来！

华格纳

这个动物确是和尨犬类般地痴呆。

你若停止，它就坐着等待；

你若向它说什么，它就应命跑来；

你若丢掉什么，它就替你衔回，   1170

它会为取回你的手杖而跳入水内。

浮士德

你的见解也许是对的，不见有什么形迹像是妖怪，

一切似乎都是由训诲而来。

华格纳

狗如果受过好好的训练，

贤人也会觉得可爱。   1175

是的，它是学生很好的门徒，

真值得承蒙先生的恩惠。

(两人走追市门)

书 斋（一）

浮士德带龙犬入室

浮士德

我离开了原野回来，

田野已经被黑夜遮盖，

黑夜以充满暗示的神圣恐怖　　　　　　　　　1180

在我们的胸怀呼醒那较好的心灵。

粗暴的冲动

已经和一切激烈的行为一同入睡；

心中活动着

对于人和神的敬爱①。　　　　　　　　　　　1185

龙犬你安静些，不要乱走！

你在这儿门槛上在将什么探嗅？

你卧在暖炉背后，

我以我最好的枕头给你。

你在外面山路上　　　　　　　　　　　　　　1190

曾经以跑和跳跃娱乐我们；

现在可以做个被欢迎的斯文宾客

而将我的款待接受。

哦，这个狭小的书斋里，

再度点燃温和的灯光，　　　　　　　　　　　1195

我们的胸中，在深自洞悉的心里，

就变成明朗。

理智又开始讲话，

希望的花朵也又绽放；

我们仰慕生命的小川，　　　　　　　　　　　1200

---

① 对神的敬爱，斯宾诺莎以为这是纯智性的最高的爱。

72

欧仁·德拉克洛瓦《五只狗》

26.1cm×18.8cm　1828 年

卢浮宫博物馆

恩格尔贝特·西贝茨

1848—1851 年

哦，对于生命泉源的渴望油然生起。

龙犬，你莫如此哼叫！
这种兽声
是不适于现在包摄我全心的音调。
我们见惯人们常对
　　他们所不懂的事物嘲笑，　　　　　　　　　　　　1205
对于他们往往以为是麻烦的善和美。
他们总是噜苏 ① 唠叨，
如今你这只狗，难道也和他们一般
咬咬地讥讽？

唉，但是我无论怎样愿望，　　　　　　　　　　　　1210
满足再也不从胸中涌出。
可是生命的河流何以不得不这样快速地干枯，
我们不得不再为燥渴所苦？
这样的经验，我原很丰富。
但是这种缺乏容易填补：　　　　　　　　　　　　　1215
我们景慕神的启示，
我们学习尊重超尘世的事物。
这种启示除了《新约全书》以外，
没有更尊贵而美丽的照耀之处。
我急欲翻开原书 ②，　　　　　　　　　　　　　　1220
而以虔诚的心情，
试将神圣的原文
译成心爱的德语。
　　（翻开一卷，准备翻译。）
这样写着："太初有言！"

① 噜苏：言语絮叨。——编者注
② 指用希腊文写的新约圣经，浮士德所译的是约翰福音的第一章，马丁·路德将此译为 logos（言）。

到这儿就停滞了！谁来助我继续向前？

我不能这样尊重此"言"，
若蒙神灵正当指示，
必须把它翻译成别的字眼。
这样写着："太初有意。"
第一行要仔细留心，   1230
你的笔勿太过于匆急！
造化万物的是否真个是"意"？
应该写作："太初有力！"
但是，我这样一写下来，
似乎已经警悟这样还不恰当。   1235
幸蒙神灵援助！豁然领会，
我安心地写下："太初有为！"
龙犬，你若欲和我同居此室，
你就不要乱吠，
不要乱哼！   1240
我不愿在我的身边
有吵闹骚扰的来宾。
我们两者之中，
必须从室中走出一个才行。
我不愿逐客，   1245
你可自由地走出开敞的房门。
但是，我看见了什么！
这可是自然能有的事情？
这是现实？抑是幻影？
龙犬变成了又大又长！   1250
昂然站立起来了，
这不是狗的形影！
我向家里带进了一个什么妖怪！
他已经像一匹河马，

有可怕的牙齿和火一般的眼睛。 1255

哦，我已经将你认明！

对于这样半成的妖魔的丑类，

以《所罗门之钥》^①最为灵明。

精灵们（在走廊中。）

里面有一人被捕！

请留在外面，不要跟他走入！ 1260

地狱的老山猫正在恐惧，

如同陷入圈套的野狐。

但请留心！

请飘上飘下，

飞来飞去！ 1265

他将终能逃出。

你们若是对他有用，

不要任他孤立无助！

因为我们曾经受过他

许多照拂。 1270

浮士德

要降伏这种妖精，

我必须用四大的咒文：

火精请燃焚，

水精请回行，

风精请消隐， 1275

土精请勤奋。

如果

---

① 所罗门系有名的以色列王，也是诗人，《所罗门之钥》（ *Clavicula Solomonis* ）是中世纪一种咒文书。

不识这四大元素 ①，

它们的能力

和特性，1280

那就不能是

制服妖精的主人。

火精呀！

请在火中消隐！

水精呀！1285

请潺潺地汇合流行！

风精呀！

请如流星似地灿烂光明！

英古布斯 ②！英古布斯！

请来作家务上的帮助，1290

以结束事情。

这个动物中

并没有隐藏着这四种元素。

它泰然蹲着露牙而睨视我；

我还未使它感到痛苦。1295

我就给你

听强烈的咒语。

你这个家伙

是否从地狱中逃出的游魂？

请看这张符咒 ③，1300

黑暗的群众

看见它都会低头曲身！

---

① 古时以土水风火为四大元素。

② 英古布斯（Incubus）与土精（Kobold）同，据说能助理家事，或说是梦魔。

③ 基督的十字架像，写着 Nazarenus Rex Judaerum 的头字 JNRJ。

它已经膨大，刚毛耸竖。

邪恶的怪物，

这种符咒你是否能读？ 1305

这是那位非凡夫俗子似地出生①，

功弥六合，

莫可名状，

而惨遭刑戮者的圣符。

它被封在火炉之后， 1310

膨胀得像一只巨象，

充满整个房间，

想变成雾气而飞散。

你不要升到天花板去！

必须匍匐在主人的脚边！ 1315

你看，我威吓你并非徒然。

我要烧你，用神圣的火焰！

莫等我

用三重燃烧的烈火②！

莫等我 1320

用我法术中的最强者来惩办！

（雾渐消去，梅非斯特，旅行书生模样的装扮在炉后出现。）

梅非斯特

何必作如此的喧哗，先生有何命令？

浮士德

这是龙犬的正身！

一个旅行的书生！这真是令人发笑的事情。

---

① 以下四行指基督而言。
② 有神眼在中央的三角形，系三位一体的象征，四周有日光。

梅非斯特

你使我冒出了许多汗，　　　　　　　　　　　　　1325

我向博学的先生致敬！

浮士德

你该怎么称呼？

梅非斯特

　　这是无聊的询问，

这个问题我以为是很小；

先生原很轻视言语，

远离一切外貌而只探讨本质的奥秘。　　　　　　1330

浮士德

听到你们的名号，

通常就能知道你们的本质，

譬如称你们为蝇神^①、

恶汉或骗子，那就非常明了。

好吧，你是什么？请你见告。

梅非斯特

　　常欲为恶，　　　　　　　　　　　　　　　1335

我是那种能力的一部分，

　　就是常欲为善的能力。

浮士德

你说那种谜语，有什么意义？

---

① 蝇神：希伯来语 Beelzebub（恶魔）的直译，Accaron 的嘲称。

欧仁·德拉克洛瓦《梅非斯特和浮士德》

26cm×21cm　1826—1827 年

德拉克洛瓦美术馆

梅非斯特

我是否定的精灵!

那是很合理的;

因为凡生成的一切当然都要毁灭;　　　　　　　　　1340

所以不如什么都不创生。

因此你们叫做罪恶、破坏!

总之称做恶的东西,

都是我的本质。

浮士德

你既自称为一部分,

　何以整个在我的面前伫立?　　　　　　　　　　1345

梅非斯特

我对你只不过说出少许的真理。

人是愚蠢的小宇宙,

通常把自己当作全体。

我是那个初为一切之部分的部分,

我是产生光明的黑暗的一部分,　　　　　　　　　1350

骄傲的光明就和黑夜母亲

争夺空间和古老的位置;

但它无论怎样努力也不能成功,

因为它总是附着于各种物体。

光明从物体流出,使物体美丽;　　　　　　　　　1355

但物体会阻碍它的进路,

所以我想它不会持久,

就将和物体同时毁灭。

浮士德

现在我知道你的高贵的本职!

你不能大规模地破坏什么,　　　　　　　　　　　1360

而是从小处开始。

梅非斯特

就是这样当然没有多大成绩。

和虚无对立的

就是粗劣的世界这件东西。

我用了许多方法，   1365

也不能把它处理满意；

我用了波涛、暴风、地震、猛火，

然而海陆都安然无所变易！

对于禽兽和人类等被诅咒的东西，

都无从加以不利。   1370

我已经埋葬了不知多少！

却仍然有新血液循环不已。

情形总是这样，我真要发疯哩！

无数的萌芽

从空中、水中和土中，   1375

从燥的、湿的、暖的、冷的地方生起！

假如我不保持火焰，

我将没有特殊的武器。

浮士德

你这样以冷酷的魔拳

反抗那种永远在仁慈创造的势力；   1380

可是你虽然阴险地

紧握拳头也是徒劳无益！

你是混沌的奇怪儿子，

不如试做别的把戏！

梅非斯特

我们实在要加以考虑；   1385

以后再来商议！

这一次可否准我辞去？

浮士德

我不知道，你何以要如此询问？

我如今认识了你，

你可随意光临。   1390

这里有窗，这里有门，

就是从烟囱，你也可以通行。

梅非斯特

老实说吧！我想要出去。

但有点障碍将我拦阻，

就是那门限上的五角星芒^①的符箓。   1395

浮士德

五角星芒使你愁苦？

那么地狱的儿子，请告诉我：

它若能将你拘束，你当初怎能走入？

你怎能瞒过了那种灵符？

梅非斯特

请你瞧瞧！它是画得不好；   1400

那向外的一角，

你也看见吧，有点儿缺少。

浮士德

这是偶然的幸运，

那么你已经成了我的囚人？

---

① 五角星芒（Pentagramma），"☆"是驱魔之符。

这是意外的收获！ 1405

梅非斯特

龙犬跳进时，它没有留心，

现在情形改变了，

恶魔不能从这屋子里脱身。

浮士德

你为什么不从窗子逃遁？

梅非斯特

这是妖魔鬼怪的规矩； 1410

从那里走进，必须从那里出去。

走进时是自由，走出时是奴隶。

浮士德

地狱也有规矩吗？

这对我却是便利，似乎可和你们订一种契约，

是否可靠而有信义？ 1415

梅非斯特

凡和你约定了什么，你可以完全享受，

不会有什么折扣。

可是这种事情不能这样简单决定，

留待下一次再和你商量；

今天却要恳切地请求， 1420

这一次总要把我放走。

浮士德

请再停留一会，

和我讲点有趣的事情。

85

梅非斯特

现在让我走吧！我不久再来拜见先生；

那时候你可以随意询问。   1425

浮士德

并非我设计捉你，

而是你自投罗网。

捉到了恶魔，那可轻易放走！

第二回再要捉他，那就不容易。

梅非斯特

你如喜欢，我也愿意   1430

留在这里，和你作伴；

但有一个条件：

让我用法术来和你消遣。

浮士德

我很爱看，这可随你方便；

只要你的法术能使我喜欢！   1435

梅非斯特

在这一小时内你五官所享受的，

会多过你在单调的一年间

所享受的分量。

温文的精灵们为你所唱的歌儿

和显示的美丽的形影，   1440

都不是空虚的魔术幻象。

你的嘴巴似尝美味，

你的鼻子似闻异香，

你的感情也会快乐舒畅。

用不着预先筹备，   1445

开始吧！大家都在这个地方。

精灵们

上面的阴暗穹窿，

请消逝！

蔚蓝的天空，

请更美丽和悦地 1450

向室内俯窥！

黑云，

请消散！

小星星们，请闪烁光辉！

较和煦的太阳们， 1455

请照射室内！

奇异美丽的

天上的孩子们，

请摇摆弯身，

而从旁飘飞。 1460

奇异的景慕之情

随他们而去；

衣带

翩翩飘动，

将山野 1465

和凉亭掩盖。

亭内有情人们

山盟海誓地

在谈情说爱。

凉亭之外有凉亭！ 1470

有发芽的藤蔓！

枝头上玉粒累累的葡萄，

向密集的酒库里的

桶里冲进，

发泡沫的酒   1475

如小河似地湍急，

向晶莹的

宝石之间流行，

离开

高处，   1480

逐渐扩大，

成为湖泊，

环绕着青葱的丘陵。

许多鸟儿，

啜饮欢乐的美酒，   1485

朝向太阳，

朝向那些

在波浪上浮动的

明朗的

岛屿飞行。   1490

在欢呼歌唱，

田野上有人，

在游戏跳舞。

他们都是在野外   1495

娱乐身心。

有些人

在湖中游泳，

有些人登山越岭；

有些人   1500

在空中飞行，

大家追求快乐的生活，

大家向往遥远的

显示天恩

和慈爱的星辰。   1505

梅非斯特

他已经安睡！这样很好，轻轻温柔的孩子们！

你们已经忠实地唱得使他入睡！

我应该感谢你们这次合唱的恩惠。

你还没有那种本领能够拘禁魔鬼！

你们要用艳色美貌在梦中欺骗他，　　　　　　　　1510

使他沉入幻想的大海。

但我需要老鼠的牙齿

来将门限的符箓拆毁。

我不须久念咒文，

这里有一个在窸窣作声，

　　马上就会听我指挥。　　　　　　　　　　　1515

你要服从大员、小鼠、苍蝇、青蛙、

臭虫、跳蚤的主人的命令，

大胆地出来，

来把门限咬坏！

我这样涂上一点油——　　　　　　　　　　　　1520

你就快跳出来！你要快快开始！

拘束我的尖端

就是那在边上最前面的角儿，

再咬一口，就可完毕。——

浮士德，尽管做梦罢，

直到我们再见面为止。　　　　　　　　　　　　1525

浮士德（醒来。）

我怎么被欺骗了一场？

我梦见了恶魔，龙犬已经逃跑，

许多精灵的聚集毫无结果，

而只是这样地雾散云消。

书　斋（二）

浮士德　梅非斯特

浮士德

有人敲门？请进来！谁又来打扰我？　　　　　　　　　　1530

梅非斯特

是我。

浮士德

请进来！

梅非斯特

你必须说三回。

浮士德

好吧，请进来！

梅非斯特

这使我很喜欢。

我希望我们能够亲善！

我来为你解愁消忧，

所以作贵公子的打扮；　　　　　　　　　　　　　　1535

穿了有金丝绣花边的红衣，

披了坚实的缎子小外套在上面，

帽子插着雄鸡的羽毛，

佩着尖头的长剑。

我简单明了地奉劝，　　　　　　　　　　　　　　1540

你也穿戴同样的衣冠；

那么你就可以挣脱束缚，
以便自由体验人生为何物。

浮士德

无论我穿上什么衣服，
总感觉到局促人生的苦闷。 1545
我要嬉游未免过老，
要成槁灰，又未免太小。
世界究竟能给我什么？
你要忍受匮乏！忍受贫困！
那是永远以嘎声唱着的歌儿， 1550
向人人的耳畔传进，
在我们的一生中
无时或停。
我每晨惊恐地醒来，
看见又一天到来而流泪沾襟； 1555
它始终不能
使我实现任何愿望，
连一切欢乐的预想，
也以任意的批评加以毁损；
并且以千百的人生丑相， 1560
阻碍我活泼的心创造的兴致。
及至黑夜降临，
我也不得不忧闷地就寝。
夜里也不能享受安息，
时时被噩梦惊醒。 1565
栖住在我胸中的神祇，
虽能激动我的内心，
而君临我的一切能力之上的神，
也不能把外界什么变动毫分。
所以我觉得生存是累赘， 1570

憎恶生存而宁愿死亡。

梅非斯特

可是死绝不是可欢迎的来宾。

浮士德

哦，在胜利的光荣之中，

头上缠着染血的月桂冠而死的人才是幸福；

在激烈、痛快地跳舞之后，　　　　　　　　　　　　1575

死在少女的怀里的人才是荣幸！

啊，我可惜不曾见到崇高的地灵威力时，

在欣喜之余就消魂殒命！

梅非斯特

但有一位某某人，

那天夜里没有将棕色的液汁倾饮。　　　　　　　　1580

浮士德

窥探人的隐私似乎是你的雅兴。

梅非斯特

我虽非全知；却知道许多事情。

浮士德

那时候从可怕的纷乱之中，

有一种熟识的甜蜜声音把我吸引，

用以前快乐时候的余韵，　　　　　　　　　　　　1585

将儿时的残余感情哄骗，

因此我要诅咒那一切；

它们用诱饵和骗术笼络我的灵魂，

用眩惑和谄媚，

把它拘禁于这个悲哀的洞窟里面！ 1590

我先要诅咒

精神用以烦累自己的那种傲慢的情感！

诅咒那种迫近我们官能的

现象的眩迷！

诅咒在梦中诱惑我们的 1595

对于声名和死后的虚荣妄念！

诅咒那作为所有物——

作为妻子、奴隶和锹锄而谄媚我们的一切事物！

我也诅咒财神曼孟——

他以珍宝哄骗我们作种种冒险， 1600

给我们柔软的坐垫，

引诱我们耽溺于安逸！

我诅咒葡萄的琼浆！

诅咒那最高的宠爱^①！

诅咒希望！诅咒信仰！ 1605

而尤以忍耐^②为最先！

精灵们的合唱（不现形。）

唉，可真悲哀^③！

你把美丽的世界，

用有力的

拳头打坏； 1610

世界因而崩溃！

一位半人半神把它摧毁！

我们把碎片

运入虚无，

为了失去的美 1615

---

① 神之爱。

② 不能毅然割断人生羁绊的那种忍从。

③ 浮士德否定世界的一切现状，精灵们则劝他在破坏之后，另行建立新世界。梅非斯特因而引诱他到世间去寻欢作乐。

而伤悲。
你是
人子中的健儿，
请在你的胸中
把它重建得   1620
更加华美！
请以明朗的心情
开始
新生活，
新的歌声   1625
将再鸣响。

梅非斯特

那些是我的伙伴中的
小小东西。
听吧！他们多么老成地，
劝你享乐和行动！   1630
他们想引诱你
走出官能和血液都停滞的
孤独的境地
而进入广大的世界里。

请你停止以烦闷作游戏，   1635
它如秃鹰般啄噬你的生机；
即使你是和最下等的人们为伍，
也会感觉到你是和别人生活在一起。
但我说如此的话，
并非要推你入下流的人群里。   1640
我并不是什么伟人；
但你若想和我一起
到世间去游历，

94

恩格尔贝特·西贝茨

1848—1851 年

95

我甘愿立即
变成你的东西。   1645
我可做你的伴侣，
要是我所做的事能为你所喜欢，
我是你的仆人，你的奴隶！

浮士德

那么我要为你做什么事呢？

梅非斯特

这倒无须这样紧急。   1650

浮士德

不，不，恶魔是利己主义者，
凡于他人有利的事情，
不会无报酬地轻易去干。
请明白地说出条件；
否则这样的仆人会向家里带进危险。   1655

梅非斯特

我在今世甘心替你服侍，
我可以不休止地由你指使；
但如我们在来生再见，
你就要成为我的仆人。

浮士德

什么来生，我并不关心；   1660
即使你把这个世界打碎，
也会有别的世界创生。
我的欢乐从这地上涌出，
这个太阳把我的烦恼照临；

我和它们分离之后，   1665

就不在乎会有什么事情发生。

我不愿再听

将来人们是否相爱和互憎，

来世是否

也有上下的区分。   1670

梅非斯特

你有这样的心思，那就可以尝试。

我们签契约吧！我就要献出本领，

不久你就能有趣地看到我的妙技，

我会给你看人们从未见过的奇事。

浮士德

你这可怜的恶魔，有什么让人看？   1675

你们这样的恶魔，

可曾理解过高尚的人努力的精神？

难道你有不能果腹的美食？

或如水银般在你手中

不停地流散的黄金？   1680

或谁也不会赢的赌博？

或抱在我的怀里，

而却在向邻人眉目传情的女人！

或如流星般消逝的

享受声名的神似的欢欣？   1685

你可示我以天天更换新绿的树木，

你可示我以在采撷之前就已腐败的果品！

梅非斯特

这种要求并不使我吃惊，

这样的珍品，我尽可以呈献。

但是，朋友呀！在我们安然吃着美食 1690
的时候，我们也渐渐接近。

浮士德

假如我怠惰地在寝床上偷安，
那就算我万事皆休！
假如你谄媚地哄骗我，
能使我欣然自满， 1695
你若能以享乐将我欺骗，
那就算是我最后的一天！
我敢和你打这个赌！

梅非斯特

好吧^①！

浮士德

那么一言为定，毋庸宽饶！
假如我对于某一瞬间说道：
"请你停留，你真美好！" 1700
那你就可以将我捆缚起来，
我愿接受灭亡的果报！
丧钟尽可鸣响，
你的职务就可注销，
时钟不妨停止，指针不妨落下， 1705
我的一生就算完了！

梅非斯特

但请仔细考虑，我们都不会忘记。

---

① 梅非斯特先举手表示赞成，浮士德把手抽回之后，再自动地和他握手承诺。

浮士德

你有完全的权利，

我并不胡乱地做大胆的把戏。

我若停滞，就成为奴隶，   1710

我不查问是你的或是谁的。

梅非斯特

今天去作博士宴会的来宾，

我将履行仆人的职分。

但有一事恳求！——请写数行给我，

以作在世和死后的凭证。   1715

浮士德

你也需要凭证吗？你这个刻板的坏蛋！

难道你未曾见识过一个男儿，

　不信任男儿的诺言？

我说过的话将永远拘束我一生，

难道你还觉得不满意？

世界在一切潮流中不停地变迁，   1720

你难道要用诺言将我羁绊？

但这种妄想深藏在人的心里，

谁愿自求脱免？

胸中纯洁地怀着信义的人是幸福的，

什么牺牲都不会使他发生悔念！   1725

但签名盖章的羊皮纸是个怪物，

世人见了它都会心寒。

字句在笔尖上就没有生命，

封蜡和皮纸行使主权。

你这恶魔向我要求什么？   1730

金属、大理石、羊皮纸或纸片？

要我用铅笔、凿刀或鹅毛笔来写这文件？

欧仁 · 德拉克洛瓦《关于梅非斯特人物性格研究的草图》

28.1cm×20.3cm　1826—1829 年

卢浮宫博物馆

无论什么，都任由你拣选。

梅非斯特

你何必就这样起劲，
夸张你的言论？ 1735
无论什么小纸片都行，
请用一滴血液签名。

浮士德

只要你认为满意，
也不妨做这愚蠢的事情。

梅非斯特

血液这种东西是特别奇妙的液体①。 1740

浮士德

你毋须忧虑我会将盟约撕毁！
我和你约定的事情，
是我用全力的努力。
我以前自负过甚；
我只属于你的等级。 1745
伟大的地灵将我排斥，
大自然已经对我关闭。
思想的线索已经寸断，
一切知识我都久已厌倦。
让我们沉潜于感觉世界的深处， 1750
使燃烧似的热情静息！
在不能看穿的魔术的掩蔽之下，
但愿备有一切奇迹！

---

① 梅非斯特看着浮士德在用血签名而说的旁白。

我们要投入时间的急流里，

投入事件的进展里！ 1755

痛苦和快乐，

成功和失败，

不妨尽量互相交替，

男儿原本应该自强不息。

梅非斯特

对于你的行为并未规定目标和尺度。 1760

你可随心所欲，到处摄食，

可以在逃走时拿些什么，

拿走任何你所喜欢的东西。

你务须机敏地拾取，不可畏怯踌躇！

浮士德

你听吧，快乐并非我所关心的问题。 1765

我要委身于最痛苦的享乐，委身于陶醉的沉迷，

委身于迷恋的憎恶，委身于爽快的沉沦。

已经摆脱了知识的欲望的心胸

将来对于任何痛苦都不会回避。

我要在我的内心独自享用， 1770

凡被赋予全人类的一切，

用我的精神抓住最高最深的东西，

在我的胸中将全人类的幸福和悲哀堆积。

将我的小我扩充为全人类的大我，

直到人类和我同归毁灭而后已。 1775

梅非斯特

哦，相信我吧，这种坚硬的食物

我已经啃食了好几千年，

自摇篮以迄盖棺，

从无一人能消化这古老的粉团①！

相信我这样的人吧，　　　　　　　　　　　　　　1780

这个全体是专为神而创造！

他自己安坐在永恒的光华中，

把我们放入黑暗里面，

对你们有用的东西只有白天和黑夜。

浮士德

但是我还是要干！

梅非斯特

　　　这句话真动听！　　　　　　　　　　　　　1785

但我有一事颇担心！

就是"人生朝露，艺术千秋"这种事情。

我想你应该向人领教，

去结识一位诗人，

使他凭幻想驰骋，　　　　　　　　　　　　　　1790

而向你光荣的头上，

堆上一切高贵的特性；

狮子的勇气，

鹿的轻捷，

意大利人的热血，　　　　　　　　　　　　　　1795

北方人的坚忍，

使他为你寻觅秘诀，

如何能联结阴谋诡计和宽大的胸襟，

顺从热烈的青春情欲，

依某种计划而追求女性。　　　　　　　　　　　1800

我自己也情愿认识这样的诗人，

而将称之为小宇宙先生。

---

① 语见《哥林多书》(5∶7)。

103

浮士德

我要用一切智能，以取得人类的荣冠，

如果不能如愿，

那我还算是什么东西？　　　　　　　　　　　　　1805

梅非斯特

我看你啊，到头来——还是和现在一般。

即使你戴上几百万缕鬈发 ① 做成的假发，

置足于几尺高的鞋子上面，

你总还是和你现在一般。

浮士德

我也感觉到这一点：　　　　　　　　　　　　　　1810

搜集了人类精神的一切珍宝也是徒然，

而在我坐下的时候，

却没有新的力量涌现；

我并未向无限更接近一步，

没有增加一丝头发那么阔的一点。　　　　　　　　1815

梅非斯特

先生，你观看事物

和世人的看法无异；

在人生的欢乐飞逝以前，

我们做事应该更聪明伶俐。

什么废话！手和脚，　　　　　　　　　　　　　　1820

头和臀……当然是你的；

可是我新鲜地享用着的一切，

难道因此不算是我的东西？

我若能付六匹马的价钱，

---

① 鬈发：卷曲的头发——编者注

104

那么它们的能力岂不就是我的？   1825

我能威风地驾风驰骋，

好像有二十四只脚似地。

所以请你奋发抖擞，摒除一切思虑，

随着我一直跑回世界里去！

所以我对你说：喜爱思索的人物，   1830

犹如为恶魔所牵引的牲畜，

在草木枯槁的荒地上兜圈子，

而在其周围却有着美丽青葱的牧场。

浮士德

那么我们是要怎样开始才好？

梅非斯特

　　　　我们要赶快出去；

这里是多么苦闷的监牢！   1835

这也能算是生活吗？

使自己和青年们都厌倦无聊，

你大可以让邻居大肚先生来做这个！

何必打干草而自寻烦恼？

你能知道的最高的真理。   1840

不宜向稚子们施教。

现在我就听到有一个到走廊上来了！

浮士德

我不能和他见面。

梅非斯特

不宜让他未受安慰就回去，

他已经可怜地等候了半天。   1845

请将你的上衣和小帽借我；

这套伪装必定很合乎我的身段。

（改装。）

好了，请让我临机应变！

我只要用十五分钟的时间；

在这期间你可以去作有趣的旅行装扮！ 1850

（浮士德退场。）

梅非斯特（穿着浮士德的长袍。）

你尽管轻蔑理性和学问，

轻蔑人的这种最高的能力，

让善骗者用幻术和魔法 ①

来把你鼓励，

那么你就无条件成为我的东西—— 1855

命运给他一种精神，

这种精神不受拘束地前进不已，

由于过于匆促的努力

而跳过尘世的欢喜。

我要把他引入放肆的生活 1860

和平庸的俗事里，

使他焦躁、呆滞、粘着，

而对他那不知足的贪婪，

我将把饮食在贪馋的唇边炫示；

他焦急地恳求充饥解渴，

但是徒劳无益； 1865

即使不致委身于恶魔，

他也必定会毁灭无疑。

（学生一人登场。）

---

① 虚伪的精神（Lügengeist），不是梅非斯特，而是求助于幻术魔法的浮士德的无限度的欲求和努力。

学　生

我是在不久以前就到了此地；

我现在专诚来拜访，

是要来请求教益的。 1870

先生的大名常被人们恭敬地提起。

梅非斯特

你这种诚恳的礼貌很使我欢喜！

你看我这个人和世人无异。

你在其他地方，是否也曾经游历过？

学　生

敬请先生把我收为弟子！ 1875

我具有充分的勇气，

相当的学费和壮健的身体；

我的母亲本来不愿使我远离；

但我想在外边求点有用的学识。

梅非斯特

那么你来此地真是恰当。 1880

学　生

老实说吧，我已经想离开此地；

这些大房间，这些墙壁，

一点也不能使我欢喜。

这是个很狭小的地方，

不见有青草或任何绿树。 1885

坐在讲堂里的椅子上面，

我的耳目和思想都觉得昏迷。

梅非斯特

这是在于是否习惯。

婴孩吃母奶，

最初也不立即情愿；   1890

但不久就贪馋地吸吮。

你对于知识的乳房，

也将一天胜似一天地喜欢。

学　生

我将把学问的脖子非常乐意地紧抱；

请先生指示这种事情如何能够做到？   1895

梅非斯特

在未说其他事情以前，

你选择什么科目？请先见告。

学　生

我要做饱学的巨子，

凡天上地上所有的一切，

我都要知道，   1900

学问和自然，都要探讨。

梅非斯特

你的思想倒很纯正；

但你不宜放松精神。

学　生

我将用整个心身从事于学问；

但在暑假等快乐的日子，   1905

当然也得稍有自由，

以消遣散心。

梅非斯特

请善用时间，时间过得如此匆急；

但时间如何利用，秩序能够教你。

我要劝你   1910

先听逻辑的讲义。

那么你的精神就会被严加训练，

好像穿上了西班牙的长靴①，

以后走思想的路径

也会更谨慎留意，   1915

不会如鬼火似地

纵横不定地飘移。

然后在一段时期中人家会教你：

凡你以前像随意饮食似地

一口气做完的事情，   1920

现在却要依一、二、三的次第。

原来思想的工场

也和织工的精妙工作无异，

一踏足则千丝活动，

梭儿射来射去，   1925

丝线不可见地流着，

一击就打成千百种联系，

哲学家走进讲堂，

将这种道理对着你讲：

第一这样、第二是这样；   1930

所以第三、第四也是这样；

如果没有第一、第二，

就不会有第三、第四这两项。

各地的学生都称赞这种教法，

但没有一个成为铁匠。   1935

---

① 西班牙的长靴，一种著名的刑具，用螺旋绞紧铁条，以拷问犯人。

欧仁 · 德拉克洛瓦《梅非斯特和学生》

26cm×17cm　1828 年

霍顿图书馆

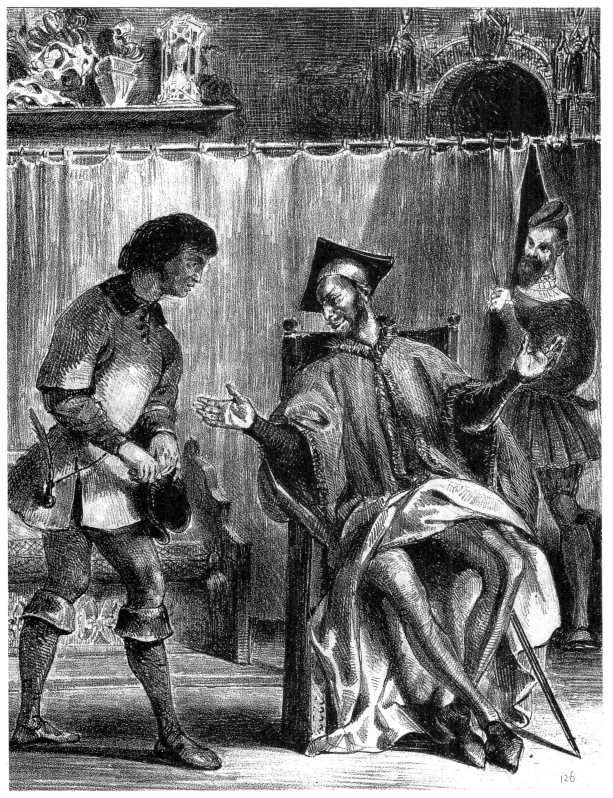

126

欧仁·德拉克洛瓦《梅非斯特和学生》

26cm×22cm　1826—1827 年

德拉克洛瓦美术馆

凡欲认识和记述活的对象的人，

都先想把精神驱逐；

于是可怜地缺少精神的联结，

而只有零碎的部分留在手掌中。

化学上名之为"自然操纵"①。 1940

不过是自我解嘲，而不知道究竟是怎样。

学　生

先生的教诲，我不能全部领会。

梅非斯特

你就将更能领会，

你若能学习，

把一切还原和适当地分类。 1945

学　生

我觉得头脑昏乱，

好像有磨粉车在脑中回旋。

梅非斯特

其次，在学习任何科目之前，

先要对形而上学下一番工夫！

那么人的头脑所难以捕捉的妙理， 1950

你也能深切地领悟。

不论对于能进和不能进入脑海里的任何一切，

华丽的言词总会有用处。

但在这最初的半年之中，

首先要注重最好的秩序， 1955

---

① 自然操纵（Encheiresis naturae）是斯特拉斯堡大学教授 J. R. Spielmann 的 "Institiones Chemiae"（1763 年）中的用语。他说："物质虽可分解，但不能使其各部分再结合：因为在分解时已失去了'精神的联系'。"

每天五个钟头的课程，

须听钟响上课不宜迟误！

要预先好好准备，

把章节研习精熟；

那么以后就更能明白， 1960

先生所讲的无非是书中所写的事物；

但你要勤于笔记，

好像是在写下圣灵所口授的言语！

学　生

不必先生对我再讲这种道理！

我也知道笔记是多么有益； 1965

因为用墨在白纸上写的东西，

可以安心地拿回家里。

梅非斯特

但是你要选个学系！

学　生

我不愿研究法律。

梅非斯特

你不愿研究这种东西，

　我看也并非无理； 1970

这种学问的情况我很明白。

法律和制度，

好像永远的疾病似地世袭，

一代又一代地遗传下去，

从一处渐渐向别处转移。 1975

善行变成祸患，道理变成无理；

后生小子真是倒楣！

我们生而有之的权利，

可叹地谁也不当作问题！

学　生

先生所说的话，

　更增加了我嫌恶的心理。　　　　　　　　　　　1980

受先生指教真是运气！

我现在是想把神学研习。

梅非斯特

我不愿意使你迷误昏乱。

关于这种科学，

要避免邪路很是困难。　　　　　　　　　　　　1985

其中有许多隐藏的毒液，

难以和良药分辨。

研究这种学问，

也最好师事一人而坚信其言。

总之——务须信奉言语！　　　　　　　　　　　1990

那么你能经过安全的门户

而进入坚固的圣殿。

学　生

但任何言语总有一个概念。

梅非斯特

当然是的！但不必过于考虑；

因为就在概念缺乏的地方，　　　　　　　　　　1995

在适当的时机也会有言语出来。

用言语可以畅快地议论，

用言语可以组织体系，

对言语可有很好的信仰，

114

任何言语不能缺少一点一笔。 2000

学　生

请先生原谅，我用许多问题麻烦先生；

但我还要请先生解决疑难。

关于医学

先生可否给我以有力的诤言？

学问的范围太广， 2005

而三年却是非常短暂！

只要先生稍稍指点，

我就能继续摸索试探。

梅非斯特（自语。）

这种枯燥无味的语调我已经厌烦了，

必须再用我恶魔的腔调。 2010

（高声。）

医学的精粹很容易领会；

你只要把大世界和小世界 ① 都研究明了，

以后如何发展，

只好由上帝安排指导。

你为学问而东奔西跑，那是徒劳； 2015

任何人只要能将他所能学的学到，

而能捉住机会的人，

就是英豪。

你的体格强壮，

胆量想来也不会缺少。 2020

只要你能自信，

别人也就会以为你很可靠。

尤其要学习操纵女人；

———————————

① 大世界和小世界：即上流社会和平民社会。

115

她们永远不停地叫痛喊苦，
变化多端地聒噪撒娇，　　　　　　　　　　2025
却可从一点 ① 把她们治疗。
你如能适当妥善地应付，
就可以把她们笼络得很好。
第一要用学位使她们相信你：
以为你的技术比谁的都高妙。　　　　　　　2030
你可探索别人多年间只敢略微接触的一切部分，
作为欢迎的礼貌；

又要好好把脉，
以狡猾的眼光窥视，
大胆地抚摸她们的纤腰，　　　　　　　　　2035
把带子的宽紧如何观察明了。

学　　生

这种高见，更为恰当，
　　我知道什么地方应如何处理。

梅非斯特

你要知道理论都是灰色的，
而生命的金树常青。

学　　生

老实说，我好像在做梦。　　　　　　　　　2040
我可否下次再来
恭聆先生所说的哲理？

---

① 指性欲。

梅非斯特

凡是我所能做的事情，我都愿意。

学　生

我不能这样就随便回去，

我要呈上这本纪念册，　　　　　　　　　　　　　　　　2045

敬请费神在册子上题字！

梅非斯特

好的。（写好交还。）

学　生（读）

"尔等其将如神，能知善与恶。"①

（恭敬地掩合纪念册敬辞而去。）

梅非斯特

你尽可信奉这句古话和我蛇姨母的言语，

你将会有一天因为你如神而恐惧！　　　　　　　　　　2050

浮士德（登场。）

我们到哪里去呢？

梅非斯特

到哪里都可以，由你喜爱。

可先看小世界，然后再看大世界②。

你修完这种课程后，

将会觉得多么有益，多么愉快！

---

① "尔等其将如神……"是天主教拉丁文圣经（Bulgata）中的文句，见创世纪第三章第五节。

② 小世界即如同有学生及葛莱卿登场的《浮士德》第一部的世界，而有王侯贵族登场的第二部的世界，则为大世界。

浮士德

可是我有这样长的胡子，   2055

不能作轻快的生活。

我的尝试不会成功；

我从未能和世界顺应调和；

我在别人面前觉得渺小；

必定常会觉得惶惑。   2060

梅非斯特

好朋友，那自然会顺当；

你只要相信自己，就会知道如何生活。

浮士德

那么我们怎样从家里出去？

你的车子、马和仆夫在哪里？

梅非斯特

我们只要张开外套，   2065

它就会把我们带入苍穹。

你做这种大胆的作为，

不可驮负巨大的包袱。

我将弄一点燃烧的气体①，

它就会把我们从地上高举。   2070

因为我们愈轻，愈能够快快上升；

我为你开始新的生活而祝福。

---

① 魔鬼坐在魔术外套上飞行天空的传说，1782 年法国蒙戈尔费埃兄弟发明藉发热气体上升的气球，在这里被引用。

莱比锡的奥爱尔伯哈酒肆

快活的朋友们的酒宴

傅乐希 ①

你们怎么都不喝酒？都不欢笑？
我将教你们怎样作古怪的面貌！
你们平时那么旺盛地燃烧，   2075
今天却像潮湿的干草。

勃兰特尔 ②

这都是因为你的缘故；你没有表现什么，
愚蠢的事也不做，下流的话也不说。

傅乐希

（浇一杯酒在他头上。）

两样都献给老哥！

勃兰特尔

你是个双料的猪猡！

傅乐希

因为你要求这样，我才遵命照做！   2080

西培尔 ③

滚出去，吵嘴的家伙！
请畅饮狂欢，将轮唱歌 ④ 开怀高歌！

---

① 傅乐希（Frosnch），新入的大学生，即 Fuchs。
② 勃兰特尔（Brauder），第二学期的大学生，即 Brandfuchs。
③ 西培尔（Siebel），资格颇老的大学生之名，是个失恋的青年。
④ 轮唱歌（Runda），是有重复句的轮唱歌，大抵在饮酒时吟唱。

来吧！诃拉！诃！

亚尔特迈爱尔 ①

不得了，吵得我真难过！

拿棉花来！这家伙震聋我的耳朵。

西培尔

要唱得圆屋顶发回音，   2085

才能知道低音的威力如何。

傅乐希

对呀！对呀！抱怨的唠叨家伙，滚出去吧！

阿！嗒拉、拉拉达！

亚尔特迈爱尔

阿！嗒拉、拉拉达！

傅乐希

嗓音已经调好啦。

（唱。）

亲爱的神圣罗马帝国 ②   2090

怎么还能维持哪？

勃兰特尔

这种讨厌的歌！呸！政治的歌曲！

一首无聊的歌曲！

你们不必为罗马帝国操心，

　就应该每天清晨感谢上帝。

---

① 亚尔特迈爱尔（Altmeyer），老学生之名。

② 十七世纪一种大玻璃杯称为神圣罗马帝国，在唱轮唱歌时，互相传递，用以饮酒。

我不是宰相，也不是皇帝。   2095
我至少以为是很大的福利。
我们也不可没有头目；
我们要把一位法皇来选举，
你们都知道什么资格①最重要，
能把人的身份提高。   2100

傅乐希（唱。）

飞去吧，夜莺夫人，
去向我情人传达一万次温存！

西培尔

不要向情人温存！我不愿聆听这种事情！

傅乐希

向情人温存而且接吻！你可不能过问！
（唱。）
开门吧，夜深人静。   2105
开门吧，情郎未寝。
关门吧，清晨黎明。

西培尔

你尽可歌唱，歌唱！尽可把她称赞夸耀！
我将在相当的时候予以嘲笑。
她欺骗了我，也会给你受同样的烦恼。

最好让一个地精②给她做情郎，
在十字路口和她调情；

---

① 指酒量而言。
② 地精（Kobold）：丑陋的侏儒形的土精，也是人家里的精灵。

121

希望有一只老山羊从勃洛根山回来 ①，

在奔跑中对她叫一声"今晚你好！"

一个有纯正的血和肉的男人，　　　　　　　　　2115

匹配那贱人已是自贬身价。

对她还说什么温存，

正应该拿石块向她的窗内投抛。

　　　　　　勃兰特尔（拍桌子。）

注意！注意！请听我说明！

诸君都会承认，我是善于处世的人；　　　　　2120

这里坐着痴情的人们，

我今晚临别，要依照他们的身份

给以相等的馈赠。

听吧！这是一首最新式的歌曲！

请同唱迭句，务须尽力！　　　　　　　　　2125

　　（唱。）

　　　一只老鼠在地窖里营巢，

　　　以脂肪和牛油为食料，

　　　吃得像路德博士那样，

　　　大腹便便地肥饱。

　　　厨女给它毒药吃，　　　　　　　　　　2130

　　　它就觉得世界非常狭小，

　　　好像胸中有恋爱的烦恼。

　　　　　　合　唱（欢呼。）

好像胸中有恋爱的烦恼。

　　　　　　勃兰特尔

　　它四处乱转，向外面奔跑，

―――――――――――――

① 传说在华尔布几斯之夜，魔女们曾乘牡山羊到勃洛根（Brocken）山上去聚会游玩。

在任何污池和沟道饮水，   2135

在住家中乱搔乱咬。

但怎样吵闹也徒然；

许多次焦躁地高跳，

不久就不能再吵，

好像胸中有恋爱的烦恼。   2140

合　唱

好像胸中有恋爱的烦恼。

勃兰特尔

它因为心里急躁，

白天跑进厨房里来。

在灶头旁边跌倒，

痉挛着而气息微小。   2145

下毒的厨女还笑道：

哈哈，它在吹最后的笛声，

好像胸中有恋爱的烦恼，

合　唱

好像胸中有恋爱的烦恼。

西培尔

平凡的孩子们多么开心！   2150

向可怜的老鼠下毒药，

这种手段可真高明！

勃兰特尔

老鼠似乎颇承你宠幸？

亚尔特迈爱尔

秃头大腹的先生！

厄运使他变成如此温驯；　　　　　　　　　　　　　2155

他在膨胀的老鼠身上，

看见他自己的天然写照。

（浮士德和梅非斯特登场。）

梅非斯特

我首先要把你

引入快乐的人群里，

使你明白人生可能是多么容易。　　　　　　　　　2160

对于在这里的人们，每天都是节日般地可喜。

虽然没有什么才气，却非常适意。

他们画着小圆圈跳舞，

好像小猫玩尾巴似地。

只要不患头痛，　　　　　　　　　　　　　　　　2165

只要主人还肯赊以酒食时，

他们总是愉快而不忧戚。

勃兰特尔

那两位先生似乎是刚从远方来的客人，

看他们那种特异的样子就可以知道。

他们到了这里大概还没有半个时辰。　　　　　　2170

傅乐希

对的！你的话很中肯！我要赞美莱比锡！

它是个"小巴黎"，能使人成为温雅斯文。

西培尔

那两个旅客你以为是怎样的人？

傅乐希

让我过去探问！只需要用一满杯酒，

我就能像拔儿童的牙齿一般，　　　　　　　　2175

很容易从他们的鼻子里将虫儿勾引。

他们似乎出自名门，

流露着骄傲而不满的神情。

勃兰特尔

我可以打赌，他们一定是走江湖的浪人！

亚尔特迈爱尔

或许是真的。

傅乐希

　　好吧，我去探访他们的秘密。　　　　　　2180

梅非斯特（对浮士德说。）

他们不会认识恶魔，

即使被恶魔捉住了衣领。

浮士德

诸位先生，让我们致敬！

西培尔

　　多谢！让我们回敬。

　　（从旁看梅非斯特而低声说。）

　　他似乎用一只脚在跛行①？

---

① 据说恶魔从天国坠入地狱时成为跛子。或说恶魔的一只脚是马足（参看原诗第 2499、4055、6340、7150、7738 等行）。

梅非斯特

请让我们加入你们伙伴？   2185

这里似乎没有好酒，

希望能以聊天来消遣。

亚尔特迈爱尔

你们好像有奢侈的习惯。

傅乐希

你们是否从李巴哈村^①来得太晚？

是否还跟韩斯先生同吃了晚餐？   2190

梅非斯特

今天过来没有去看他，

以前却曾见过那位先生，

他谈了许多关于诸位的事情，

托我代为询问。

（向傅乐希鞠躬。）

亚尔特迈爱尔

你吃了败仗！他回答得那么漂亮！

亚培尔

这个家伙似乎颇为高强！   2195

傅乐希

等一等，我要他投降！

---

① 李巴哈村（Rippach），Leipzig 郊外农村。Leipzig 人称粗野愚鲁的人为 Lippach 的 Hans Arsch。

梅非斯特

如果我没听错，

刚才你们是以很熟练的声音在合唱？

在这里唱歌儿，

想必从圆屋顶有很好的回响！ 2200

傅乐希

你好像是精于乐歌？

梅非斯特

不！能力薄弱，偏偏只嗜好这个。

亚尔特迈爱尔

请试唱一首歌儿！

梅非斯特

如果诸位高兴，我可以唱许多歌儿。

西培尔

非最新的不可！

梅非斯特

我们刚从西班牙回来， 2205

那是歌与酒的邦国。

（唱。）

古时曾有个国王，

畜养一只大跳蚤——

傅乐希

听吧！一只跳蚤！你们是否已经明白？

我以为跳蚤是清洁的宾客。 2210

恩格尔贝特·西贝茨

1848—1851 年

梅非斯特（唱。）

古时曾有个国王，

畜养一只大跳蚤。

国王酷爱此生物，

视同儿子如珍宝。

某日国王召缝工，   2215

缝工奉旨即入朝：

"速为公子裁衣裳，

连同裤子都裁好！"

勃兰特尔

莫忘诫告此工人，

尺寸工作须精巧；   2220

若非平直无皱纹，

须知脑袋亦难保。

梅非斯特

蚤穿新装真美妙，

天鹅绒衣和缎袍，

且有彩带作装饰，   2225

金十字架光皎皎。

立时敕任为大臣，

大星勋章很显耀。

兄弟姊妹也荣幸，

高官厚禄胜群僚。   2230

宫中绅士和淑女，

为蚤所苦极烦恼。

王后乃至诸宫女，

也都为蚤所刺咬。

忍痛不敢伤害它，   2235

即有痒处也不搔。

但若有蚤咬我们，

立即捕杀无宽饶。

合　唱（欢呼似地。）

但若有蚤咬我们，

立即捕杀无宽饶。 2240

傅乐希

妙极！妙极！这首歌儿真正好！

西培尔

不论什么跳蚤，都该这样杀掉。

勃兰特尔

要撮起手指，好生捉牢！

亚尔特迈爱尔

自由万岁！酒也万岁！

梅非斯特

假如你们的酒稍好一点， 2245

我很想和诸位畅饮一杯，敬祝自由万岁。

亚尔特迈爱尔

我们不愿再听这样的毁谤！

梅非斯特

我只是害怕

这里的主人见怪；

不然，我就从我们的酒窖里拿出酒来，

欧仁·德拉克洛瓦《浮士德和梅非斯特在小酒馆》

27cm×22cm　1826—1827 年

德拉克洛瓦美术馆

欧仁·德拉克洛瓦《浮士德和梅非斯特在小酒馆》

27cm×22cm

霍顿图书馆

将诸位贵客款待。 2250

西培尔

你尽管拿来！一概由我担代。

傅乐希

如果能给我们好酒，我们就会把你赞美。

但分量不宜太少；

因为如果我要辨别优劣，

需要饮个满嘴。 2255

亚尔特迈爱尔（低声说。）

据我猜想，他们是由莱茵地方来的。

梅非斯特

快拿一个钻子来！

勃兰特尔

要钻子做什么？

难道你有酒桶摆在门口？

亚尔特迈爱尔

主人有一篮工具在那背后。

梅非斯特

（取钻子对傅乐希说。）

说吧，你要何种美酒？ 2260

傅乐希

这是什么意思？难道你有多种的酒？

梅非斯特

我任各人自由。

亚尔特迈爱尔（向傅乐希说。）

啊哈！你已经开始在唇边舔着舌头。

傅乐希

奸的！如果我可随意选择，

　我喜欢喝莱茵酒。

祖国制成的酒类是最优秀的。 2265

梅非斯特

（在傅乐希坐着的地方，向桌边钻穴。）

拿点蜡来，立刻要做栓子封口！

亚尔特迈爱尔

啊！原来是用玩戏法来引诱。

梅非斯特（向勃兰特尔说。）

你有什么要求？

勃兰特尔

　我要求香槟，

会发泡的香槟酒！

（梅非斯特钻穴，同时有一人制蜡栓封口。）

勃兰特尔

外国货不能完全避免， 2270

因为好货色往往本国没有。

真正的德国人不喜欢法国人，

却喜欢喝他们的酒。

西培尔

（梅非斯特走近他的座位。）

老实说，我不喜欢吃酸的，

请给我一杯真正的甜酒！　　　　　　　　　　　　　2275

梅非斯特（钻穴。）

妥凯①酒就将向你涌流。

亚尔特迈爱尔

且慢，请你们正视我的脸！

我明白了，你们只是在将我们哄骗。

梅非斯特

什么话！把你们这样的贵客哄骗，

岂不是过于大胆。　　　　　　　　　　　　　　　　2280

快点说！

我要用什么酒来奉献？

亚尔特迈爱尔

什么酒都可以！莫问得如此麻烦。

（钻好了所有的酒穴，再塞好栓子。）

梅非斯特

（做出奇怪的姿态。）

　　葡萄生在藤儿上，

　　角儿生在山羊头；　　　　　　　　　　　　　　2285

　　酒是液体藤是木，

　　木桌也能生出酒。

　　请向自然深奥看！

---

① 妥凯酒（Tokay），匈牙利名酒。

135

奇迹就在眼前头!

诸位拔栓请吃酒! 2290

众　人

（拔闻栓子，各人所要的酒流入各人的杯中。）

啊，多么美好的泉水向我们涌流!

梅非斯特

但请留意，莫使一滴有倾漏!

（众人反复饮酒。）

众　人（唱。）

我们大家真开心，非常快乐!

如同五百只猪猡，

梅非斯特

民众是自由的，请看呀，

那是多么快乐的人生! 2295

浮士德

我要走了，要离开他们。

梅非斯特

请先留心看吧，他们要大发兽性呢。

西培尔

（不注意地饮酒，酒流在地上，化成火焰。）

哦，快来救我! 失火了! 快来救我!

这里在烧着地狱的火。

梅非斯特

（向火焰念咒。）

亲爱的元素，请安静一点！   2300

（向众人说。）

这一回只不过是一点净罪的火焰。

西培尔

这是什么把戏？等一等！要给你教训一番！

你似乎以为我们是可欺侮的笨蛋？

傅乐希

你胆敢第二回再干！

亚尔特迈爱尔

我想还不如温和地叫他滚蛋！   2305

西培尔

什么啦，先生？你敢在这里肆无忌惮，

做玩意儿哄骗？

梅非斯特

老酒桶，不要胡说多言！

西培尔

  扫帚柄！

还敢对我们这样蛮横！

勃兰特尔

且慢！让我们如雨般向你挥拳！   2310

137

亚尔特迈爱尔

（从桌子拔了一个栓子，火向他烧来。）

哦，我被火烧伤了！我被火烧伤了！

西培尔

这是妖术邪道！

打吧！这家伙人人可以诛讨！

（他们拔出小刀，向梅非斯特杀去。）

梅非斯特（作严正的态度。）

虚伪的形象和言语，

请将心思和地方变易！

请在那里，请在这里！　　　　　　　　　　　　　　　2315

（他们都惊骇地站住，互相瞪视。）

亚尔特迈爱尔

我在哪里？多么美丽的境地！

傅乐希

葡萄园！可不是我的眼睛昏迷？

西培尔

手边就有葡萄哩！

勃兰特尔

请看，青葱的葡萄棚下，

藤子多么粗大！葡萄多么美丽！

（他捏住西培尔的鼻子，其余的人也互相捏鼻子举起刀来。）

梅非斯特（如前。）

迷幻呀，将蒙眼除去！　　　　　　　　　　　　　　　2320

你们要记取恶魔的恶戏。

（和浮士德退场，各人相互放手。）

西培尔

怎么回事？

亚尔特迈爱尔

怎么搞的？

傅乐希

这是你的鼻子吗？

勃兰特尔（对西培尔说。）

我捏住了你的鼻子！

亚尔特迈爱尔

我好像受了一种打击，贯彻了我的四肢百体！
快给我一把椅子，

我好像要倒下去似地！　　　　　　　　　　　　　2325

傅乐希

不，请告诉我，是怎么回事？

西培尔

那家伙哪儿去了？ 我若寻见他，
绝不由他活着逃逸！

亚尔特迈爱尔

我亲眼见他向店门出去——
骑在酒桶上出去——　　　　　　　　　　　　　2330
我的脚重得像铅似的。

（转向桌子。）

啊！是否还有酒涌溢？

西培尔

一切都是虚诳诈欺。

傅乐希

我觉得像喝过酒似的。

勃兰特尔

可是那种葡萄已经跑往哪儿？   2335

亚尔特迈爱尔

谁还能说不可相信奇迹！

魔女的厨房

在一个低低的灶上有一只大锅搁在火上，从锅中升起的蒸气中呈现着种种形象。一只长尾母猿坐在锅边将锅中拌搅，留心看管不使其溢出。公猿偕小猿们坐在其旁，取暖壁上和天花板都有极奇特的魔女的用具装饰着。

（浮士德和梅非斯特登场。）

浮士德

我很讨厌

    这种魔法的狂妄把戏！

你怎么还说：

我能在这种骚扰混乱中调养身体？

你叫我向老妇人请求教益，   2340

这种污秽的煎汁，

怎么能够减轻我三十岁年纪？

你如果没有更高明办法，那我算是休矣！

我的希望已经消失。

难道自然和先哲，   2345

没有发明了什么灵剂？

梅非斯特

朋友，你又在讲自作聪明的道理。

能使你返老还童的自然良方原是有的；

但是记载在一本别的书籍里，

而且那一章很是奇异。   2350

浮士德

请你告知。

梅非斯特

好的！这种方法

不需要妖法、医生和金钱：

只要你跑往田野去，

开始掘土耕田，

把你的身心 2355

保持在很小的范围里面；

和家畜过一样的生活，吃单纯的菜饭，

将你有所收获的田畴自行施肥，

不要以为这是什么磨难。

你可以相信，这是最好的方法， 2360

你活到八十岁也能壮健如昔。

浮士德

如此的事情我不曾习惯，

手拿锹锄我也不情愿。

狭小的生活不能为我喜欢。

梅非斯特

那么还是需要去向魔女请教。 2365

浮士德

何必要请教老媪；

你难道不能自制这种饮料？

梅非斯特

这是很费时间的把戏！

我宁愿用这时间去造一千座桥。

那不但要技术和学问， 2370

工作时也需要忍耐，

有耐性的家伙才会多年静默地勤劳，

而且只有时间才能造成强有力的发酵。

而且所需要的一切，

都是稀奇的原料！ 2375

恶魔虽然把制造方法传授给魔女；

却不亲自制造。

（瞥见诸猿。）

看吧，这是多可爱的东西，

这是男仆，这是婢女！

（向诸猿。）

女主人好像不在家里？ 2380

诸　猿

她从烟囱

走出外面，

是去赴宴！

梅非斯特

她通常要出去游玩多久？

诸　猿

在我们烘暖手掌那么长的时间。 2385

梅非斯特（向浮士德。）

这些纤弱的动物你以为如何？

浮士德

这样没趣味的东西，我从来没有见过！

梅非斯特

不，我最喜欢这样地谈话，

和它们这样的家伙！

（向诸猿。）

被祖咒的木偶们，快对我说，   2390

你们搅拌的稀烂东西是什么？

诸　猿

我们在煮布施乞丐的稀粥 ①。

梅非斯特

你们的顾客想必很多。

公　猿

（走进来，向梅非斯特谄媚。）

请就将骰子玩一玩，

使我能富裕一点，   2395

使我能多赚几个钱！

我的境遇真是可怜，

假如我有钱时，

我便能聪明能干。

梅非斯特

假如猿猴也能中彩，   2400

将会多么幸福。

（此时小猿们玩大球 ②，把它滚过来。）

公　猿

这是世界；

它或降或升，

旋转不已；

声音很像玻璃——   2405

---

① 稀粥，系修道院布施贫民的稀饭汤汁，此用以讽刺分量多而内容少的大众读物。

② 绘有诸猿在玩弄地球的一幅画。

恩格尔贝特·西贝茨

1848—1851 年

很容易破碎——

里面是空的。

这里很灿烂，

那里更是光辉熠熠：

似乎说：我是活着——   2410

好儿子，

要离开些！

否则你会死哩！

它是泥做的，

打破了就成为碎屑。   2415

梅非斯特

那个筛 ① 有什么用处？

公　猿

你若是偷儿，

我立刻就能看出。

　　（跑到母猿处，让她透视。）

请透过这个筛看去！

你是否看见偷儿 ②，   2420

而不敢把名字说出？

梅非斯特

　　（走近火边。）

这个壶呢？

公猿和母猿

你这个蠢物！

你不认识壶，

---

① 德国人有一种迷信说法：筛能自己转动，并可藉以查出犯罪的人。

② 梅非斯特要窃取浮士德的灵魂，所以是贼。

也不认识锅！ 2425

梅非斯特

没有礼貌的动物！

公　猿

请拿这个拂尘，

坐到椅子上去！

（强破梅非斯特就坐。）

浮士德

（在这段时间内，立在一面镜子前，有时走近有时迷离。）

我所见的是什么呢？

那显现在魔镜里的

　是多么奇妙的姿体 [①]！ 2430

啊，爱神呀，请将你翅膀中最快速的借给我，

带我到她所在的境地！

唉！我不停在这里，

大胆地走近去时，

只能看见她，仿佛是在云雾里！—— 2435

这是女人中最美的形影！

可能吗，女人会如此的美丽？

这个横卧的玉体，

可不是天地间一切美的集体？

地上哪能有这样的东西？ 2440

梅非斯特

自然啰，造物主经过六天的勤劳，

---

① 中世纪的传说，说魔镜能显示远方的情人，或回答问题，这里在魔镜中显现的裸体美人，不是第二部中所说的海伦，
更不是第一部中的葛莱卿，而是乔奥吉尼斯（Giorgiones）及提香（Titan）所画的维纳斯那种理想中的美人。

最后连自己也都叫好①，

所造成的东西，当然是出色的创造。

这回你尽可看个畅快；

我就将去替你寻找

　一个这样可爱的女孩，　　　　　　　　　　　　　　　　2445

谁有运气能娶她回家，

那福分真好！

　　（浮士德依然凝视着镜中，梅非斯特在靠椅上舒展肢体，玩弄拂尘，继续
　　说话。）

我坐在这里，如同国王上朝，

我有王笏在手，只是王冠却还缺少。

诸　猿

　　（到此时为止做了种种奇异的举动，此时大声叫喊，拿王冠来给梅非
　　斯特。）

请你费心，　　　　　　　　　　　　　　　　　　　　　2450

用血和汗②

胶合这个王冠！

　　（笨拙地持王冠来，弄得碎成两片，又拿着碎片乱跳。）

真糟糕，已经变成这样！

我们也说，也看，也听，

也作诗歌文章——　　　　　　　　　　　　　　　　　　2455

浮士德（对着镜子。）

啊！我简直要疯狂。

梅非斯特（指诸猿而说。）

我也渐渐觉得头昏脑胀。

---

① 连自己也都叫好，见《创世纪》（1：31）。
② 即饮用人民的血汗以保持王位之意。梅非斯特应诸猿的请求胶合王冠，交给它们，它们又把它弄碎了，显然是影射
　法国革命而言。

诸　猿

如果时机适宜，

情形顺利，

我们也有思想 ①！　　　　　　　　　　　　　　　　　　　2460

浮士德（和以前一样的动作。）

我的胸中开始燃烧！

我们赶快离开这个地方！

梅非斯特（和以前一样的动作。）

我们至少不得不承认，

他们是正直的诗人。

（母猿疏忽锅子开始沸溢，燃成大火焰向烟囱冲出，魔女由火焰中发出恐

怖的喊声下来。）

魔　女

噢！噢！噢！噢！　　　　　　　　　　　　　　　　　　　　2465

可恶的瘟猪！可恨的畜生！

不好好照料锅子，烧伤女主人！

该诅咒的畜生！

（瞥见浮士德和梅非斯特。）

怎么回事？

你们是谁？　　　　　　　　　　　　　　　　　　　　　　　2470

你们来做什么？

谁敢潜入室内？

让火焰将你们

透骨地烧毁！

（把杓子浸入锅中，撒火焰于浮士德、梅非斯特及诸猿，诸猿啼泣。）

---

① 诸猿比喻小诗人，虽然模仿别人，有时也能押韵吟诗，似乎有些思想。

梅非斯特

（将执在手中的拂尘倒转，击杯、壶等物。）

破毁！破毁！   2475

粥汤溅开！

玻璃打坏！

这不过是诙谐，

是合你歌调的拍子，

你这个愚蠢的精怪。   2480

（魔女愤怒惊骇地退却。）

你是否认识我？

你这个骸骨，草人儿！是否认识主人和老师？

我何必留情，可以凶狠地打击，

打碎你和你那些猴子！

难道你对于红马甲已无敬意？   2485

帽上的鸡毛你不能认识？

难道我蒙着脸儿？

难道你要我说出自己的名字？

魔　女

哦，老师，请原谅我的鲁莽无礼！

但我没有看见马蹄①。   2490

你的两只乌鸦②在那里？

梅非斯特

这次饶你一遭；

因为我们没有相见，

时间已很长久了。

那种舐遍世界的文化，   2495

连恶魔身上也沾上了；

---

① 请参看原诗第 2184 行的注。
② 北欧神话里的渥坦（Wotan）神，有乌鸦为使者，德国的传说仿之，以为恶魔也有乌鸦。

已经不可再见北方式的邪妖！

你在哪里看见有角、尾和脚爪？

至于马足，我却不能缺少，

但在众人面前露出来总是不好；　　　　　　　　　　　2500

所以我和许多青年一样，

已经多年用假腿在跑路了呢。

　　　　　　　　　魔　女（跳舞。）

我真开心得要发癫，

如今能和撒旦公子再见！

　　　　　　　　　梅非斯特

蠢婆子，我禁止你用这个名字呼唤！　　　　　　　　　2505

　　　　　　　　　魔　女

为什么？这个名字对你可曾有什么冒犯？

　　　　　　　　　梅非斯特

它是已经很久就记载在寓言书里面；

但是人们却并不因此而有何改善；

他们虽然脱离了恶魔，

　　却仍旧有许多恶魔般的人在世间。

你可叫男爵阁下，那就很方便；　　　　　　　　　　2510

我是个骑士，和其他骑士一般。

你莫怀疑我的血统不是显贵；

这是我家里的徽章，请你看看！

　　（做猥亵的姿态。）

　　　　　　　　　魔　女（放肆地痴笑。）

哈哈！这是你向来的作风！

你依旧和以前一样是个顽皮的坏蛋？　　　　　　　　2515

梅非斯特（向浮士德。）

朋友，你要牢记在心！

这是魔女们交际的方式。

魔　女

你们来此，请问有何贵干？

梅非斯特

请将那种有力的灵药给我们一杯，

必须最陈年的货色才行；　　　　　　　　　　　2520

因为年代久的，药力会增强一倍。

魔　女

好的！我这里有一瓶，

我自己也时常啜饮，

而且已经没有一点臭气；

我愿意献一杯给你们。（低声。）　　　　　　2525

但这位先生好像无所准备^①地喝它，

你知道吧，他一小时也不能生存。

梅非斯特

这是一位好朋友，应该使他以灵药强身；

请你给他

　以你的厨房中最好的药品。

画你的圈子，念你的咒文，　　　　　　　　　2530

给他一满杯灵药服饮！

（魔女做出奇异的举动画了一个圆圈，放进奇异的物品。杯子都开始鸣响，
锅子开始发声而奏出乐音。最后她拿了一本大的书来使诸猿走入圈中，有
的当作桌子，其他的持着火炬，招浮士德走近前去。）

---

① 在举行较为严肃的各种魔术时，必须先做某些固定的手续和仪式，以免有生命的危险。

浮士德（向梅非斯特。）

你说，做这样的事有什么意义？

这种疯狂的动作，荒谬的把戏，

最乏味的诈欺，

我早就知道，憎恶之王！　　　　　　　　　　2535

梅非斯特

何必生气！这不过是做来发笑的把戏！

请勿这样严厉！

她做医生必须施法术①，

灵药才能有效力。

（强迫浮士德进入圈中。）

魔　女

（装腔作势地大声朗诵当中的一节。）

你须领悟！　　　　　　　　　　　　　　　2540

从一作十，

二任其去，

随即作三，

你就富裕。

将四舍弃！　　　　　　　　　　　　　　　2545

从五和六

作七八之二数，

魔女如此说，

就完成而无误：

九就是一，　　　　　　　　　　　　　　　2550

而十是虚无。

这就是魔女的九九数②。

---

① 讽刺庸医往往以法术骗人。

② 魔女的九九数，在其外形、音韵及内容上，与一本叫做《炼金术七星》（*Alchimistisches Siebengestirn*）的诗附录相似。

浮士德

这个魔女似乎在热病中呓语。

梅非斯特

还有许多没有读完，

我很清楚全书的调子都是这样；   2555

我也为此花费了许多时间，

因为一种完全的矛盾，

贤人愚人都以为是神秘深湛。

朋友呀，学艺是古老而又新鲜。

说三是一 ①，说一是三，   2560

不传真理而传谬误于世界，

这是历代皆然。

这样的饶舌教人而不受妨碍；

谁愿和愚人们费神争辩？

人通常只要听到言语，   2565

总以为有可想的什么包含在里面。

魔　女（续诵。）

学问的

崇高的威力，

在全世界中隐匿！

凡不思想者，   2570

会受人馈赠，

他不必费心而能获得它。

浮士德

她对我们瞎说什么来着？

我的头脑就快胀破。

———————————————————

① 说三是一，讽刺三位一体的说法。

154

我觉得好像有十几个傻瓜   2575
在齐声唱歌。

梅非斯特

够了，够了，了不起的女巫！
请把药水拿来，
快将这个杯子斟满到边缘；
它对我的朋友不会有妨害，   2580
他有许多学位，
喝过了种种东西。

（魔女做种种仪式，注药在杯中。浮士德举杯近口边，就有轻微的火焰
产生。）

梅非斯特

你快喝吧！快喝下去！
立时就会使你爽快欢愉。
和恶魔以尔我相称呼的先生，   2585
难道还对火焰有所畏惧？

（魔女解去魔法圈，浮士德出来。）

梅非斯特

你现在不可休息，出去跑跑！

魔　女

你喝了这帖灵药，希望对你效力很好！

梅非斯特（向魔女。）

我有什么能为你效劳，
请在华尔布几斯之夜 ① 见告。   2590

---

① 华尔布几斯之夜，见原诗第 3835 行的注。

魔 女

这里有一首歌[①]！你时常吟唱，

会感觉有特殊的功效。

梅非斯特

快来，让我将你引导！

你必须通身发汗，

药力才能内外交感。 2595

高尚的逸乐多么可贵，待我以后教你知道；

你会深切愉快地感觉，

爱神怎样在你心中活动跳跃。

浮士德

快让我再向那镜中瞧瞧！

那个女人的形影真是美好！ 2600

梅非斯特

女性中的模范，

你就将有活的可以看到。（低声。）

你有这种灵药在身体中，

就能把任何女子都看得如海伦般姣美。

---

① 魔女把写在纸上的一首淫猥的歌交给浮士德。

街　道（一）

浮士德　玛格莱特走过

浮士德

美丽的小姐，　　　　　　　　　　　　　　　　　　　　　2605

我可否和你携手，陪你回去？

玛格莱特

我不是小姐，也不美丽，

我不要你陪，能自己回去。

（摆脱而去。）

浮士德

哦，这个孩子实在美丽！

我从未见过这样的美女。　　　　　　　　　　　　　　　　2610

她是端庄娴雅，

但同时也有些矜持。

口唇的嫣红和双颊的光泽，

我今生再也不能忘记！

她低着眼睛的那种神情，　　　　　　　　　　　　　　　　2615

深深地印进了我的心坎。

她那快捷峻拒的语气，

使我销魂欢喜！

（梅非斯特登场。）

浮士德

喂，你必须把那个姑娘弄来给我。

欧仁·德拉克洛瓦《梅非斯特的面容》

22.8cm×18.6cm　1824—1828 年

卢浮宫博物馆

梅非斯特

什么，哪一个？

浮士德

她刚才走过。　　　　　　　　　　　　　　　2620

梅非斯特

那个吗？她从牧师那里回来，

牧师说她全无罪过；

我偷偷地走过椅子旁边，

她是个天真无邪的家伙，

她毫无过失而去忏悔；　　　　　　　　　　2625

对于她呀，我是无可奈何！

浮士德

可是她似乎已经有十四岁①以上的年纪。

梅非斯特

你现在说话很像游荡少年的口气，

想把任何好花都弄到手里，

痴心自负，以为任何名誉和情意，　　　　　2630

无不可以探撷；

事情却未必如此顺利。

浮士德

你这位道学先生，

莫用规律来和我烦扰！

我简捷地同你说：　　　　　　　　　　　　2635

那个秀丽年轻的姑娘，

---

① 与当时未满十四岁的少女结婚被禁止。

今夜若不憩息在我的怀抱，

我们在半夜就绝交。

梅非斯特

你要考虑考虑，事情是否容易办到！

到我能寻见什么机会，　　　　　　　　　　　　　2640

十四天总是起码的需要。

浮士德

我要是在七小时以内能够安静而不焦躁，

那么去诱惑这样的女孩，

我就不需要恶魔。

梅非斯特

你此刻谈话简直像个法国佬；　　　　　　　　　　2645

但请求你不要生气！

立刻就能享受，那有什么意义？

如同许多南欧的故事所给我们的启示：

你须先向上下左右

做种种准备，　　　　　　　　　　　　　　　　2650

将玩偶搓捏装饰，

那么所得到的欢乐才能更为优异。

浮士德

毋须如此，我的情意已很焦急。

梅非斯特

现在不说戏言和诙谐，

直爽地告诉你吧：　　　　　　　　　　　　　　　2655

对于这个美丽的女孩，实在是性急不来；

不能突然用暴力强占；

欧仁·德拉克洛瓦《浮士德、梅非斯特和玛格莱特》

24cm×19cm

霍顿图书馆

欧仁·德拉克洛瓦《浮士德欲勾引玛格莱特》

26.2cm×20.8cm 1826—1827 年

德拉克洛瓦美术馆

我们必须把妙计安排。

浮士德

请拿一件那天使所有的东西来！
请领我到她憩息的地方！　　　　　　　　　　　2660
拿给我她胸前的领巾，
或可作恋爱的慰藉的袜带！

梅非斯特

为了使你能明白我对于你的焦急的愿望
多么情愿帮助尽力，
我们不要虚费片刻，　　　　　　　　　　　　　2665
我就在今晚带你进入她的房里。

浮士德

我能见她得到她吗？

梅非斯特

不！她大概是在邻妇的家里，
同时你能独自一人，
在她那芬芳的境地里，　　　　　　　　　　　　2670
预想未来的快乐，尽量陶醉沉迷。

浮士德

现在就可以去吗？

梅非斯特

现在还太早哩。

浮士德

请为我准备一点送她的东西!

（退场。）

梅非斯特

就要送她东西？ 真有勇气!

那一定能成功无疑!

我知道很多好地方， 2675

有许多古老的宝物藏匿。

我必须稍稍检查这些东西。

（退场。）

薄　暮

一个小巧而清幽的房子

玛格莱特

（将头发梳成几条辫子，用带子系在头上。）

我若能知道今天那位先生是何人，

我愿把任何什么作为赠品！

他的风采那么英俊，　　　　　　　　　　　　　　　　2680

一定出自贵族名门；

看他的容貌，就知道他的身份——

否则，他绝不会那么果敢地来和我亲近。

（退场。）

梅非斯特和浮士德上

梅非斯特

请走进！轻轻地，请快走进！

浮士德（沉默了一会儿。）

请你走开，让我独自一人！　　　　　　　　　　　　2685

梅非斯特（向四周探视。）

不是任何姑娘都会整理得这样干净。

（退场。）

浮士德（环视周遭。）

哦，欢迎，你这美好的黄昏！

你飘扬在这样的圣境！

你这甘美的爱情烦闷，

欧仁·德拉克洛瓦《玛格莱特》

18.8cm×13.6cm　1825—1830 年

卢浮宫博物馆

请来侵占我的心神!

　　你是以希望的甘露勉强生存! 　　　　　　　　　　　2690

这里四周

呼吸着幽静、整洁、满足的感情!

这小室中有着何等的幸福!

这清贫之中有着何等的丰盈!

　　(向床边的皮椅上坐下。)

椅子呀,请容受我在你的怀内, 　　　　　　　　　　2695

你在欢乐和悲伤的时候曾经张开手臂,

　　容受过以前的先辈。

哦,我不知有过多少次

成群的儿童环绕攀附在这家长的座位!

也许我的意中人

也曾经感谢基督的恩惠, 　　　　　　　　　　　　2700

鼓着儿时的丰颊,向长辈的枯手虔诚地亲吻。

哦,姑娘呀,我感受到你丰盈和整洁的精神

簌簌地飘扬在我的周围;

它每天像母亲似地指导你,

叫你把桌布清洁地向桌上摊开, 　　　　　　　　　2705

或者撒细沙在地上使它呈现波纹的状态。

哦,可爱的手!像神手似地高贵!

这座小屋因你而变成天国般的幽美。

哦。这里呢!

　　(揭开床帷。)

我觉得多么奇异的战栗似的欢喜!

　　我情愿在这里过几个小时。 　　　　　　　　　2710

自然呀,你在轻快的梦中

养育了这个特异的天使。

她幼小时曾睡在这里,

有温暖的生命充满着她的柔嫩的胸臆,

她由于圣洁的自然力的作用, 　　　　　　　　　2715

长成天仙般秀丽的形影！

可是你呢？你为什么到这里来？
我是多么深切地感动惊奇！
你想在这里做什么？你的
　　心里为什么这样歉疚怏悒？
可怜的浮士德，我不能再认识你哩。 2720

这里是否有魔术的云雾把我包围？
我原为急欲享乐而来；
现在却似乎融和在恋爱的梦寐中！
难道我们是为空气的压力所左右的傀儡？

她若在此时进来， 2725
你将怎样为这种妄行赎罪！
夸大的伟大，唉！现在变成多么渺小卑微！
你将会像溶解似地在她的脚前下跪。

　　梅非斯特登场

梅非斯特

赶快！赶快！我看见她在下面走来。

浮士德

去吧！去吧！我绝不再回来！ 2730

梅非斯特

这里有个我从别处拿来的
一个颇重的小匣子①，
请把它放进这个橱里，

----

① 这个小盒不是梅非斯特从地下掘出来的，而是从别处偷来的。

女孩见了它，一定会五官昏迷。

我为你放进了一些装饰品，　　　　　　　　　　　　2735

藉它可以得到她的情意。

小孩总是小孩，游戏总是游戏。

浮士德

我不知道我是否可以 ①？

梅非斯特

你还有什么问题？

难道你舍不得这些东西？

那么我就劝你，　　　　　　　　　　　　　　　　2740

莫为色情而将大好的光阴浪费，

我也不必再为你劳苦费力。

我希望你不会如此小气！

我搔头搓手，为你用尽心机——

（把小匣放追橱中，把锁再锁好。）

快走吧，赶快逃亡！——　　　　　　　　　　　　2745

我要使那可爱的少女

顺从你的愿望；

而你的神气，

好像要进入讲堂。

好像物理学和形而上学，　　　　　　　　　　　　2750

难懂恐怖地立在你的前方！

请赶快逃亡！

（退场。）

（玛格莱特持灯而来。）

---

① 浮士德在玛格莱特的房中为她的天真纯洁所感动，不免为做出诱惑的行为而踌躇。

玛格莱特

这里非常闷热①，
房子外面反而比较凉快。
不知怎样，心里觉得奇怪——   2755
盼望母亲早些回来。
我觉得全身寒颤——
我真是个愚蠢胆怯的女孩！

（脱衣，同时开始唱歌。）

昔时都勒②有国君，
至死不改其贞诚，   2760
当其情人临终时，
以一金杯作赠品。

王爱此杯逾一切。
宴时常用此杯饮；
凡从杯中饮酒时，   2765
无不双眼泪涔涔。

父王自身将崩时，
历数国中诸都城，
一概皆付与嗣君，
只有金杯不移赠。   2770

王于滨海高城上，
于其祀祖大广厅，
开张筵席宴群臣，
百官骑士均陪饮。

---

① 玛格莱特无意识地感觉到恶魔在室内。
② 都勒（Thule），即罗马人所谓"Ultima Thule"，据说是欧洲最北的国家，这里把它作为日耳曼人的原住地，歌咏其
人民至死不渝的忠诚。

王从席间徐立起，　　　　　　　　　　　　2775
痛饮生命之余烬，
饮吧竟将此圣杯
投入洪流作牺牲。

王见金杯入水中，
倾侧漂动而沉沦，　　　　　　　　　　　　2780
王眼同时也低垂，
从此涓滴不再饮。

（开橱，欲放追衣服，瞥见小匣。）

哦，这个美丽的小匣怎么会在衣橱里？
我曾把这衣橱紧紧上锁。
这个来得多么奇怪，
里面不知有什么物件？　　　　　　　　　2785
大概别人拿来作抵押，
母亲借给他银钱。
带上挂着一个小钥匙，
我想打开匣儿来看看！
这是什么？哦，老天！多么好看！　　　　2790
这样美好的东西，我从未见过。
这是装饰品！是贵妇人
可以在任何节日佩用的物件。
这副项链我用起来是否适合美观？
这样精美的饰品不知是谁的物件。　　　　2795

（将装饰品妆戴，走到镜前。）

假如这副耳环是我的东西该多好！
人会变得全然不同似地好看！
可是年轻貌美对我们也是枉然；
有此二者固然好，
世人视之仍淡然；　　　　　　　　　　　2800

171

即使他们称赞我们，也一半带着矜怜。

人人都追求金钱，

一切依属于金钱。

唉，我们这样的穷人那有什么能够如愿！

散　步

浮士德沉吟地来往走着　梅非斯特向他走来

梅非斯特

即使用被拒绝的爱情，

　用地狱的火焰来痛骂也不够！　　　　　　　　　2805

恨不得有更狠的话可用来诅咒！

浮士德

你有什么可憎恶？什么使你如此恼怒？

这样的面貌，我生平从未目睹！

梅非斯特

我如果自己不是恶魔，

就愿把自己交给恶魔！　　　　　　　　　　　　2810

浮士德

你的脑海发生了什么变故？

和疯人似地吵闹原是适合于你那恶魔般的态度！

梅非斯特

请想想看，我们为葛莱卿 ① 弄来的饰物，

竟被一个教士夺去！——

她母亲一见到那些东西，　　　　　　　　　　　2815

心中就暗自危惧；

那妇人有一种微妙的嗅觉，

时常在祈祷书里嗅来嗅去，

---

① 葛莱卿（Gretchen），是玛格莱特的简称。

173

又能在任何器具上嗅出

某物是神圣或卑污；　　　　　　　　　　　　　　2820

她看见那种饰物也就觉得

绝不会含有多大的祝福。

她叫道：女儿呀，不义的财物①，

会侵蚀血液而将心灵拘束；

不如献给圣母，　　　　　　　　　　　　　　　　2825

则将能蒙受天上的福禄！

葛莱卿撅着嘴唇想道：

人家送来一匹驽马，也不便相拒，

何况如此恳切地拿这些东西来的，

绝不会是毫无信仰的人物。　　　　　　　　　　　2830

母亲请来了一位教士；

教士一听到了她们的陈述，

就贪想这种财物。

他说道：你们的心思真令人佩服！

能克制贪欲者必能有所收获。　　　　　　　　　　2835

教会有强健的脾胃，

吃过了许多国土，

而从未饮食过度。

信女们呀，能消化不义之财的

则非教会莫属。　　　　　　　　　　　　　　　　2840

浮士德

这是世人一般的习惯，

犹太人和国王也都会这样干。

梅非斯特

然后他就攫取了手镯、项链和指环，

好像是不值钱的物件，

---

① 《箴言书》（10：2）："不义之财，毫无益处。"

马马虎虎地道谢， 2845
仿佛只承受了一篮胡桃，
随便向她们母女允许天恩——
她们却很铭感。

浮士德
葛莱卿呢？

梅非斯特
　　她是坐卧不安，
不知要做什么，做什么才妥善， 2850
日夜思念宝物，
更将送给她宝物的人思念。

浮士德
爱人的烦闷很使我懊恼。
快去替她弄点新的珍宝！
上次的并不十分美好。 2855

梅非斯恃
对啦，你是以为什么
都不过是儿戏般在开玩笑吧了！

浮士德
请依照我的心意去做，
去和她的邻妇结交！
恶魔呀，莫作稀粥似的模样，
快去把新的装饰办到！ 2860

梅非斯特
好的，先生，我情愿效劳。
　　（浮士德退场。）

175

梅非斯特

这种痴情的蠢物，

只要可以作为爱人消遣的资料，

不惜把日月星辰向空中炸掉。

（退场。）

邻妇的家

玛尔特一个人

玛尔特

愿上帝宽宥我的男人，　　　　　　　　　　　　　　2865
他对我全无恩情！
一直跑往世间。
让我在干草上 ① 孤单冷清。
我真的从未使他愁闷，
天晓得，我诚心爱我的男人。　　　　　　　　　　2870
（哭。）
他或许已经死了！——唉，我真伤心！——
假如我能有一张死亡的凭证！
玛格莱特登场

玛格莱特

玛尔特婶婶！

玛尔特

葛莱卿，有什么事情？

玛格莱特

我差不多要下跪！
我又看见有这样黑檀做的　　　　　　　　　　　　2875
一个小匣在我的橱内，
里面的东西真精美，
而且更多于上次的。

---

① 在干草上，丈夫长久不在家，独守空闺的妇女称为活寡妇（Strohwitwe）。

玛尔特

你切勿告知母亲；

她又会在忏悔时送给教会。 2880

玛格莱特

请看！请你看看！

玛尔特（给她妆扮。）

你真是福分不浅！

玛格莱特

可惜我不可以带往街上，

不可以带进教堂。

玛尔特

你可以常到我这里来， 2885

在这儿悄悄地妆扮；

可在镜前逍遥一个时间，

我们同道赏玩；

将来会有节日等机会，

可以慢慢地让人看见； 2890

先挂项链，然后挂上珍珠耳环；

母亲也不会注意，总能有话向她敷衍。

玛格莱特

究竟是谁送来两个匣子？

我觉得非常奇怪！

（叩门声。）

哦，也许是我母亲到来？ 2895

玛尔特

（透过窗帘窥视。）

是一位生客——请进来！

（梅非斯特登场。）

梅非斯特

我冒昧地径自走进，

请各位原谅吧。

（从玛格莱特前面恭敬地退回。）

我是来寻访玛尔特，须维尔特兰夫人的！

玛尔特

我就是呀！先生可有什么贵干？   2900

梅非斯特（低声对她说。）

我现在认识了夫人，就已经尽够了。

你此时有贵客临门。

请原谅我冒昧，

我在午后再来访问。

玛尔特（高声。）

喂，葛莱卿，多有趣的事情！   2905

这位先生把你当作千金小姐。

玛格莱特

我是贫家的女儿；

先生把我当作千金小姐，实在是高抬；

这些首饰珍宝都不是我的物品。

梅非斯特

不，不只是你的装饰品；   2910

你有高雅的品貌，有灵敏的眼睛！
我可以在此停留，真是不胜荣幸！

玛尔特

先生为什么光临？敢请先生说明——

梅非斯特

唉，我真希望能有更可喜的消息奉闻！
我希望你对于我不因此而怨恨。 2915
你的先生死了，叫我来致意夫人。

玛尔特

他死了吗？我那男人？啊，好不伤心！
我的男人死了？唉，我痛不欲生！

玛格莱特

哦，亲爱的婶婶，不要过分悲伤。

梅非斯特

那么请听他可怜的临终惨状！ 2920

玛格莱特

因此我想终身不要男人；
免得死别时这样伤心。

梅非斯特

悲从乐来①，乐从悲生。

---

① 《圣经·箴言书》(14:13)："快乐至极就生愁苦。"

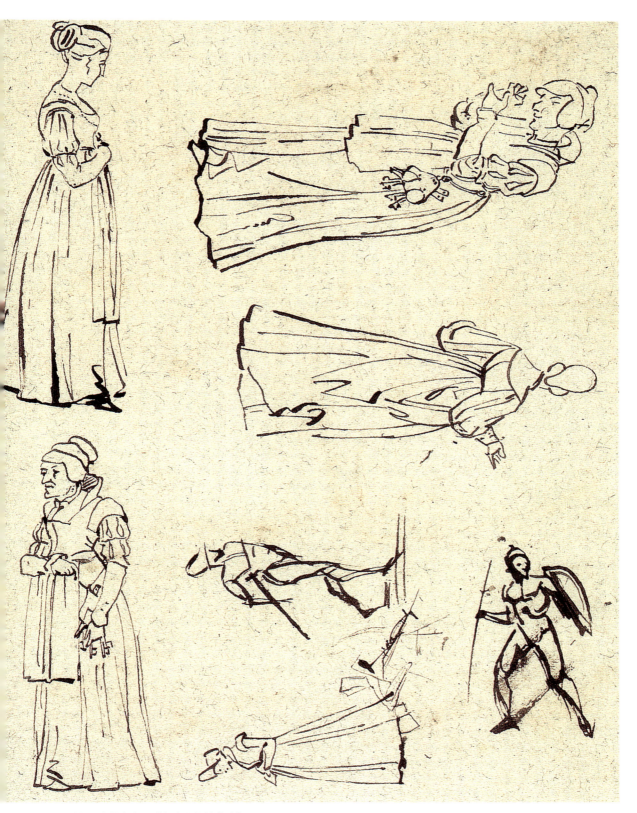

欧仁·德拉克洛瓦《七个人物的草稿》

19.9cm×25.4cm　1825—1830 年

德拉克洛瓦美术馆

玛尔特

那么请先生对我讲我男人临终的情景！

梅非斯特

他葬在巴都亚地方，　　　　　　　　　　　　　2925

在圣安东尼的墓旁，

一个圣洁的地方，

作为他永远清凉的寝床。

玛尔特

此外你可有什么带来给我？

梅非斯特

有的，有一件重大而困难的事情拜托，　　　　　2930

三百遍弥撒务须要做！

除此以外，我没有带什么来。

玛尔特

什么？没有装饰品？也没有一个纪念古钱？

任何手艺徒弟

也会放在钱袋里，留作纪念，　　　　　　　　2935

就是饥饿讨饭也要留作纪念！

梅非斯特

夫人，这个我也同深悲叹；

但是他并未浪费金钱。

他也懊悔他的过失，

是的，他更为自身的不幸而悲叹。　　　　　　2940

玛格莱特

唉，人是如此不幸!

我想为亡魂供奉，为他永远的安息而祈祷。

梅非斯特

你真是个可爱的姑娘，

你似乎已经尽可结婚。

玛格莱特

那里，现在还不行。 2945

梅非斯特

即使不是丈夫，暂时也可有个情人。

怀中抱个心爱的伴侣，

是一个最大的天恩。

玛格莱特

这种事情，这里不作兴。

梅非斯特

不论作兴不作兴! 总之也有这种事。 2950

玛尔特

请先生继续再讲当时的情况吧!

梅非斯特

当时我亲自在他的床铺近旁。

他躺在用比垃圾稍好的半烂的干草所铺的床上;

但他至死仍是个基督徒 ①,

_____

① 就是说他依照基督教徒的仪式作最后的忏悔而死。

欧仁·德拉克洛瓦《梅非斯特和玛尔特》

40.5cm×31.8cm　1827 年

法国国家图书馆

知道自己还有很多的罪过未能清偿。

他喊道："我不能不痛恨自己，　　　　　　　　　　　　2955

这样把事业和老婆丢在世上！

唉，这种回想使我不胜悲伤。

希望她在今生还能将我原谅！"——

玛尔特（哭着说。）

好丈夫！我实际早已原谅你了。

梅非斯特

"但是上帝知道！她比我还罪过。"　　　　　　　　　　2960

玛尔特

这是说谎！唉！在临死时还要说谎造谣。

梅非斯特

这一定是他在断气时胡乱虚造的，

我原是只有知道一半。

他又说道："我不曾闲游而将光阴消耗，

首先生了小孩，然后为他们去赚面包，　　　　　　　　2965

而面包是很广义的，

我终身不能安适地将自己的份儿吃饱。"

玛尔特

他忘记了我的诚心和爱情，

忘记了我的昼夜勤劳。

梅非斯特

不，他真心为此挂念你。　　　　　　　　　　　　　　2970

他又说道："当我离开马尔他岛时，

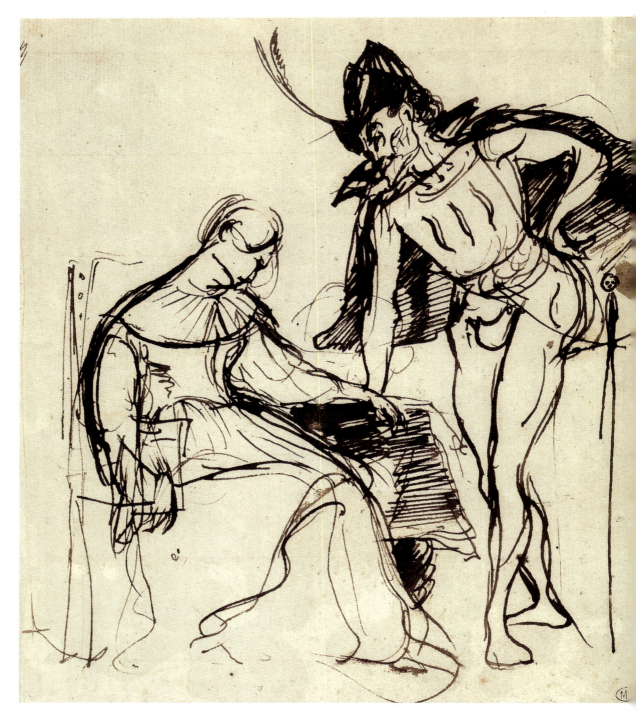

欧仁·德拉克洛瓦《梅非斯特和玛格莱特》

18.2cm×15.9cm 1826—1827 年

卢浮宫博物馆

我为老婆和小孩们热心祈祷。

刚逢天缘凑巧，

我们的船捉住一只土耳其运输船 ①，

而这一只船是装运着

　　土耳其皇帝的财宝。 2975

奋勇于得到酬报。

和我的勤劳相当的份儿，

我当然也领到了。"

玛尔特

怎么？在什么地方？他是否把它埋藏？

梅非斯特

谁知道！四方的风把它吹到哪里去？ 1980

当他在拿坡里 ② 异乡逍遥的当儿，

有个美貌的姑娘和他要好；

她给了他至死不能忘怀的

恩爱和至诚的照料 ③。

玛尔特

坏家伙，这小孩们的窃盗！ 2985

任何穷困和患难，

都不能将他的放荡生活阻挠！

梅非斯特

是的！他因此已经死了。

假如我处于你的地位，

我将替他守一年的丧， 2990

---

① 直到十八世纪为止，土耳其的海盗仍常常袭击诸基督教国家的船，后者也常常予以报复。

② 即那不勒斯。——编者注

③ 由这个女人得了梅毒而死。

187

同时再去寻找新的情人。

玛尔特

但是！像先夫那样的人，

在世间却不容易寻到！

他那样脾气和善的男子怕也不会有了。

不过他太喜欢旅行，　　　　　　　　　　2995

喜欢别处的女人和别处的酒，

而且有可憎的赌博嗜好。

梅非斯特

假如他对于你，

也会同样宽恕，

你们必定会融洽而无烦恼。　　　　　　3000

若以此为条件，

我可发誓，愿和你将戒指互掉！

玛尔特

哦，先生似乎喜欢开玩笑！

梅非斯特（自语。）

我不如早走为是！

她也许会把恶魔本人的话作为口实。　　3005

（向葛莱卿。）

姑娘你现在有什么主意？

玛格莱特

先生的话是什么意思？

梅非斯特（自语。）

好天真的孩子！

（高声。）

再见，你们两位！

玛格莱特

　　再见！

玛尔特

　　哦，快同我说明，

我希望有一张证明，

载明我丈夫怎样死亡和埋葬，

　　在何处和什么时辰。　　　　　　　　　　3010

我一向喜欢做事有精密的秩序，

我想把他的死讯也在周刊上刊登。

梅非斯特

是的，夫人，用两人的口来作见证，

事情常被认为当真：

我还有一位好朋友，　　　　　　　　　　3015

我可以为你带他上法庭。

我将陪他来见夫人。

玛尔特

　　哦，请你费神！

梅非斯特

这位姑娘是否也会光临——

他是英俊的青年，常到各处旅行，

对于妇女非常温文恳切。　　　　　　　　3020

玛格莱特

见了这样的先生，我怕要脸红。

梅非斯特

在世上任何国王之前，你也用不着羞赧^①虚心。

玛尔特

那么今天晚间，

我们在屋后的园子里恭候你们。

---

① 羞赧：羞得脸红、非常羞愧。——编者注

街 道（二）

浮士德　梅非斯特

浮士德

怎么样？进行顺利否？是否能成功？　　　　　　　　　　　3025

梅非斯特

真不错！你似乎兴趣非常浓厚？
葛莱卿不久就可为你所有。
今晚在邻妇玛尔特家中你可和她见面。
这个妇人担任说媒撮合，
是再好不过！　　　　　　　　　　　　　　　　　　　　3030

浮士德

这样很好！

梅非斯特

　　但是她对我们也有所请求。

浮士德

有所效劳，当然能有报酬。

梅非斯特

我们只需要有一张有效的证明书就好了，
说在巴都亚的圣洁地方
安葬着她丈夫僵直的尸骸。　　　　　　　　　　　　　　3035

浮士德

佩服高见！我们必须到那里去旅行一遍！

梅非斯特

"神圣的忠厚^①！"何必如此麻烦；
无须详细知道，只要作随便的证言。

浮士德

你若无更好的办法，这种计划就得作废。

梅非斯特

哦，圣人君子！又把你的本色显现！　　　　　　3040
你作伪证，
难道这是你生平第一遭？
你岂不是曾经努力作过种种定义，
说明神、世界及在其中活动的东西，
说明人在脑海中的思想情感？　　　　　　　　3045
难道不是厚颜而大胆的妄言？
你扪心自问，请诚实地说明：
关于那些事情的知识，
是否比知道须维尔特兰先生的死更多一点！

浮士德

你是个骗子、诡辩家，依然如往昔。　　　　　3050

梅非斯特

是的，我若不知道你胸中的打算。
你明天^②不是将装扮成正直的神气，

---

① 神圣的忠厚（Santa Simplicitas），据说是 Johannes Hus 在火刑薪堆上所说的话。
② 不确定的未来，即"不久"之意。

把可怜的葛莱卿欺骗，
向她发全心爱你的誓言？

浮士德
那是由衷的真言。

梅非斯特
那真是美好妥善！　　　　　　　　　　　　　　　　　3055
再说什么永远的贞诚和爱恋，
说什么唯一胜过一切的情感——
这难道也是由衷的真言？

浮士德
不要再多言！这当然是
　由衷的表现——如果我心有所感，
为了这种情感和混乱　　　　　　　　　　　　　　　3060
想寻找个名称①而不能找着，
于是用我的一切知觉向全世界寻遍，
捉住最高的字眼，
在我胸中燃着的情焰，
名之为无限、永远，　　　　　　　　　　　　　　　3065
这难道是恶魔般的哄骗？

梅非斯特
但是我的推测不会错误！

浮士德
听吧！请你记取——
不要再和我辩论噜苏——

---

① 浮士德觉得没有适当的话可以表现爱情，如同在第 3455 行觉得没有适当的话可以表现神一般。

凡欲在议论时争胜的人，要善于诡辩，

当然会赢而不会输。 3070

来吧！饶舌多言，我已经厌恶，

就算你对吧，尤其是因为我不得不迁就屈服。

庭　园

玛格莱特和浮士德挽着手　玛尔特伴着梅非斯特在园中来回走

玛格莱特

我很明白：先生只是原谅我愚昧，

有意谦逊，我为此而惭愧。

旅游人往往如此，　　　　　　　　　　　　　　　3075

好意地什么都说很好。

我很知道：对于这样有经验的人，

我可怜的谈话当然浅薄无味。

浮士德

你说一句话，你看我一眼，

都比全世界的智慧更能使我欢喜。　　　　　　　3080

　　（吻她的手。）

玛格莱特

你怎么吻这样的手？不要这样勉为其难！

我的手是粗糙而又难看！

我什么工作都得要做！

因为我母亲的家教很严。

　　（走过。）

玛尔特

请问先生，你是否常这样旅行？　　　　　　　　3085

梅非斯特

嗳，这是迫于职务和责任！

195

有些地方要离开往往非常伤心，
却总不能在什么地方驻留！

玛尔特

自由自在到各处游历，
在少壮时也许很适意；   3090
但总有困苦的时候来临，
一个鳏夫孤零零地走近坟穴，
恐怕谁也不会欢喜。

梅非斯特

想到鳏夫的前途，我也觉得恐惧。

玛尔特

先生，所以你要及早考虑。   3095
（走过。）

玛格莱特

是的，俗语说"眼不见心不烦"！
先生这样善于辞令；
你必定有许多朋友，
都比我老练聪明。

浮士德

哦，不是的！世人所谓聪明，   3100
往往只是浅见和虚荣心。

玛格莱特

为什么？请你说明！

浮士德

哦，像你这样单纯天真的人，

不会把自己和自己的神圣价值认清！

卑下和谦逊才是

慈祥的大自然最高贵的赠品——   3105

玛格莱特

只要你怀念我一瞬间，

我将怀念先生终身。

浮士德

你大概常常是独自一人？

玛格莱特

是的，我们的家计虽小，

但也要妥善照料。   3110

我们没有女佣；我要编织、缝纫，

烹饪、洒扫，一天到晚奔波勤劳，

我的母亲

对于什么都精细周到！

她实际不必如此节俭；   3115

我们可以比别人家生活得更宽裕一点：

我的父亲遗下了若干财产，

市外的一栋小屋和一座花园。

我现在的生活倒颇为清静；

我的哥哥是个军人，   3120

我的小妹妹已经归天。

我为照顾那个小孩，可受了不少苦；

可是那些劳累，我愿意再受一遍。

那个孩子是那么惹人爱怜。

浮士德

她如果像你，一定像天使一般。

玛格莱特

我抚育她，她对我非常依恋。 3125

她是在我父亲死后出生的，

母亲和我以为不可挽救了，

她病得那么厉害；

后来逐渐复元。

所以她要亲自抚养可怜的婴儿， 3130

那是绝对困难的。

因此我独自用牛奶和水分养她，

她就像是我的小孩一般。

她在我的怀中、膝下，

欢乐跳跃而成长发展。 3135

浮士德

你一定曾经将人生最清纯的幸福体验。

玛格莱特

可是也经历了许多困难的时间。

夜间婴儿的摇篮

摆在我的床边，

婴儿一动，我就醒来； 3140

有时必须喂奶，或者把她放在我的身边；

有时她哭闹不休，我不得不起来，

摇着她在房中踱步；

而早晨还得一早起来，就去站在桶边洗涤，

然后跑到市场，回来料理菜饭； 3145

天天都是一样的忙碌。

所以我并非时时健朗；

欧仁 · 德拉克洛瓦《浮士德、梅非斯特和玛格莱特》

59.2cm×41.4cm　1825—1828 年

卢浮宫博物馆

但是因此吃饭很有味道，也能有很好的睡眠。

（走过。）

玛尔特

可怜的妇人们真辛苦，

单身汉是不容易使其改变方针的。　　　　　　　　　　　　　　　　3150

梅非斯特

要使像我这样的人改变方针，

完全取决于你们妇人的本领。

玛尔特

先生，你是否还没有适当的人？请坦白说明！

你是否已经在什么地方将你的心儿系定？

梅非斯特

俗语说道："自家的灶头和　　　　　　　　　　　　　　　　　　3155

贤慧的女人好比珍珠和黄金 ①。"

玛尔特

我是在问先生，你是否曾经有那种雅兴？

梅非斯特

人家款待我，到处都是恳切殷勤。

玛尔特

我想问先生：你心里是否曾经有过一次认真？

---

① 《箴言书》(31：10)："才德的妇人……她的价值远胜过珍珠。"

梅非斯特

和女人们说笑话，那是绝对不行。 3160

玛尔特

唉，先生不懂我的心意！

梅非斯特

我实在抱歉！

但是我知道——你对我很诚恳。

（走过。）

浮士德

哦，小天使呀，我刚才走进园内，

你是否已看清楚了我进来？

玛格莱特

你没有看到吗？我那时候把眼睛低垂。 3165

浮士德

当你从教堂里出来时，

我曾对你唐突冒昧，

你是否肯恕罪？

玛格莱特

我从未遇见那样的事情，所以我很惊骇；

从来没有人能对我有所非议毁谤。 3170

哦，当时我想：

或许他已看见了你的行为有些轻佻妖媚？

他似乎立即以为

这个女人可以随意安排。

老实说吧！那时候我不自觉，   3175
心里就以为你可敬爱。
但我又很懊悔
不曾更严厉地将你责备。

浮士德

真可爱的宝贝！

玛格莱特

请等一会！
（采了一朵翠菊^①，一片片地摘下花瓣。）

浮士德

你做什么来着？要做一个花环吗？

玛格莱特

不，这只是游戏哪。

浮士德

怎么说？

玛格莱特

走开，你会笑我。   3180
（扯下花瓣，喃喃念着。）

浮士德

你在念什么？

---

① 翠菊（Bellis Perennis），古今通行的爱情占卜法。

玛格莱特（稍高声。）

他爱我——不爱我。

浮士德

你这个天使般的家伙！

玛格莱特（续前。）

他爱我——不——爱我——不——

（扯下最后的叶子不胜欣喜地。）

他爱我！

浮士德

　　　　是的，是的！请将这句花占的言语

作为神的启示。他爱你！　　　　　　　　　　　　　3185

你能懂吗，这是什么意义？他爱你！

（握住了她的双手。）

玛格莱特

我全身战栗！

浮士德

哦，不要恐惧！让我的眼光

和我同你的握手告诉你

用言语所不能说出的情意：　　　　　　　　　　　3190

我将身心献给你

感受永恒的欢喜！

这种欢喜必定是永恒的！

　　——它的终结就是绝望；

不，永无尽期！永无尽期！

（玛格莱特紧握他的手，然后挣脱逃开^①。他沉思地站了一会儿，向她
追去。）

玛尔特
天快黑了。

梅非斯特
是的，我们要离开这里。　　　　　　　　　　　　　3195

玛尔特
我很想请你多留一会儿，

可是这里的人心实在险恶。

好像人人无事可干，

除了窥探

人家的秘密。　　　　　　　　　　　　　　　　3200

无论你怎么样，做什么事情，他们都会非议。

我们的那一对人呢？

梅非斯特
他们向那条路飞奔去了，

两只活泼的蝴蝶！

玛尔特
他似乎喜欢那位小姐。

梅非斯特
她也喜欢他。这是世间一般的常例。

———————————
① 因害羞、激动而逃开。

恩格尔贝特·西贝茨

1848—1851 年

园 亭

玛格莱特跑追亭中　躲在门后　将指尖按在嘴唇上　从门缝中窥视

玛格莱特

他来了!

（浮士德登场。）

浮士德

坏家伙! 你跟我这样顽皮!　　　　　　　　　　3205

终于捉住了你!

（吻她。）

玛格莱特

（抱住他，酬以接吻。）

　　好人儿! 我真爱你!

（梅非斯特叩门。）

浮士德（跺脚。）

谁呀?

梅非斯特

好伙伴!

浮士德

畜生猪犬!

梅非斯特

已经是该离别的时间。

欧仁·德拉克洛瓦《手稿》

18.8cm×13.6cm　1825—1830 年

卢浮宫博物馆

玛尔特（登场。）

是的，先生，天色已晚。

浮士德

我可否送你回家？

玛格莱特

我母亲会——再见！

浮士德

我不能不走吗？

那么再见！

玛尔特

再见！

玛格莱特

不久再见！   3210

（浮士德和梅非斯特退场。）

玛格莱特

哦，他那样的人

有什么不能深思明辨！

我在他的面前只觉得羞赧。

无论他说什么，我都没有主意。

我是个可怜而无知的女孩，   3215

不知有什么地方能为他喜欢。

（退场。）

森林和洞窟

浮士德一人

浮士德

崇高的地灵呀，你给了我

我所要求的一切。你在火焰中，

向我转过脸来，并非徒然无益。

你给我以庄严的自然作领地，   3220

给我以知觉和享受它的能力。

你不仅容许我作冷静而惊异的观看，

也容许我观照大自然的深秘胸臆，

宛如观看朋友的心胸似地。

你引导生物的行列走过我面前，   3225

教我在寂寥的林中、空中和水中

认识我的许多兄弟们。

又当暴风在林中怒号或刷刷作响，

大枞树倒下了，

折碎邻木的梢干枝丫，   3230

当它倒下时丘陵发出空洞浊重的回音，

你引领我到安全的洞里，

使我省察自己；于是在我自己的胸中

就呈显种种深奥的奇迹。

当清幽的月光 ①   3235

在我眼前温慰似地升起时，

从岩壁上、从湿林中，

浮现出传说世界里种种的银色形影，

缓和我静观而严肃的情意。

---

① 与原诗 392—395 行同样的心境。

欧仁·德拉克洛瓦《研究浮士德形象的手稿》

26.7cm×28.7cm　1827—1828 年

不来梅艺术馆

哦，如今我感觉到

    人是没有什么完善的东西。   3240

你使我渐渐接近神的这种欢乐，

也给了我一个伴侣①。

他虽然冷酷而无耻，

使我自觉卑鄙，

只一吹气就把你的赠品都化成乌有；   3245

然而我再也不能缺少这个伴侣。

他忙碌地在我胸中把情火煽旺，

使我更眷恋那个美丽的形象②。

于是我从欲望中追求享受，

又在享受中企求欲望。   3250

（梅非斯特登场。）

梅非斯特

你对于现在这样的生活大概已经生厌？

它怎能长久地使你喜欢？

尝试一次，也许是好的；

但是总要找件新鲜事儿玩玩。

浮士德

你总有别的事情可做，   3255

何必在愉快的日子来找我麻烦。

---

① 参看原诗第 620、652 行。

② 参看原诗第 2448 行。

梅非斯特

好吧！我愿意任你安闲，

但你不能认真对我说如此的话语。

你是个这样无情、粗暴、狂妄的家伙，

我不让你也无损失可言。 3260

一天到晚为你百般烦忙！

你喜欢什么和讨厌什么，

人家在你的鼻子上实在不能明辨。

浮士德

你的本形就此明显！

你使我厌倦，还希望我铭感。 3265

梅非斯特

可怜的人子，假如没有我，

不知道你以前怎么生存！

我曾经帮助你

暂时脱离空想的杂乱混沌；

假如没有我， 3270

你早已从地球远行。

你为什么在洞窟和岩隙里

如枭鸟似地兀自坐着出神？

你为什么从潮湿的有藓苔的滴着泉水的石上

虾蟆似地吸收养分？ 3275

真是美好甜蜜的消遣！

你的身中还躲着博士先生。

浮士德

你岂能领悟在荒野中的逍遥

能有什么新的活力给我造出？

是的，你若能想见这个， 3280

你这个恶魔必定十分狠毒，

　　不让我安享这种幸福。

梅非斯特

真是超尘绝俗的清福！

在高山上在夜和露中安宿，

而将天地欣喜地拥抱，

使自己膨大，以为能和神相仿佛，　　　　　　　　3285

以空想的力量将地的精髓翻掘，

在胸中感觉六天的神工，

自负其能力而体味一点什么天趣，

或者因爱情的陶醉而融于万物，

飘飘然似乎完全超尘绝俗，　　　　　　　　　　3290

把那种高尚的直观也应用于 ①——

　　（做某种姿态。）

我不便说出。

浮士德

呸，讨厌可恶！

梅非斯特

　　　　如此的话语，你不会喜欢；

你尽有权利，文雅地说不合尊意。

贞洁的耳朵不能缺少的东西，　　　　　　　　　3295

偏不可以向贞洁的耳朵明言。

总之我并不妨碍你，

偶尔把自己蒙混欺骗。

可是这种事情，你不能持续得很久。

你如今又已疲倦，　　　　　　　　　　　　　　3300

---

① 高尚的思想也必终止于肉欲的享受。

若再继续，

将因忧虑惶恐而憔悴，或变为疯癫。

好了，不必多言！你的情人坐在家中，

什么都使她觉得局促不安。

她无论如何也不能将你忘怀，   3305

她爱你真是热烈非凡。

当初你的热情洋溢，

如同雪融后的溪流高涨；

你把它注入她的心怀，

如今你的溪流又已低浅。   3310

我以为你与其在林中高据宝座，

还不如对那可怜的少女

酬答她的痴恋，

对于你这样的大人先生较为妥善。

她感到度日如年，   3315

站在窗边，

看浮云飘过古老的城墙上面。

"假如我是鸟啊，"

她将这首歌儿从清晨唱到夜半，

她有时高兴，但大抵总是悒郁 ① 心烦，   3320

有时痛哭，

有时又稍显平静；

但是痴情迷恋却是始终依然。

浮士德

毒蛇！毒蛇！

---

① 悒郁：忧郁。——编者注

梅非斯特（自语。）

哈！我已经捉住了你这个痴汉！   3325

浮士德

坏东西！快给我滚蛋吧，
莫将那美女的名字呼唤。
莫向我半狂的心中，
带来对于她迷人的肉体欲念。

梅非斯特

这是什么意思？她以为你已经逃走；   3330
你实在已经渐渐在躲避。

浮士德

我仍然和她很接近，即使我和她隔离得更远，
也不会将她忘记，将她抛弃。
是的，就是对于主，我也会妒忌，
如果她的嘴唇接触他的圣体。   3335

梅非斯特

那是真的吧！我常常妒忌你，
为了在玫瑰花下吃草的双生鹿儿。

浮士德

媒婆，滚开！

梅非斯特

　　好啊！你在骂人，我却要笑你。
创造了男女的上帝
也立刻想到亲自给他们做媒人，   3340
是最高贵的天职。

快去呀！你的情人真是令人悲戚！
请你跑到她的房里去，
并非请你跑往死地。

浮士德

在她的怀中可不是像在天国中一般？　　　　　　　　　3345
即使我在她的胸前温暖我自己时，
不是也能体察她的困苦艰难？
我可不是亡命者？不是流浪人？
不是个全无目的和不安定的恶汉，
瀑布似地从岩上向岩下奔流，　　　　　　　　　　　3350
急切狂暴地冲入深渊？
她呢，本来是在偏僻处纯朴地
住在阿尔卑斯的小田野上的小屋中，
她家中的事务
都局限在一个小天地里，　　　　　　　　　　　　　3355
而我这个为神所憎恶的无赖，
冲激山岩，
把它们打成碎片！
难道还以为不够，
一定要毁灭她和她的平安！　　　　　　　　　　　　3360
哦，地狱呀，你一定要这种牺牲吗！
恶魔呀，请你帮我把烦闷的时间缩短！
反正要发生的事情不妨尽快发生！
她的命运不妨坍崩在我的身上，
她要和我一同毁灭。　　　　　　　　　　　　　　　3365

梅非斯特

你又沸腾了，你又迸出了火花！
快去安慰她吧，蠢东西！
这样的小头脑找不到出路时，

就想要死。

勇敢蛮干的人才能获得光荣的胜利！ 　　　　　　　　3370

你在平时就很有恶魔的脾气。

我在人间没有看过，

比绝望的恶魔更乏味的东西。

葛莱卿的闺房

葛莱卿独坐纺车边

葛莱卿

我已失去安宁，
我的心中苦闷；
我要再寻见它，
将永远不能够。

他不和我同在。
到处都是荒坟，
整个大千世界，
我觉得都是辛酸。
我可怜的头脑，
已经疯癫发昏，
我可怜的精神，
已经破碎零星。

我已失去安宁，
我的心儿苦闷；
我要再寻见它，
将永远不能够。

我向外凝望，
只希望他再光临；
我从屋中走出，
是要将他欢迎。

3375

3380

3385

3390

欧仁·德拉克洛瓦《手稿》

18.8cm×13.6cm　1825—1830 年

卢浮宫博物馆

他的步武多么豪迈!
他的风采多么英俊!   3395
他的微笑多么温雅!
他的眼光多么雄劲!

他讲话的音调
宛如魔泉的流声,
哦,还有他的握手   3400
以及他的亲吻!

我已失去安宁,
我的心儿烦闷;
我要再寻见它,
将永远不能够。   3405

我的心意,
急欲将他追寻。
唉,我若能寻见他,
就要把他紧紧拥抱。

我将十分痛快地   3410
和他亲吻,
即使在亲吻中殒命,
我也甘心。

欧仁·德拉克洛瓦《纺车旁的玛格莱特》

22.3cm×18cm　1827年

法国国家博物馆

玛尔特的庭园

玛格莱特　浮士德

玛格莱特

亨利！请你答应！

浮士德

只要是可能的事情！

玛格莱特

你对于宗教的意见如何？请你说明！ 3415
你是个诚实的好人，
但似乎对宗教不大关心。

浮士德

好孩子，不要说这种事情！
　你知道我对你很诚恳；
为了心爱的人们，
　身体和血液我也肯牺牲，
对任何人我都不愿
　剥夺他的宗教和感情。 3420

玛格莱特

这是不对的，人必须信神！

浮士德

必须信神？

222

玛格莱特

　　唉，倘使我的话能稍稍影响你的心！

你连那圣餐也不崇敬。

浮士德

我崇敬的。

玛格莱特

　　可是没有热忱。

你已长久不望弥撒和忏悔，　　　　　　　　　　　3425

还说你信神？

浮士德

　　　　爱友呀，

谁敢说：我信神呢？

请去问高僧或圣贤吧，

他们的回答总是

嘲笑发问的人。

玛格莱特

　　那么你不信神吗？　　　　　　　　　　　　　3430

浮士德

好人儿，不要听错！

谁能将他命名？

谁能确说：

我是信神的。

谁在心中感知，　　　　　　　　　　　　　　3435

而敢于说出：

我不信神？

那包含万物，

保持万物的，

岂不是也包含和保持着， 3440

你，我和他自身？

天空不是在上面弯成圆顶，

大地不是在下面坚固地铺陈？

永恒的星辰，

不是和悦地照耀而上升？ 3445

我不是和你对眼相看，

一切东西，

不是向你的头和心逼近，

成为永恒的神秘，

在你身边有形无形地飘行？ 3450

不论你的心有多么广大，你可以使它充盈；

你在这种感觉之中觉得非常欣喜时，

你可随意把它命名，

名之为幸福或心！名之为爱情或神！

我却不知道可以称呼它的名称！ 3455

感情是一切，

名称是蒙蔽天火的

烟雾和声音。

玛格莱特

你所说的都很适当而美丽；

牧师所说的也大抵如此， 3460

不过是用稍微不同的言词。

浮士德

凡在天光下的一切人，

各用自己的言词，

而说同一的道理；

我为什么不可以用我自己

的言语来表示？

玛格莱特

听起来，似乎颇有道理，
但总是有些似是而非；
因为你不信基督教的教义。

浮士德

可爱的孩子！

玛格莱特

　　我早就觉得难过，
你和那样的朋友交往。

浮士德

为什么？

玛格莱特

和你同道的那个伴侣，
我心中非常憎恶；
我从未见过这样刺心的东西，
如同那个家伙的面目。

浮士德

爱友呀，你毋须畏惧！

玛格莱特

他在近旁，我的血液也不安逸。
本来我对于任何人都怀有善意；
可是无论我怎样渴望见你，
对于那个人总觉得寒栗；

而且我以为他是个阴险的东西！

假如我冤枉他，请上帝恕我无礼！

浮士德

可是这种怪物世间上也不可缺少。

玛格莱特

我不愿和那样的人在一起；

他一进门来，   3485

总嘲笑似地窥视，

而且似乎半带着怒气；

显然可以看出他对于什么都没有同情好感；

他的额上似乎写着：

任何人他都不喜欢。   3490

我在你的怀中，

是那么自由安心，温暖适意；

而他在近旁时我就似乎要窒息。

浮士德

你真是个敏感的天使 ①！

玛格莱特

这种感觉非常剧烈，   3495

他一走近我们，

我甚至觉得不再对你有情思。

他在近边的时候，我连祈祷也不能从事，

我觉得似乎有什么向心里啃噬；

亨利，你也必定觉得如此。   3500

---

① 你真是敏感……的天使，浮士德的旁白。

浮士德

因为你和他有相反的性质!

玛格莱特

我必须回去了。

浮士德

唉，仅仅一个小时也好，
难道我不能在你的怀中安息?
将胸和胸、心和心相接那样地和你倚偎?

玛格莱特

唉，假如我一人独睡，   3505
我今夜愿为你将门闩开启;
可是我母亲睡得不熟，
倘使被她发现，
我立刻就会死!

浮士德

可爱的天使，这个不难处理。   3510
这里有个小瓶儿!
只要在她的饮料里放进三滴，
就会使她睡得很甜蜜。

玛格莱特

我为了你有什么不愿意做的呢?
这种药品大概没有害人的效力!   3515

浮士德

要是不然，好人儿，我怎么会劝你呢?

玛格莱特

好朋友，我一看见你，

不知道有什么使我顺从你的心意；

我已经为你做了许多事情，

几乎再没有什么可以为你做的。　　　　　　　　　　　　3520

（退场）

梅非斯特登场。

梅非斯特

去了吗？傻女人！

浮士德

你又在偷听？

梅非斯特

我都详细听明。

博士先生受了教理问答，

我想你有了很好的心境。

少女们很关心　　　　　　　　　　　　　　　　　　3525

男人是否依循习惯真正虔诚。

她们以为信服宗教的人也会顺从她们。

浮士德

你那样的妖怪那能领会：

这个忠诚可爱的灵魂，

因为自身充满着　　　　　　　　　　　　　　　　　3530

她以为唯一能使人幸福的那种信心，

所以圣洁地在担心，

她最爱的男子也许是堕落的人。

梅非斯特

你这个超俗而又好色的追求者，

被一位姑娘拉着鼻尖牵引。 3535

浮士德

你这个由粪和火焰产生的畸形畜生！

梅非斯特

她似乎对相术理解很精。

我在近旁时她就有莫名其妙的心境；

我的假面将某种隐秘的意义显明；

她感知我确是个天才， 3540

甚至也许是个妖精。

可是今天晚上——？

浮士德

何劳你管这种事情？

梅非斯特

这个嘛，我也觉得高兴！

井 边

葛莱卿和黎思亨各携水瓮

黎思亨

巴尔巴拉的事你有没有听闻?

葛莱卿

毫无所闻。我很少到人群中去厮混。　　　　　　　　　　3545

黎思亨

那是真的，西比勒今天说:
她终于被人欺骗了!
这是她自夸高雅的报应!

葛莱卿

怎么回事?

黎思亨

臭得很!
她现在一饮一食都要供养两人。

葛莱卿

唉!　　　　　　　　　　3550

黎思亨

她终于变成这样，实在也是理所当然。
她好久就和一个男人胡缠!
同道散步，

230

恩格尔贝特·西贝茨

1848—1851 年

同到乡间和跳舞场去游玩，

男人使她到处出风头，　　　　　　　　　　3555

吃的是糕饼和美酒；

她自以为国色天香，

从男人那儿接受赠品，

也不以为耻。

或戏弄或相舔；　　　　　　　　　　　　　3560

无奈花儿终于凋零！

葛莱卿

真可怜！

黎思亨

你还以为她可怜！

我们坐在纺车旁边，

母亲在夜里不使我们走到外面；

那时候她却在情郎旁边亲密地游玩，　　　3565

在门边的凳上和幽暗的回廊里，

无论多么长久也不生厌。

如今她却垂头丧气，

只得穿罪人的衣裳 ① 到寺院里忏悔罪愆！

葛莱卿

他一定会和她结成良缘。　　　　　　　　3570

黎思亨

那简直是痴汉！一个灵敏的男子

在别处也尽可游玩。

---

① 少女若和人私通，要在教堂的讲坛前只穿一件衬衫而作忏悔，因此常发生戕杀私生子之事。1786 年，依歌德的意见废止了这种残酷的习惯。

他已经跑了不管。

葛莱卿

无情的坏蛋！

黎思亨

她就是和他结了婚，也不免要受灾难。

青年们会撕破她的花环，   3575

我们将撒碎草在她的门前。

（退场。）

葛莱卿（回家去。）

假如别的可怜的姑娘有了过失，

我平时也会起劲地加以非难！

对于别人的罪恶，

我一定会有充分的言语来发挥意见！   3580

别人的事总像是黑色，觉得黑色还嫌太浅，

想给它描深一点，

而只会祝福自己，骄矜傲慢；

如今我自己也犯了罪愆！

但是——使我变成这样的那些缘由，   3585

却都是那么美好！唉，那么可眷恋！

城墙内侧的小路

壁龛中有一个苦痛圣母像　像前有几个花瓶　葛莱卿插鲜花在瓶中

葛莱卿

啊，苦痛繁多的圣母呀，

请垂下圣脸，

慈祥地俯视我的灾难！

你被利剑刺透心胸，　　　　　　　　　　　　　　　3590

感到无限的悲伤，

将儿子的惨死观看。

你仰望天父，

为儿子和你的灾难，

向天上诉说悲叹。　　　　　　　　　　　　　　　3595

谁能知道

苦痛怎样

在我的骨髓里盘旋，

我可怜的心

为何忧虑，为何战栗，为何祈愿，　　　　　　　　3600

只有你，只有你能明辨！

我无论到那里，

胸中总是心酸，

心酸、心酸，心酸！　　　　　　　　　　　　　　3605

只要我单独时，

唉，我就痛哭，痛哭，

哭得心肝要碎裂似地悲痛。

我用眼泪，
唉！沾润了窗前的花盆，   3610
当我在清晨，
为你采撷这些花朵时。

早晨太阳升起，
照入我的房间，
我就起来坐在床上，   3615
觉得悲戚不堪。
救我吧！请从羞辱和死亡中将我救援！
苦痛繁多的圣母呀，
请垂下圣脸，
慈祥地俯视我的灾难！

夜（二）

葛莱卿门前的街道　华伦亭（一个军人，葛莱卿的哥哥。）

华伦亭

我以前坐在酒会上，　　　　　　　　　　　　　3620

许多人喜欢说夸耀的话，

纷纷称赞

市内的美女名媛，

以颂词为肴馔而饮干满杯的酒，

我则以手支颐，　　　　　　　　　　　　　　3625

泰然坐着，

静听他们一切的夸谈，

微笑而理着须髯，

拿一满杯酒发言：

她们也许各有优点！　　　　　　　　　　　　3630

可是在全国中，

哪一个可以比得上我妹妹葛莱卿，

哪一个配做她的侍女丫鬟？

于是干杯之声四起，满座哗然；

有些人喊道：　　　　　　　　　　　　　　　3635

对呀，她不愧是为女性的模范！

于是所有的赞叹者都静坐默然。

可是现在呢！——即使我自拔头发，

往墙壁上爬也是枉然！——

任何无赖汉，　　　　　　　　　　　　　　　3640

都敢皱起鼻子而将我讥讽！

我简直如同不义的负债者一般坐着，

听人家无心的言语也要出汗！

我正想打翻他们，

但又不能说他们全是诬狂。   3645

有什么人来了？鬼鬼祟祟地来了什么坏蛋？

假如我没看错，是有两人相伴。

如果是他，我就抓住他的兽皮，

不让他生还！

（浮士德和梅非斯特登场。）

浮士德

从那个寺院圣器室的窗口，   3650

有永明灯的灯光向上照耀，

离窗口愈远，灯光也就愈黯淡，

最后则完全陷于黑暗！

我的胸中也像黑夜一般。

梅非斯特

我却有动情的猫儿似的心境：   3655

它在望火梯旁边偷走，

然后在人家墙边悄悄潜行。

我觉得这种行动也颇含德性，

不过带些儿色欲，带些儿盗窃之心。

我已经感到繁华的华尔布几斯之夜 ①   3660

巡回在我的四肢全身。

这个佳节后天又要来临，

我们知道：那天夜里为什么要醒到天明。

---

① 华尔布几斯之夜为 5 月 1 日之前夜。这个场面的夜晚是 4 月 28 日之夜，浮士德与葛莱卿离开很久了，葛莱卿快要生产，梅非斯特又引诱浮士德去看她。

浮士德

我看见有什么光辉荧荧，

也许是宝贝 ① 从地底升起？   3665

梅非斯特

你不久就可以欢喜地

去把那小锅拿起。

我最近曾经向内窥看，

其中有灿烂的狮子银币 ②。

浮士德

有没有什么饰品和指环   3670

可以用来装饰我的情侣！

梅非斯特

我似乎看见了

像珍珠项链似的一件东西 ③。

浮士德

那很可惜！

如果我没有赠品而到她那里去，

心中很不适意。   3675

梅非斯特

我不会使你

因为平白享受什么而感到难过。

现在满天星光灿烂；

---

① 民间的迷信，说有财宝装在锅子等容器中埋在地下，经过若干年之后，渐渐升到地面上来，幸运者能发现而取得之；
而未被发现的财宝则又沉入土中。

② 狮子银币：荷兰的银币，多用于地中海东部沿岸地区的贸易上。

③ 珍珠似的东西，指眼泪（Lessing, *Emilia Galotti*, II. 7）。

我给你听一种艺术的杰作：

我给她唱一首有道德性的歌曲，   3680

一定更能将她蛊惑。

（弹琴而唱道。）

嘉德琳 ① 呀，

你在爱人门前

做什么事情来着，

在这样早的清晨？   3685

我劝你不要这样痴心！

他若让你进房，

进去时是位姑娘，

出来时不是姑娘。

请好生留心！   3690

事情过了，

便是无情的路人。

你们这些可怜的女人！

你们若珍重自身，

莫向偷儿   3695

轻许任何恩情，

直等到你们指上套上指环的时辰。

华伦亭（出来。）

你在这里将谁勾引？畜生！

被诅咒的捕鼠人！

先打破你的乐器！   3700

然后打死你这个唱歌的淫棍！

梅非斯特

提琴破碎了！已经成为无用的东西。

---

① 嘉德琳（Katharina）呀：这首歌系仿莎士比亚《哈姆雷特》（IV. 5）的欧菲丽亚之歌所写。

欧仁·德拉克洛瓦《浮士德和华伦亭决斗》

22.5cm×34.7cm　1827 年

不来梅艺术馆

华伦亭

现在我要把你的脑袋劈成两半！

梅非斯特 （向浮士德。）

博士呀，不要逃避！好生努力！

你跟着我，让我指导你。 3705

快拔出拂尘 ① 来！

向前打去！招架可由我来担代。

华伦亭

那么招架这一下打击！

梅非斯特

当然承当！

华伦亭

再来一下！

梅非斯特

不成问题！

华伦亭

似乎恶魔在和我对敌。

怎么回事呀？我的手已经麻痹。 3710

梅非斯特 （向浮士德。）

快刺过去！

---

① 拂尘：轻薄之剑的滑稽名称。

欧仁·德拉克洛瓦《浮士德和华伦亭决斗》
23cm×29cm　1827 年
法国国家博物馆

华伦亭（倒地。）

呜呼，休矣！

梅非斯特

暴徒已经驯伏！

赶快逃走！我们必须赶快逃逸！

已经有凶狠的喊声四起。

我很能应付警察，

但血的裁判①却难以处理。　　　　　　　　　　　　3715

玛尔特（在窗边。）

出来呀，快快出来！

葛莱卿

快拿灯来照！

玛尔特（如前。）

有人在打架吵闹，有人在搏斗呼号。

众　人

已经有一个死在地上！

玛尔特（出来。）

凶手们呢？是否已经逃逸？

葛莱卿（出来。）

谁倒在这个地方？

---

① 有关生死的重大裁判，须以神的名义属之，不是恶魔可以随意处理的。

众　人

你母亲的令郎。 3720

葛莱卿

天呀！多可怕的灾殃！

华伦亭

我就快死亡！说话虽然很快，
但死去更为匆忙。
你们这些女人为什么站在这里呼号悲伤？
你们过来，请听我说！ 3725

（人们都走近来围绕他。）
葛莱卿呀，你还年轻，
不懂世间的情况，
所做的事情真不妥当。
我私下对你说吧：
总之你已经是个私娼； 3730
这样也许更为恰当。

葛莱卿

天呀！哥哥！你怎么会这样说？

华伦亭

莫把上帝的名号作为戏言。
已经发生的事情，可惜不能改变；
以后会变成怎样，也只好任其自然。 3735
你起初和一人私交，
不久就会有对手若干，
等到你有了一打，
全市的人也都会把你戏玩。

恩格尔贝特·西贝茨

1848—1851 年

欧仁·德拉克洛瓦《浮士德和华伦亭决斗的素描》

23.9cm×27.2cm　1828—1834 年

卢浮宫博物馆

欧仁·德拉克洛瓦《浮士德和梅非斯特决斗之后逃亡》

28cm×19cm 1928 年

霍顿图书馆

如果有耻辱的珠胎暗结， 3740

必得要秘密地生产，

要用黑暗的纱布

把他的头和耳朵遮掩；

甚至还要诛灭他以免麻烦。

如果长大起来， 3745

也会在白天里露脸，

却并不因此而成为比较美观。

它的脸儿变得愈丑，

它就愈想走到阳光里面。

将来的情形我已能了然预见： 3750

正经的市民

都避开你这个娼妓，

如同回避瘟疫而死的尸体一般。

他们和你对看时，

你就会心颤胆寒！ 3755

你再也不能配戴黄金的项链！

再也不能在教会里站在祭坛旁边！

再也不能穿花边的领子

在舞场上寻欢！

你只能向阴暗凄凉的角落里， 3760

藏躲在乞丐和残废者中间；

即使上帝给你恕罪，

你在地上总是被人非难！

玛尔特

你应该求上帝救赎你的灵魂！

怎么临终时，

欧仁·德拉克洛瓦《浮士德和梅非斯特决斗之后逃亡》

26.5cm×22.1cm　1827 年

法国国家图书馆

欧仁·德拉克洛瓦《华伦亭之死草稿》

21.5cm×33.1cm   1829 年

卢浮宫博物馆

欧仁·德拉克洛瓦《浮士德和梅非斯特决斗之后逃亡》

12.1cm×8cm　1825—1828 年

卢浮宫博物馆

还给自己加上诽谤的罪过^①? 3765

华伦亭

你这无耻的媒婆，

我正想打碎你这枯干的身体！

那么我一切的罪恶

可望能适当地赦免。

葛莱卿

哥哥呀！你的痛苦多么令人心悸！ 3770

华伦亭

你不须流泪涕泣！

你抛弃了名誉，

就给我的心以最大的打击。

我是堂堂的军人，

要瞑目长眠走近上帝。 3775

（死）

---

① 他未作忏悔及接受最后的涂油式。

大教堂

祈祷会　风琴　唱歌

葛莱卿在人群中　恶灵在其背后

恶 灵

葛莱卿，你和以前真是判若云泥；

以前你是天真烂漫，

在这里走向祭坛，

从破旧的圣书里，

将祈祷文高诵着，　　　　　　　　　　　　　　3780

一半出于儿戏，

一半是诚心信仰！

葛莱卿！

你的头怎么样了？

你的心里藏着什么罪愆？　　　　　　　　　　　3785

你现在可是在为你母亲的灵魂祈愿？

她因为你的罪过，

竟昏睡而承受长久的苦难①。

是谁的血呀，污染了你的门限？

——在你的心儿下，　　　　　　　　　　　　　3790

不是已经蠕动着什么物件，

以其预示不祥的存在，

使你和它自己都不安宁？

葛莱卿

唉，怎么办呀！

我怎能脱离这些妄念！　　　　　　　　　　　　3795

---

① 葛莱卿把浮士德交给她的催眠药让母亲吃，因过多，她就不再醒来了。

它们在我的心中往还，
将我谴责！

合　唱

在愤怒之日，在是日，
世界将消溶而成灰烬。
（Dies irae，dies illa
Solvet saeclum in favilla）

　　　（风琴声。）

恶　灵

愤怒侵袭你的心胸！　　　　　　　　　　　　　　3800
喇叭吹将起来！
坟墓都在震动！
你的灵魂
将从灰冷的安息中
再被提醒，　　　　　　　　　　　　　　　　　3805
要熬受火焰的苦痛，
惊悸惶恐！

葛莱卿

我要从这里逃开！
那种琴声
似乎把我的呼吸阻碍，　　　　　　　　　　　　3810
那种歌声
似乎把我的心彻底地溶解。

合　唱

其时判官升座，
一切隐事无不显明，
无不被惩罚报应。　　　　　　　　　　　　　　3815

255

欧仁·德拉克洛瓦《玛格莱特在教堂》

26.5cm×22cm　1826—1827 年

德拉克洛瓦美术馆

(Judex ergo cum sedebit

Quidquid latet adparebit

Nil inultum remanebit)

葛莱卿

我觉得局促苦闷！

墙壁的柱子

将我围困！

那圆形的屋顶

向我逼近——

唉，我连呼吸也似乎不能！　　　　　　　　　　　　3820

恶　灵

你可藏匿自己！

罪恶和羞耻却不能常被隐藏。

你需要空气吗？需要光明吗？

可怜的人！

合　唱

尔时我可怜者将欲何言？　　　　　　　　　　　　　　3825

我可向谁请求保护？

盖正直者犹且不能自安。

(Quid sum miser tune dictureus?

Quem patronum rogaturus

Cum vix justus sit sekurus.)

恶　灵

圣者们将对你

转过脸去，

清白的人　　　　　　　　　　　　　　　　　　　　3830

连和你握手也觉得寒心。

可怜的人!

合　唱

尔时我可怜者将欲何言?

（Quid tum miser tunc dictusus？）

葛莱卿

邻人呀，请将你那个小药瓶！——

　　（昏倒。）

华尔布几斯之夜

哈尔支山　希尔克

和爱伦特附近

浮士德　梅非斯特

梅非斯特

你是否需要一支扫帚柄①？　　　　　　　　　　　　3835

我希望有极矫健的山羊乘骑。

在这条路上，距离我们目的地还很遥远。

浮士德

只要我们的脚还能轻快步行，

我有这条有节瘤的手杖也尽够了；

何必缩短路程！——　　　　　　　　　　　　　3840

在迷宫似的溪谷中走去，

然后把那些岩山攀登，

从岩山有泉水永远飞溅冲奔，

我觉得走这样的山路是别有风味的事！

春光已经在桦树林中浮动，　　　　　　　　　　　3845

连枞树也已感染春天的气息；

春天岂不也该影响我们的身心？

梅非斯特

我倒不觉得有什么改变！

我的身体中好像还是寒冬，

我希望有霜雪在我的路面。　　　　　　　　　　　3850

---

① 华尔布几斯是八世纪时的圣女，曾在德国的国家寺院布道，被认为是能克制疫病及妖法的守护女神。在其纪念日5月1日之前夕，魔女们骑山羊或扫帚柄等显集于勃洛根山上，狂欢作乐。

那个红色的亏缺的月儿现在才凄然升起，

光辉黯淡，

路面阴晦，

所以我每步都碰着树木和山岩！

请容许我召唤一朵磷火！　　　　　　　　　　　　3855

我看见那边有一个燃烧得旺盛灿烂。

喂！朋友！可否来给我们作伴？

你何必如此徒然地燃烧？

请帮助我们，照我们跑往上面！

磷　火

我愿意遵命，希望能够　　　　　　　　　　　　3860

抑制我轻浮的本性；

不过我们的走法，通常是作之字形而走。

梅非斯特

嗳！嗳！你是想要把人的行为仿效。

我以恶魔的名义奉告，你要直向前跑！

否则我就把你的生命之火吹掉。　　　　　　　　3865

磷　火

我知道你是这里的显要 ①，

我愿意顺从你的指导。

但请想想！山上今晚很猖狂，

若要磷火给你引路，

请不要苛责唠叨。　　　　　　　　　　　　　3870

浮士德　梅非斯特·磷火（交互唱歌。）

我们似乎已经

---

① 梅非斯特在华尔布几斯之夜常为魔鬼的领袖。

260

欧仁·德拉克洛瓦《研究在阿尔卑斯山上的浮士德和梅非斯特的手稿》

24.5cm×18.5cm　1826—1827 年

私人收藏

欧仁·德拉克洛瓦《阿尔卑斯山上的浮士德和梅非斯特》

24.5cm×18.5cm 1826—1827 年

私人收藏

向梦和魔法的国度走进。
请好好地引导我们而显扬你的声名，
也许我们不久就能到达
广阔荒寂的佳境！ 3875
请看树木后面又有树木，
多么急速地向后驰行；
请看那些巉岩伛偻低身，
那些长长的鼾岩，
都在吹气，发出鼾声！ 3880

穿过石间和草中，
溪涧向下奔驰。
我所听见的不知是歌曲？或是水声？
是温柔的爱情悲叹？
　是回忆如天堂般快乐日子的人声？ 3885

我们何所希望，何所爱好！
山谷中鸣响着
古代的传说似的回音。

呜呼！嘘呼！声音渐近，
枭、凫和樫鸟， 3890
他们难道都还清醒？
那些长脚肥腹的，
是不是蜥蜴在草丛中爬行？
如蛇般的树根
从山岩和沙中缭绕滋生， 3895
将奇怪的带儿伸出，
似乎要惊吓和捕捉我们；
它们从其活泼坚强的木瘤

将章鱼般的小枝伸向行人。

又有野鼠　　　　　　　　　　　　　　　　　3900

颜色纷歧地结队成群，

向藓苔和野草之间奔驰！

许多萤火虫

也似乎在做迷人的向导，

繁密成群的飞行。　　　　　　　　　　　　3905

但请向我说明，

我们现在是停止，还是在前进？

一切东西似乎都在旋转，

有如在扩大

和增加的鬼火，　　　　　　　　　　　　　3910

以及作怪相的岩石和树木等等。

梅非斯特

你牢实抓住我的衣角！

这里可说是最高的中岭，

在这里可以惊奇地看到

财神曼孟在山间如何放光①。　　　　　　　3915

浮士德

有一种晨光般朦胧的亮光，

多么稀奇地在溪谷中照耀！

连极深的谷底

也都照射得到。

这里有蒸气升腾，那里有云雾飘浮：　　　　3920

这里从烟霭中有火在燃烧，

这火像细丝般爬行，

---

① 曼孟（Mammon），埋在山中的黄金财宝，在华尔布几斯之夜格外辉煌。

恩格尔贝特·西贝茨

1848—1851 年

忽而像泉水般喷浇。

它忽而成为百条脉管，

在整个溪谷中迂回流绕，　　　　　　　　　　3925

忽而在狭隘的角落里，

骤然散成细小零星。

又在附近如散播了金沙似地，

有火花在飞跳。

请看！那边的岩壁，　　　　　　　　　　3930

从上到下都在燃烧。

梅非斯特

那不就是黄金之神

在宴会时华丽地光耀他的宫廷？

你看见这种情形，真是荣幸；

我似乎已经听到有许多喧闹的来宾。　　　　3935

浮士德

暴风多么疯狂地在空中横行！

多么凶狠地刮着我的头颈！

梅非斯特

你必须抓丰岩石的古老肋骨，

否则你将被吹入千仞幽壑。

现在有烟雾使黑夜倍加阴晦。　　　　　　　3940

听吧，林中有多么剧烈的树木擦裂声！

鸱枭受了惊慌，四散飞奔。

听吧，那些长青的宫殿柱子

破碎坍崩。

树枝叽叽格格地折断坠落！　　　　　　　　3945

树干强烈地摇震！

树根裂开而发出叽哩嘎拉的声音！

266

欧仁·德拉克洛瓦《阿尔卑斯山上的浮士德和梅非斯特》

24.7cm×21cm　1827 年

法国国家博物馆

草木可怕而杂乱地倒下，

互相凌压而层层堆迭；

暴风又扫过被碎木所掩的溪壑中 3950

咆哮怒鸣。

你有没有听到

那在高处远处近处的声音？

是啊，在全山中

洋溢着狂乱妖魔的歌声。 3955

魔女们的合唱

魔女们到勃洛根山去寻开心，

残根枯黄，苗儿青青。

那里聚集着许多人，

上面坐着乌良先生 ①。

他们经过岩石和树根上前行， 3960

魔女放……牡山羊臭气冲天。

声

老媪鲍婆 ② 独自前来；

骑了一头老母猪。

合　唱

对于应得荣誉的，应将荣誉奉献！

我们要请鲍婆定在众人之前！ 3965

好一头肥猪，而且大腹便便；

其他魔女们都跟在后面。

---

① 乌良（Urian）先生：用以称呼不知姓名的人，也用以称呼魔鬼。这里指魔王撒旦而言。

② 鲍婆（Baubo）：希腊的生产之女神蒂美特的乳母。蒂美特因女儿被人所夺而悲伤，鲍婆讲淫猥的戏言以安慰她，因
　此这里用为淫荡的魔女之名。

声

你从哪一条路来到此间?

声

经过伊尔森石坦 ① 高岩。
当时我曾经向枭鸟的巢里窥视,
枭鸟正张着一双大眼!　　　　　　　　　　　3970

声

你到地狱去吧!
为什么骑得如此急速!

声

我被那枭鸟所撕抓,
请瞧瞧伤痕!

魔女们合唱

道路宽广,道路迢遥,
为什么挤得这样狂躁?　　　　　　　　　　3975
叉儿刺戳,扫帚扒搔,
胎儿窒息,母亲炸掉 ②。

男魔们（半数合唱。）

我们走得和负壳而走的蜗牛一样缓慢;
而女人们都走在前面。
到恶魔那里去的时候,　　　　　　　　　　3980
女人常是一千步居先。

---

① 伊尔森石坦（Ilsenstein）：耸立于北哈尔支山的最高峰。
② 一个孕妇在推挤中受伤。

其他半数

即使女人快上一千步①，

我们也不以为患；

她们无论怎样快走，

男子只要一跃就赶上前面②。　　　　　　　　　　　　3985

声（在上面。）

快快来吧，请岩湖的人们也来作伴！

众　声（在下面。）

我们也很愿意同往上面。

我们时常洗涤③，身体清洁白亮；

可是永远不能生产。

双方合唱

风停星遁，　　　　　　　　　　　　　　　　　　　　　3990

昏月隐藏，

群魔嚣然合唱，

好像数千火花飞腾。

声（从下。）

请等等！请等等！

声（从上。）

谁从岩隙呼唤？　　　　　　　　　　　　　　　　　　3995

---

① 女人一入邪路，就会盲目地胡闹下去。

② 这是说男人做坏事比女人更快。

③ 似乎是讽刺力求以文藻掩饰其缺点而失去了创作力的文士们。

欧仁·德拉克洛瓦《研究安息日之夜：七个恶魔头》

18cm×22.5cm

马丁·博得默基金会

声（从下。）

带我同去！带我同去^①！

我已经登了三百年，

而不能攀到山巅。

我愿意和我同样的人们作伴。

双方合唱

扫帚可乘，手杖可乘，   4000

叉儿可乘，山羊可乘；

谁在今天不能高升，

便永远是废人。

半成魔女^②（在下。）

我这样蹒跚地追赶，已经过了许多时间；

其他的人们已经走得那样遥远！   4005

我在家里既然不安，

在这里也不能与人结伴同欢。

魔女们的合唱

香膏^③给魔女以勇气，

一片破布可以作风帆，

任何水槽可以当很好的船儿；   4010

今天不能飞的，永远不会有希望。

双方合唱

我们绕山峰而飞旋，

你们可爬行在地面。

请将辽阔的草原，

---

① 讽刺迟钝难以上进的人们，如同原诗 3664 行所说的沉下或埋没的宝贝。

② 尚未学会飞行的魔女，不能飞上山顶，自叹在家里既然不安，在这里也不能与人同样欢乐。

③ 魔女飞行时涂在自己的脚上、扫帚柄、叉子等以增加速度。

用你们魔女之群遮掩。 4015

（都下来休息。）

梅非斯特

拥挤、冲撞、滑走、作劈啪之声，

嘘气、旋转、拉扯、聒噪，

辉耀、发火花、燃烧、发臭气！

这真是个魔女们的境地！

仔细抓住我！否则我们就会分离。 4020

你在哪里？

浮士德（在远处。）

在这里。

梅非斯特

怎么啦！你已经被拉到了那边？

那我不能不使用家长之权。

福兰^①公子来了，大家让路吧！让在旁边！

博士先生，快来抓牢我！

我们要一跃而从人群中溜出， 4025

我也觉得这里未免太过狂乱。

那边近处发着特殊光辉的是什么物件。

我很想跑往那长着灌木的地点。

来！来！我们溜进去看看。

浮士德

矛盾的妖怪！好吧！

由你领我到哪里去都可以。 4030

我以为我们所做的事情非常高明：

---

① 福兰（Voland），恶魔的古老名称。

273

我们在华尔布几斯之夜

 到勃洛根山上来逍遥游戏；

而偏偏喜欢到这样的地方来躲避。

梅非斯特

请看，那边燃着色彩多么富丽的火焰！

有一群人在欢乐地游玩。   4035

人在少数人群中也不孤单。

浮士德

可是我宁愿到那边上面去！

我已经看见火焰和回旋的烟雾。

许多人跑到恶魔那里去；

许多谜底在那边当可了然。   4040

梅非斯特

可是也会有许多谜儿系结起来。

让那些群众去扰嚷喧腾，

我们可以在这里安静一会儿。

这是素来的习惯：

在大千世界中缔造微小的世界。   4045

我看见那边有年轻的魔女们赤身裸体[①]，

而老年的却巧妙地将身体遮盖。

请为了我而将她们和气相待。

费力不多，而能玩得非常愉快。

似乎在演奏着什么乐器！   4050

可恶的噪音，听不惯也无法忍耐。

来！来！别无更好的安排，

我领你到那里去，

---

① 据 Prätorius 说，在勃洛根山下，有些魔女是裸体的，有些是穿衣服的。

使你和他们重新连合起来。

朋友呀，你看怎么样？

　　这并非狭小的所在。 4055

请看那边！简直没有边界。

百簇火焰成列地在燃烧；

许多人在跳舞、闲谈、烹煮、饮酒、恋爱；

有什么地方

　　比这儿更好玩？请你说出来！

浮士德

请问你是作为魔术师或恶魔 4060

而带我去和他们游玩？

梅非斯特

虽然微服出行，是我平常的习惯，

但在喜庆的日子却不妨把勋章给人观看，

嘉德勋章 ① 虽不和我相配，

有蹄的马脚在这儿却很吃香。 4065

那只蜗牛你是否看见？它慢慢地爬近这边；

用它触角的眼睛

已将我的气味儿分辨。

我虽想韬光养晦，在这里却不能隐瞒。

来吧！我们从火团走入火团， 4070

我是媒介人，你是求情的青年。

　　（向坐在将灭的炭火旁的数人。）

诸位老人 ② 你们在这儿做什么来着？

我以为你们不如畅快地

坐在狂饮欢腾的青年们中间；

---

① 嘉德（Garter）勋章，系英国最高之勋章。

② 法国革命之后，有许多法国人逃往德国，这里所说的将军、大臣、暴发户都是旧时代的人物。

任何人在家里也都可以静寂安闲。 4075

将 军

谁能相信国民？
即使你为他们做了许多事情；
因为国民和妇人一般，
总是对青年特别垂青。

大 臣

现在人心不古实在舍正路而不走， 4080
我还是称赞善良的前辈；
在我们当权的时候，
实在是真正的黄金时代。

暴发户

我们以前也并非颟顸①，
屡次做了不应当做的事。 4085
我们正想坚守既得的东西，
而人间的一切都已完全混乱。

著作家

如今谁愿意阅读
内容稳健高明的著作！
至于可爱的青年们呢， 4090
是空前未有的那样的傲慢浅薄。

梅非斯特（突然形似老人。）②
我登勃洛根山，这是最后一趟，

---

① 颟顸：不明事理，糊里糊涂。——编者注
② 故意装作衰老的样子，模仿他们的口气，以嘲笑他们。

觉得世道人心已经是接近最后审判的状况。

我桶里的残酒混浊了，

世界也快要灭亡。 4095

卖旧货的魔女

诸位幸勿随便走过！

勿将机会错过！

请留意瞧瞧我的货物，

样式种类繁多。

我的店铺与众不同， 4100

世界上没有第二个。

店里没有一件东西，

没有不曾荼毒过世界。

没有不曾沾过血的匕首，

对健康的五体， 4105

没有不曾毒过人的酒樽。

对美艳的淑女没有不曾引诱过她的首饰，

违背盟友，从背后

没有不曾暗杀过对手的刀剑。

梅非斯特

老妈妈！你对于时势不甚明了。 4110

做了的事已经过去，过去的事已经做了！

你要贩卖新奇的东西！

只有新奇的东西能为我们所爱好。

浮士德

我可不要惘然昏迷！

这里好像是个定期市集！ 4115

梅非斯特

漩涡似的群众拼命向前涌去；

你自以为挤人，也是为人所挤。

浮士德

那个是谁？

梅非斯特

请仔细看！

她是李利特①哩。

浮士德

是谁？

梅非斯特

亚当的元配。

她美丽的头发，   4120

就是她唯一炫耀的装饰，要仔细注意！

她引诱上手的青年男子，

她不会轻易把他放弃。

浮士德

两个女人坐在那边，一个老的，一个青年，

她们似乎已跳够了舞，已经疲倦！   4125

梅非斯特

不，今天没有厌倦偷安②。

又开始跳舞了，来！我们也来玩玩。

---

① 李利特（Lilith）：亚当的元配，因性情恶劣而离异，后来成为撒母耳之妾。见创世纪第二章第十节说亚当之妻夏娃是
用他的一条肋骨而造成的。
② 传说五月初一夜晚的娱乐以淫乱的跳舞收场，浮士德也毫不踌躇地参加，达到可能堕落的极点。

浮士德（和少女跳舞。）

我做过一场好梦！

梦见一株苹果树，

两个苹果 ① 在光润地闪耀，   4130

我被引诱爬上去。

美　人

苹果男人所贪嗜，

乐园以来就如是。

我是女人很高兴，

我的园中也有它。   4135

梅非斯特（和老妇跳舞。）

我做一梦真奇怪；

梦见一树两分开，

树上有个……

虽然很……我喜爱。

老　妇

我以最诚恳的心情，   4140

欢迎有马蹄脚的骑士！

你如果不讨厌……

则请预备个……。

臀部见鬼者 ②

混帐的家伙，你们胆敢做什么勾当？

---

① 自古以来，以苹果为女人乳房的象征。

② 臀部见鬼者（Proktophantamist），指与歌德同时代的弗利特希·尼古莱（Friederich Nicolai）。他是启蒙主义的作家
兼出版业者，曾针对歌德的《少年维特的烦恼》写了一本《少年维特的喜悦》，歌德在均《克塞尼恩》（Xenien）中
呵斥之。1797 年谣传在柏林郊外特格尔的住宅（Humboldt）中有鬼出现，尼古莱在柏林科学院演讲，说他自己也曾
经罹患见鬼的病症，但用蚂蟥在臀部吸血的方法治愈了，且于 1799 年在《柏林月刊》上发表，为浪漫派的 Tieck 等
人嘲笑。歌德在这里也讽刺上列的事实及尼古莱无聊的启蒙主义。

这不是早已被证明：　　　　　　　　　　　　　　　4145

妖怪绝不是用正常的脚来往。

现在你们跳舞却和我们一样！

美 人〔跳舞。〕

那个人想在我们舞场上做什么？

浮士德〔跳舞。〕

咳！他是一个到处厮混的家伙。

别人跳舞时他总要批评些什么。　　　　　　　　　　4150

他若对任何一步不曾噜苏，

则是他以那一步就仿佛没有走过。

我们一往前进，他就会光火。

假如你们尽打着圈子走，

仿佛他在水磨房中 ① 所做的那样，　　　　　　　　4155

他却说如此尚可，你若因此恭维他，

他当然更加快乐。

臀部见鬼者

你们还在这里！真是岂有此理！

赶快滚蛋！我们已经给人启发性的指示。

恶魔的党徒对任何法律都无顾忌。　　　　　　　　　4160

我们已经如此开明，

　而还有在特格尔闹鬼的消息。

我扫除了很久的迷信，

而似乎永远不能肃清，真是岂有此理！

美 人

勿再喋喋多言，使我们讨厌！

---

① 在 Tieck 的戏剧 *Zerbino* 中，尼古莱对主人公详谈他水磨的事情。

臀部见鬼者

我向你们这些妖精直言无讳。   4165

你们这样跋扈嚣张，我实在不能忍耐；

我的精神不能做同样的行为。

（跳舞继续着。）

我看今天无事可成，

可是我常要写点旅行日记①，

还希望在旅行的最后一程，   4170

能制服恶魔和诗人。

梅非斯特

他就将坐入一个泥沼；

这是他休养精神的惯例，

若有一只蚂蝗在他的臀部吸血，

那么他为妖怪和幽灵

　　所烦扰的病就可治好。   4175

（向脱离了跳舞群众的浮士德说。）

你为什么把那个美人儿放掉？

她在跳舞唱歌时是那么美妙。

浮士德

唉！正在唱歌之际，

有一只红鼠儿②从她的口里跳出来。

梅非斯特

这种事情并不奇异，不必介意；   4180

这老鼠不是灰色，那就算是运气。

两人在欢乐的时候，谁会把这种事情顾及？

---

① 尼古莱于 1783—1796 年发表了十二册的《德国及瑞士游记》。歌德在克塞尼恩中予以痛斥。

② Prätorius 的作品中有一故事，说有个女子睡着，从口中跳出一只红鼠。

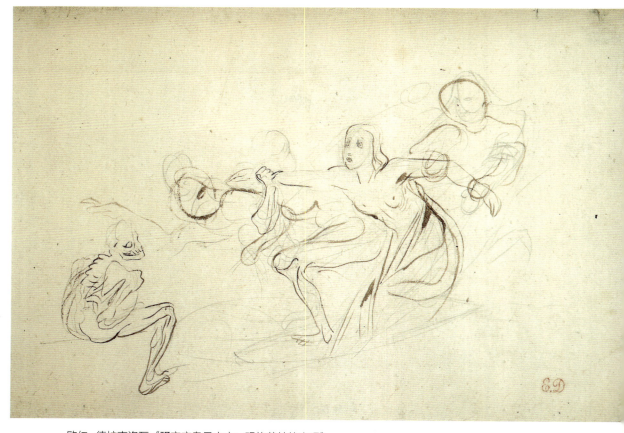

欧仁·德拉克洛瓦《研究安息日之夜：玛格莱特的出现》

19cm×27cm

马丁·博得默基金会

浮士德

我又看见——

梅非斯特

什么东西？

浮士德

梅非斯特，你是否看见
有个苍白而美丽的女子独自在那里？
她走得很慢，   4185
好像有脚撩锁着她的两腿 ①。
老实对你说，
我觉得她有点像我温雅的葛莱卿。

梅非斯特

任由她伫立！看着她谁也不会适意。
这是一个幻影，一个无生命的东西。   4190
和她相遇是不吉利的；
若为她所注视，人的血液也会凝滞。
人几乎会化成硬石。
想必你也听人说过美杜莎 ② 的故事。

浮士德

真的，那是死人的眼睛，   4195
临死时没有亲人的手把它们阖闭。
那是与我贴近过的葛莱卿的胸膛，
那是我依偎过的柔美的身体。

---

① 浮士德惦念葛莱卿，幻想她受刑的情形，梅非斯特说敷衍的话以转移他的注意。
② 美杜莎（Medusa）希腊神话中的女妖，为佩色斯（Perseus）所杀，凡见其头部者将幻化成化石。

梅非斯特

这是妖法呀，你这个傻子真容易受骗！

任何人看见她都以为她是他的情侣。 4200

浮士德

我觉得多么快乐！多么苦恼烦闷！

我不能不看她的眼睛。

多么奇怪她有一条红绳 ①

装饰着她美丽的头颈——

并不比小刀的刀背更宽的红绳！ 4205

梅非斯特

真的我也看见这东西。

她也能把头拿在腋下 ②；

因为这是她被佩色斯砍下的首级——

你不可只显幻想而着迷！

我们到那个小丘上去， 4210

那里热闹得和柏拉特尔 ③ 似地。

我若不是迷误，

那么一定会有剧场在演戏。

不知在演什么？

舞台杂役

不久又要开幕。

这是一出戏，是七出中的最后一出： 4215

演的节目很多，是这里的习惯。

这出戏是业余作家所写的 ④，

并由业余演员演出。

---

① 传说被斩首的人的幽灵颈上有一条红线。

② 但丁的地狱篇第二十八章中 Bertram von Bornio 把头拿在手中。

③ 柏拉特尔（Prater）：维也纳郊外的游乐地。因为浮士德怀念葛莱卿，梅非斯特引诱他去看乡下的戏剧以使他忘记。

④ 讽刺业余艺术贪多不求精的低级趣味现象。

请原谅我失陪，

因为我权充职员，要去揭幕。 4220

梅非斯特

我在勃洛根山上遇见你们，

觉得非常适当：因为这里是适合你们的地方。

欧仁·德拉克洛瓦《玛格莱特
的影子和浮士德》

26.5cm×35.5cm　1827 年

法国国家博物馆

华尔布几斯之夜的梦

渥伯龙和帖达尼亚的金婚式 ① 插曲

舞台监督

诸位弥丁的伙计 ②，
今天我们可以好好休息；
因为老山和湿谷， 4225
可以作为布景和装饰。

司　仪

结婚之后五十年，
然后可行金婚式；
夫妻息争再和好，
金婚愈觉可庆喜。 4230

渥伯龙

诸精若在我在处，
请在此时现形体！
如今国王和王妃，
重新和好为夫妻。

普　克 ③

普克来此作欢舞， 4235
回旋移步颇轻捷；

---

① 渥伯龙（Oberon）和帖达尼亚（Titania），妖精的王及女王，久别之后言归于好而后举行金婚式，此取材于莎士比亚
　名剧《仲夏夜之梦》。
② 弥丁（Mieding）：魏玛著名民众剧场的道具管理者之名。弥丁的伙计们就是道具的管理人员。
③ 普克（Puck）为《仲夏夜之梦》中肥胖快乐的妖精。

后面跟来一百人，
为欲和我同游戏。

雅列尔 ①

雅列尔来发欢声，
歌声清婉如天音；   4240
引来许多丑脸儿，
也有美人被勾引。

渥伯龙

凡欲和好的夫妻，
请来效法我们；
若欲尔我恩爱深，   4245
只须暂时相离分。

帖达尼亚

若妻任性夫发怒，
快把两人同捉住，
将妻送到极南边，
将夫送到极北处。   4250

管弦乐全奏（最强音。）

苍蝇之嘴蚊之鼻，
及其同宗和亲戚，
草中蟋蟀叶中蛙，
都是我们音乐师！

---

① 雅列尔（Aril）为《飓风》中善良的妖精。

独　唱

请看风笛走来了！　　　　　　　　　　4255
原来是个肥皂泡。
从那低矮鼻管中，
咻克唏克声甚妙。

半长成的精灵 ①

蜘蛛之足虾蟆腹，
身体虽小有翅翼！　　　　　　　　　　4260
如此动作不会有，
知此之诗则有之。

年轻的夫妻 ②

经过蜜露香气中，
二人小步或高跳；
你虽蹒跚尽能走，　　　　　　　　　　4265
却向空中飞不高。

好奇的旅人 ③

这是化装舞蹈吗？
我眼是否不蒙眬？
美丽之神渥伯龙，
今天竟亦在此地！　　　　　　　　　　4270

正教徒 ④

既无脚爪又无尾！

---

① 与肢体都是相称的自然界的生物不同，文学作品中有许多形状怪异者。
② 讽刺平凡的诗人。
③ 讽刺曾说美与丑不能调和的尼古莱。
④ 施托尔贝格（F. L. Stolberg）伯爵从正教徒的立场攻击席勒的《希腊之诸神》。这四行诗是讽刺他的。依他的说法渥
　　伯龙也是魔鬼。

但无理由可疑惑；
如同希腊之诸神，
他也实在是恶魔。

北方的艺术家 ①
现今我所着手者，   4275
仅系素描的作品；
我在适当的时机
要到义国去旅行。

纯正主义者 ②
不幸我来这地方，
民众风习多放荡！   4280
所有全群魔女中
只有两个曾化妆。

年轻的魔女 ③
穿衣敷粉并修饰，
是于老妇才相宜；
故我裸体骑山丰，   4285
显露肥美的身体。

中年妇女 ④
我们品行很高贵，
不会和你们吵嘴；
你们年轻而娇美，
希望你们就腐败。   4290

---

① 以为不可不学习南欧的古典艺术。
② 主张尊奉古典的纯洁高雅艺术，反对不守规律的浪漫艺术的人们。
③ 讽刺自然主义的作家。
④ 与前者相反，尊重形式风格的保守派。

乐队指挥者

苍蝇之嘴蚊之鼻，

不宜环绕着裸女！

草中蟋蟀叶中蛙，

严守拍于莫错误！

风信旗①（飘向一边。）

诸位秀丽的淑女，   4295

都是难得的新娘！

诸位英俊的青年，

都是优秀的新郎！

风信旗（飘向他。）

如果地面不开口，

把他们全都吞下，   4300

我将立时快步跑，

纵身跳跃入地狱。

克塞尼恩②

我们在此扮作虫，

各有锐利的小钳，

如此方能有礼貌，   4305

欢娱父亲老撒旦。

亨宁斯③

请看他们集成群，

蠢然天真相嬉笑！

---

① 风信旗：对前二者两面讨好的文人，讽刺兼为作家及乐队指挥的 Reichardt。

② 克塞尼恩（Xenien）：歌德和席勒合编的短篇评论集。

③ 亨宁斯（August Hennings），丹麦人，在《时代精神》（Genius der Zeit）杂志中攻击席勒的杂志《时神》（Horen）及《年刊诗集》（Musenalmanch），歌德在克塞尼恩中反驳之。

最后或者也会说：

"我们心地实在好。"   4310

穆撒格特 ①

我也实在很愿意

去与魔女相厮混；

因为我指挥她们，

尤易于指挥女诗神。

以前的《时代精神》②

追随伟人必有益；   4315

快来捉住我衣角！

勃洛根山和德国巴那斯

山巅都广阔。

好奇的旅人 ③

谁是那个傲慢者？

趾高气扬很威武：   4320

嗅探可嗅的一切——

"搜索耶稣会教徒。"

鹤 ④

清处捕鱼固然好，

浊处捕鱼我也爱。

有时会见善心人，   4325

---

① 穆撒格特（Musaget）：亨宁斯所刊行的杂志之名，原来是阿波罗的别名。"我指挥她们，尤易于指挥女诗神"，就是说他没有鉴赏诗的能力。

② 《时代精神》，亨宁斯所主编的杂志，1800 年以后改称为《十九世纪之精神》，所以加上以前的（Decivant）二字。

③ 好奇的旅人就是第 4143、4167 行的注所出现的尼古莱之事。

④ 鹤：指歌德之友拉瓦达（Lavater），因为他的言行颇多矛盾，所以比喻他为清浊兼吞的鹤，同时他走路的样子也很像鹤。

混在恶魔群堆里。

世俗人 ①
我以为虔诚的人，
利用一切都方便；
故在勃洛根山上，
各处密会甚频繁。 4330

跳舞者
似乎又来合唱队 ②？
远远可闻大鼓声。
"凝神静听勿喧哗！
芦苇之中群鹭鸣。"

跳舞师
人人都把足高举， 4335
显技斗巧相炫夸；
驼背胖子各跳跃，
姿态风度都不管。

提琴手
众人彼此相仇恨 ③，
各欲置人于死命； 4340
但如渥斐斯之琴，
风笛能统率他们。

---

① 讽刺伪善者。
② 指提出新学说的哲学家们而言。
③ 指下列五种哲学家，平时互相争执，现在则依风笛之声而一同跳舞。

独断论者 ①

不论批判和怀疑，
都不能使我迷惑。
恶魔总也是什么；　　　　　　　　　　　　　4345
否则何以有恶魔？

观念论者 ②

幻想在我的心中，
此次未免太放肆。
如果一切都是我，
今天我是很愚痴。　　　　　　　　　　　　4350

实在论者 ③

存在不容易解释，
因此心中很烦恼。
我来此地始觉悟：
我的立场已动摇。

超自然主义者 ④

我与此等人游玩，　　　　　　　　　　　　4355
心中觉得很愉快；
因为既然有恶魔，
可知善灵必存在。

---

① 独断论者：即康德以前的本体论，想从概念的存在而证明物自体的存在。"批判"指康德哲学，"怀疑论"指休谟的哲学而言。
② 观念论者：指费希德（Fichte）。他以为外界都是自我的反映，所以这种华尔布几斯之夜的胡闹，他也以为是他自己的反映，并认为他自己今天也发疯了。
③ 实在论者：即经验者，他们只相信通过感觉而认识的现实。
④ 超自然主义者，歌德的友人弗利特希。雅可贝（Friederich Jacobi）等人相信有人格的神及其直接显现，所以既有恶魔，也必定有善的妖怪。

怀疑者 ①

他们追逐小火焰，
以为已在宝物旁。　　　　　　　　　　　　4360
恶魔疑惑原同韵，
我在此地真妥当。

乐队指挥者

草中蟋蟀叶中蛙，
外行客串不成话！
苍蝇之嘴蚊之鼻，　　　　　　　　　　　4365
你们却是音乐家！

灵敏的人们 ②

我们快活诸朋友，
有一名称曰"无忧"；
现今用脚走不来，
所以我们用头走。　　　　　　　　　　　4370

拙笨的人们 ③

我们阿谀得醉饱，
如今无法可想了！
靴子已经都跳破，
所以只能赤脚跑。

鬼火们 ④

我们都从泥沼生，　　　　　　　　　　　4375

---

① 怀疑论者即休谟派的哲学家。上述的四种哲学各就勃洛根山上的现象求证实自己的学说，此无异逐火焰而挖掘宝物，都是徒然的。
② 社会的情形由于革命等原因而颠倒，所以他们用头走路。
③ 法国革命的流亡者及因局势改变而失势的人们。
④ 因局势改变而骤然得势的人们。

我们都从泥沼来；

但在此地舞群中，

都是漂亮好男孩。

流　星 ①

我放星光和火光，

来自高空而下坠；　　　　　　　　　　　　4380

如今躺在野草中——

谁来扶我立起来？

胖子们 ②

快让路呀让开吧！

野草纷纷倒下来。

我们精灵走来了，　　　　　　　　　　　　4385

手足身躯都肥大。

普　克

你们不可像小象，

走路缓慢而沉重。

今天普克小胖子，

却是比谁都臃肿。　　　　　　　　　　　　4390

雅列尔

你们受惠于自然，

身上都生着翅膀，

可随我来轻轻飞，

飞上那个玫瑰岗 ③！

---

① 在混乱的时局中迅速出现及消失的人们。

② 专事破坏的人们。

③ 歌德的先辈诗人魏兰德（C. H. Wieland，1733—1813）的诗中说，渥伯龙的城在玫瑰岗上。

管弦乐（最低音。）
弥漫的雾和烟云
由上而下渐清明。
风摇树叶和芦苇，
一切消散无踪影。

4395

阴暗的日子·原野

浮士德　梅非斯特

浮士德

她落在苦难中，落在绝望的境地里！

她在世间悲惨地

　　彷徨了很久①，终于被人逮捕去！

成为罪人关在狱中备受

　　可怕的痛苦，那个温良的不幸的少女！

弄成这样的田地！弄成这样的田地！

卖友的卑鄙妖怪，你把这种事都对我隐蔽！

你尽管站着！将邪恶的眼睛在头上旋转不已！

尽管站着！以你那不可容忍的存在使我生气！

她被逮捕了！落在无可挽救的悲惨境地！

她落在恶鬼们和残酷无情的裁判者们的手中！

你却在那时期使我去作乏味的消遣，

将她滋长的苦难蒙蔽，而使她无助地堕落毁灭！

梅非斯特

她并非第一个女人啊。

浮士德

瘟狗！可憎的畜生！

哦，无限伟大的地灵呀，

　　请把这条虫豸恢复他的狗形！

它原来经常喜欢在夜间跑到我处来，

挨近无心的旅人脚边打滚，

---

① 从华尔布几斯之夜到阴暗的日子为止，葛莱卿生了儿子，投入池中，被捕入狱，经过相当长久的时间。

而去挂在跌倒者肩上的畜生。

请把它变作它自己喜欢的原形，

使它在我的面前在沙上爬行，

我用脚踢这可憎的畜生！——

　　她不是第一个女人！——

可怜！凄惨！这简直是人心所不能理解的事情；

不只一个人在这种苦难的深渊中沉沦！

那第一个①因濒死的痛苦而辗转乱滚，

难道在永远赦罪者②的眼前

　　还不够将其他一切人的罪过偿清！

这一个人的苦难已在骚扰着我的骨髓和生命；

你却泰然狞笑着千百人的命运！

梅非斯特

我们现在又已来到智慧的界限，

你们人在这儿精神就会狂乱。

倘如你不能贯彻，你为什么和我结伴？

难道你想飞而怕晕眩？

请问是我们向你请求的呢，还是你向我们请求结伴？

浮士德

莫将你那狰狞的獠牙向我显灵！

　　我见了就要呕吐！——

伟大崇高的精灵呀，你曾经向我荣宠的现形，

你知道我的心和灵魂，

为什么把我系结于如此无耻的友人？

他是见人堕落而快乐，见人遭灾而欢欣的恶棍！

---

① 指被钉在十字架的耶稣。

② 即上帝。

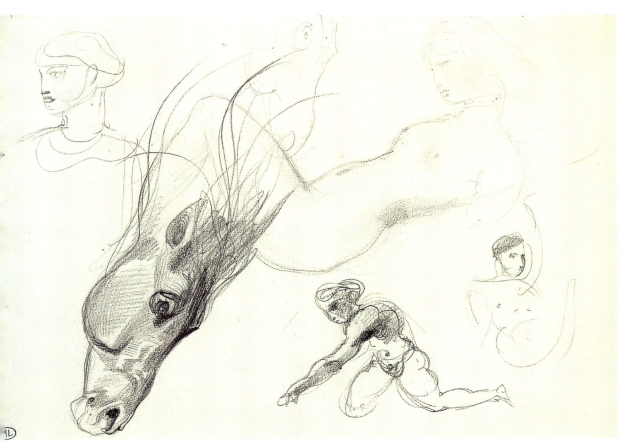

欧仁·德拉克洛瓦《手稿》

14.1cm×19.8cm　1825—1828 年

卢浮宫博物馆

梅非斯特

你说完了吗？

浮士德

快去救她！否则我绝不饶你！
将用几千年有效的诅咒咒你！

梅非斯特

我不能把裁判官^①所加的绳儿解开，
不能把门闩开启——
救她！——使她堕落的是谁呀？是我呢还是你？
（浮士德凶狠地环视。）

梅非斯特

你难道想取用天雷？
幸亏它不被授予，
你们不免死亡的人类！
要将无辜的回答者粉碎，
这是在狼狈之时发泄愤怒的暴君的行为。

浮士德

带我去吧！务须将她解救！

梅非斯特

你要冒怎样的危险，你知道否？
你亲手所犯的血案还在这里存留。
在被害者死亡的地上有复仇的精灵们在漂浮，
专在伺候回转来的凶手。

---

① 葛莱卿是以神的名义处罚，所以恶魔无法干涉。

欧仁·德拉克洛瓦《研究马和骑士的手稿》

24.6cm×17.8cm　1825—1828 年

卢浮宫博物馆

浮士德

这样的话竟然出自你的鬼口？
世界中的残杀和死亡都要加之于你这瘟狗！
快带我去，将她解救！

梅非斯特

我带你去，听吧，我有什么事情能够办到！
天上地上的一切权利，我捏在手里没有？
我将使守门者的意识昏迷，
　　你可夺取钥匙，用你的人手
引出那个女囚！我在外面看守！
我备着魔马伺候，
　　将你们带走。这个我能够照办。

浮士德

那么就走！

夜·旷野

浮士德　梅非斯特乘马疾驰

浮士德

那些人在做什么，在那刑场的周围？

梅非斯特

她们在烹煮制造什么，我也不知道。　　　　　　　　　4400

浮士德

她们飘上飘下，或蹲下，或弯腰。

梅非斯特

那是一群女妖。

浮士德

她们在撒灰祈祷。

梅非斯特

快向前跑！向前跑！

欧仁·德拉克洛瓦《浮士德和梅非斯特在安息日之夜疾驰》

30.5cm×46.5cm　1828 年

鹿特丹布尼根博物馆

欧仁·德拉克洛瓦《浮士德和梅非斯特在安息日之夜疾驰》

22.5cm×29.5cm　1827 年

卢浮宫博物馆

欧仁·德拉克洛瓦《浮士德和梅非斯特在安息日
之夜疾驰》

21.1cm×28.5cm　1827 年

法国国家博物馆

牢　狱

浮士德手执一串钥匙和一盏灯在铁门前

浮士德

我感到早已忘了的战栗，　　　　　　　　　　4405

人类的一切痛苦向我袭击。

她住在这潮湿的墙垣后面，

她的犯罪是一种没有恶意的痴迷。

你怕再见她，

怕到她那里去！还在迟疑！　　　　　　　　4410

去吧！你的畏怯会使她早死。

（抓住门锁，里边有歌声①。）

　　母亲是一个娼妓，

　　好忍心把我杀害！

　　父亲是一个无赖，

　　吃了自己的小孩！　　　　　　　　　　4415

　　我最小的妹妹

　　捡取我的骨骸，

　　拿到清凉处掩埋；

　　我变为美丽的小鸟儿；

　　我飞呀！飞呀！飞开。　　　　　　　　4420

浮士德（开锁。）

她不会想到情人在这里谛听，

在聆听锁链的叮啮和干草的窸窣之声。

（走进。）

---

① 这首歌的内容是童话《杜松树之歌》(*Machandelbaum*)，收在《格林童话集》中。葛莱卿杀了亲生的婴儿，因而想起了这首歌而吟唱着。

312

玛格莱特

（在卧房躲避着。）

唉，不好了！他们来了。我将凄惨地受刑！

浮士德（低声。）

莫作声！莫作声！我来救你的性命。

玛格莱特（滚到浮士德面前。）

你若是个人，请体察我的苦闷！ 4425

浮士德

你这样高声叫喊，会把看守人惊醒。

（抓了锁链，欲开其锁。）

玛格莱特（跪下。）

刽子手呀，谁将处分我的权力

交给了你！

你在半夜就来把我提去。

请怜悯我，让我活着！ 4430

到天亮不是还来得及？

（站起来。）

我还是这样年轻！这样年轻！

就不得不死！

我也曾经那么美丽，这就是我毁灭的根源。

朋友曾经在我身边，现在已经远离； 4435

花儿已经散开，花冠已被毁弃 ①。

你莫抓我，抓得如此用力！

如宽宥我！我对你可曾有过什么失礼？

莫让我徒然恳求，

---

① 与第 3561、4583 行同样皆比喻已经失去天真。

欧仁·德拉克洛瓦《研究玛格莱特性格的手稿》

5.6cm×11.3cm 1824—1828 年

卢浮宫博物馆

我从未见过你！   4440

浮士德

我看见这样的悲哀，怎能忍耐！

玛格莱特

我不能反抗，一切由你安排。

但请先让我给婴儿喂奶！

我终夜爱抚他；

他们却来欺侮我，夺去我的婴孩；   4445

如今却说道，我把婴儿杀害。

我将不能再有愉快。

他们唱歌来骂我！那些人们真坏。

有个故事是如此结束的；

谁教他们把它曲解？   4450

浮士德（俯伏地上。）

爱人在你的脚边俯伏，

来把你从苦恼的束缚放开。

玛格莱特（在他旁边俯伏。）

让我们跪下，求圣徒们怜悯！

看吧！在这些阶级下面，

在门槛底下，   4455

地狱正在沸腾！

恶魔似乎

非常愤怒，

在作骚扰之声！

浮士德（高声。）

葛莱卿！葛莱卿！   4460

玛格莱特（注意地。）

这是朋友的声音！

（跳起来，锁链脱落。）

他在哪里？我听见他呼唤。

我是自由了！无人能够将我阻拦。

我要去抱住他的脖子，

倚偎在他胸前！　　　　　　　　　　　　　　　4465

他叫"葛莱卿！"他立在门槛上面。

从地狱的狂骚和嘈杂之间，

从凶狠的恶魔的嘲笑之间，

我能将他的甜蜜可爱的声音认辨。

浮士德

是我啊！

玛格莱特

是你吗？哦，再请说一遍！　　　　　　　　　4470

（紧握他。）

是他呀！是他呀！哦，哪里去了——

一切苦恼和对于牢狱锁链的忧患？

是你！是你来救我！

我已经自由安全！——

我初次看见你的那条街道　　　　　　　　　　4475

又显现在我面前。

还有我和玛尔特在那里等待你的

那个华丽的庭园。

浮士德（急欲带走她。）

快来！快和我同行！

玛格莱特

哦，请稍稍等候！

我很愿意在你所在的地方停留。 4480

（爱抚。）

浮士德

赶快走呀！

你若不赶快脱身，

我们必将不胜悔恨。

玛格莱特

怎么啦？你已经不能再亲吻？

好人儿，你离开我一会儿， 4485

已经忘记了亲吻？

我抱着你的脖子，不知为什么心中苦闷；

以前我聆听你说话，看到你的眼光，

整片天似乎向我逼近；

你和我接吻，

似乎要使我窒息那样热情。 4490

请吻我！

否则让我来和你亲吻！

（拥抱他。）

啊！你的嘴唇冰冷，

你全不作声。

你的爱情 4495

到哪里去了？

谁从我这儿夺取了这种爱情？

（从他身上转开。）

浮士德

快来，跟我去！亲爱的，要鼓起勇气！

我以千倍的热情爱你；

快跟我逃走！只此一事千万求你！　　　　　　　　　4500

玛格莱特（转向他。）

实在是你吗？真的是你？

浮士德

是我！快同我逃逸！

玛格莱特

你把枷锁开启，

又把我抱在怀里。

你看见我，为什么能不畏避？——

好朋友，你在

解救什么人，你是否知悉？　　　　　　　　　　　4505

浮士德

来！来！天快要亮了呢。

玛格莱特

我把母亲杀死，

把婴孩溺毙。

他岂不是天赐给我们的孩子？

也是你的。——

真的是你！我是将信将疑。　　　　　　　　　　　4510

请和我握手！这可不是在梦里！

你这可爱的手——唉，它却是湿的？

请把它擦干！

你的手上似乎有血。

哦，天呀！你做了什么事！　　　　　　　　　　　4515

快把剑插进鞘里，

我请求你！

浮士德

过去的事，由它过去，
你使我难受得要死！

玛格莱特

不，你必须留在人间！   4520
我要将坟墓之事向你明言。
明天早晨
你就要去筹办；
把最好的位置腾给母亲，
把哥哥安置在她的身边；   4525
我的可稍稍离开，
但不宜放得太远；
把我们的婴孩放在我右方的胸前。
另外无论何人都不可在我的近边！——
我以前靠近你，   4530
觉得甜蜜陶醉！
现在却不再能如此；
似乎我勉强趋近你，
似乎你把我推开。
可是总还是你，
　　你的眼光是如此诚恳和蔼。   4535

浮士德

你既然知道是我，那么去吧，勿再犹豫！

玛格莱特

到外面去吗？

欧仁·德拉克洛瓦《对狱中玛格莱特性格研究的手稿》

23cm×20cm 1828 年

霍顿图书馆

浮士德

到外面去！

玛格莱特

外边若有坟墓、死神在伺候，
那么我去也可以！
从这里到永眠之处，4540
多走一步也不愿意——
你要去了吗？哦，亨利，我如果能够同去！

浮士德

你能够！只要你愿意！门是开在那里。

玛格莱特

我再也不能有所希冀。
人们常在伺候我，逃走有什么用处？4545
求怜行乞非常凄惨，
而且要受良心的呵责；
在异乡漂泊也是很苦，
而且难免为人追缉！

浮士德

我时常陪伴你。4550

玛格莱特

快走！快走！
去把你可怜的孩子捞救。
快向这条路
一直沿河上去，
过桥4555
走入林中，

欧仁·德拉克洛瓦《〈浮士德去救狱中玛格莱特〉手稿》

26cm×16.5cm

马丁·博得默基金会

欧仁·德拉克洛瓦《浮士德去救狱中玛格莱特》

25.5cm×21.5cm　1826—1827 年

德拉克洛瓦美术馆

向左边，在有木栅的地方，

他在池中浮游，

快拉住他！

他想浮升起来，   4560

还在蠕动着手脚！

快去救！快去救！

浮士德

请你安定心神！

只消走一步你就自由！

玛格莱特

我们只要翻过此山就好！   4565

母亲坐在一块岩石上，

我似乎冰冷地被人将头发抓牢！

母亲坐在一块岩石上

而把头摇晃着。

她的头很重，所以

　头也不点，手也不招。   4570

她长眠着，不会再醒来了。

她睡着了，我们才能欢乐，

那时候真美妙！

浮士德

对你求也无益，说也无益，

我只好毅然抱你出去。   4575

玛格莱特

放了吧！我不容忍暴力！

莫抓住我和杀人般激烈！

以前我什么都依了你。

浮士德

亲爱的！亲爱的！天亮起来了！

玛格莱特

天亮了！是的，

　天亮起来了！最后的一天已到！　　　　　　　　　　4580

这就是我的婚期了！

你曾经在葛莱卿那里，莫如此向人家报告。

我的花冠已破！

过去的事情只好算了！

我们将再相见；　　　　　　　　　　　　　　　　　4585

但不是在舞场会遇。

群众纷纷聚集，但不闻有人声喧嚣。

广场和街道

都容纳不了。

钟声响了①，杖已折断，　　　　　　　　　　　　4590

我被抓住捆好！

已经来到刑场。

向我颈上亮着的钢刀，

人人觉得好像在他们的头上闪耀。

四周像坟墓似地寂寥②！　　　　　　　　　　　　4595

浮士德

哦，我不曾出生就好！

梅非斯特（在门外显现。）

来吧！否则你们就要糟糕。

无用的踌躇，还在聒噪唠叨！

---

① 死刑执行时鸣钟，法官宣判，折断手中的杖，表示犯人毕命。

② 刀落在犯人颈上时，旁观者都觉得好像自己被斩，齐声大喊之后，全场寂然。

我的马儿 ① 在战栗，
天色已经破晓。   4600

玛格莱特

从地面出来的是什么呀？
是他！是他！快叫他走开！
他想在神圣的地方 ② 做什么？
他想把我拐带。

浮士德

葛莱卿！你应该生存！

玛格莱特

上帝呀！我一概任由你处分！   4605

梅非斯特（向浮士德。）

来吧！来吧！我将抛弃你和那个女人。

玛格莱特

天父呀，救救我吧！我是你的小孩！
天使们呀，列位神灵呀！
请环立于我的周围，将我保卫！
亨利，我现在见你生畏。   4610

梅非斯特

她被判刑了！

声（从天上。）

她已经得救了！

---

① 妖马是黑夜的怪物，畏惧阳光。
② 犯人被斩的地方是神圣的，恶魔不得踏入；梅非斯特则惟恐失掉浮士德而踏进去了。

梅非斯特（向浮士德。）

快跑来我这里！

（和浮士德退场。）

声（自内渐微。）

亨利！亨利！

恩格尔贝特·西贝茨

1848—1851 年

悲 剧

第二部

欧仁·德拉克洛瓦《人、马和风景的研
究稿》

14.4cm×13.5cm 1824—1825 年

卢浮宫博物馆

第一幕

幽稚的境地

浮士德卧在开花的草丛上　　疲乏不安　　欲睡傍晚
姿态娇小的精灵们在空中飞旋

雅列尔 ①（随琴声歌唱。）

当花如春雨般
向人缤纷地飘飞，
田野葱翠的天惠　　　　　　　　　　　　　　　　4615
向地上所有的人们辉耀，
身小而雄心万丈的精灵们
向可拯救人的地方奔跑，
不论是好人或坏人，
他们都悯怜不幸的人。　　　　　　　　　　　　　4620

你们翩翩地在人的头上飞旋，
现在也要和平时一样和善，
请安静他心里的激烈烦恼，
请除去那非难的炽烈毒箭，
请洗净他精神里蓄积的愤念。　　　　　　　　　4625
请从速亲善地利用四段夜警 ② 休息的时间。
先把他的头儿放在清凉的枕头上面，
用那莱特 ③ 河的清泉把他沐浴；
那么等到他安睡到天明醒来的时候，
他麻痹不灵活的四肢　　　　　　　　　　　　　4630
就轻松而矫健。

---

① 雅列尔在莎士比亚的《暴风雨》中是乐于助人的妖精，在《浮士德》第一部的渥伯龙与帖达尼亚的金婚式中是和悦的歌唱者（第 4239 行）及慈爱的大自然的代表者。他在这里是妖精的领袖。

② 四段夜警（Vigiliae）古时罗马的夜警，将全夜分为四段，各有 3 小时。

③ 莱特（Lethe），据希腊神话所说，阴间有莱特河，饮其水，可忘却阳间的一切。

请把他交还给神圣的光明，

将你们精灵的最美的义务实践。

合　唱

（一个一个唱，二人、三人唱、交换地又一齐同唱。）

微风温暖地

充满着绿色的原野，　　　　　　　　　　　　　　4635

黄昏正在发散清香，

放下云雾的罗帏；

低声地说出安乐的和平，

抚儿入睡般使人安睡；

在疲乏的人眼前　　　　　　　　　　　　　　　4640

掩闭了白昼的门扉。

夜幕已低垂，

星星幽玄神圣地互相依偎；

大小的光明，

在远近闪烁明灭；　　　　　　　　　　　　　　4645

或在湖水中反映，

或在澄明的夜间空中辉耀；

明月的充足光华

守护着极深的安详

　　幸福，临照着大地的一切。

几小时过去了，　　　　　　　　　　　　　　　4650

痛苦和幸福都已消逝了；

你要预先知道！你将会痊愈；

你只要信赖晨光的照耀。

溪谷渐呈绿色，丘陵正在隆起，

树木繁茂而成幽寂的浓荫；　　　　　　　　　　4655

禾穗像银色的波浪似地

在风中摇曳，等着收获的时期。

你若要达成一个又一个的希望，

请看那边的曙光，

你只被轻松地维系着， 4660

睡眠不过是个壳儿，快把它抛弃！

众人正在逡巡的时候，

你不可迟疑！要毅然奋起；

知而便行的英雄

何事不能为呢？ 4665

（隆隆的声响，报告日神的来临。）

雅列尔

听呀！请听那时间之神诃莱①的风涛！

精灵的耳朵可以听到

新的日子已经产生了。

岩石的门霍然开了，

日神费波斯

　的车轮隆隆响着， 4670

日光发着多么大的声音！

吹着喇叭、号角，

使人目眩耳鸣，

这种无比强烈的声势，谁都不能泰然聆听。

你们躲到花冠中去。 4675

深深地进去，静静地去住在那里，

快躲入岩间的叶里；

否则听到那种声音，你们会变成聋子。

---

① 诃莱（Horen），是掌管四季及其变迁的女神们，能合力开天国之门。

浮士德

生命的脉搏新鲜活泼地鼓动着，

欢迎那熹微的晨光。　　　　　　　　　　　　　　　　4680

大地呀，你昨夜也坚定不变；

现在则在我的脚下精神充沛地呼吸，

已开始用快乐把我围起。

你在鼓舞一种有力的决心，

继续不断地向那最高的存在努力。　　　　　　　　4685

在晨曦中世界已经开启，

森林中鸣响着千万种生物的歌声，

在溪谷里外飘移着雾气；

天上的光明也降入低地，

大小的树枝从它们酣睡

　　而芬芳的溪谷里舒畅地发出蘘草。　　　　　　4690

地面上的花和叶子上面

都有颤动的露珠儿点点，

各种颜色陆续显现——

我的周围变成了一个乐园。

请向上仰视！——巨人般的山巅，　　　　　　　　4695

已在极庄严的时刻告知；

它们得先享受永恒的光芒，

这种光以后才沐浴到我们这里。

因此阿尔卑斯山的绿色低凹的

草原上，首先焕发成为光明艳丽，　　　　　　　　4700

然后一级一级下来也是如此。——

太阳出来了！——但是，可惜，眼光已晕眩，

两眼感到刺痛，我只得转身回避。

当我们怀着殷切的景仰，

自信可以达到最高的期望，   4705

看见成功之门开着的辰光，也是这样。

那时候从永恒的深处 ①

发出猛烈的火焰，我们就惊慌。

我们要点着生命的火炬，

却被包围于火焰的

　　大海中，好猛烈的火呀！   4710

这包围焚烧我们的是憎恶，还是情爱？

因此我们交互地感到剧烈的痛苦和欢欣，

于是又俯视地上，

渴望躲在嫩绿的薄纱里。

太阳留在我的背后吧！   4715

我在观赏从岩隙倾注下来的瀑布，

愈看兴味愈浓；

它一段一段地冲涌，

冲散而为千万条水流，

将飞沫高高地溅到空中。   4720

从这激流美丽地弯起了

七色彩虹的变幻不定的姿影，

忽而明丽地显现，忽而消散于空中，

使四周有清香凉爽的烟雾蒙蒙。

这彩虹呀，反映着人生的努力。   4725

你因此细想，就更能领悟：

人生只是当作装饰的映像。

---

① 即人类精神的极深邃处。

皇帝的宫城·金銮宝殿

大臣们侍皇帝上朝

吹奏喇叭

盛装的群臣登场

皇帝升座　钦天监侍立座右

皇　帝

你们从远近各处来的人士，

我很欢迎。——

贤能的博士是在朝廷；

而那个小丑究竟是在何处厮混？　　　　　　　　　　4730

贵公子

他随驾来朝的时候，

他在阶上跌倒在御袍的背后；

人家把他的硕躯抬走；

不知道他是死了，还是吃醉了酒。　　　　　　　　　4735

第二贵公子

异常迅速地来了另一个小丑，

接替了他的职守。

他穿了很昂贵的服装，

而他的样子

却是人人惊异的那般乖谬；　　　　　　　　　　　　4740

卫兵用矛把他拦在门口——

但他很大胆，已经进来在这里伺候。

恩格尔贝特·西贝茨

1848—1851 年

梅非斯特（在御座前跪下。）

不愿他来，而来了却常受欢迎的是什么？

很希望他来，而来了却常被驱逐的是什么？

常受人保护的是什么？ 4745

很厉害地被谴责和告诉的是什么？

陛下不宜叫来的是哪个？

谁都喜欢听到他的名字的是哪个？

走近御座的是哪个？

自己弄得被驱逐的是哪个？ 4750

皇　帝

你此时不要如此聒聒噪噪！

这里用不着谜语似的言词；

做谜题是这些人的职责。——

你试试猜谜，我喜欢听你如何解释。

以前的那个小丑怕已远去不来复职； 4755

你可顶替他的位置，在我的身边服侍。

（梅非斯特走上去，侍立左侧。）

众人私语

一个新的小丑——又是新的麻烦——

他是哪里来的？——不知他怎么能够进殿？——

以前的是跌伤了——已经完蛋——

那是个酒桶——这个是块薄板。 4760

皇　帝

你们从远近各处来的忠诚的人们，

我很欢迎！

你们在福星之下群聚，

天上写着我们的幸福安宁。

我们现在正想把一切忧虑抛掷， 4765

而像举行化装舞会似地

戴上假面具，只图娱乐欢庆；

为什么偏要讨论什么

而来扰乱心境？

但是你们以为非讨论不可，   4770

那么就依允你们所请。

宰　相

最高的德行，好像仙人的光轮

围着陛下的头顶；

只有陛下才能实行这种德行：

这种德行就是公平！——

　　给予万民所爱，所愿，所求的，   4775

如缺少需要的，大家会感痛苦，

实行德行的，该是陛下的意志。

国内如热病般混乱不宁，

坏事之中又有坏事正在滋生，

即使人类的思想有分别，心情有善意，   4780

手上有工作的意志，又有什么效能呢？

从这个高楼的朝廷远望全国的人，

总感到像噩梦的情景；

怪物以种种丑态逞起暴威，

非法支配着合法，   4785

邪恶充盈的世界正在进展不已。

抢夺人家的牲畜，

　　抢夺人家的妻子，

从祭坛夺取杯子、灯和十字架的人，

多年间安然无事，

相反地，自夸其所作所为。   4790

现在控诉的人们挤向法庭，

法官却在厚褥上妄自骄恣；

而愈来愈多的激愤的群众，

正和怒涛般相似翻腾逼近不已。

作奸犯科的人   4795

尽可勾结权势，横行无忌；

而兢兢自守无靠的良民

反被罗织诬陷。

这样一来，世间就七零八落地瓦解，

任何理所当然的事情就都被毁灭；   4800

那么引导我们朝向正义的

那种唯一的精诚，怎么还能发挥威力？

到了最后，正义的人也

接近贿赂者和阿谀者，

不能秉公处理的法官   4805

终于加入罪人群里。

我或许把情形描画得太黑了；

但我还很想用更厚的帏幕来把它掩蔽。

（略停①。）

我想陛下必须有断然的决意，

假如人人害人，人人受害，   4810

帝位也要被人窥窃。

兵部尚书

现在这样的乱世真是多么吵闹！

有的杀人，有的被人杀了，

法令有如弁髦②。

武士盘踞岩窟，   4815

---

① 等待皇帝的回答。
② 弁髦：比喻无用之物。——编者注

市民占据城堡，

结党抵御官军，

而将他们的武力确保。

佣兵激烈而暴躁地要求发饷；

但假如悉数发清，   4820

恐怕都要奔逃。

人人都愿望的事情，

若有人想把它禁止，

定然好像触动了蜂巢，

而他们应当保护的国家，   4825

则任其被踩躏侵扰。

他们为所欲为，无人阻挠，

国家已是大半弄糟。

虽然还有外藩的诸王，

却都以为国事对于自己没有什么重要。   4830

户部尚书

谁还指望盟友的帮忙！

人家对我们约定的款项

如水管里绝了水一样。

请问陛下，在陛下的广大的国中

所有权是落在谁人的手掌？   4835

无论走到哪里都见有新人物购置田产，

想要独立而不依傍；

他们要做什么，人家只好观望。

我们让出了太多的权利，

现在已经无任何权利可享。   4840

对于那些所谓政党，

也都不能信仰；

不论他们赞美或诽谤，

不论爱或憎，都是随便虚伪地乱讲。

保皇党的党员和教会党^①的党员   4845

都退隐而去休养；

人人都忙着自己的事情，

谁还肯给邻国帮忙？

黄金的门已阻塞，

各人都在搜罗，   4850

而公帑^②都已用光。

宫内大臣

我也不得不这样吃苦！

我们每天想要节俭，

反而每天增加支出。

我的困苦日益繁重。   4855

只有厨夫们不感觉苦楚：

火鸡、土鸡、鹅和鸭子，

野猪、兔子和鹿，

这些贡物来源较为确实，

还有相当的收入；   4860

但酒却嫌不足。

以前在酒窖里，

有最好的山地出产的陈年老酒，

一坛一坛的堆迭贮存，

而诸位贵人贪饮不休，

 喝得它精光全无。   4865

甚至市政府也只得把它的贮藏品拿来零沽；

大家用大杯或巨碗狂饮，

桌下也撒满酒肉菜蔬。

一切费用都由我友付；

---

① 教会党（Guelfen）及保皇党（Cibellinen），意大利政党之名。

② 帑：指收藏钱财的府库或钱财。——编者注

犹太人对我一点也不肯宽恕，   4870

他发放以岁人为抵押的预借，

逐年提前向我们交付。

猪也来不及发胖，

床上的枕褥也押在当床铺；

连桌上的面包也是赊来的食物。   4875

皇　帝（想了一下，对梅非斯特说。）

你这个小丑，知道别的困苦没有？

梅非斯特

我吗？并不知道什么叫困苦，

我只看到陛下和百宫的堂皇富丽！

陛下威武地统治，

有强大的武力，能消弥他人的敌意。   4880

还有因智慧而增强的善意和多方面的活动力

都备在手里，人心怎么会不归依？

在这样许多星辰照耀的地方，

有什么会酿成灾殃或黑暗那般的东西？

耳　语

好狡猾的蠢才——说得真俏皮——   4885

他只顾瞎说——尽力而干的精神——

我已经知道——其中含有什么意义——

看他还说什么？——是否有所建议？

梅非斯特

人间何处不缺少什么东西？

这边缺少什么，那边

　缺少什么，而在这里却缺少钱币。   4890

金钱不能从屋里的地下取出，

346

但是智慧却能把它从任何深处掘起。

在山里的矿脉中或在墙垣的地下

都可以找到金块和金币；

你们若要问我：谁能把它掘起？ 4895

那是要有才能的人的天性和精神力量[①]。

宰 相

天性和精神力量——

　　这样的话是不可以对基督徒说的。

因为这样的话非常危险，

所以无神论者不免罹遭焚死之祸。

天性就是罪恶，精神就是恶魔， 4900

他们养育一个畸形的混血儿，

就是疑惑。

在这里却不这样！——

在陛下的古老国中只出了两个大族，

威严地支持着皇座： 4905

这就是僧侣和骑士的二族。

他们抵御暴风雨，

以国土和寺院作他们的俸禄。

但在愚民昏庸的心中，

有反抗的意念萌生， 4910

这是魔术师，这是异教的败类！

他们把城市和国家毁坏。

你现在竟想以无耻的诙谐，

把他们混入这些贵人群中来。

深恐诸位贵人惑于这种异端邪说， 4915

他们实在是跟小丑一样的无赖。

梅非斯特

听到你这番高论，我就知道你是个博学的人！

你摸不着的，你就以为是遥远得很；

你握不着的，你就以为是空虚混沌；

你不能计算的，你就以为不真；　　　　　　　　　　4920

你不能秤的，你就以为很轻；

你不能铸造的，你就以为不能通行。

皇　帝

这种空言，也不会把我们的穷困脱免；

你用四句斋期中说教 ①

　似的语言，究竟是何意见？

喋喋不休地说这样

　说那样，我已经听厌；　　　　　　　　　　　　4925

既是缺少金钱，好啦，你快去弄钱。

梅非斯特

我就去将陛下所要的钱弄来，而且要弄得更多！

这件事情虽然容易，

　但是容易的事却也很难做。

金钱就在眼前，

　但要求得这钱，非有魔术不可：

这种魔术，有谁能做？　　　　　　　　　　　　4930

请陛下想想，在那外寇如海啸般袭来，

淹没人民和国土的恐慌的时代，

人人都很惊惶，

把自己最珍爱的东西拿到各处隐藏。

从那强盛的罗马人的时代以来，　　　　　　　　4935

直到昨天，直到今天都是这样。

---

① 劝人忏悔的说教。这些话是对宰相说的。最后的"你快去弄钱"则是对梅非斯特说的。

348

一切的宝物都静静地埋藏在地下；
陛下应该得到这种宝物，
　　因为这是陛下所辖有的地方 ^① 。

户部尚书
他是个小丑，总算谈得漂亮；
这种权利当然属于皇上。　　　　　　　　　　　　　　4940

宰　相
恶魔对你们套上金丝织成的罗网，
只顾打算些什么邪恶的勾当。

宫内大臣
只要他能够替宫廷筹集所期望的款项，
稍许弄些权变，却也无妨。

兵部尚书
小丑倒很伶俐，
　　他在应许对人人都有益的东西。　　　　　　　　　4945
兵士只要有钱，不管从哪里来都可以。

梅非斯特
他们也许以为我在欺骗你们——
你们可向立在那边的钦天监去询问！
他很熟悉方位、时刻、星辰。
现在天象如何？请告诉我们。　　　　　　　　　　　4950

耳　语
原来有两个坏人——是在朋比为奸——

---

① 德国古代有一种法律，在犁所不能及的地底一切财宝都是皇帝所有的。

349

一个小丑和一个吹牛的——

　　这样近地站在皇帝旁边——

这种古歌——已经听厌——

小丑在提示——而贤人在发言。

　　　　钦天监（梅非斯特教他说。）

太阳本身原是纯金①；　　　　　　　　　　　　　　　4955

水星是个使者，因服务而承受酬劳和宠幸。

金星夫人在魅惑你们，

一天到晚对你们顾盼含情；

贞淑的月儿乍喜乍悲娇憨任性。

火星虽不烧灼你们，

　　它的威力却在威吓你们。　　　　　　　　　　　4960

木星依然是最美的光明；

土星虽大，肉眼看去却是迢遥的小星。

它以金属而论，是量重而价廉，

不甚受人尊敬。

是的，太阳若和月亮温柔地聚合，　　　　　　　　4965

那么就是金和银的会合，世界就将变得愉快。

其余的东西都是可以办到：

不论是宫殿、花园、可爱的乳房和红颜之类，

什么都能弄来的只有有渊博学问的人才；

我们人人所不能

　　做的事情，他都能安排。　　　　　　　　　　　4970

　　　　　　　皇　帝

他所说的话似乎有双重的声音②，

却不能使我深信不疑。

---

① 太阳是纯金……在占星术及炼金术中，以七种金属代表七星，太阳是金，水星是水银，金星是铜，月是银，火星是
　　铁，木星是锡，土星是铅。钦天监信口胡说，而以为金银有能获得万物的能力。
② 因为梅非斯特口授钦天监讲话的声音也可听到。

耳 语

枯燥无味的笑语——毫无意思地乱讲——

日历的穿凿——炼金术的模仿——

这样的话常常听到——

总是受骗失望——   4975

即使来了这样的人——

　　也无非是吹牛说谎。

梅非斯特

众人团团站着而感到很惘然，

不相信重大的发见！

有的人瞎说用黑犬挖宝，

有的人传述曼陀罗花之根 ① 的效验。   4980

他们有时觉得脚底发痒 ②，

有时觉得踉跄蹒跚，

虽然说笑话或埋怨魔术，

岂不都是枉然？

你们全都感到   4985

永远支配的自然的功能，

有跃动的形迹

从极深的地底上升。

你们假如觉得四肢好像被拧，

在所在的地点觉得心绪不宁，   4990

请立即下定决心开掘，

那里是卧着宝物和乐工的尸身 ③！

---

① 据说有称为 Alraune 的丑陋矮小的妖怪，守护地中的宝贝。曼陀罗花之根也像这种小妖怪，可以制药，也称为 Alraune。

② 据说由此可知地下有宝物。

③ 据传说云：人被绊倒时，是因为"有个乐工埋在那里"。

耳 语

我的脚像铅般地沉重①——

我的胳膊在抽搐——这是痛风——

我的大脚趾觉得爬痒——　　　　　　　　　　　4995

我的背上到处酸痛——

依这种情形看来，

这里似乎有许多宝贝埋在土中。

皇 帝

那么快去实验！你再也不能逃逸，

快去实验你泡沫似的谎言，　　　　　　　　　5000

指出贵重的地点。

假如你所说的不是诳言，

我将放下笏和剑，

亲自用尊贵的双手来完成这件事；

假如你说谎，就把你送入黄泉！　　　　　　5005

梅非斯特

到黄泉去的路，我也能找到——

然而没人占领待人掘取的财宝到处埋着，

我却不能充分报告。

耕田的农夫

也许能拾起一个带着土块的金瓶；　　　　　5010

有人想从粘土的壁上采取硝石的时候，

也许在枯瘦的手上

会惊喜交集地发见金质的物品。

熟悉宝物所在的人，

却不得不向岩隙和细径中进去搜寻，　　　　5015

直到黄泉的边境；

---

① 梅非斯特的话的暗示作用。

有些窟窿非炸破不可！

在亘古隐藏的广大地窖里，

有排列成行的

黄金碗盘等物品， 5020

也有红玉的杯子并陈。

他想拿来使用时，

看到有古代的美酒在附近。

我是熟悉情形的人，你们尽可深信不疑——

桶儿的木质早已朽坏， 5025

凝结的酒石成为酒桶般的容器。

不但黄金和宝石，

就连这种美酒的精华，

也用黑夜和恐怖将自己隐蔽。

在这样的地方，贤人孜孜不倦地探索。 5030

白天认识东西只是戏谑，

而神秘恒常是以黑暗为它的住所。

皇　帝

什么黑暗神秘可由你处理！黑暗有什么用处？

凡是有价值的东西必须显露在阳光里。

谁能在深夜里将恶人辨别？ 5035

牡牛似乎都是黑的 ①，猫儿似乎都是灰色的。

地下有满盛金子的瓶钵——

你可用犁具来耕耘，将它掘取。

梅非斯特

请陛下拿起锹锄，亲自掘取！

做农夫的工作会使陛下更加英武。 5040

---

① 俗语云："牡牛在黑夜都是黑的。"

一群金牛犊①

将从地下跳出。

那时陛下可以不踌躇而欣悦地

装饰自身，装饰皇妃；

色泽辉煌的宝石　　　　　　　　　　　　　　　　　5045

会增加陛下的威严和美丽。

皇　帝

快点！快点！要到什么时候才能做成！

钦天监（同前②。）

请陛下抑制这种焦急的贪婪，

先做那热闹的娱乐③。

散漫的心意不会引导我们向目的进行。　　　　　　5050

我们须先平心静气，怡悦神明，

以上苍的恩惠取得人世的财宝。

若要为善，必先是善才行；

欲得快乐，则须使血液平静；

若要饮酒，则须压榨成熟的

　葡萄而酿成；　　　　　　　　　　　　　　　　　5055

若要见奇迹，则须使信仰坚定。

皇　帝

那么我们就做游戏，来消磨光阴！

圣灰日④的星期三恰已临近。

在这个期间，无论如何，

---

① 指财物而言。参看《旧约·出埃及记》（32：4）。

② 也是梅非斯特口授他说的话。

③ 即谢肉节的游戏。

④ 庆祝谢肉节的星期二之翌日就是这个"圣灰日的星期三"。信徒在这一天为了表示忏悔，在额上要涂抹灰。

354

都要比以前更热闹地庆祝狂欢节。   5060

（奏喇叭退场。）

梅非斯特

功劳与幸福相连，

愚人们却不知道；

他们就是得了贤人的宝石^①，

也只有宝石，才能把贤人丧失。

---

① 炼金术中的万能宝石，在愚人的手中不能发挥什么作用。

旁通百室的大厅

装饰很华丽　以备化装舞会之用

司　仪

请勿以为你们是在德国境内 ①！　　　　　　　　　　　5065

德国有恶魔舞、愚人舞和死人舞；

现在这里有欢乐的盛会在将你们等待。

皇帝为了他自己的利益远征罗马，

也为了你们的欣慰，

越过阿尔卑斯的高岭，　　　　　　　　　　　　　　5070

使风光明媚的国家受其支配。

皇帝陛下亲吻了神圣的靴边，

取得统御的大权，

当他去接收冠冕时，

也替我们带来了僧冠。　　　　　　　　　　　　　　5075

于是我们都像新生一般。

凡是善于处世的人，

都适意地把它戴在头上和耳朵上面。

因此他们就好像疯癫似的；

在这种冠冕下，

　他们都可各尽所能，将本领施展。　　　　　　　　5080

我们已经看见他们成群结队，

或亲昵地接近，或踉跄地离开；

也有许多合唱队陆续进来。

请大家愉快地出入；

这个世界，自古皆然，　　　　　　　　　　　　　　5085

始终有千百种滑稽诙谐，

---

① 德国的王须由罗马皇帝加冕，方能成为神圣罗马帝国皇帝。

总是个天大的蠢才。

女园丁们（以曼陀铃的伴奏唱歌。）

我们这些翡冷翠的女孩，

希望被你们赞美；

今夜冶容艳饰，   5090

到德国的宫廷来参加盛会。

我们棕色的鬈发上

装饰着许多艳丽的花儿，

又有绸丝绢絮^①，

和各任其美化的职分。   5095

我们以为这些装饰很珍贵，

值得赞美，

我们华丽的人造花儿

四季常开。

它们染成了各种颜色的小纸片儿，   5100

齐整地配合得很好。

一片片地看起来，你们也许以为并不巧妙；

但是整体总能为你们所喜爱。

我们这些女园丁

可不是文雅窈窕?   5105

因为女人的天性

是和技巧很相近的。

---

① 她们带着人造花。在歌德的时代，人造花都是从意大利输入，歌德的太太克莉丝汀·乌比斯也曾经做过人造花的工人。

司　仪

你们顶在头上和挂在臂上的

非常富丽的花篮，

请让大家看看！　　　　　　　　　　　　　　　　5110

人人可选择自己所爱的花，

也许树荫和小路

会立刻成为一个花园！

卖花的女子们

和她们所卖的东西都值得观赏。　　　　　　　　5115

女园丁们

请在这个畅快的地方买花儿，

但请勿讨价还价！

每朵花儿都附有简单的言语，

各人都能知道自己所买的是什么花儿。

有果实的橄榄树枝 ①

我不羡慕什么花儿，　　　　　　　　　　　　　5120

回避任何论争，

这不合我的天性：

我是山野的精英，

是安全的保证，

是各地地和平的象征。　　　　　　　　　　　　5125

今天我希望能给人

风雅地装饰美丽的头顶。

禾穗的环儿（黄金色。）

采蕾斯 ② 的赠品，

---

① 系和平的象征，也被用为胜利的荣冠。
② 采蕾斯（Ceres）古代罗马五谷女神。

装饰你们必定文雅大方：

最有用处的东西   5130

作为你们的装饰也很漂亮。

幻想的花环

从藓苔里

有葵花般的五色花儿在绽放！

这在自然界虽不常有，

而流行却能产生出来。   5135

幻想的花束

把我的名字告诉你们，

德渥夫拉斯特 [①] 怕也不敢。

即使不为所有的人欣赏，

却希望为许多女人喜欢。

请把我编入头发中，   5140

请把我放在

你们胸前的什么地方，

我乐于顺从你们的心愿。

玫瑰的蓓蕾 [②]（挑战。）

绚烂的幻想之花

不妨为每日的流行而独自开放，   5145

不妨变为自然界中

未曾有过的奇异的形态；

不妨从丰美的鬈发里

露出绿茎和金钟形的花来！

但是我们悄悄地隐藏着，   5150

---

① 德渥夫拉斯特（Theophrates von Lesbos），生于公元前 390 年，是亚里士多德的学生，被称为植物学的始祖。

② 玫瑰花蕾出来向人造花挑战。

发见我们娇嫩的姿态是幸福的。

夏季到来，

玫瑰的蓓蕾如火般燃烧起来时，

谁愿意缺少这种福气？

允诺和践约^①，　　　　　　　　　　　　　　　5155

在花的国度里，

同时支配着眼色、心思和情意。

（女园丁们在绿荫的小径上华丽地装饰她们的物品。）

男园丁们（以德奥尔贝乐器伴奏唱歌。）

请看花儿幽静地开放着，

艳丽地装饰在你们的头上。

果实并不诱惑，　　　　　　　　　　　　　　　　　5160

大家不妨尝尝。

樱桃、桃子和李子，

都显示出棕色的脸颊；

请买去品尝！

因为辨别优劣，眼睛往往不及口舌。　　　　　　　　5165

请来津津有味地

品尝这些熟透的果实！

玫瑰可以用来吟咏，

而苹果却必须咀嚼。

请允许我们　　　　　　　　　　　　　　　　　　　5170

加入你们这些少年群里，

我们也将在近旁

堆起很多成熟的果实。

---

① 花蕾是允诺，开花则是践约。

在有趣的编枝之下

在装饰的亭子的一隅，   5175

蓓蕾、叶子、花儿、果实，

同时具备。

（以吉他和德奥尔贝伴奏，两群的人继续交互歌唱，而层层地堆饰物品，

供人购取。）

母亲和女儿。

母　亲

女儿呀，当你出生的时候，

我把一顶小帽给你戴。

你的脸儿是那么可爱；   5180

你的身体是那么柔美。

我就感到你仿佛已经许配

给一个很富有的夫婿，

你已经是一个贵夫人的模样。

唉！许多年月   5185

已经虚度，

成群的求婚者

匆匆地从身旁过去。

有时你和一个人轻快地跳舞，

有时又向另一个人偷偷地示意，   5190

用肘部碰触。

以前虽曾想出种种宴会，

总是无益地举行，

抵押的游戏和捉迷藏，

都不曾有什么收获。   5195

今天大家都装扮成愚人玩耍，

你也可开襟引诱，

也许有人会对你钟情。

（年轻美丽的女友们走来参加，亲昵地高声谈着话，渔夫和捕鸟者们携着
网儿、钓竿、粘竿及其他的器具登场加入美女群中，男女互相引诱捕捉、
逃走、捉住，因此有非常愉快的谈话的机会。）

樵夫们（粗暴急躁地登场。）

让开吧！让开吧！

我们需要适当的地方。　　　　　　　　　　　　　　　5200

我们要伐木，

树木将要倒在地上。

我们要运木，

就得到处冲撞。

虽然好像我们是自负的样子，　　　　　　　　　　　5205

请你们仔细想想：

假如没有粗野的人

在国内做事，

那么高雅的人士

无论怎样运用才智，　　　　　　　　　　　　　　　5210

怎么能够舒适？

这点务须明白；

因为我们如果不流汗，

你们定将冻死。

滑稽者（粗野，几乎愚蠢地。）

你们都是愚人，　　　　　　　　　　　　　　　　　5215

所以弯着背而出生；

我们都很聪明，

所以绝不肯负重而行。

我们的便帽、

上衣和破烂衣服，　　　　　　　　　　　　　　　　5220

362

穿戴都很灵巧。

我们穿了拖鞋，

时常舒畅

而悠闲地

到市场上人群中   5225

去逍遥！

或张口而立，

或互相呼叫。

听见这样的声音，

就像鳗似的   5230

向拥挤的人群里穿跑。

一同乱跳，

一同胡闹。

不论你们是否将我们诟骂，

或将我们称道，   5235

一概都好。

食客们（作阿谀贪得的态度。）

你们这些健壮的负薪者

和你们的亲友

炭夫们

都是对我们有益的劳工。   5240

因为屈身弯腰，

点头称是的举动，

和委婉的称颂，

逢迎附和，

或冷或热地 ①   5245

说话不同，

---

① 双重的吐气（doppel blasen）系《雅各书》(3：10)："颂赞和诅咒从一个口里出来。"塞勒（Sailer）于 1810 年编辑的俗语中有一句话："从一张嘴里吐出冷气和热气。"

都有何用?

即使有火

猛烈地

来自天上,   5250

若无煤炭

和薪柴,

也不能烧成

充满灶内的火焰。

有火焰才能烘烤沸腾,   5255

有火焰才能烹煮回旋,

真正的美食者,

是连盘子都要舔的馋嘴,

能用嗅觉闻得出烤肉,

能猜得着鱼类。   5260

他因此能在东道主的桌上

将他的本领发挥。

醉汉（昏醉。）

今天请莫和我作对!

我感到非常畅快。

新鲜的空气和快活的歌曲   5265

都是我亲自取来。

所以我在饮酒陶醉,

请大家碰碰酒杯! 玎珰、玎珰。

坐在后面的那位先生,请来和我碰杯!

这真痛快。   5270

我的女人发怒谩骂,

蔑视我这件漂亮的上衣,

不管我怎样自夸,

她骂我是个挂服装的衣架子。

但我还是饮酒陶醉,   5275

碰杯吧！玎珰、玎珰！

衣架子们呀，请碰碰酒杯！

杯子响起来，真是愉快。

不要说我胡乱昏迷，

我在所喜欢的地方非常惬意。　　　　　　　　　　　5280

店主如果不肯赊帐，主妇会赊你，

如双方都不赊帐，女佣人会赊你。

我只顾饮酒陶醉，

大家都喝吧，玎珰、玎珰！

请大家依次碰杯！　　　　　　　　　　　　　　　5285

这样真有趣味！

不论我怎样在那里寻欢作乐，

请由我自己。

不论我躺在那里，请任由我躺在那里，

我不愿再长久伫立。　　　　　　　　　　　　　5290

合　唱

诸位兄弟，请大家畅饮！

玎珰、玎珰，干杯相庆！

凳上板上，好好坐定！

跌在桌下，就没有命！

（司仪介绍各类诗人：自然诗人、宫廷诗人、骑士诗人、温柔诗人和热情
　　诗人，各人都急欲推荐自己，互相拥挤，不使他人朗诵，其中有一人
　　吟了几句，悄悄地走过去。）

讽刺家

你们知道吗，　　　　　　　　　　　　　　　　5295

我这个诗人所真正喜欢的是什么事？

谁也不愿听的事物，

我却要歌吟。

（夜的诗人和坟墓诗人[1]遣人来说明他们不能来因为他们正在和一个刚才苏
生的吸血鬼作极有趣的谈话，或将从此而有一种新的诗体发生。司仪
只得容忍这种说明，而唤出希腊的神话来。希腊神话，虽戴着近代的
假面具却并不失它的特性和风趣。）

文雅的女神们。[2]

光辉的女神阿格拉耶

我把文雅引入人生，

你们有所赠送时，要把文雅添加。　　　　　　　　　　　　　　5300

统率的女神海格摩纳

你们受领什么时，也要态度文雅。

如愿以偿，不是很可喜吗？

快活的女神欧芙罗西纳

在平静的日子，

感谢的话也要文雅些。

司命运的三女神巴尔采。[3]

断丝的女神阿特罗波司

我是最年长的妇人，　　　　　　　　　　　　　　　　　　　5305

这次被请来纺丝。

我抽着纤细的生命线，

常有许多事情在心里寻思。

---

① 指十九世纪初期的妖怪恐怖的小说作家而言，如德国的霍夫曼（E. T. Hoffmann）、法国的梅里美（Merimee）等人。

② 葛拉黛（Gratia）是文雅的女神，据海西奥德（Hesiod）说是阿格拉耶（Aglaia）、泰丽儿（Thalia）、欧芙罗西纳（Euphrosyno）。歌德将泰丽儿改为海格摩纳（Hegemone），大概是要避免与喜剧的女神泰丽儿混同的缘故。他使她们的名称各代表赠与、受纳及感谢。

③ 巴尔采（Parzen）。司命运的三女神，据海西奥德说克罗特（Klotho）纺生命之丝，拉克西司（Lachesis）司人的命运，阿特罗波司（Atropos）切断生命之丝。歌德使克罗特与阿特罗波斯调换职司。

366

我拣最好的苎麻，
使线儿光滑而又柔韧。　　　　　　　　　　　5310
我用伶俐的手指仔细调理，
使线儿纤细而又均匀。

当你们在寻欢跳舞的当儿，
假如过于畅酣，
务须思念丝线的细弱，　　　　　　　　　　　5315
要谨防它中断！

束丝的女神克罗特

你们知道，在最近几天，
人家将剪子归我保管；
因为对于大姊的行为
颇为不满。　　　　　　　　　　　　　　　　5320

她把毫无用处的线儿
在日光和空气中引延，
把可收到丰富的利益的希望切断，
把它送入坟窟里面。

但我也因年轻急躁，　　　　　　　　　　　　5325
错误的次数不知凡几。
今天我想抑制自己，
剪刀是放在鞘里。

我现在甘受约束，
和悦地观看这个场面；　　　　　　　　　　　5330
在这样自由的时间，
请尽量畅快地游玩。

分丝的女神拉克西司

我独明事理，

善于保持秩序。

我的纺车非常活泼，   5335

而从未过于急遽。

我把线儿依次纺上 ①，

使其各就条理，

都成环状集合，

没有一条失误。   5340

假如我稍微疏忽，

就将为世界发愁；

我数时计年处理丝线，

这是织工的职守。

司　仪

即使熟悉古书，   5345

也不认识现在走来的几个女人。

她们虽然做过许多坏事，

但看起来似乎是嘉宾。

她们是愤怒的女神，恐怕没有人肯相信；

秀丽、婀娜、和悦、年轻；   5350

尝试和她们交际就会知道：

这些鸽子如同蛇一般害人。

她们虽很阴险，但是在今天，

人人都装成傻子而自夸其缺点；

---

① 拉克西司络在车上的丝儿，每一条代表一个人的生命，最后合成丝束，交给织工（造物主），人的生命就此完结。

她们也不求被誉为天使, 　　　　　　　　　　　5355

而自称为城市和乡间的灾难。

愤怒的三女神甫烈厄。①

不休息的女神亚勒克多

你们何必枉费精神？总须信赖我们。

我们都是美丽年轻，如小猫般地善于谄佞，

在你们中间假如有人有个爱人，

我们就会长久地搔揉她的耳根。　　　　　　　5360

直到我们可以向她眨着眼睛说明：

她对于别的男子也在眉目传情。

愚蠢、驼背、跛脚，

假如娶她为妻，什么都不行。

我们也会哄骗未婚的新娘，　　　　　　　　　5365

说她的情人在几星期之前，

甚至向另一个女人对她有所批评！

他们即使和解，也终不免有所芥蒂在心。

猜忌的女神梅格拉

这只是好玩的笑话！他们一结了婚，

我就去设法，无论如何，　　　　　　　　　　5370

要将最美的幸福任意糟蹋。

人不是时常相同，而是随时变化的。

谁也不能把既得的东西确实保守，

习惯于最高的幸福，

---

① 甫烈厄（Furien）：复仇、形罚的三女神，据说有翅膀，其毛发如蛇。亚勒克多（Alekto）代表憎恶，梅格拉
（Megera）代表嫉妒，提西福纳（Tisiphone）代表对杀人的复仇。歌德在这里把她们作为普通的美女，其职司只限
于妨碍爱情，即亚勒克多离间情侣，梅格拉离间夫妻，提西福纳惩罚不忠实者。

就会痴愚地有更高的企求，5375
犹如要温暖冰霜，而从阳光下逃走。

这些人我知道如何处理：
我将招呼忠诚的阿斯摩提，
叫他在适当的时机挑拨离间，
使一对对的夫妇争吵分离。5380

复仇的女神提西福纳

对于背信的人我将不用邪恶的舌头，
而只调合毒液，磨利匕首。
如果你爱上别的女人，
毒液迟早将在你的全身周流。

刹那间的快乐5385
必将变成泡沫和胆汁！
这里并无讨价和还价——
凡所犯的罪孽，必须如数偿还。

谁也莫说宽宥！
我把事情告诉岩石，5390
请听！回声说是：复仇！
凡薄情的人都不能幸存。

司　仪

请避在两旁！
因为现在来的不是和你们一般，
请看！有一座山 ① 走过来了：5395

---

① 这是一头大象，如同在古代战争中所用者背上负有一座塔，塔上站着有翅膀的胜利女神 Victoria，象的颈上坐着"优雅的美人"即"智慧"，执细鞭以驭象。旁边有"人类的二大敌人"，即"恐怖"和"希望"，以链条相系而走。这只大象是治理很好的国家的象征。

两腋骄傲地挂着华丽的毛毡，

头部有长牙和蛇形的鼻管，

好像非常神异，但我

　　给你们观看一个解谜的键儿。

一个娇小温柔的女子坐在它的项颈上面。

用一条细鞭将它巧妙地驱遣。　　　　　　　　　　5400

还有一个女子端庄幽雅地站在上面，

有毫光围绕，使我目光晕眩。

又有几个高贵的女人，

　　以链条系着，在旁边行走：

一个人似乎快乐，一个人似乎忧愁；

一个人有所祈求，一个人觉得自由。　　　　　　5405

请各自说明身份和缘由。

恐　怖

　　融融的火炬、蜡烛和灯盏，

　　朦胧地照着纷乱的欢宴；

　　在幻象般的许多来宾中，

　　唉！我却被系着锁链。　　　　　　　　　　　　5410

　　滚开吧，你们这些可笑的嘲弄的家伙！

　　你们的狞笑使人疑惑。

　　我的敌人，

　　今夜都在向我逼迫。

　　这里有一个已经变成敌人的朋友，　　　　　　5415

　　我已经看出他的假面和阴谋。

　　他本来想杀害我，

　　现在被发觉而想逃走。

　　无论朝什么方向，

我想从这个世界中逃亡；　　　　　　　　　　　　　5420

但那边也有毁灭的威吓，

我不得不在昏暗和恐怖之间彷徨。

希　望

欢迎，欢迎，亲爱的姊妹们！

你们在昨天和今天

虽然在化装舞会中寻欢；　　　　　　　　　　　　5425

但我知道你们明天

必将脱去这些衣冠。

我们在火炬的光焰中，

虽然觉得并不好玩，

而在清朗的白天，　　　　　　　　　　　　　　　5430

将可完全照自己的心愿，

或独自一个人，或和人同伴，

自由地到美丽的田野上游玩。

随意活动或休息，

过无忧无虑的生活，　　　　　　　　　　　　　　5435

无所匮乏，而时常快乐勤勉。

到处被视为嘉宾，

可以走进任何场面。

最好的东西

必定能在什么地方寻见。　　　　　　　　　　　　5440

智　慧

恐怖和希望

是世人两个最大的仇敌①。

　我把它们用链条系结着，

使它和世人隔离。

_____

① 不但"恐怖"，"希望"也是人类的敌人，因为人若只空想辉煌的未来，而不积极努力，也会误入歧途的。

372

请你们让开！你们已得救了。

看吧！我牵着负着高塔的活的巨兽。 5445

它悠闲和悦地
在陡峭的路上
一步一步行走。

有个女神在那塔上，
长着轻快宽大的翅膀。 5450
为求胜利，
向各方面观望。
荣光围绕她的周身，
向各方面远远辉映。
她自称为胜利之神， 5455
一切活动的女神。

佐伊洛·特尔西特斯 [①]

好！好！我来得正巧。
我要骂你们都是坏人！
但我选为目标的，
却是那上面的胜利的女神。 5460
她有一对白色的翅膀。
好像自以为是老鹰，
无论转向哪方面，
以为所有的国土和人民都属于她一人。
但我看到人家有光荣的成功， 5465
就觉得义愤填膺。

[①] 佐伊洛·特尔西特斯（Ziol Thersites）：佐伊洛是公元前 300 年的一位文法家及修辞学者，曾谬论荷马的诗。特尔西特斯是《伊利亚斯》（Ilias）中的人，曾诽谤英雄豪杰。这里把两个人集合为一人，形状极矮小。可想象为一张脸在前面，一张脸在后面。

我要把低的变为高的，高的变为低的，
歪的变为直的，直的变为歪的；
只有这样，才能快乐舒畅。
我希望全世界都变成这样。 5470

司　仪

你这个卑贱的无赖，
我用这条正义的拐杖将你痛打！
打得你身体蜷曲，乱滚乱爬！
可是这相连的侏儒形的家伙
随即卷成了令人憎恶的物块！—— 5475
——真奇怪！——这个物块变为蛋，
蛋膨胀而裂开。
现在有什么从蛋里出来，
是由蝮蛇和蝙蝠^①合成的双胞胎；
蝙蝠乌黑地朝天花板飞去， 5480
蝮蛇在尘埃中爬开。
它们逃到外面去相会，
我不愿成为第三个丑类。

耳　语

来吧！里面已经在跳舞了——
不！我想不如离开为妙—— 5485
你岂不觉得
有妖怪将我们围绕？——
我头上似乎有什么掠过——
我脚边似乎有什么触到^②——
我们都未受伤—— 5490

---

① 蝮蛇表示虚伪，蝙蝠表示畏光的乖僻。
② 头上似乎有什么掠过，就是蝙蝠。脚边似乎有什么触到，就是蝮蛇。

但人人都危惧焦躁——

娱乐已经完全弄糟——

这都是由于畜生们的胡闹。

司　仪

每次举行化装舞会时，

我奉命担任司仪的职位，　　　　　　　　　　　　5495

谨慎地看守着大门，

以期在欢乐场中

没有灾殃侵害你们。

我不回避，也不逡巡，

而只怕轻如微风的妖怪　　　　　　　　　　　　5500

从窗子走进。

对于妖怪作祟，

我不能保护你们。

那个侏儒固然可疑，

但后面还有其他东西正在陆续走近。　　　　　　5505

这些东西的意义，

依照我的职分我将一一告诉你们。

但是莫名其妙的东西，

我也不能说明，

请大家指教为幸！——　　　　　　　　　　　5510

请看那边！不是有一件

　穿过众人之间而来的东西？

一部有龙柱的乘舆华盖

不顾一切地跑向这里。

但它并不排开群众，

各处并不见人们拥挤。　　　　　　　　　　　5515

远处有灿烂的光辉闪烁，

有许多星儿像幻灯般地飘浮明灭，

拉车的龙鸣着鼻息，

暴风似地奔向这里。

赶快避开！我也感到惶恐战栗！　　　　　　　　　　　　5520

驭车童子 ①

停止吧！

龙呀 ②！快敛翼停止！

你们应当感觉到我纯熟的缰绳驾御。

如同我控制你们，你们也应当自行控制。

我激励你们时，你们又须向前奔驰——

我们在这里须慎重从事！　　　　　　　　　　　　　5525

请看四周，

惊叹者一圈圈地增加不止。

司仪呀！快依照你的方式，

在我们未跑开以前，

描写我们的样子，说出我的名字。　　　　　　　　　5530

我们是寓意（Allegerien），

你当能认识。

司　仪

我不能说出你的名字；

或许能描写你的样子。

驭车童子

那么请你试试！　　　　　　　　　　　　　　　　　5535

司　仪

我们必须承认：

总之你是美貌年轻，

---

① 歌德于 1829 年 12 月 20 日对艾克曼（Eckermann）说，这个驭车童子就是以后第三幕中的 Euphorion，是诗的
　　Allegorie，是不受时间和场所限制创作精神的化身。他是散播心底财富而完成其自己的。

② 原文是马，其实是龙。

还未成壮丁；

但是女子们当然会喜欢见你已经完全长成。

我看你将会变为风流男子，

善于诱惑女性。 5540

驭车童子

你说得颇为动听！请继续再说下去，

说些有趣的谜语给我听听！

司　仪

黑电似的眼神，深夜似的鬈发，

因为有宝石的带儿而更加漂亮。

多么美丽的衣裳， 5545

从肩上垂到脚旁，

镶着紫色的边缘，而且有饰物在衣上辉煌！

人家也许会说你很像女人；

但不论是好或坏，

你已经能够为女人所钟情； 5550

想必已由她们教了你恋爱的门径。

驭车童子

这个坐在车中王座上的人

是那么的威风凛凛，请问是什么人？

司　义

他似乎是个富贵仁慈的君王 [①]，

凡受他恩惠的人，定然是幸福无量。 5555

他不再有所企求，

而只在探视有没有缺少什么的地方。

---

① 浮士德扮演为富贵的普鲁都斯（Plutus）。

他以为"布施"这种纯洁的快乐，

更优于财富和幸福的独享。

驭车童子

你不可就此停止，   5560

必须更详细地说明他的风采面貌。

司　仪

他的威仪，不能说得十分巧妙。

但他月儿般的健康脸儿，

丰满的嘴唇和血色鲜美的两颊

在头巾 ① 的装饰之下光泽更见显耀。   5565

他穿着有绉褶的衣服是多么愉快！

他这种潇洒的风度我不知该如何奉告。

他显然是君王般的英豪。

驭车童子

他是名为富神的普鲁都斯！

现在盛装而来！   5570

因为陛下很希望他光临。

司　仪

请问你自己是谁？你在干什么？

驭车童子

我是浪费者，我就是诗。

我将自己的东西浪费，

而完成我自己。   5575

---

① 头巾表示东方王侯们的财富。

我也是无限地豪富①。

自以为可与普鲁都斯相匹敌。

我装饰和协助富神的跳舞和筵席，

分赠他所缺少的东西。

司　仪

你吹牛吹得如此神气，　　　　　　　　　　　　　5580

让我们看你的妙技。

驭车童子

请看我②只轻轻地把手指一弹，

车子的周遭

　　就闪烁灿烂，

那边跃出珍珠一串。

（不停地向四周弹指。）

请拾取黄金的项链和耳环，　　　　　　　　　　5585

请拾取没有瑕疵的梳子和小冠。

在许多指环上有极贵重的宝石镶嵌。

我也时时将小火焰③散发，

看有什么地方可以将火点燃。

司　仪

可怜的群众争夺得多么疯狂紧急！　　　　　　5590

布施者几乎为他们所乱挤。

他做梦似地用手指弹出宝石，

众人在广场上争先拾起。

哦，我看他又弄出了新的把戏：

---

① 少年驭者即诗，也如普鲁都斯般豪富，但他的财富不是物质的。他所散播的一切都是辉煌富丽，为贪婪的众人所争取，但一到他们的手里，就化为乌有。

② "诗"随时能为世界产生无限的精神财富。

③ 指由"诗"发生的灵感。见《使徒行传》（2：3）："又有舌头如火焰显现出来，分开落在各人头上。"

有一个人努力拾得的东西   5595

立即飘飘飞开，

真个是徒劳无益。

串珠的线儿断了，

甲虫在他手里爬着。

可怜的傻子把它丢了，   5600

甲虫①在他头上四周嗡嗡飞鸣不已。

其他的人捉不到什么实际的东西，

却捉到顽皮的蝴蝶。

那个坏人那么夸大地允许，

而只给予一些金色辉煌的东西。   5605

驭车童子

你虽能说明假装，

并且阐明个中的内涵，

但却不是司仪在宫中所应担任的职分；

因为这是需要更锐利的眼睛。

但我不愿争论，   5610

君侯呀，我要向你询问。

（转向普鲁都斯。）

你不是把四马牵引的龙车华盖

叫我驾驶？

我可不是依你的指示，驾御得巧妙有趣？

不是已经到了你想要来的地方？   5615

我不是曾大胆飞行②，

替你摘采了棕榈？

屡次为你奋斗，

从无不成之举：

---

① "诗"所给予的宝贝，只是空想的产物，没有实体，所以像甲虫似的在众人的头上飞舞着。

② 在马车（即龙车）的比赛中赢得胜利。

有月桂冠装饰在你的头上， 5620

岂不是我用心和手编成的东西？

普鲁都斯

如果我必须替你作证，

我很乐意说明：你是我精神的精神。

你常照我的意思行事，

而且是比我更富有的人。 5625

那种用以褒奖你功劳的绿枝，

比我的一切荣冠更被我重视。

我向大家说句真话，

我真爱你这个可爱的孩子。

驭车童子（向群众。）

请看！我手中最大的赠品， 5630

已经分散在我的周遭。

在许多人的头上，

我所分散的小火焰在燃烧。

或从某一个人的头上向另一个人的头上飞跳；

或在某一个人的身上

　停留着，或从某一个人那里飞飘。 5635

但很少盛燃起来，

只不过短促地辉耀着。

在许多人身上，这种小火焰在未被觉察之前，

就已烧尽而且黯然熄灭。

妇女们的絮语

　坐在那用四条龙拉的车上的人， 5640

　必定是个骗子之流。

　后面蹲着一个小丑，

　因饥渴而变成

从未见过那样枯瘦；

就是拧了他，恐怕也无从感受。   5645

瘦　子 ①

可憎的妇女们，不要来向我噜苏！

我自知无论何时都不为你们所眷顾。——

但当女人还在料理厨灶的时候，

我是叫做阿伐里提亚的女性人物。

那时候我们的家境很好，   5650

收入多而无所支付！

我专心照料箱篓橱柜，

也许会被视为邪恶的事务。

但在近年来，

妇女不复习惯于贮存，   5655

而和挥霍者一样，

物欲比金钱更丰富；

男人就须受更多的苦楚，

举目望去，全是债务。

女人把所能弄到的金钱，   5660

都消费在自己的服饰和情夫身上。

吃也吃得更好，

又和引诱的男人们贪饮无度。

因此我更酷爱金钱；

我现在是叫做吝啬的男性人物！   5665

女人们的领袖

龙 ② 不妨和龙互相计较：

反正总是哄骗和诈欺！

---

① 梅非斯特所扮的"吝啬"者。

② 用以比喻瘦人坐在放有龙车后部的箱盖上的样子。古代传说中常认为龙看守宝物。

382

男人们已经够难应付，

他还将他们怂恿鼓励。

女人群

这个稻草人般的

  东西！不妨打他的脸皮！   5670

碟柱 [①] 岂能威吓我们？

对他的怪相何必顾忌？

龙都是木头和纸儿做的，

快向前对他猛袭！

司 仪

请看我的手杖！大家不得猖狂！   5675

但好像不需要我的帮忙。

请看，那些狰狞的怪物

迅速地驱赶了周围的人，

展开了两对翅膀。

那些龙愤怒地摇动着   5680

周围生鳞的喷火巨口，

众人都已经从场上逃光。

（普鲁都斯从车上下来。）

司 仪

他从车上下来，神气多么威武！

他一招手，那些龙一齐动作匆忙，

把装载着黄金的箱箧和那个吝啬鬼   5685

都从车上卸下来，

放在他的脚旁：

真奇怪，怎么能如此迅速妥当。

---

① 碟柱：指钉在十字架上的耶稣。

普鲁都斯（对驭者说。）

你现在已经免除了

　　一切烦累，而且自由自在，

这里不适合于你的生活，

　　快跑往你自己的世界！　　　　　　　　　　　　　　5690

这里有许多形状奇丑的东西

杂乱无章地把我们包围。

你可到别的地方去创造你的世界：

　　只有在那里你可以仰望晴朗的天空，

逍遥自在地生活，只将你自己信赖。

那里只有善和美合于你的心怀——　　　　　　　　　5695

请前往那岑寂的地方！

驭车童子

那么我把自己当作你尊贵的专使，

把你当作最亲近的亲戚 ①。

你所在的地方充满财富；

而我所在的地方，

　　人人都觉得有很好的利益。　　　　　　　　　　5700

其中也有人在矛盾的生活中彷徨犹豫：

不知应该跟从我，或应该依从你？

跟从你的人固然可以安逸，

而依从我的人则无暇休息。

我做工作并不秘密，　　　　　　　　　　　　　　5705

我只一呼吸，就为人所知悉。

那么暂且和你分离！蒙你赐我快乐；

你轻声一说，我就会回到你这里。

　　（和来时同样退去。）

---

① 富贵和诗人都是施予者，这一点是共通的，所以可称为亲戚。

普鲁都斯

解放宝物，现在正是适当的时机！
我借用司仪的手杖来把那些锁儿开启   5710
哦，请看呀！锁已经开了！
这些黄铜的釜锅里将有种种
东西出现，有黄金的血在滚滚涌起。
最先出来的是冠冕、绳索和指环等东西。
但液体继续高涨，似乎要溶解这些装饰。

群众的喧哗

哦，看呀！宝物丰盛地迸涌   5715
已经充满箱中。——
金瓶融开了，
成串的钱币在滚动——
杜卡特金币好像
    新铸出来般地涌出。
多么强烈地鼓动我的心胸——   5720
哦，我看见这些东西
    都是我所贪嗜的种种！
它们在地上滚过来——
这是人家送给你们的，可立即使用。
只须俯拾就可成为富翁。——
我们要像电光般敏捷，   5725
去拿取那个箱笼。

司 仪

你们这些蠢物，怎么如此放肆?
这只不过是一种化装舞会的游戏。
你们今晚不可有更多的欲望；
难道你们以为人家

会送给你们宝贝和金子？ 5730

在这种游戏里给你们一些小钱，

也是太过奢侈。

你们这些愚夫！巧妙的幻术，

你们以为这些都是鄙陋的真实。

你们以为什么是真实呢？—— 5735

你们是在拉扯模糊的妄想边际。——

化装舞会中的王，戴假面具的普鲁都斯呀，

请从会场中驱赶出这些傻子！

普鲁都斯

你这根手杖是准备在这种时候用的吧，

请暂时借我一用。—— 5740

我就将它立即插入猛火之中。——

化装者呀，请各自留心慎重！

有火花在噼啪地飞散！

手杖已经通红。

太接近它的人 5745

便会被毫不留情地烧痛。——

现在我要开始巡回场中。

喧嚣拥挤

哎哟，不得了，我们真倒楣！

能逃的人赶快逃走！——

后面的人赶快退避！ 5750

火花热烘烘地向我的脸上飞来。

烧红的手杖向我身上重压——

我们都难免遭殃。——

化装的人们，快点儿退回！

昏乱的人们，快点儿退回！—— 5755

386

哦，假如我有翅膀，就要飞开。——

普鲁都斯

环绕的群众都已被逐退，

我想没有一个人被火烧伤。

众人退去了，

已经被我赶开——   5760

但为维持秩序起见，

我将牵设一条不可见的锁链 ①。

司　仪

你做了一件了不起的事情，

如此巧妙迅速，我是多么感激钦佩。

普鲁都斯

但是还要忍耐！   5765

各种骚扰似乎还会再来。

吝　啬

可是这样的群众，

大家可以随意愉快地瞧瞧；

因为凡是有什么可看可吃的地方，

女人总是先到。   5770

我还未完全老朽！

美人总是最为美好。

今天不要花费什么，

我们尽可安心地和女人开开玩笑。

但在这样人多吵闹的地方，   5775

---

① 他在箱箧周围画了一个魔术的圈子，只有先导者、普鲁都斯（即浮士德）、吝啬者（即梅非斯特）在圈子里，而群众则在圈外环绕着。

不是所有的话，人人都可听到，
我想试行一种聪明的
　玩意儿，或许可以收点成效！
我想演哑剧似地将心意表明。
只用手足和姿势还嫌不够，
必须弄点技巧。 5780
我要把金子像潮湿的粘土般处理，
因为金子可以转变为任何东西的材料。

司　仪

这个傻子不知开始做些什么！
难道这样的饿鬼也有什么幽默？
他把所有的金子捏成粉团， 5785
金子在他的手里变得非常柔软。
不论他将它压扁搓圆，
总是形状古怪而不雅观。
他转向女人们，
女人们都要怪叫而逃散， 5790
他的态度非常令人讨厌。
这个家伙是善于做坏事的混蛋。
他恐怕以破坏风化，
当作有趣好玩。
我不应该依旧漠然旁观； 5795
请把我的手杖给我，以赶走这个恶汉。

普鲁都斯

他还不知道有什么事情将从外边产生。
请任由他做这种愚蠢的把戏吧！
他将没有开玩笑的余地。
因为法律固然

具有权威，而困难将更有效力。　　　　　　　　　　　　　5800

喧噪和唱歌

有粗野的群众
从林壑和山顶
不能阻挡地朝这里进行：
我们来庆贺伟大的潘恩 ①，
我们知道谁也不知道的事 ②，　　　　　　　　　　　　5805
现在跑进无人之境 ③。

普鲁都斯

我很了解你们和你们伟大的潘恩。
你们同时开始了大胆的壮举。
我知道的不是尽人皆知的事情。
我应当把这狭小的场所开放给这些人。　　　　　　　　　5810

但愿会有好运陪伴他们！
也许会有很奇怪的事情发生 ④。
他们不知道自己朝着什么方向前进，
他们并不注意当心。

粗暴的歌声

我们服饰华丽，灿烂辉耀 ⑤！　　　　　　　　　　　　5815
勇猛粗暴地疾驰而来，
脚声骚扰地高跳奔跑，
强烈踏着地面来了。

① 潘恩（Pan）原来是畜牧狩猎之神，希腊语 Pan 含有"一切"之意，所以成为代表大自然全体的神，通常有喧器的妖精之群随伴而来。
② 就是"我们"知道。
③ 即普鲁都斯所划定的魔术圈子。
④ 他们在魔术圈中为梅非斯待的势力所控制，普鲁都斯（即浮士德）要用魔术使他们惊异。
⑤ 即化装的宫人们。

芳恩们（森林之神。）

芳恩之群

在欢乐地跳舞。 5820

鬈发中

戴着懈树的叶子，

尖细的双耳

在蓬松的鬈边显露。

低矮的鼻子，宽阔的脸部。 5825

却不因此而为女人厌恶。

芳恩伸出手时，

就是极美的女子也不会轻易拒绝和他跳舞。

莎蒂绿斯（林神。）

莎蒂绿斯也跟着跑跳。

足似羊蹄，脚胫细小。 5830

这二者是以瘦小而筋脉显露为妙。

我喜欢像羚羊般地

在山上远眺。

我在清新的空气中舒畅爽快，

把住在山谷的烟雾中 5835

也自得其乐的

男女及儿童嘲笑；

这是因为那高处的世界

是专归他清爽无碍地逍遥。

格诺门们（土神。）

小小的一群以细步急速地走近。 5840

我们是不喜欢一对对地同行。

穿着藓苔的衣服，提着明亮的小灯 ①，

---

① 如同矿夫。

敏捷地参差奔驰，

而和发光的蚂蚁般

各做各的事情。   5845

只顾纵横来往，

匆忙不停。

我们是和善的侏儒^①的近亲。

人家知道我们是岩上的外科医生。

我们在高山上布置吸管，   5850

从饱满的脉络中吸引。

我们互相高呼："祝君幸运！祝君幸运！"

掘出大堆的金银，

实际是想有利于世人：

我们是善人的良朋益友。   5855

可是我们掘出黄金，

反而使世人诱惑、偷窃，

使谋杀无数人的傲慢者^②，

不愁没有铁器。

大凡不守三戒^③的人   5860

也蔑视其他戒律。

这一切都不是我们的罪过；

所以请你们也要忍耐，如同我们自己。

巨人们

我们被称为强悍的武夫^④

在哈尔支是相当闻名的。   5865

当然都是裸体而富于气力的人，

如大力士般来临。

----

① 侏儒（Cutelchen 或 Cutel）。

② 企图大量杀人，发动战争的人。

③ 三戒，即勿窃盗（第 5857 行），勿奸淫（同上），勿杀人（第 5858 行）。

④ 普鲁士武士。

右手执枞树的木棍。

而以一条粗绳和一块用树枝树叶编成的

极粗陋的围身布缠身。 5870

就是法王怕也没有如此的卫士[①]。

宁芙之群（水精。）

（围绕大神潘恩。）

他也惠然光临！——

世界的一切

都显现于

大神潘恩的一身。 5875

快活的人们呀，

请做轻快的魔术的跳舞——围绕着潘恩。

因为他是庄严而又和善的神，

所以也愿意他人畅快欢欣。

他就是在苍穹之下， 5880

也时常醒着，

但是溪流向他淙淙流去，

微风柔和吹得他安适平静。

当他在中午睡着的当儿[②]，

树枝上的叶子都不飘动； 5885

蓬勃的植物清香

充满静寂的空中；

宁芙们也不敢随意游戏，

不论立在何处，就安眠不动。

但如潘恩的声音 5890

突然猛烈地

---

① 著名的瑞士人。
② 表示全自然界的中午安息。

392

如雷鸣海号似地高鸣时 ①，

人人都昏乱惊怔；

战场上勇敢的军队也都逃散，

就是英雄也在乱群里胆战心惊。 5895

所以我们要崇敬应受崇敬的神明，

让我们祝福引导我们来到此地的巨神！

土神们的代表者（向大神潘恩说。）

灿烂丰富的宝物，

如线一般地在岩间流行，

只对神异的魔杖 ②， 5900

将自己的迷路指明。

我们和穴居的子民一般

在幽暗的岩间构筑房屋，

你却仁慈地

在清明的光里分发宝物。 5905

我们发见了奇异的泉水 ③，

就在这边近处。

它会容易地

将以前难以求得的宝物授予。

你定能完成此事， 5910

请你加以保护：

任何珍宝在你的手中，

都能为全世界招致幸福。

---

① 希腊人以为大神潘恩会发出突然使人吃惊的声音，所以有"潘恩的惊惶"一语。经济上的恐慌（Panic）等用语也由此而来。

② 魔杖，挖宝用的杖，据说可用以探测矿脉。

③ 指普鲁都斯的箱子。

普鲁都斯（对司仪说。）

我们必须有旷达的胸襟，

不论发生什么事情，

    尽管泰然地任其发生，   5915

你向来富于刚毅的精神。

现在将有很可怕的事情发生。

现代和后世人

    都会顽固地否认这件事！

请你将它忠实地在纪录里载明 [①]。

司   仪（握住普鲁都斯所执的手杖。）

侏儒们徐徐地引导大神潘恩   5920

向喷火的穴边走近；

火在很深的洞穴里沸腾，

又向穴底低沉。

穴口阴暗地张开着；

火又炽烈地上升。   5925

大神潘恩高兴悠闲地站着，

欣赏这奇异的光景。

珍珠般的泡沫向左右飞溅，

这种事，他怎么会信以为真？

他低低地弯身向

    那个洞穴里仔细窥视。——   5930

哦，他的胡子竟坠入深洞里面！——

那个下巴光秃的人是谁？

他用手遮脸，使我们不能看清。——

哦，又发生一种不得了的灾难：

胡子着火而飞上来，   5935

延烧到他的叶冠、头和胸，

---

① 普鲁都斯（即皇帝）签字于纸币，大概就在这时候。（第 6066 行、第 6071 行）

欢乐变成了悲戚。——

众人跑来灭火，

没有一人不被烧烂。

无论怎样扑灭，5940

火焰总是有增无减；

化装的群众都卷入火中，

被烧成灰炭。

我听见人们在辗转传述，

那是什么事件！5945

哦，多么不幸的夜晚呀，

你带来了何等的忧患！

明天将会宣传

谁也不愿听闻的灾变。

我听见到处有人在大声说：5950

"皇帝不幸遭难。"

但愿这是谎言！

皇帝和群臣都被火所焚。

那些诱惑皇帝的人真令人痛恨！

他们不该劝他用有树脂的小枝缠身，5955

疯狂地唱歌胡闹，

以致君臣同归于尽。

哦，青年们呀，

　青年们呀，你们贪图欢乐，

怎么不能恪守本分？

尊贵的君主呀，你既然是万能，5960

难道不曾是同等的圣明？

猛火已经延烧到树林①，

火焰像舌头般地

---

① 大厅中用绿色的树枝装饰成几条道路，所以称为树林。

向上舐着那木板组成的屋顶，

势成燎原，危险万分。 5965

灾难已经过多，

不知有谁来拯救我们？

帝皇的富丽荣华，

明天将成为一夜的灰烬。

普鲁都斯

恐怖已经到处波及， 5970

现在应该设法收拾！——

请用这支圣杖，

使地面震动那般地猛击！

广大的天空呀，

请用清凉的香气来充满你自己！ 5975

氤氲弥漫的烟雾呀，

请到这里来游行，

把那燃烧着的群众掩蔽！

请卷成浮云，

成为霏霏的细雨， 5980

滑走旋转，淅淅作声，

悄悄地淋湿，到处把火浇熄。

你们这些能缓和苦恼的湿气呀，

请把这种虚妄的火焰

　　游戏变为闪电似的东西！——

当妖魔要侵害我们的时候， 5985

魔术应该发挥它的威力。

游　苑

旭日　皇帝和群臣　浮士德　梅非斯特都穿着文雅而不醒目的
依从习俗的服装　一同跪下

浮士德

那种火焰的游戏陛下是否能不介意？

皇帝（以手势命二人起立。）①

那样的游戏，我很喜欢②。——

我突然看见自己

　　仿佛如地狱之神普鲁图似地

站在猛火堆里。 5990

从黑暗和煤炭之中，

看见有火焰盛燃的岩石的地底。

从各处的裂缝中，

有几千条凶猛的火焰回旋

　　而升起，如穹窿形般地合而为一。

火焰的舌尖构成的极高的圆屋顶， 5995

忽而聚合，忽而消失。

我看见屈曲的火柱间的巨殿，

有民众成列而移动；

围成一个大圈子走近，

和平时一样表示敬礼。 6000

我也看见有几个宫臣在那里，

我仿佛与几千火精③的君主相似。

---

① 浮士德以前只化身为普鲁都斯，现在则与梅非斯特一同登场，以大魔术师的资格在说话。

② 皇帝在魔圈中未曾得危险，看见了种种幻象，这些幻像的作用见第 10417—10421 行。

③ 火精（Salamander）据说能在火中生活。

梅非斯特

陛下，你确实如此！

因为地水风火都认为陛下有无限的权威。

柔顺的火，你已经试验过了；　　　　　　　　　　6005

不妨跳进怒涛汹涌的海里！

你一踏到珠宝丰富的海底，

水就会涌起，在你周围形成一个美丽的世界。

你会看到有紫色边缘的淡绿色波涛，

上下摇动逐渐膨胀，　　　　　　　　　　　　　　6010

在你的周遭形成宫殿。

无论你向那边行动，

　宫殿都一步步地向你随从。

墙壁上也有生物，

箭也似地交互错综，来往活动。

海中的精灵都跑向新奇柔和的光明，　　　　　　　6015

但没有一个能走进其中。

金鳞闪闪的龙在游戏，绚烂地辉耀，

鲨鱼张开嘴巴，你会向它的大口欢笑。

现在宫中的人虽然欢乐地将陛下环绕，

陛下却未曾见过海底这样的热闹，　　　　　　　　6020

但陛下和极可爱的生物相距并不迢遥。

好奇的纳莱乌斯的女儿们，

都来看永远簇新华丽的宫殿，

最年轻的那些像鱼般急切而畏怯，

而较年长的则顽皮乖巧。

大姊特蒂斯一经察觉，　　　　　　　　　　　　　6025

就把你作为贝勒乌斯 [①] 第二而和你接吻拥抱。

然后把宝座移到奥林匹斯 [②] 山上……

---

① 贝勒乌斯（Peleus），海神纳莱乌斯（Nereus）有五十个女儿妮丽丝（Nereiden），其长女是特蒂斯（Thetis），宙斯和普西顿曾向她求爱，后来她嫁给贝勒乌斯，生了亚奇辽斯（Achilles），梅非斯特阿谀皇帝，把他比作贝勒乌斯。

② 奥林匹斯（Olympus）山，希腊的诸神聚集之处，为长生不老的仙境。

皇　帝

那样渺茫的地方一概任由你辖掌：

我随时可登上那宝座，不必过于匆忙。

梅非斯特

至尊的陛下！你就会拥有土地。　　　　　　　　　　　6030

皇　帝

你好像从天方夜谭里直接

　　来到此地，多么美好的运气！

如果你是像夏哈拉莎朵 ① 似地富于才智，

我将以最优渥的恩惠赐给你。

这个现实的世界往往使我非常厌恶，　　　　　　　6035

在那样的时候，我会召见你。

宫内大臣（急忙登场。）

谨奏陛下，我不曾想到，在我的一生中

能奏闻如此可喜的吉报，

我感到非常快乐荣耀：

所有的帐目都已经一笔笔地勾销，　　　　　　　　6040

盘剥者的锐爪已经不复吵闹，

我已经免除了地狱的苦恼，

就是在天上也不会更加快乐。

兵部尚书（也匆匆登场。）

饷银已经分期付清，

所有的军队都已经重新订约，　　　　　　　　　　6045

军士们感到精神兴奋，

酒榭和歌楼们也无不欢欣。

---

① 夏哈拉莎朵（Sheherazade），是《天方夜谭》中宰相的美丽女儿，对土耳其皇帝讲了无数个故事，得免被杀。

皇　帝

你们似乎胸襟宽敞，呼吸舒畅！
布满皱纹的脸上也都喜气洋洋！
你们都来得多么匆忙！　　　　　　　　　　　　　　6050

户部尚书（登场。）

请陛下询问做了这件事的两人。

浮士德

这件事情应该由宰相奏闻。

宰　相（徐徐走近。）

我幸能长寿得以躬逢这样的欢庆。——
将一切忧患变为快乐的这张重要的公文，
请大家观看，请大家聆听。　　　　　　　　　　　6055
　　（朗读。）
"凡我国民，其各知晓：
这张纸条
　　是值一千克罗纳的钞票。
国内所埋藏的财富
都作为此物的担保。
国家已经准备将丰富的财富迅速发掘，　　　　　　6060

可用此钱票完全兑现。"

皇　帝

这是莫大的欺骗，这真是胡闹！
谁敢在这里将御名假冒？
如此的犯罪，
怎么还任其逍遥法外？　　　　　　　　　　　　　6065

400

户部尚书

难道陛下已经忘记！

　　在纸上签名的就是陛下自己，
就在昨天夜里。

　　那时候陛下扮演大神潘恩，
宰相和我们向前奏禀：
"届此盛典，为人民的福利，
请略动御笔签署这个契文。" 6070
陛下签署之后，
就在昨天夜里，
我们欲使万民同蒙皇恩，
请魔术师速制了无数纸币，
分为十、三十、五十
　　及百个克罗纳的等级。 6075
陛下恐怕不能想象人民是何等欢喜。
请看京城，以前是半生半死，发着霉气：
现在则万民欢乐，熙熙攘攘！
御名虽然久已造福世界，
但从未受人这样欢迎翘企。 6080
人人因御名而得幸福，
其他文字都是多余的东西。

皇　帝

在我们民间这种纸币竟会有金子般的价值？
在宫中和军队里竟可用来把薪饷清偿？
我虽然觉得奇怪，也只好准其行使。 6085

宫内大臣

这样善遁的东西恐怕不能抑止：
它和电光一般疾驰。
银行都把门儿大大开启，

每张票子，虽然要打折扣，

却都可在那里转换金币和银币。 6090

纸币从银行流到

面包店、肉店和酒肆里。

世人好像一半只贪求美味，

另一半则喜欢夸示服装新异。

商人裁卖衣料，缝工为人缝制衣裳。

民众在酒肆中高呼"皇帝万岁" 6095

煎烤烹煮，杯盘之声四处洋溢。

梅非斯特

在公园的台阶上独自散步的人，

看见艳装的美人，

用奢华的孔雀羽毛遮蔽一只眼睛

向我们微笑，斜视这些纸币出神。 6100

用纸币比用趣语和巧辩，

更能神速地勾引丰富的爱情。

人们不必用麻烦的钱包，

只要藏一张纸儿在怀中那是多么轻易，

而且要藏一封情书也很是方便。 6105

牧师虔诚地把它夹在祈祷书中行走，

兵士因为要能转动得更灵敏，

急忙把腰带弄轻。

我的话不免把大事业讲得太烦琐，

请陛下宽宥是幸。 6110

浮士德

在陛下的国度中，有许多财宝[①]。

未曾被利用而在地下深藏。

---

① 浮士德这里说话的口气不像是个骗子，他相信能发掘地下的宝藏，而梅非斯特下面所说的话则显然意在哄骗。

对于这样的财富，

无论多么远大的思想，

　都不足以推测其数量。

空想无论多么努力，多么高远，　　　　　　　　　6115

也不足以确知其状况。

可是能深刻观察的人，

对于这种无限的财富却有无限的信念和期望。

梅非斯特

这种纸币可以代替金银珠宝，非常方便。

人人能自知有多少钱在怀里；　　　　　　　　　6120

不须论价或替换，

可随意在酒色中沉迷。

假如你要兑换金银，

　则有兑换商人随时等着你。

如果在那里也没有钱，

　　那么你可开掘片刻。

你可把掘出的链条和杯盘　　　　　　　　　　6125

拍卖给人清偿票子，

使无礼地嘲笑我们的猜疑者感到羞耻。

人们用惯了纸币，就不再需要别的东西。

以后陛下的国度中，

　到处都会有充足的

宝石、黄金和纸币。　　　　　　　　　　　　6130

皇　帝

国家得到了巨利，全是你们的功绩。

如果能够，酬劳应该和功绩相等。

我将国内的地下都由你们处理；

你们是宝物最好的卫士。

你们知道秘藏宝物的广大地方，　　　　　　　6135

开掘时必须依照你们的指示。
你们是管理

　财宝的大臣，务须协力从事，
欢欣地实行你们的职责，
你们是在上面的世界和下面的世界
互相合作而造福社会的位置。　　　　　　　　　　　　6140

户部尚书

我和他们二人之间不会有任何争执，
我很喜欢魔术师做我们的同事。

　（和浮士德退场。）

皇　帝

现在我在宫中赠送每个人纸币，
请各自说明你们拿去如何使用。

侍　童（受领纸币。）

我想生活得快乐舒畅。　　　　　　　　　　　　　　6145

另一侍从（同样地。）

我马上去买链儿

　和指环，送给我心爱的姑娘。

侍　从（接受纸币。）

从今以后，我想饮加倍醇良的佳酿。

另一侍从（同样地。）

袋里的骰子已使我发痒。

旗　士^①（慎重地。）

我要把田宅作抵押的债务清偿。

另一旗士（同样地。）

我要把这宝物和其他宝物一同贮藏。　　　　　　　　　　　6150

皇　帝

我本来希望大家会有做新事业的兴趣和胆量；

但认识你们的人容易将你们推想。

我也明白了：无论宝物多么辉煌，

你们还是和以前一样。

小　丑（走进来。）

陛下分发财物也请赐我恩赏^②！　　　　　　　　　　　6155

皇　帝

一旦你复活起来，又会把钱花费在酒上。

小　丑

我还不明白它是什么——这种妖法的纸张！

皇　帝

我也以为如此，因为你用钱很不妥当。

小　丑

又有纸币落下来，我不知该怎么办。

皇　帝

你可把这些拿去，这些归你收藏。　　　　　　　　　　　6160

---

① 旗士（Banner），在战争中拥有自己旗帜的贵族。

② 这是以前被梅非斯特挤掉的那个小丑。

（退场。）

小　丑

我得了五千克罗纳的进帐。

梅非斯特

你复活了吗，你这个有双脚的酒囊？

小　丑

我屡次复活，可是
　这一次特别顺利，而且异乎寻常。

梅非斯特

你如此开心，甚至于汗水直淌。

小　丑

请观看这个，是否价值和钞票一样？ 6165

梅非斯特

你可拿去购买一切口腹所贪想的。

小　丑

那么我也可以购买田地、家宅和牛羊。

梅非斯特

你只须拿出纸币，就没有不如愿以偿的。

小　丑

那么我也能买毗连着森林、
　溪洲以及猎场的城堡吗？

梅非斯特

　　　当然可以！

我喜欢看你做阔人的模样！　　　　　　　　　　　　　　　　6170

小　丑

我今晚将在梦中做地主富商！——（退场。）

梅非斯特（独自。）

谁会再怀疑这个小丑的机敏异常！

阴暗的走廊

浮士德　梅非斯特

梅非斯特

你为何把我拉到这些阴暗的走廊里来？
难道以为在那里不够愉快？
难道以为那热闹繁华的宫中，　　　　　　　　　　6175
没有戏谑和哄骗的机会？

浮士德

请莫如此胡说，那样的事，
你以前已经做了许多。
你现在走来走去，
无非是想不回答我。　　　　　　　　　　　　6180
我有非做不可的事：
宫内大臣和侍从都在催促我。
皇帝要看海伦和帕里斯，
而且非立即办到不可。
他想要形象明显地　　　　　　　　　　　　　6185
看看男性和女性的楷模。
请尽速开始！我不可以违背我的承诺。

梅非斯特

真是胡闹，对人轻率地承诺什么。

浮士德

你未曾想过
你的法术将会有什么后果。　　　　　　　　　6190

我们既然使皇帝富裕，

就应该使他欢乐。

梅非斯特

你以为此事立刻可以实现；

其实我们是站在更危险的斜坡前。

你想侵入生疏的国土 [①]，   6195

必将胡乱地造成新的亏欠。

你以为海伦是和

   钴尔屯纸币的怪物一般

容易叫她显现。——

如果是奇丑的侏儒或鬼怪妖仙，

我立刻可以奉献；   6200

但是恶魔的情妇，

   即使不能说丑恶，

总不能作为古代的美人而来欺骗。

浮士德

又是这种迂腐讨厌的滥调！

和你共事常常弄得莫名其妙。

你是一切障碍的父亲 [②]，   6205

一举一动都要新的酬劳。

你只须喃喃念几句咒语，

   我知道立刻就可以办好。

在人向后回顾的当儿，你就能将她唤到。

[①] 生在中世纪的基督教世界中的恶魔梅非斯特当然不熟悉古代的希腊世界，并感到无能为力。因此，要他召唤海伦（Helena），他当然很不高兴，古代希腊美的典型海伦，浮士德以为是至高的理想；而梅非斯特则没有什么理想，所以不能了解浮士德的心意。

[②] 马丁·路德以谎言之父（Vater der Luge）作为恶魔的别名，歌德也许是模仿他而这样说的。

梅非斯特

这种异端的人民和我并没有关系，

他们住在自己的地狱里；   6210

不过方法却是有的。

浮士德

那么尽快说明，不要迟疑！

梅非斯特

我不愿意泄露高深的神秘。——

女神们庄严地坐在岑寂的境地里。

那里并无空间，

　更无所谓时间。

说她们的事情，很不容易。   6215

那就是"母亲们"①！

浮士德（愕然。）

母亲们！

梅非斯特

你感到惶恐吃惊？

浮士德

母亲们！母亲们！好奇异的名称！

---

① 所谓"母亲们"是一切存在的原型或理念。普尔塔克（Plutark）的《玛尔塞斯传》中说，小都城恩基旺（Engion）是因为人民崇拜叫做母亲们的女神而著名的，又在其道德论《神谕之衰退》中记录着异国的神秘家所说的话："世界之数有百八十三。此等世界配列于三角形，其各边有六十世界，其余三个为三角形之顶点。三角形之中央有各世界共通的炉，名为'真理之野'。在这个'真理之野'中寂然不动地存在着曾经存在的及将要育成的一切事物的根源、形态、原型、图式。歌德的'母亲们'亦然。"指这些原型、图式西言。它们所在的"真理之野"是没有生命或现实的空虚寂寥的境地。

410

梅非斯特

真是奇异得很，这些女神，

　　你们世人不曾知道她们；

我们也不喜欢谈到她们的名称。

到她们的住所去，你要相当沉潜。　　　　　　　　6220

我们要利用她们，你是这件事的原因。

浮士德

请问到那里去的路径？

梅非斯特

　　　　并无什么路径！从来没人走过，

而且是不能走的路径；从来没人求得过，

而且是无从求得的路径。

　　你有没有前往的决心？——

那里没有锁和可以推开的门闩，　　　　　　　6225

你到处被寂寞紧闭。

你能否想象荒凉和寂寞的情景？

浮士德

如此的论调，请你撙节为妙。

这里我又闻到很久以前曾经闻过的

魔女厨房中的腥臊。　　　　　　　　　　　6230

我以前岂不曾经和世人相交？

岂不曾将空虚的事物学习而且赐教？——

我以前依自己所见那样侃侃而谈，

世人的反对却倍加喧嚣。

我为躲避世人的麻烦，　　　　　　　　　　6235

所以逃到寂寥的荒郊；

却又不愿全然被弃而孤独无聊，

所以终于和恶魔订交。

梅非斯特

但假如你游过大洋，

在那里看见渺茫的空间，　　　　　　　　　　　　　6240

即使你会恐惧危亡，

　　总可以看到连续而来的波浪，

总会看到什么对象。

在风浪平静的碧绿的海上，

或看见海豚游过近旁；

或看见飘移浮云、日月和星光；　　　　　　　　　6245

但在那永远渺茫的境地，

　　你却不会看见任何景象，

也不会听闻自己的脚步声，

不会看到什么坚固的东西，

　　可以作为你休息的地方。

浮士德

你谈话的模样仿佛是那曾经

　　欺骗过忠厚的后进 ① 们的

魔术师 ② 中的第一个

　　豪强；只不过颠倒了方向 ③。　　　　　　　　6250

你派遣我到空虚里去，

使我在那里增进能力和伎俩：

你对付我，好像我是要为你

　　从火中搔出栗子来的猫儿 ④ 那般。

这样也无妨！

我们要彻底地阐明真相，　　　　　　　　　　　6255

---

① 后进（Neophyten）《提摩太前书》(3：6)："新人教的不可作监督。

② 魔术家（Mystagogen）是艾留辛（Eleusien）的秘教的教师。

③ 普通的秘教教师夸张自己的秘教的作用以欺骗初学者，梅非斯特则力说他所说的世界之空虚寂寥，反而使浮士德更加向往。

④ 据古老的传说，猴子曾经用猫做危险的工作。

在你的虚无之中，我要寻求万象。

梅非斯特

在我们未离别之前，我先将你赞誉：

你实在深知恶魔的心理；

请将这个钥匙^①拿去！

浮士德

这样小的东西！

梅非斯特

你好好拿着，请勿将它藐视。 6260

浮士德

哦，它在我的手中

壮大起来，而且光辉熠耀！

梅非斯特

你就会明白，你拿着什么东西。

它会探知正确的场所，

你跟它下去，它会领导你到母亲们那里。

浮士德（战栗。）

到母亲们那里去！我听到这句话，

好像突然受到打击！ 6265

我这样不喜欢听到它，

不知道它有什么意义？

---

① 钥匙是启开力量（知）的神秘的象征。

梅非斯特

难道你器量如此狭小,

　听到新的话语就发牢骚?

难道你只爱听经常听到的论调?

光怪陆离的事情,你已经听了不少,

以后无论听到什么,也不会觉得烦恼。　　　　　　6270

浮士德

我不愿在无知觉中寻求幸福,

战栗 ① 是人生最好的部分,

世人虽对它加以阻碍,

而有这种感情时,

　却能将非常的事情深深领悟。

梅非斯特

那么请你下去!

　我也可以说请你升起!　　　　　　　　　　　6275

一切都没有什么差异。

　你可以离开已经生成的东西 ②,

而前往被解放了形态的国度里。

你可以欣赏久已不复存在的东西;

会看到它们交互参差,浮云似地往返。

那时候请你挥动

　那个钥匙,勿使它们接近你!　　　　　　　6280

浮士德(兴奋地。)

好的! 我紧握

---

① 对于伟大的、神秘的事象所感觉的畏惧。

② 梅非斯特叫浮士德脱离已生成的现象界而进入只有形态的空虚境界中,欣赏不复存在而只存形态的人物,例如海伦,
　浮士德想把她的形态借来。

这个东西，觉得有新的气力，

觉得胸襟扩大，要开始去做大事。

梅非斯特

一个绯红的热鼎 ^① 会将你提醒：

你已经达到了极深的意境。

借着鼎的光亮，你会看到那些母亲：　　　　　　　　　　6285

依照临时的情形，

　　她们有的坐着，有的站着，有的走着。

这是创造和改造，

　　永远在谈论永远的意义的神灵。

周围漂浮着一切创造的形影。

她们不会看见你，

因为她们只能看到幻影。　　　　　　　　　　　　　　6290

那时候会很危险，但你务须镇静，

　　一直向前走去，

而以钥匙触鼎！

浮士德拿着钥匙（作一种坚决的命令的态度。）

梅非斯特（看着他。）

　　这样就行！

那鼎会向你走近，忠仆似地随行。

你泰然升起，幸运会将你引举；　　　　　　　　　　　6295

你在母亲们未发觉以前就携回那个宝鼎。

如果你能把它拿到这里来，

你就能从夜的国度里召唤那英雄和美人。

你便是做这件事情的第一位伟人。

那么事情就算做成，而且是由你完成。

----

① 是神秘的，或预言的象征。

415

于是从鼎中升起的氤氲，

就不得不因魔术的处理而化为神们。

浮士德

那么现在怎么办呢？

梅非斯特

你要专心一意地下去。

踏着脚下去，也踏着脚升起。

（浮士德踏足下降。）

梅非斯特

但愿那个钥匙对于他能有益！ 6305

他能否回来，我不禁怀疑。

灯火辉煌的许多大厅

皇帝　大臣们　朝廷中呈动摇之状

侍　从（向梅非斯特说。）

你尚未依照诺言使幽灵出现。

请尽快开始！皇上急着观看。

宫内大臣

皇上刚在垂询；

你不要迟缓，这与皇上的面子有关。　　　　　　6310

梅非斯特

我的同伴已经负责去做，

他已经知道如何能把计划实现。

他现在必定是闭门幽居，

在努力研究实验。

因为要使"美"这种宝贝出现，　　　　　　6315

是需要贤人的秘法和最高明的手段。

宫内大臣

你们用什么手段，我们一概不管；

皇帝只希望你们尽速筹备完善。

金发的女子（对梅非斯特说。）

先生，我要向你请教！

　你看我的脸蛋现在是很漂亮；

可是在讨厌的夏季却不是这样！　　　　　　6320

会有许多淡褐色的斑点，

可憎地分布在白净的皮肤上。

不知有没有方法可想?

梅非斯特

这样美丽的姑娘在五月里会长斑点,

生得和你们家里的

花猫一样真教人难过!

你可取青蛙的卵

和虾蟆的舌头,加水煎汤,   6325

在月圆的月光下仔细蒸馏,

而在月光隐去时巧妙地涂在脸上,

那么春天一到,斑点就会褪光。

棕发的女子（喊起来。）

许多人将你围住,我也要向你求助!

我的脚上生了冻疮,   6330

既不便走路,也不便跳舞,

就是要和人招呼,也很辛苦。

梅非斯特

恕我失礼,让我用脚踩你。

棕发的女子

这种行为恐怕是情人之间的把戏。

梅非斯特

我用脚践踏,是具有更重大的意义。   6335

人不论生什么毛病,

都要用同样的部分来医治 ①。

---

① 讽刺流行于十九世纪初的类似（Homoopathie）治疗法。

以脚医脚，其他部分也必须同样处理，
你过来！请注意！你不必回礼。

棕发的女子
哎唷！好痛啊！你踩得这样用力，
仿佛是只马蹄。   6340

梅非斯特
　　　你已经医好，
以后尽可随意去舞蹈；
吃饭时可吃着佳肴，
　　而和情人用脚在桌下胡搞。

贵妇人（走近来。）
请让我走过！
　　我深深的为烦恼所折磨。
它们好像沸腾似地烫着我的心窝。
到昨天为止他都陶醉在我的秋波。   6345
现在却和别的女子
　　卿卿我我，而以背朝着我。

梅非斯特
这真是危险，但请听我的意见。
你轻轻地走到他的身边；
你用这颗炭，
　　不论在他的袖子、外衣或两肩，
看当时的方便，画一条线。   6350
那么在他的心里就会感觉真切的悔念。
可是你要把这颗炭儿立刻吞咽，
而且不可把酒和水送近唇边。
他今夜就会叹息在你的门前。

419

贵妇人

这是不是有毒的东西？

梅非斯特（作怒状。）

    你对人说话不应如此无礼！   6355

这样的炭必须到远处去寻觅。

它是从我们以前辛苦地生火的

火刑的柴堆里拿来的东西^①。

侍　童

我爱上一个女人，她却不把我当作大人看待。

梅非斯特（旁白。）

我不再知道我应该向谁倾听。   6360

    （对侍童说。）

你不可对太年轻的女子钟情；

年长的女子们定会将你尊敬。——

    （另外的人们挤近来。）

又来了许多人！多麻烦的情形！

我只好说真话来脱离窘境。

这是最愚蠢的计划！情势非常紧迫！   6365

哦，母亲们，

    母亲们！请将浮士德放行！

    （环顾四周。）

在那个厅里灯火渐渐黯淡，

宫中的人忽然都骚动起来，

通过那长廊和远远的甬道，

文雅地鱼贯而行。   6370

---

① 据说斩刑所用的绳索等有特别效用，这种迷信到现在仍存在。又据说邪教徒巫女等处死刑时所用的薪堆，是由恶魔、狂热的宣教师添火的。

420

哦，他们集合在古老的骑士大厅，
大厅几乎不能容纳他们。
在广阔的壁上挂着花毡，
室隅和壁龛中都装饰着甲兵。
这里似乎用不着咒语，　　　　　　　　　　　6375
精灵们自然会降临。

骑士厅

微明的灯光

皇帝和群臣麇集在厅中

司　仪

我预告剧情的职务，

被精灵们的神秘活动所阻拦；

要以适当的理由

说明这种错综的情形很是困难。　　　　　　　　　　6380

凳子和椅子已经排好，

御座恰被安置在墙壁之前。

他可以舒适地观看

那壁纸上面画着的隆盛时代的战争场面。

皇上和宫中的人们都环坐在这里，　　　　　　　　6385

许多长椅挨挤地排在后边。

情人们就在阴惨的妖怪上场的时候，

找到了安适

　　的座位，在情人的身边。

大家都已坐好，

准备都已完全；幽灵不妨出现！　　　　　　　　6390

　　（喇叭声。）

钦天监

皇上有令，快把戏剧开演！

快自动地避开吧，你们这些墙垣！

现在毫无阻碍，可把拿手的魔术来表演。

花毡已经不见，仿佛为大火所收卷。

墙垣裂开，向后回转。　　　　　　　　　　　　6395

恩格尔贝特·西贝茨

1848—1851 年

有奇异的光芒照临，

似乎将有深深的舞台显现。

我将走向舞台前面。

梅非斯特（从提示员的洞里出来。）

我从这里希望大家都有好意。

暗地里教他人说话是恶魔的妙技。 6400

（对钦天监说。）

你既然知道星辰运行的拍子，

也应该会灵敏地理解我轻声所说的言语。

钦天监

由于不可思议的魔力。

这里显现了一座崇伟的古寺。

这里一行一行地立着许多柱子，

都与古时擎天的亚特拉斯相似。 6405

这样的柱子只要两根就能载一座高大的屋宇；

现在有了许多根，当能将岩石的重量支持。

建筑家

这种建筑，据说很古雅！

事实上是累赘粗大，

我不能称赞这种造法。 6410

世人把粗糙当作高雅，笨重看作伟大。

我却喜欢无限地向上的细柱①；

尖拱顶能使精神高尚；

这样的建筑物我们认为是最佳。

---

① 这位建筑家辩护哥德式的建筑。

钦天监

请大家恭敬地接受福星

　　所授予的目前的欢欣，　　　　　　　　　　　　　6415

让你们的理性为咒语所束缚，

而使兴盛大胆的

　　空想自由广泛地驰骋。

你们可以亲眼观看，

你们所痴心幻想的情景。

唯独不可能的事情，才值得相信。　　　　　　　　6420

（浮士德从舞台前面的另一边升起。）

钦天监

来了一位奇异的术士，戴着叶冠穿着僧衣，

他想要完成他毅然开始的大事。

有一个鼎和他从空虚的洞穴中一同升起来，

我似乎已经闻到从鼎里飘出的香气。

他在准备庆祝这种重大的作为；　　　　　　　　　6425

以后只会有吉利的事情产生。

浮士德（庄重地。）

母亲们呀，我用你们的

　　名义而实行我的任务。

你们在无限的境界中

　　永远寂寞而成群地居住。

拥有许多无生命而活动的形象，

在你们头上的周围漂浮 [①]。　　　　　　　　　　6430

以前存在于光明和假象中的一切，

都在那里活动；

　　因为它们要永远存在的缘故。

[①] 参看第 6216 行的注。

拥有万能的威力的你们，

将它们分配于夜间的穹窿和白天的天幕。

它们之中，

　　有的为生命的愉快道路所接受。　　　　　　　　　　6435

有的为大胆的术士所求取。

术士豪爽慷慨地给人观看

大家所盼望的奇异事物。

钦天监

红热的钥匙一触到香盘，

就有蒙蒙的雾气笼罩全室。　　　　　　　　　　　　　6440

雾气悄悄地进入，像云似地浮动，

扩张、纠结、缭绕、分离、聚集。

请看这种召唤幽魂的杰作！

雾气移动就产生音乐，

从缥缈的音响中

　　涌出一种不能知道的什么。　　　　　　　　　　　6445

雾气飘移时，一切都化为旋律。

柱子和三条纵线装饰①也都鸣响起来，

似乎整个宫殿都在歌唱。

雾气渐渐消失；从轻飘飘的罗帷里，

步伐合拍地走出了

　　一个年轻美丽的男子。　　　　　　　　　　　　　6450

我的职司到此为止，不必说明他的名字，

谁不认识漂亮的帕里斯②！

　　（帕里斯登场。）

---

① 托莱格里夫的杜立克（Triglyphe Dorias）样式的建筑特有的三条纵线装饰。

② 帕里斯（Paris）特洛伊的王子，诱惑希腊的第一美女，即斯巴达的王妃海伦，成为特洛伊战争的原因。

贵妇人

哦，多么青春艳丽！

第二贵妇人

好像新鲜而且充满液汁的蜜桃！

第三贵妇人

他的口唇是多么饱满而美妙！   6455

第四贵妇人

你是否想接触这样的杯子而尝尝味道？

第五贵妇人

他虽不高雅，但是却很俊俏。

第六贵妇人

假如他再灵敏一点，必定更能令人倾倒。

骑　士

我以为他是个牧羊的男孩儿[①]，

不像个公子，

　　而且一点不娴熟于宫中的礼仪。   6460

又一骑士

这个少年半露身体，虽然很美丽；

如果穿上铠甲，不知是否相宜？

贵妇人

他徐徐坐下，看来很温雅闲适的样子。

---

① 据传说，帕里斯曾在伊德（Iad）山上做牧童，有三位女神向他显现。

骑　士

你是否以为坐在他的膝上一定很舒适？

贵妇人

他把头倚在臂上，多么雅致。　　　　　　　　　　　　　　6465

侍　从

多么无礼的样子！我以为不能任其如此！

贵妇人

诸位无论对于什么都未免过于苛责。

同一侍从

他竟敢在御前这样放肆！

贵妇人

这只是他表演的姿势，

　　他一定以为他是独自在这里。

同一侍从

即使是表演，

　　在此地宫中，他总须合于礼仪。　　　　　　　　　　　6470

贵妇人

嘿！真可爱，他已经睡得很安逸。

同一侍从

马上会发出鼾声，和本来的鼾声一模一样。

少　妇（非常喜悦。）

什么东西混合在香烟的芳香中？

我感到它如渗入心脾般的快适。

稍年长的妇人

真的！有什么气味深深渗入心中， 6475

是从他身上来的东西！

最年长的妇人

这是旺盛发育的生气。

它在少年的身上被酿成为奇异的仙丹，

并向四周发出芬芳的气味。

（海伦登场。）

梅非斯特

哦，这就是那个女人吗！

对于这样的女人，我不会惊异。

她虽然是很美丽，

却不能为我所欢喜。 6480

钦天监

我诚实地供认，

这一次我不能再做什么事情。

美人一到来，

就是火焰般的舌头 ①，也是不行！

关于美人们，诗人们

虽然一向歌颂；但来了这样的美人，

看到过她的人，就会神魂颠倒。 6485

占有如此的美人的人，无奈过于欣辛。

---

① 火焰般的舌头，见《使徒行传》(2：3)，钦天监这句话不是梅非斯特所口授的。

浮士德

我是否还有眼睛?

不是觉得美的泉源在心中很丰富地涌进?

我恐怖的旅程

　　带来了异常可喜的收获。

以前我觉得世界是

　　全无价值而难以阐明!　　　　　　　　　　　　6490

而自从变为僧侣① 以后,世界变成什么情形?

如今它才值得希望、有基础和持续性!

假如我不得不离开你,

　　我生命的呼吸力也就只有消泯!

以前在魔镜里显现而使我狂喜,　　　　　　　　6495

使我销魂的那个美丽的形影,

不过是现在所见的

这种美的泡沫般的幻影。——

对于你,我愿意呈献一切的感激和所有的热情,

对于你,我愿呈献钦仰、

　　爱情、痴心和崇敬。　　　　　　　　　　　6500

梅非斯特（从提示员的穴中说。）

你须安定心神,不要疏忽你的职责!

稍年长的妇人

她身材高大,姿态斯文,只是头太过小②。

稍年轻的妇人

请看她的脚吧! 怎么会如此粗笨!

---

① 浮士德现在是侍奉"美"的僧侣。
② 古代的雕刻对脚的部分都做得比较大。

外交官

我在贵族的妇人们中曾经见过这样的女人。

我以为她从头到脚都是优雅斯文。 6505

朝　臣

她狡猾而温文地走近那个睡着的男人。

贵妇人

她和那个秀丽年轻的男人相比，

是多么丑陋的女人！

诗　人

那个少年被她的丽容所照临。

贵妇人

他们是恩狄米翁和卢娜！好像是画中的人儿 ①！

诗　人

是的！女神似乎向他弯身， 6510

而将他的气息吸吮。

真可羡慕的幸运！——

　　她在和他接吻！——已经太够了。

侍女长

在众人之前，竟敢如此妄行！

浮士德

对于那个青年，那是过分的恩情！——

---

① 恩狄米翁（Endymion）是美少年。他睡时女神卢娜（Luna）曾偷偷吻他，此景常成为画题。

431

梅非斯特

静静地不要作声！

请任随那个幽灵做什么事情。 6515

朝　臣

她轻轻走开；那个男人已经苏醒。

贵妇人

那个女人在回顾，我早已想到这种情形。

朝　臣

那个男人很惊讶！

　因为他所见的是那奇异的光景。

贵妇人

那个女人却不以为她所见的是奇异的事。

朝　臣

她又文雅地向他走近。 6520

贵妇人

我看她是要把他教训。

在这种时刻，男人们都很愚蠢，

他大概自以为是她第一个情人。

骑　士

我认为她实在可爱，端庄而斯文！——

贵妇人

我却以为她是妖妇！最卑贱的女人。 6525

432

侍　童

我宁愿和那个男人易地而处！

朝　臣

在这样的网里，谁能免于被捕？

贵妇人

这个宝贝是许多人玩过的玩物，
镀金也已经失去它的光彩。

其他贵妇人

她从十岁开始①，
　　就未曾有过什么用处。 6530

骑　士

人人乘机采取最好的东西；
我却愿接受那美丽的残余。
那个女人，我看得
　　很清楚；可是老实说吧：
她是否真是那个美女，也不无可疑的地方。
目前的情形
　　往往将人迷惑而夸张过度。 6535
我以为最可信的是莫过于图书。
据图书的记述，
她实在是为特洛伊②的白须老人们
特别喜爱的美女。
我以为这种纪录恰和现在的情形相符：
我不是青年，却喜欢这个少妇。 6540

---

① 海伦十岁时即为特色斯诱惑到亚地加（Attica），南国的女人是早熟的。
② 特洛伊，请看《伊利亚斯》第二卷。

钦天监

那个男人已经

　　不是孩子！变成大胆的壮士，

将女人抱住，她不能抵御。

用健臂把她高举起来，

是否要把她带去？

浮士德

　　好狂妄的小子！

你不听我的话！且慢！

　　你未免太过于无礼！ 　　　　　　　　　　　6545

梅非斯特

可不是你自己在演幽灵的把戏？

钦天监

让我加一句话！照经过的情形看来，

我要将这种戏叫做"海伦的抢劫"。

浮士德

什么抢劫！我在此地难道是无能为力！

这个钥匙不在我的手里！ 　　　　　　　　　　6550

它带我经过寂寥境地的波澜和恐怖，

来到坚固的岸地。

我安定地站在这里！这里的种种都是事实。

从这里起精神可以和幽灵们争斗，

灵肉合一的大千世界① 可以成立。 　　　　　　6555

那个女人原是在那么

　　遥远的地方，怎么会更接近我呢！

---

① 原文是"大的双重之国"，浮士德想创造一个现实和理想（诗）合一之国。

我要救她，她就双重地变成我的东西①。

放大胆地干吧！母亲们！

母亲们！请允许我来做这事！

凡认识她的人不能再和她分离。

钦天监

浮士德，浮士德！

你做什么事情！——

他强悍地捉住那个女人，

她的形影已经变得模糊不清。

他把那个钥匙转向那个青年，触到他了！

哦，糟糕，不得了，多么不幸！

（爆炸，浮士德倒在地上，精灵都化为雾气而消失。）

梅非斯特 （将浮士德放在肩上。）

这是你们自己造成的灾害！和愚人共事，

恶魔也要活该倒楣。

（黑暗、骚动。）

6560

6565

---

① 浮士德把海伦从母亲们的国里带来，现在又把她从帕里斯那儿夺来，所以说"她就双重地变成我的东西"。

第二幕

高圆屋顶哥德式的狭小房间

（这就是以前浮士德住过的地方，一切都没有改变。）

梅非斯特

（从幕后出来，他揭幕回顾的时候，可以看到浮士德卧在古式的床上。）

被诱惑于爱情的不幸的人呀，

请在这里安睡。

因为看见海伦而销魂的人，

是不容易清醒的。

（环顾左右。）

我看上下四周，

　　一切情形都没有变更；　　　　　　　　　　　　　　6570

只有那些窗上的彩色玻璃，

似乎不像以前那样明净，

蜘蛛网也比前增加，

　　墨水也已凝固，纸张已变成黄色；

可是什么都留在原位，

连那枝笔也依然留存。　　　　　　　　　　　　　　6575

浮士德曾经用过它书写下向我抵押灵魂的凭证。

哦，我哄他取出来的一滴血

也在笔茎中深深凝固。

对于这种独一无二的珍品，

我希望大搜藏家会感到喜悦。　　　　　　　　　　　6580

旧钉上还挂着那件旧皮袍，

使我回忆起曾经和那个学生开过的玩笑。

我以前教训那个少年的那些话语，

他已成为青年，

大概也还在把它们渐渐消耗。　　　　　　　　　　　6585

438

温暖多毛的皮袍啊 ①，

我现在又想穿上你，

如世人认为理所当然那样，

再做大学教授而自行夸耀。

这在学者们是会这样做的，   6590

恶魔却早已把这种兴趣丧失。

（取下皮袍而摇动之，有蝉甲虫、小蝶等飞出。）

虫的合唱

欢迎，欢迎！

你这位老恩人 ②！

我们嗡嗡地飞鸣，

我们早已和你熟稔。   6595

你只是一个个地

暗地里创造了我们；

然而父亲呀，我们现在已千百成群，

跳舞而飞近。

住在胸中的顽皮者   6600

急于隐藏；

而虮子们

却从皮毛中早已脱颖而出。

梅非斯特

这些幼小的生物使我多么惊喜！

只须散布种子，到了

　相当的时机，总能有收获的东西。   6605

我把旧皮袍再摇一次，

又从各处有一两个飞起。——

---

① 参看第一部第 1846、1851 行。

② 以前梅非斯特穿这件皮袍时，孕育了这些虫类，所以称他为"恩人"。

439

你们这些可爱的小东西，

　　可以向上飞升！向各处爬行！

快跑到千百个角落里藏匿，

或在那边有旧箱摆着的地方，　　　　　　　　　　　　6610

或在这边褪成褐色的羊皮纸堆里，

或在古瓶的污垢破片中间，

或在髑髅的空洞眼眶里。

在这样的垃圾和腐物之中

必定永远有虫类栖息。　　　　　　　　　　　　　　　6615

　　（穿上皮袍。）

我今天又来做教师，

你再来把我的肩上掩蔽！

但是我如此自称，却毫无用处；

承认我的人在哪里？

　　（拉铃，铃发出一种尖锐刺耳的鸣声，因此诸室震动，诸户全开。）

　　　　助　手（经过阴暗的长廊蹒跚而来。）

多么激烈的声音！多么可怕的声响！　　　　　　　　6620

梯子在摇动，墙壁在震荡。

从颤动着的窗口

我看见有闪亮的电光。

屋内的地面裂开，

石灰和尘埃从上面崩降。　　　　　　　　　　　　　6625

坚闭的门户，

也因怪力而开放。——

哦，多么可怕！一个巨人

穿上浮士德的皮袍站在前方！

我看他的目光和手势，　　　　　　　　　　　　　　6630

几乎要跪在地上。

我不知应该站着？或是逃逸？

唉，我不知会变成怎样！

440

梅非斯特（招手。）

请你走近！——我记得

尼哥特姆斯 ① 是你的名称。

助　手

尊贵的先生！这是我的名称。

——我是否该祈祷神明。 6635

梅非斯特

不必做这种事情！

助　手

你认识我，我多么高兴！

梅非斯特

那些我很了解，

虽然你年纪大，但还是学生。

真是个老大书生！

凡是学者也因为

别无办法，所以只能不停研究 ②。

他在建造一个简陋的小屋子； 6640

但是任何伟大的学者也不能将它完全造成。

可是你的先生却是修养精深；

谁不知道现在学术界的第一人，

就是尊贵的博士华格纳 ③ 先生？

他每天增加知识， 6645

实在是维持现代学界的唯一贤能。

好学之士闻风而来，

---

① 尼哥特姆斯（Nikodemus）见《约翰福音》（3：1–20）善良的法利赛人。

② 就是学者在很小的范围内孜孜矻矻研究，连这个小范围内的事情也不十分清楚。

③ 华格纳这个人在第一部中是浮士德的助手，现在已成为学术界的巨子，在制造人何蒙古鲁士（Homunkulus）。

成群地围绕先生。

只有先生在讲坛上大放光明。

先生和圣彼得一样，   6650

能用秘钥开启上下诸门。

先生冠绝群伦，显赫彪炳；

他人的美誉令闻都不能和他争胜。

就是浮士德的名称也因此而幽暗不明。

因为能独自发明的人，只有这位先生。   6655

助　手

尊贵的先生！我敢冒昧地反对高论，

请原谅我的愚蠢！

你所说的都不是成为问题的事；

他的天性很谦逊。

那位浮士德大先生奇异地隐遁，   6660

他因此至今还不能安心。

他切望他回来，

才能得到慰藉和安宁。

自从大先生去了以后，

这个房中的一切物品都照原样保存，

　等待着原来的主人 ①。   6665

我也害怕走进来，

现在不知是什么时辰 ②？——

墙壁也似乎觉得恐惧，

窗门跳开，门槛摇震。

如其不然，你也不能进门。   6670

---

① 见《马太福音》(16：19)。圣彼得保管天国及地狱的钥匙，华格纳也同样能启示天界和地上的秘密。

② 据占星术说：不同的时刻，各为一定的星宿所支配。华格纳创造人的大事业将近完成，当然也注意到星宿的时刻。

梅非斯特

你的先生现在何处？

请引领我去见他，或请他来面晤！

助　手

他的规律非常严格，

这种事情不知可否做得。

他为了重大的工作，　　　　　　　　　　　　6675

往往好几个月完全过着静寂的生活。

他是学生之中的最文弱者，

现在却像烧炭夫似的，

眼睛因吹火而发红，

从耳朵到鼻子都变成焦黑，　　　　　　　　6680

因着急而不停地叹息。

火钳的撞击声似乎在奏着音乐。

梅非斯特

他难道会不许我进门？

我是能促进他的成功的人。

（助手退场，梅非斯特庄重地坐下。）

我刚在这里坐定，　　　　　　　　　　　　6685

在那后边，就有个熟识的客人走近。

这一次他算是一个最新的人物，

将会无比地骄矜。

学　士（经过廊下跑来。）

门户都开放着，

现在大概会像以前那样，　　　　　　　　　6690

活人像死人似的，

在发霉的地方

萎缩腐朽，

443

虽还活着然而却在死亡。

这些内壁，这个墙垣，　　　　　　　　　　　6695
都倾斜而要崩坍了，
若不赶快逃开，
会被压死在底下。
我比谁都大胆，
却也不敢向前。　　　　　　　　　　　　　6700

可是今天我所看的是什么情况？
多年以前，我战战兢兢地
到这里来做大学新生，
岂不就是这个地方？
当时我相信那些多胡子的老人们，　　　　　6705

以为他们的胡言乱语都可敬佩。

他们从古书中
瞎说他们所知道的
以及他们所知道而不相信的事情，
而来戕害他自己和我的生命。　　　　　　　6710
怎么啦？
——那边后面小室中昏暗处还坐着一个人！

我走近去看，好不愕然！
他依然穿着那件褐色的皮袍而坐在那边。
依然穿着那件粗劣的皮袍，　　　　　　　　6715
完全和我离开他的时候一样。
当时我还莫名其妙，
以为他高明非凡。
今天不会再上当了，

我要毅然去和他谈谈！ 6720

老先生，若不是莱特河的浊流
把你的低俯的秃头掩盖，
那么请看你的学生已经长大了，
脱离了大学里鞭子的支配。
你还是和我当时所见的一样， 6725
我却完全改变了过来。

梅非斯特

你听了我的铃声而来，我很高兴。
那时候我也并不把你轻蔑。
看见毛虫和蛹，
就知道它将来会变成蝴蝶。 6730
当时你对于鬈发和有花边的领子
就像孩子似地欢喜。
你一次也未梳过辫子 ① 吧？ ——
今天我看你是用瑞典的发式。
你的风采活泼潇洒， 6735
请勿成为偏激人物 ② 而回归乡里。

学 士

老先生！我们在老地方再见；
但请想想时势的变迁，
勿再讲双关两意的言语。
我们现在对于事务
　的看法，已经完全改变。 6740
你们愚弄了忠厚的青年，

---

① 流行于十八世纪至十九世纪初期，瑞典式的头发，是瑞典国王古斯塔夫·阿道夫（Gustav Adolf）式的短发。

② 偏激人物费希特（Fichte）、谢林（Schelling）、黑格尔（Hegel）、史宾诺莎（Spinoza）等不重体验而专重思辨的思想家。

当时并不需要技巧而又很简便；

现在再做这种事情，却是谁也不敢。

梅非斯特

对青年讲真话，

乳臭小子总不会喜欢；　　　　　　　　　　　　　6745

然而在多年之后，

他们自己体验到我们所说过的一切，

以为都是出自自己的头脑，

而说先生是个傻子。

学　士

也许说他是骗子！　　　　　　　　　　　　　　6750

因为有那一位老师直接对我们说真理？

他们都会巧妙地面对天真的孩子们，

庄重或轻松地增减所用的言词。

梅非斯特

人要学习，当然是要有个适当的时机；

我看你现在似乎

　　自以为已经有教人的能力。　　　　　　　　6755

我们分离以后已过了若干岁月，

你谅必已有丰富的经验积存？

学　士

什么经验！实在是和烟雾泡沫相似！

不能和性灵相比。

请你坦白说吧：

　　到现在为止，人所知道的事情，　　　　　　6760

都没有知道的价值。

梅非斯特（停了一会。）

我也早已感觉到

　　这种情形。我一向是个愚人。

现在我自认为非常浅薄愚笨。

学　士

听你的话，我很高兴！

　　先生真有自知之明。

你是我所见过的第一个明达的老人！　　　　　　　　　6765

梅非斯特

我以前曾寻求隐藏的财宝，

然而只有得到可怕的煤炭。

学　士

请老实说，你的脑袋，你的秃头，

其价值并不超过在那边的那些空洞的骷髅！

梅非斯特（和悦地。）

你大概不知道，你说话多么粗暴。　　　　　　　　　6770

学　士

我们德国人，说话特别

　　客气时，就被认为是在说谎造谣①。

梅非斯特

（连同有轮的椅子渐渐移向舞台的前方向台下的人说。）

我在这上面，似乎被夺去了光和空气，

---

① 纯朴的德国人之间是不会有过分郑重的礼貌的。

可否下来到你们那里。

学　士

人到了身心枯竭的时候，已经是毫无价值，

而还自以为是什么，实在是不应该。　　　　　　　　　6775

人的生命是在血液中，

　　在什么地方有血液旺盛地流着，

如同在青年的体内？

只有充满新鲜活力的血液

才能把新生命创造出来。

一切都是在那里活动，

　　常有什么事在那里造成，　　　　　　　　　　　6780

弱者倒下，强者前进。

在我们占领了半个世界时^①，

你们做了什么事？

你们无非在瞌睡、冥想、

　　做梦、考虑，想些什么奇谋妙计。

老迈实在是一种寒冷的热病，　　　　　　　　　　6785

因任性的烦恼而产生的战栗。

人一过了三十岁，

就和死人无异。

最好是把你们及早打死。

梅非斯特

你这样说，恶魔也就无言可回驳。　　　　　　　　6790

学　士

如果我不愿有恶魔，

---

① 似乎不是指自由战争，而是指德国科学界最新的进步而说的。

就不会有恶魔这东西①。

梅非斯特（旁白。）

你如此神气，恶魔将会捉弄你②。

学　士

这是青年们最高尚的使命！

在我创造了世界之前，世界原未形成。

我把太阳从海里引起；   6795

我开始了月亮的盈亏，

于是才有季节装饰我的道路，

大地发出绿色，并且开花向我表示欢迎。

在那最初的夜里，天上的星星依我的指示，

都发出了灿烂的光明。   6800

使你们脱离了俗人的狭窄思想的一切束缚，

不是我，是何人？

但我自己是依性灵在心中所说的话语，

自由而欣喜地追求内心的光明，

朝着光明，背着晦冥，   6805

感受到特殊的喜悦，昂然向前进行。

（退场。）

梅非斯特

你这个奇人，尽管骄傲地前进！——

可是谁能思想前人未曾想过的

聪明的或愚蠢的事情？

如果发觉时，

就会觉得令人气愤。——   6810

---

① 主观论者，以为一切存在都是观念的产物。例如叔本华说："世界是我的观念。"

② 就是恶魔会暗地捉弄你，使你知道有恶魔存在。

但虽有这样的人，我们并不因此发愁，

稍过几年，他会改变想法。

葡萄即使发出很坏的泡沫，

后来也都会变成酒。

（对台下不鼓掌的少年们说。）

你们对于我的话很冷淡，6815

你们都是好孩子，我可予以宽恕。

但请想想！恶魔是老人，

你们老了之后，才会把恶魔的话语领悟。

实验室

中世纪式的实验室 有种种用于幻想的目的繁复的 笨重的机械

华格纳（在竃^①旁。）

可怕的铃声在响，

震动着灰尘污染的石墙。 6820

这件急切地期待着的事情是否成功，

将不会再度延宕。

黑暗的地方已经变成明亮。

在中央的小瓶里，

像燃着的炭火似地 6825

有什么东西在灼热地发光，

像极美丽的红玉那样，电光似地辉煌。

哦，有明亮的白光显现了！

这一回我决定不任其消亡！——

唉呀，什么东西在门边格格地作响？ 6830

梅非斯特（进来。）

请恕我唐突地走进！

　　却是以好意来和你亲近。

华格纳（忧惧地。）

欢迎！欢迎！

　　你是在吉星高照^②的时候光临。（低声说。）

但请屏息静默！

一件大事就将告成。

梅非斯特（更低声地。）

那是什么事情？

华格纳（更低声地。）

是在造一个人。 6835

梅非斯特

造一个人吗？你是把怎样的一对情侣

关进这个烟穴里？

华格纳

并非如此！以前所流行的造人的方法，

我们以为是无聊的把戏。

生命所跃出的那种微妙的结合点， 6840

以及那种——从母体的内部产生，

给予和接受，造成自己的形体，先取近的，

然后再取远的东西的——那种美妙的能力，

已经丧失了尊贵的意义。

也许动物将来还会喜欢那样的把戏： 6845

但是具有伟大禀赋的人类，

将来必须有更纯洁而崇高的来历。

（转向那甑。）

请看！它在发亮——成功已将接近。

我们只须将数百种材料配合，

但是配合的方法是很重要的—— 6850

适当地把原料组成，

封进玻璃瓶内，

蒸馏到相当的火候，

工作就悄悄完成。

（又转向甑。）

哦，我看它就将变成！

配合物活动得愈加坚定明显！ 6855

信念愈加坚定！

人们称赞为造化的神秘东西，

我们敢于用理智来试行；

造化所能有机组成的东西①，

我们会使它结晶而形成。 6860

梅非斯特

长寿的人积了许多经验，

在这个世上，由他看来，

　不会有什么新奇的事件。

我在外边游历了好多年，

结晶而成的人，我也曾经看到。

华格纳（一直在注视那个瓶。）

它渐渐升腾，

　发着光明，渐渐集合成形， 6865

立刻就将完成！

凡是伟大的计划，当初看来总像是愚蠢；

我们将来却要嘲笑偶然的侥幸。

将来的思想家

也会造成很能思想的脑筋。 6870

　（痴看着那个瓶儿出神。）

玻璃遇到轻微的力量而发出声音，

变成混浊，又变成澄清。那一定就要完成！

我看见一个举止文雅的

非常可爱的小人。

我们还要求什么？

　世界上还能希望什么？ 6875

---

① 有机组成的东西，是自然生成的；而结晶造成的，是模仿的、人工的、机械的。

秘密已经显明。

请听那种声音，

它将会变成人的语声。

何蒙古鲁士

（小人，在瓶中对华格纳说。）①

父亲呀，你是否安适？这并不是开玩笑的把戏。

请你走过来，慈爱地将我抱在怀里！　　　　　　　　　　6880

但不宜太紧，以免压破玻璃。

这是事物的性质；

对于自然物，宇宙也还是太小的容器；

而人工的产物则需要隔绝的境地。

（对梅非斯特说。）

你这位顽皮的老伯②，　　　　　　　　　　　　　　6885

你在这适当的时机

　　也在这里？我很感谢你。

引你到我们这里来，是多么好的运气！

我既然生在人间就必须做些什么。

我要是准备好，就去工作。

你很高明，请把捷径教我。　　　　　　　　　　　　6890

华格纳

有一句话要说！以前老少的人们，

总是拿许多问题使我非常惭愧窘迫。

譬如说，还没有人能够理解：

灵肉二者巧妙地互相调和，

永不分离地互相联结，　　　　　　　　　　　　　　6895

---

① 何蒙古鲁士，小人，巴拉哲尔斯（Parazelus）说：将男性的精子放在密闭的蒸馏器中，精子会活动起来，就是何蒙古鲁士。他还没有肉体，是透明的，有可惊的神秘智慧，像妖精似地活泼。
② 对于何蒙古鲁士的出生，梅非斯特也曾予以援助，所以何蒙古鲁士称他为老伯。

而为什么常使人的生活不能快乐？

又譬如说——

梅非斯特

请等等！我以为不如询问：

男人和女人何以这样不能融洽一致？

你这样不会理解此事。

这里有件事情要做！

你这个小人正可试试。 6900

何蒙古鲁士

有什么事情可以试试？

梅非斯特（指点侧门。）

请在这里将你的才能显示！

华格纳

你真是个非常可爱的孩子！

（侧门开启①，可以看见浮士德卧在床上。）

何蒙古鲁士（惊异。）

哦，多么有意义的奇事②！——

（瓶儿从华格纳的手里滑出，在浮士德的头上漂浮，照着他。）

周围的风景多么美丽！——

茂林之中流着清水，

有很可爱的女人们正在宽衣！——

这种情景愈看愈觉可喜。 6905

---

① 浮士德的寝室有二门，一通书斋，一通实验室。

② 何蒙古鲁士有特殊的能力，能看见浮士德梦中的情景：浮士德梦见希腊神话中的丽达和其他少女同在河中沐浴，有一群白鸟飞来，其他少女都惊惶逃开，只有丽达泰然自若地留下。有一只白鸟是众神之王宙斯的化身，来和她游玩，结果他们生了海伦。这时候有烟雾弥漫起来，浮士德不能再见什么。关于这种情景，第7271行以下有更详细的叙述。华格纳及梅非斯特完全不能看见浮士德心中的这些情景。

中间有个女人特别秀丽，

大概是最伟大的英雄或神们的后裔。

她把脚浸在透明的水中，

那尊贵身体温和的生命火焰，

冷却于柔顺的晶莹波浪里。   6910

可是急速拍动翅膀的声音是多么骚扰！

沙沙拍拍的音响在平滑如镜的水面上腾扬。

少女们畏怯地逃避。

只有女王 ① 却泰然静观，

看见白鸟之王急切

　而很亲密地飞来靠近她的足膝，   6915

而感受着女性骄傲的欣喜。

他似乎要和她亲昵。——

可是忽然升腾了一阵烟雾，

把这种优美无比的情景，

用厚密地织成的薄纱掩蔽。   6920

梅非斯特

怎么如此多言，无所不谈！

你形体虽小，而作为空想家却是相当能干。

我并不能看见什么——

何蒙古鲁士

　我想你就是这样。

你生在北方 ②。你在蒙昧的时代，

在骑士和僧侣的乱堆里成长，   6925

怎么会有自由的眼光！

只有黑暗是你的家乡。

---

① 女王即丽达，下一行的白鸟之王即宙斯。

② 就是说恶魔是欧洲北部的中世纪基督教迷信的产物，当然不能有高明自由的眼光。

456

（环顾四周。）

变成棕色的发霉石壁构成尖形 [1]，

弯曲低矮，看起来很讨厌！——

这个人若在这里醒来，他就会死亡，　　　　　　　　　　6930

因而发生新的麻烦。

林中的清泉、白鸟和裸体美人等等，

都是他在梦中预想的物件。

这样的地方他怎么能习惯！

像我这样随和的人 [2] 也感到不耐烦。　　　　　　　　6935

快把他移往别的地点！

梅非斯特

那种办法也不坏。

何蒙古鲁士

军人可派去打仗，

女孩子可遣往舞场，

那么万事都很妥当。

我此刻忽然想到，　　　　　　　　　　　　　　　　　6940

现在正是古典的华尔布几斯的晚上 [3]。

我以为最好的办法，

是将他送往合于他的性质的地方 [4]。

梅非斯特

这种节会的事情，我未曾听闻。

---

① 指中世纪哥德式建筑而言。

② 何蒙古鲁士没有肉体，到处都能自由适应，却也很讨厌阴郁的北方。这些话表示歌德对于 Gotik 建筑的反感。

③ 古典的华尔布几斯的晚上，古代希腊妖怪的集会，与第一部中的浪漫的华尔布几斯之夜相对照。

④ 合于他的性质的地方即希腊。

何蒙古鲁士

这种事情的消息，

 怎么会向你的耳里传进？   6945

你只认识浪漫的妖精；

而真正的妖精也要古典的才行 ①。

梅非斯特

那么我们朝什么方向去呢？

我一听到古代的伙伴，就很不高兴。

何蒙古鲁士

撒旦先生，

 你游玩的区域是在西北那边；   6950

我们这次，却要飞往东南方面——

大平原中有比纳渥斯 ② 河自由地流过；

有灌木和树木围绕，形成了幽静潮湿的水湾。

平原延伸到诸山溪谷之间，

有新旧两个法尔萨路斯在它上面。   6955

梅非斯特

不，我不要去！

我不愿意看见暴君制度和奴隶制度 ③ 的争执。

我会感到厌倦；

 因为他们的争执还未完全终止，

就又重新开始。

谁也不曾察觉：实在只是因为   6960

---

① 歌德说过许多近代的东西并非因为是新的缘故，而是因为文弱的病的缘故，且是浪漫的。古代的东西，并非因为是古老，而是因为是强壮、清新活泼的缘故，且是古典的。歌德因此比较讨厌浪漫的，而喜爱古典的。

② 比纳渥斯（Peneios）河流，贯穿特撒利亚（Thessalia）的沃野而进入多岛海的河。

③ 三头政治和奴隶制度，梅非斯特听到法尔萨路斯（Pharsalus）遣个地名而想起了凯撒和庞贝（Pompeus）曾经在这里战争，庞贝大败。

那躲在背后的阿斯摩提^①所役使。

他们虽说为自由的权利而相争；

但仔细看起来，实际是奴隶和奴隶^②的争执。

何蒙古鲁士

人类这种好争的习性，请予以容忍。

人人必须从幼小开始，   6965

就尽其所能保护自身，才能终于变为成人。

现在的问题只是如何使这个人^③恢复精神。

如果你有什么方法，

　　请在此试验其功能。

你假如不能，那么就由我来办这件事情。

梅非斯特

有许多勃洛根的方法可以拿来试试；   6970

可是异教徒的门^④却似乎紧紧关闭。

希腊人没有多大用处，

但他们以放肆的官能游戏眩惑你们，

引诱人在欢乐的罪恶中沉迷；

而我们的罪恶，

　　人家总以为是阴郁而不可喜。   6975

那么现在该怎么办呢?

何蒙古鲁士

　　你平时并不迟钝；

如果我说起特撒利亚的巫女们^⑤，

---

① 阿斯摩提（Asmodeus）即第 5378 行的阿斯摩提（Asmodi），离间夫妇或其他人之间的感情的恶魔。

② 就是以暴易暴之意。

③ 就是还未清醒的浮士德。

④ 异教徒的门就是说若在北方基督徒的国中，则在勃洛根山等处可能有治浮士德心病的办法，现在在异教的希腊世界，
梅非斯特实在觉得手足无措。

⑤ 特撒利亚的巫女们，特撒利亚是著名的妖怪极多的地方，何蒙古鲁士故意说起巫女们，以引诱好色的梅非斯特。

总会使你想到什么事情。

梅非斯特（淫欲地。）

特撒利亚的巫女们！

是的，这是我早已在探问的人们。   6980

每夜和她们同居，

虽然未必愉快；

但去访问她们，倒不妨一试。——

何蒙古鲁士

　　请你给我那件外套，

我将把它在这位骑士的身上披好①！

这布片会和以前一样，

　　载着你们二人飞跑。   6985

我在前面照耀引导。

华格纳（忧处地。）

　　那么我呢？

何蒙古鲁士

你嘛，你可留在家里，

将重要的事情办理。

请翻阅羊皮纸的古籍，

依照书上的方法将生命的要素搜集，   6990

仔细地将这个和那个配合调剂。

你不仅要考虑"什么？"

　　更要考虑"怎样？"的问题。

同时我将游历世界的一部分，

---

① 浮士德从帕里斯救回海伦，有骑士的侠义精神，所以称他为骑士（第 7053 行）。

460

也许能把加于 i 字之上的一点 ① 予以寻觅。

那样做就能达到我们的伟大目的。   6995

如此的努力当然能获得很丰富的利益：

黄金、名誉、声望、健康的寿命，

还有学问和道德等东西。

再见吧！

华格纳（悲戚地。）

　　　再见吧！

我心很难过，怕不能再和你相见。   7000

梅非斯特

那么赶快同往比纳渥斯河边！

这位小兄弟倒不可轻视。

（对观隶们说。）

我们终于要随从

我们所创造的人而辛苦麻烦。

---

① "i 字之上的一点"指何蒙古鲁士可求得肉体而成为完全的人而言。

461

古典的华尔布几斯之夜

法尔萨路斯的田野　黑暗

爱利希多 ①

我是名叫爱利希多的阴郁女郎，　　　　　　　　　　　　7005

现在要去参加今夜的

　恐怖节会，如同以前常去的那样。

我并非是那么可憎的女人，

如同无聊的诗人们所过分诽谤的那样……

诗人们总是尽量地诽谤，或尽量地称扬……

向溪谷中遥望，已见有灰色的天幕的

　波浪在微白地荡漾。　　　　　　　　　　　　　　7010

这是充满忧愁和恐怖的黑夜的残余景况。

这种事情已经不知重复了多少次！

以后也将永远重复地发生此事。……

谁也不肯将国家让给他人；

凡亲自用力取得

　而威武统治这个国家的人，　　　　　　　　　　　7015

绝不肯将国家让人统治。

　因为凡不能支配自己内心的人，

反而喜欢依自己

　骄慢的心意支配邻人的意志……

这里有个彻底斗争的显著实例；

暴力抵抗更强的暴力，

以几千朵花编成的自由

　美丽的花环因此而破裂；　　　　　　　　　　　　7020

---

① 爱利希多（Erichto）也是特撒利亚的巫女。这个法尔萨路斯原野是凯撒与庞贝大战的古战场。爱利希多在回想当时
　的可怕的情形。

462

胜利者的头上围绕了坚硬的月桂树枝叶。

庞贝在这里梦见昔日的盛况；凯撒在那里倾听钟摆的动摇而醒着

到天亮！

胜负即将决定。

世人都知道：谁将能获得胜仗。

篝火发着红焰在燃烧，   7025

地面吐出以前流血的反照，

传说中的希腊军人们

被引诱在夜间奇异的

光辉下而聚集在这个地方。

在所有的火焰周围都有故事中那样的景象，

或安适地坐着，或不安地彷徨。……   7030

虽不圆满然而明朗地照耀的月亮，

散布柔光在各处而缓缓上升。

天幕的幻影消失，火仍在燃烧而发着青光。

但在我的头上突然来了什么流星般的东西！

它辉煌地发光而照着球形的物体，   7035

它似乎是有生命的东西。

这种生物对我有害，

以不去接近为宜。

我会因此而得恶名，对我也没有好处。

它似乎已在降低，我应小心地回避！

（退场。）

飞行的人们在上面。

何蒙古鲁士

在火焰和恐怖的东西上面，   7040

我将再飞行一圈。

在低地上和溪谷中，

似乎有妖气弥漫。

梅非斯特

如同从古老的窗口

看北方混乱恐怖的情景那样，　　　　　　　　　　7045

我看见许多妖怪，都是可憎的奇形怪状。

我在这里如同在我的家乡。

何蒙古鲁士

请看！有个高个子的女人①，

在我们面前阔步前行。

梅非斯特

她看到我们在空中飞行，　　　　　　　　　　　7050

似乎惶恐寒心。

何蒙古鲁士

请让她这样前行。

请把你的骑士放下来，

他就会苏醒，

因为他在

故事的国度②中寻求生命。　　　　　　　　7055

浮士德（触到地面。）

她到哪里去了？——

何蒙古鲁士

我们也不知道，

但在这里大概可以问到。

---

① 即爱利希多。

② 即希腊。

请在天明以前

快到各处火边寻找。

你是母亲们那里也敢去的英雄，　　　　　　　　　　　　7060

不会再怕什么阻挠。

梅非斯特

我在这里也应该有所效劳；

可是我不知道用什么方法才好，

只好经过四处的火焰之间，

各自去寻找冒险①，　　　　　　　　　　　　　　　　　7065

那么，为了我们彼此相会，

少爷，请让你的灯光发声照耀。

何蒙古鲁士

我就使我的灯光这样明亮，这样发声。

（玻璃鸣响，强烈地照耀着。）

那么请快去看新奇的事！（退场）

浮士德（独自。）

她在哪里？——暂且不加追究。　　　　　　　　　　　7070

即使这种泥土未曾载过她，

即使这种波浪未曾迎接过她，

而这种空气总传过她语言的空气。

我来这里！

　藉奇迹而来到希腊的国度里！

我立即感到我站着

　的地方是什么土地。　　　　　　　　　　　　　　　7075

有一种精神在睡着的心中鲜明地燃起，

---

① 浮士德一触到希腊的土地就清醒了，寻找海伦，梅非斯特则寻找巫女，何蒙古鲁士寻找肉体。

我就像安特乌斯^①触地而生似地伫立。

无论这里有多么奇异的事物聚集，

我要认真地将火焰的迷路探索寻觅。

（退场。）

---

① 安特乌斯（Antäus），海神普西顿与大地的女神所生的巨人之名。据传说赫拉克雷斯把他举起来，他就毫无气力，而把他放在地上，他就从大地中获得气力，强悍无敌。

比纳渥斯河上游

梅非斯特（环视四周。）

我经过这些火焰中间，   7080

觉得全然身在异地。

几乎所有的人都是赤身裸体；

    只在几处有人穿着衬衣：

史芬克斯 ① 不识羞耻，

    格列普斯 ② 毫无顾忌。

从前后各处映入眼帘的，   7085

都是长毛或生翼的东西……

我们虽然并不高尚文雅，

可是古代的人未免太过于放肆。

这种事情，必须以新的见地来观察，

而加以种种新流行的粉饰……

真可厌恶的人民！但我是新来的客人，   7090

不可生气，要恳切地招呼他们。

美人们 ③ 和贤明的老人们呀，我祝福你们！

怪鸟格列普斯

（以喀拉喀拉的鸟声说。）

我们是格列普斯！不是老人！——

谁也不愿意听到被别人称为老人。

每个字都有它所由来的语源，

---

① 史芬克斯是狮身人首的怪物。埃及的史芬克斯有国王似的头，希腊的艺术家所表现者，则是上身有翅膀的女人，歌德在这里也把它作为女人。

② 格列普斯（Grypus）是阿西里亚（Assyria）等处的想象的动物，鹰头狮体，有翅膀。据说是墓地宫殿等的宝物的守护者。

③ 即史芬克斯。

而保留着语源的声音：   7095

恐怖、愁苦、愤怒、憎恶、坟墓等语，

语源上虽是同音，

我们却不愿意听闻。

梅非斯特

可是话莫离题，

尊号格列普斯的"格列"

有攫取的意义，想是合乎你的心意。

格列普斯

当然如此！这种关系已经调查明白，   7100

虽然常被诽谤，而称赞总是多于诽谤。

尽可攫取皇冠、黄金和少女，

攫取的人大概为福神所礼遇。

蚂　蚁（大形的。）

你们在谈论黄金，我们收集了不少，

秘密地藏在岩间或洞里；   7105

阿里马斯波伊 ① 的人却把它寻到，

搬到很远的地方，而在那里欢笑。

格列普斯

我们将让他们坦白报告。

阿里马斯波伊

但不可在自由的欢乐夜里。

到了明天，都将用尽无余，   7110

---

① 阿里马斯波伊（Arimaspoi），据赫洛都特（Herodot）说，有一种大蚁，小于狗而大于狐，集沙金于地下做巢。但有独眼的阿里马斯波伊人偷窃这种大蚁的黄金，又与守黄金的格列普斯族经常斗争。

这一回我们想必能如意。

梅非斯特

（已经坐在史芬克斯们中间。）

我在这里似乎是容易习惯而且可喜，

因为我能理解每个人的心意。

史芬克斯

我们发出妖怪的声音，

请把它们改为具体的言词。 7115

请说出你的名字，我们会渐渐和你熟识。

梅非斯特

人家用许多名字叫我——

有没有英国人在这里？他们很喜欢游历，

常去寻访战场、瀑布、颓垣，

和黯淡的古迹。 7120

这个地方也似乎适于作为他们游历的胜地。

他们或许会证明：在古代的戏剧里，

"古老的罪恶"① 是我的名字。

史芬克斯

为什么这样叫你?

梅非斯特

我自己也不知其所以然。

---

① "古老的罪恶"（Old Inquity）是英国的劝善惩恶的道德戏剧。

史芬克斯

也许如此！你是否稍具天文的知识？　　　　　　　　　7125

能否把现在的时刻告知？

梅非斯特（仰望。）

弦月明朗地照着，星辰陆续飞驰。

我在这个优美的地方很是舒适，

用你的狮皮温暖身体，

说天上的事物总是有损无益。　　　　　　　　　　　7130

不如请你做个谜儿 ①，做个字谜也无妨。

史芬克斯

说出你自己也就是谜语。

试着仔细地分析你自己。

"对于善人和恶人都是必要的 ②，

对于善人可藉此抑制欲念的甲胄，　　　　　　　　　7135

对于恶人是做荒唐事情的伴侣。

此二者都是只为了要使宙斯欢娱。"

第一格列普斯

（以喀拉喀拉的鸟声说。）

这个人物我不喜欢！

第二格列普斯

（以更强的鸟声说。）

他想对我们做什么把戏？

---

① 史芬克斯对伊底帕斯（Odipus）做谜，是众所周知的事情，参看第 7185 行的注。

② 参看《天上序曲》第 336—343 行。

第一第二同说

这个讨厌的人不该留在这里!

梅非斯特（粗暴地。）

你大概以为客人的指甲   7140

不如你的爪那样锐利?

请来试试!

史芬克斯（温和地。）

你尽可留在这里,

你自然会从我们的中间逃避。

你在贵地或许能有什么欢乐;

而在这里似乎不能适意。   7145

梅非斯特

你们上半身似乎颇有滋味;

而下半身的兽体却使我战栗。

史芬克斯

你这个撒谎的人①可以在这里痛快地消愆赎罪?

因为我们的前爪很是厉害,

你长着一双萎缩的马蹄,   7150

在我们中间当然不会愉快。

（赛伦们②在上面唱前奏曲。）

梅非斯特

在河边白杨树的枝干上,

摇摆歌唱的是什么鸣禽。

---

① 就是说:你以为我们下半身是兽体,也和你同样丑陋,那是大错特错;因为我们是健康的、古典的,而你是有病的、
浪漫式的妖怪,看你的马足就可以知道。

② 赛伦们（Seirene）,《奥德赛》（Odyssee）中所说的女首鸟身的怪物,以美妙的歌声引诱船夫而使其遭难。

史芬克斯

你们要小心！非常卓越的人们，

也曾经屈服于这种歌声。 7155

赛伦们

你们为什么在丑陋的

怪物中间厮混？

请听！我们发出美妙的歌声

而成群地来临，

这是适于赛伦们的事情。 7160

史芬克斯们

（以同样的腔调嘲笑他们。）

请叫她们走下来显现真形，

她们把丑陋的鹰爪

在树枝中藏隐。

如果你们倾听她们，

她们就会袭击你们。 7165

赛伦们

请莫憎恶！请莫嫉妒！

我们要把散布在天空之下的

最清纯的欢乐汇聚！

为欢迎客人起见，

在水上和地上 7170

大家都要表示最愉快的态度。

梅非斯特

这倒是怪新奇的把戏①，

---

① 歌德自己对新派的音乐也没有好感。

从喉头和弦上，

声音和声音交织。

这样以颤声唱歌，对我毫无效力。　　　　　　　　　7175

虽然使我的耳边发痒，

但却不透进我的心里。

史芬克斯

莫说什么心里！这个毫无意义；

一个皱皮的革囊

却适合你的脸皮。　　　　　　　　　　　　　　7180

浮士德（走近。）

多么美好的世界！我只瞧瞧，就感到满意。

在丑恶之中有着雄伟的神气。

我已能预想前途将会顺利。

这是真挚的一瞥，把我移置到什么境地？

（指史芬克斯们。）

伊底帕斯 ① 曾经站在她们的前面。　　　　　　　7185

（指赛伦们。）

尤利西斯 ② 曾经担心为她们

　　所诱惑而叫人把自己用麻绳捆缠。

（指蚂蚁们。）

他们曾经贮蓄很珍贵的物件。

（向格列普斯们。）

他们曾经忠诚无误地加以保管。

我感到心中有新鲜的精神流贯。

伟大的形象当然有伟大的意念。　　　　　　　　7190

---

① 据传说云：特拜（Thebe）的王子伊底帕斯解答了史芬克斯所作的诗而使他屈服。

② 尤利西斯（Ulysses）即奥德赛，是罗马大诗人维吉尔（Virgil）所用的拉丁名称。

梅非斯特

这样的东西，你以前必定会驱逐他们；

现在却似乎以为他们是有益的良朋。

人在找爱人的地方，

就是看见妖怪，也都欢迎。

浮士德（向史芬克斯们说。）

诸位女士，请告诉我：　　　　　　　　　　　　　　7195

你们之中可有一人曾经见过海伦？

史芬克斯们

我们没有一人活到她的时代，

最年轻的几个被赫拉克雷斯 ① 所杀死。

你可向希隆 ② 问明此事。

他在妖怪出现的

　　夜里各处飞驰。　　　　　　　　　　　　　　　7200

他如果肯帮助你，你就容易探听消息。

赛伦们

我们的话也不会对你无益 ③ ！……

尤利西斯并不嘲笑而各自走开，

曾经逗留在我们那里，

对我们讲过了许多往事。　　　　　　　　　　　7205

你如果肯同往绿色的海边，

我们所住的那地方，

---

① 赫拉克雷斯（又译赫丘力,Herakles，即 Herkules）杀死一切有害的怪物；不过说也杀死了史芬克斯则是歌德的创说。史芬克斯早于海伦，所以说不知道她。

② 希隆（Chiron），上半身是人，下半身是马，坎托尔（Centaur）族中的一人，是从史芬克斯生存的太古时代到海伦等人时代的过渡人物。他被称为贤人，是医师、音乐家、天文学者，据说是赫拉克雷斯、伊亚逊、亚斯克雷皮奥斯、亚奇辽斯等英雄的教师。

③ 赛伦们说谎言，以期留住浮士德。

我们就把一切都告诉你。

史芬克斯

尊贵的先生，莫为她们所欺骗！

尤利西斯叫人束缚了自己，   7210

请让我们用忠言来束缚你。

如果你能找到希隆，

就能明白我对你说的话是真实的。

（浮士德走开。）

梅非斯特（愠怒地。）

飞鸣而过的是什么东西？

它们飞到无法看见地那样敏捷，   7215

而且一只只地前后连接，

会使猎人也疲乏无力。

史芬克斯

它们如冬季的巨风般迅速飞行，

阿尔开渥斯的孙子

  赫拉克雷斯的箭也不能追上，

那是疾飞的史提姆法里特斯 ①。   7220

他们有鹰嘴和鹅足，

以哇哇的鸣声，

作为诚恳的招呼，

他们愿意在我们中间充当亲属 ②。

---

① 史提姆法里特斯（Stymphalides），阿卡底亚（Arcadia）的东北隅之高山中有史丁巴罗斯（Stympharos）湖，有猛
  禽史提姆法里特斯栖息其中，其羽毛、嘴及爪都很锐利，能使其羽毛像箭似地射杀人而后食之。赫拉克雷斯的第七
  件工作是杀死这种猛禽。
② 充当亲属也属于希腊传说之意。

梅非斯特（有一点害怕的样子。）

在中间还有发声的一种什么东西。 7225

史芬克斯

对于这些东西请勿惊疑！

这是雷仑的蛇头 ①，

虽然和躯体分离，也还自以为是什么东西。

但请说明：你想做什么？

你何以露出如此不安的神气？ 7230

你想到那里去，尽可随意！……

你在痴看那个合唱的团体。

你就去吧，毋须客气！

你可去招呼许多美貌的女子！

她们是拉弥爱 ②，都是妖媚的妖女， 7235

有着善于娇笑的嘴和不知羞耻的脸皮，

而被沙达 ③ 们所喜欢。

有山羊脚的人在那里做什么都可以。

梅非斯特

我想再来看你们，你们是否留在此地？

史芬克斯们

是的！你可到快乐的人群里去。 7240

从埃及时代以来至今已有千年

我们老是坐在这里。

请注意我们的位置 ④，

我们这样规定阳历和阴历。

---

① 雷仑（Lerna）的蛇，毕奥提亚（Peotia）的沼泽地雷仑有多头的水蛇，其头被砍也能再生。赫拉克雷斯杀了这种蛇，
并用火烧其伤口，使其头不能再生。

② 拉弥爱（Lamiae），拉弥爱是喜欢吸血的女妖，善变化作媚态以引诱人，尤其是青年男子。

③ 沙达（Satyrus），半神半羊的林野之神，性好色。

④ 史芬克斯常在一定的位置，成为计时的标准，也是诸民族兴亡的目击者。

我们坐在金字塔的前面，
作为诸民族的审判。
洪水泛滥、和平和战乱！——
　　我们的面容永不改变。

比纳渥斯河下游

比纳渥斯河^① 被沼泽和宁芙们围绕着

比纳渥斯

芦苇呀，请摇动而发出萧萧之声，

芦荻姊妹呀，请幽静地发出清芬！　　　　　　　　　　7250

轻飘的柳树呀，请发出簌簌的声音。

颤动的杨枝呀，请向我中断的梦

轻声低语！

有一种可怕的预感^②，

一种微微摇撼一切的震动，　　　　　　　　　　　　7255

把我从波浪和安息中唤醒。

浮士德（走近河流。）

假如我没有听错，

有人声般的声音，

来自这些树木

交错的枝叶之间。　　　　　　　　　　　　　　　　7260

波浪仿佛在絮语，

微风仿佛在——嬉笑欢谈。

宁芙们（对浮士德。）

请你躺在这里！

在清凉的地方

休养你　　　　　　　　　　　　　　　　　　　　　7265

---

① 比纳渥斯河：艾里希·史密特（Erich Schmidt）认为舞台面在这里改变。因此插入这个标题。比纳渥斯河神戴芦苇
之冠，由沼泽及树木的精灵等陪同登场。

② 表示将有地震。

疲劳的肢体，

享受那似乎常在

回避你的安息。

我们将向你

萧萧瑟瑟地低声私语。 7270

浮士德

我还是清醒！哦，我向那边所见的

那些美丽无比的形影 [①]，

请任她们停留！

我被奇异感动了心灵！

这是记忆？还是梦境？ 7275

我也曾经感受过如此的欢欣。

在稠密的轻微摇动的

木丛的新绿之间有水在悄悄流行，

水声不大，只是稍微可闻。

有几百条泉水 7280

从各方面流过来，

汇成可供沐浴的浅池，异常澄清。

壮健少女们的胴体

映入水镜中，

倍加怡悦眼睛！ 7285

她们一同和乐沐浴，

或畏怯地涉水，或勇敢地游泳；

终于娇声高喊，开始了水仗。

我应该以此娱目，

在这里感到满足高兴； 7290

我的心思却只顾向前进行。

---

① 就是浮士德在梦中所见的宙斯幻化为白鸟而来，与海伦的母亲丽达亲近的那些情形。第 7277 行以下就是他梦中的故事。

我的眼光

　锐利地穿过那边的树荫，

葱翠繁茂的树叶，

将尊贵的皇后遮隐。

哦！多么奇妙！有许多白鸟　　　　　　　　　　　7295

以庄严高雅的姿态，

从水湾里向这边漂浮。

它们和睦成群地游着，

似乎悠闲而骄傲。

请看它们怎样把头和嘴儿摇动。……　　　　　　7300

其中一只① 好像特别勇敢自负，

越过其他的白鸟，

迅速地向前游去，

蓬松地耸起羽毛，

在波上激起小波，　　　　　　　　　　　　　　7305

向神圣的地方冲跑。……

其余的白鸟则幽静地辉耀着羽毛，

往来游泳，

有时也喧噪地争吵，

以移转羞怯的少女们的心意，　　　　　　　　　7310

使她们只想自己的安全，

而将保护女王的职务忘掉。

宁芙们

姊妹们呀，

请把耳朵靠近河边的绿阶仔细聆听。

如果我不曾听错，　　　　　　　　　　　　　　7315

仿佛听到有马蹄的声音。

----

① 即宇斯化身的白鸟。

不知是谁

在传送今夜的重要音讯。

浮士德

似乎有马儿在疾驰，

地面因而震颤。 7320

　　我向那边看去！

　　是否幸运

　　就将向我光临？

　　真是奇异绝伦！

有人骑马而来①， 7325

好像是个智勇兼备的英雄，

骑着一匹炫目的白马驰骋。……

如果我不曾看错，我已经知道他是何人。

他就是斐丽拉的儿子②，非常著名！——

希隆呀，请你等等！

　　我有要同你说的事情。…… 7330

希隆（人首马身。）

什么事情！什么事情？

浮士德

　　请你暂停！

希　隆

我不想休息。

---

① 他还看不清楚是希隆，以为是骑马的人。

② 斐丽拉（Philyra）的儿子，参看第 7199 行。

浮士德

带我去吧，我请求你!

希 隆

请你上来! 我就可以随意问你:

要到哪里去? 你站在这河边，

即使要我把你渡过河去，我也愿意。 7335

浮士德（骑上去。）

随便你带我到哪里去

  都可以，我将永远感谢你的盛情。……

你是高尚的教育家，你是伟人。

你因教育了一个英雄的种族而出名。

你也教育了阿尔高 ① 号上的豪杰们，

以及成为诗人们的材料的人们。 7340

希 隆

这种事情，请勿提起!

就是帕拉斯 ② 作为师傅也没有获得荣誉；

弟子们终于各行其是，

与未受教育无异。

浮士德

你能辨别一切草木， 7345

也深知各种草根的性质，

有医伤治病的妙技。

我现在用精神力和体力拥抱着你这位名医!

---

① 阿尔高（Argo）号的船员们，由英雄伊亚逊（Iason）率领而乘阿尔高号到科基斯（Colchis）国去取金羊皮的人们。

② 帕拉斯（Pallas），《奥德赛》第二章中说帕拉斯·雅典娜（Pallas Athene）藉欧第修斯的忠实老友门托耳（Mentor）
的容姿陪欧第修斯的儿子特勒马可斯（Telemack）去寻找他的父亲。

希　隆

如有英雄在我身旁受伤时，

我能将他设法治愈；　　　　　　　　　　　　　　7350

但我的医术

终于交付了巫女和僧侣①。

浮士德

你真是伟大的人物，

不肯聆听赞美的言语。

你谦逊地回避，　　　　　　　　　　　　　　　7355

似乎以为你那样的人并不稀奇。

希　隆

你似乎长于辞令，

对于王侯和人民，你都能阿谀谄媚。

浮士德

可是你总要承认，

你曾经见过你同时代最伟大的人们，　　　　　　7360

并以其中最伟大者为模范而建立功业，

半神似地诚实的过了一生。

这些英雄之中，

谁是最卓越的人？

希　隆

阿尔高号上的豪杰们　　　　　　　　　　　　　7365

各有不同的优点：

各以其天赋的才能，

做了别人所不能做的事情。

---

① 说明希隆依靠药草等物来治疗的医术，在医学上不能成为正统，只是流传于民间的疗法。

以青春和美貌而论，

迪奥斯克罗伊 ① 兄弟们常占优胜。 7370

以勇敢和敏捷为他人谋利益而论，

当以伯雷亚斯 ② 的儿子们最为有名。

以深思、善谋、刚毅、

聪明，且被悦于女人而论，

则伊亚逊 ③ 是超群绝伦的。

还有奥佩乌斯 ④ 是文雅娴静的人， 7375

琴艺比谁都精明。

林克乌斯 ⑤ 眼光锐利，

使神圣的船回避暗礁和浅滩日夜行驶。

必须同心协力才能将危险战胜：

一人做事，

其余的人都赞美他的功劳和本领。 7380

浮士德

你为什么一点也不提赫拉克雷斯 ⑥ 的事情？

希　隆

请勿提起这个名字来引起我的怀旧之情……

我没有看过费波斯 ⑦，

也没有看过亚雷斯 ⑧、黑尔美斯那些人们，

却曾经看过 7385

---

① 迪奥斯克罗伊（Dioskuren），海伦的孪生兄弟卡斯多（Kastor）和波鲁克斯（Pollux）。

② 伯雷亚斯（Boreas）的儿子们，风神伯雷亚斯的儿子卡来斯（Kalais）和磔特斯（Zetes），据说有翅膀，飞去解救了他们的妹妹克丽奥巴特拉（Cleopatra）及国王比纽斯（Phineus）。

③ 伊亚逊，参看第7339行的注。

④ 奥佩乌斯（Orpheus），著名音乐家，能奏竖琴而唱歌（参看第7494行的注）。

⑤ 林克乌斯（Lynkeus），阿尔高号的舵手，目光特别敏锐。

⑥ 赫拉克雷斯（Herakules），希腊名称，其拉丁名称为Herkules，是宙斯与阿尔克美妮（Alkmene）所生的儿子。英勇绝伦，意志刚毅，是能以德行克服欲念的标准英雄。

⑦ 费波斯（Phoibus），阿波罗的别名。

⑧ 亚雷斯（Ares），希腊的军神，与罗马的玛斯（Mars）同。黑尔美斯（Hermes）是神们的使者，与默克莱（Merkur）同。

被人人赞美为神的那个伟人。

他是个天生的君王，

少壮时异常英俊；

对兄长很恭顺[1]，

对美人们也很诚恳[2]。   7390

加亚[3] 生不出同样的第二个人，

赫贝[4] 也不会把第二个人向天国中引进。

要把他歌咏或勒石，

那都是徒劳无功的事情。

浮士德

即使雕刻家以为自己的作品很好，   7395

总不能把他雕刻得维妙维肖。

你已经讲过最美的男子，

请也将最好的女人报告！

希　隆

你说什么！——女人的美不足以欣赏，

往往是凝固的形象[5]：   7400

欢乐活泼显现的美人；

我才能加以称扬。

美的本身才自然可喜；

但须如同我所载过的

海伦那般娇艳，才能产生魅力。   7405

---

[1] 实际是善事其表兄欧里斯修士（Eurystheus），即委托他做十二年工作的人。

[2] 第一是翁帕列（Omphale），其次是赫拉克雷斯的其他许多爱人，及五十个女儿，即美加拉（Megara）、黛安尼拉（Deianira）等。

[3] 加亚（Gaea），地的女神。

[4] 赫贝（Hebe），青春的女神，在奥林匹斯和赫拉克雷斯结婚，因此赫拉克雷斯得以升入天堂。

[5] 席勒说：只有生动的美才能拥有足以感动人的风雅（Armut），歌德赞成他的意见。

浮士德

你曾经载过那个女郎？

希　隆

是的，载在我的背上。

浮士德

我本来已经心绪纷乱，

何幸而能骑在这背上！

希　隆

她握住我的鬃毛，

如同你现在那样。

浮士德

哦，我简直要疯狂！　　　　　　　　　7410

请你说明那是怎样的情况！

她是我所唯一思慕的女郎！

你把她从什么地方背来，背往什么地方？

希　隆

这个问题是很容易回答的。

那时候迪奥斯克罗伊兄弟　　　　　　　7415

从强盗的手中救了这个姊妹①。

强盗们不甘心屈服，

抖擞精神赶紧追来。

爱娄西斯附近的沼泽，

　将兄弟们慌忙的行程阻碍。　　　　　7420

兄弟们涉水，我也跳入水中，游到对岸逃开。

————————————

① 特色斯把海伦抢夺去，她的兄弟卡斯多和波鲁克斯把她救回斯巴达，希隆的援助是歌德的创说。

海伦就从我的背上下来，

抚摸我潮湿的鬃毛而作媚态，

伶俐可爱而矜持地感谢我的劳累。

她那么年轻艳丽，也为老人所喜爱！　　　　　　　　　　7425

浮士德

那时候她才十岁[①]！……

希　隆

　　我以为文献学的先生们

欺骗自己，也欺骗了你。

神话中的女人是非常特异的，

诗人们各依自己的便利描写她，

她不会变为成人或老人，　　　　　　　　　　　　　7430

常有丰满可爱的形影，

在童年时为人所诱拐，

　　在老年也还是为人所爱慕，

总之，诗人们不受时间的羁縻！

浮士德

那么海伦也不被时间所羁縻！

亚奇辽斯[②]

　　在斐莱遇见了她，　　　　　　　　　　　　　　7435

也超越了时间的范畴[③]。

反抗命运恋爱，是多么罕见的运气。

那么我用热烈的爱慕之力，

使那个唯一的美女复活，岂不是也可以？

---

① 这里和第 6530、8850 行所说的海伦的年龄，文献学中所说不同，作为 14 岁、10 岁或 7 岁。歌德当初写作 7 岁，
　而于 1830 年 3 月 17 日叫爱克曼改为 10 岁。

② 据传说亚奇辽斯（Achilles）死后，在他的坟墓所在地勒宇克（Leuke）岛和海伦结婚，生了欧福列洪。歌德把这个
　岛代替斐莱（Pherä）市，作为结婚的地点。

③ 超越时日年月，人死之后就没有时间关系，亚奇辽斯和海伦结婚之后，也就不受时间的束缚。

她拥有伟大而温柔、高雅而可爱的 7440

可与神相比拟的，永恒的姿态的女子，

你以前见过她，我今天也才见到她 ①，

真是令人销魂、令人痴迷般地美丽！

我的身心都被捆住了；

如果得不到那个美女，我将活不下去。 7445

希　隆

你这位异乡人，你是人，不妨陶醉于美貌；

而在妖精们看来，却似乎是疯狂胡闹的。

但现在有一件事对你很凑巧：

我每年有一段短暂的时间，

要到亚斯克雷皮奥斯的女儿曼多 ②

　那里去走一趟。 7450

她常在静静地祈祷，

恳求父亲为他自己的名誉

而唤醒医生们的迷梦，

使他们把大胆杀人的行为停止……

我以为她是巫女之中最可爱的， 7455

慈祥和蔼，不作怪相胡闹。

你可在她那里暂时驻留，

她会用药草把你治好。

浮士德

我无须医治，我的心灵很健全。

我若受医治，

　就会变成和世间的俗人一般无二。 7460

---

① 浮士德在梦中见过海伦而醒来未久，所以说今天。

② 曼多（Manto），特拜的盲目预言者提雷西亚（Teiresias）的女儿，在古代预言术和医术是很相近的，所以歌德把曼多作为医士亚斯克雷皮奥斯的女儿。

希　隆

请莫蔑视珍贵泉水^①的效验！

你快下来！我们已经到了这个地点。

浮士德

请你说明！你在这阴森的夜间，

踏着溪中的细石要把我带到什么河边？

希　隆

以前罗马和希腊^②曾经在这里打仗。　　　　　　　7465

右边是比纳渥斯河，左边是奥林匹斯山。

最大的国家仿佛水被沙所吮吸般地灭亡；

国王逃走，市民庆祝凯旋。

请看！在这边很近的地方，

月光中矗立着永恒的神殿^③。　　　　　　　　　　7470

巫女曼多（在殿内做梦似地。）

　神圣的台阶上

　响着马蹄的声音，

　好像有半神走近。

希　隆

　是的！

　请张开眼睛！　　　　　　　　　　　　　　　　　7475

曼　多（醒来。）

欢迎，欢迎！我知道你会光临。

---

① 指曼多而言，就是说曼多能治愈浮士德。

② 罗马和希腊，公元前 168 年，罗马的执政官艾米留士·波尔斯（Amilius Paullus）在毕特那（Pydna）战役中打败了马克都尼亚（Makedonien）国王培尔塞斯（Perseus），马克都尼亚遂成为罗马的属国。这里所说的希腊就是马克都尼亚。

③ 即奥林匹斯的阿波罗神殿。

希　隆

因为你的殿宇仍然高耸无恙。

曼　多

你似乎仍旧不知疲倦地在跑个不停。

希　隆

你时常静住在殿里，
我却喜欢在各处驰骋。　　　　　　　　　　　　7480

曼　多

我依然安息着，
　　而时间则不停地在我的周围旋转。
请问这位先生是谁?

希　隆

他是被这邪恶的夜
卷入漩涡而带来这里。
他疯狂地想求得海伦；　　　　　　　　　　　　7485
而不知道应该在何处怎样寻觅。
他比谁更需要接受亚斯克雷皮奥斯的医治哪。

曼　多

我很喜欢期望不可能事物的人。
　（希隆已经速速跑开。）
你这位大胆的豪杰，
　　请进来，你应该感到高兴!
这条黑暗的走廊是

通到佩儿西凤 ① 那里去的路径。　　　　　　　　　　　7490

她在奥林匹斯山麓的洞底，

窃听严禁的呼唤的声音。

我曾经把奥佩乌斯 ② 从这里悄悄引进。

你要比他干得更巧妙！更勇敢灵敏！

　　（一同下去。）

① 佩儿西凤（Persephone），即罗马神话中的冥界之神普鲁图之妻，宙斯和蒂美特的女儿。她是从地上被强拉到冥界去
　　的，常怀念地上，时时违反禁令而探听地上的消息。
② 音乐家奥佩乌斯（参看第 7375 行）忢慕已死的爱人欧丽蒂凯而到阴间去，以唱歌而得许可，把欧丽蒂凯带回地上，
　　但在途中背约而回顾欧丽蒂凯，因此反而丧失了她。

再次 ① 在比纳渥斯河上游

赛伦们

大家跳进比纳渥斯河中去吧！　　　　　　　7495

拍着水波游泳 ②，

且为不幸的陆上子民

唱种种歌曲。

无水即无幸福！

我们要成群结队　　　　　　　　　　　　　7500

游泳到爱琴海去，

那里会有各种非常有趣的事情。

（地震。）

赛伦们

水波不复在河床中流去，

发着泡沫而退回。

地面震动，河水受阻，　　　　　　　　　　7505

沙滩和河川都迸裂开发出烟来。

快逃吧！大家都赶快逃开！

这种怪事对谁会有益无害？

尊贵快乐的客人们，

请同往海边在举行盛会的地方。　　　　　　7510

那里有荡漾的波浪闪烁发光，

浸湿岸边而在徐徐高涨；

月光在那里加倍地明亮，

---

① 到此为止的场面，如同第 7249 行的注所说，是"在比纳渥斯河下游"，现在又回到上游河边，即第 7005 行以下的"法尔萨路斯的草原"。但杜连特伦保格（Trenderenburg）等人则以为第 7249 行以下的舞台面也不改变，那么这个场面也是同一场面。

② 赛伦们以为因为有地震，在陆上是危险的，所以都跳入比纳渥斯河中，到爱琴海里去。她们以为在陆上的人不能享受幸福，而在河中或海上则有快乐。

492

以洁净的露水沾湿我们的身上。

那里有自由舒畅的生活，   7515

这里有地震的惊慌。

聪明的人，赶快前往！

这里是个可怕的地方。

赛斯摩斯（地震之神。）①

再用力向上挤，

用肩膀向上推，   7520

我们就可以到达地上，

什么东西

都不能不让开。

史芬克斯们

这种震动多令人惊骇！

颠簸颤动，   7525

秋千般地摇摆！

真是讨厌得难以忍耐！

然而即使地狱完全崩裂，

我们也不改变地位。

现在很奇怪地升起了

一个有圆屋顶的宫殿。   7530

这就是同一个人，

就是久已花白了头发的老汉。

他曾经为了临产的蕾特

造成了岱罗斯岛②，

使它从波浪中显现。   7535

他奋臂弯身，

---

① 赛斯摩斯（Seizmos），这里被歌德称呼为地震之神。

② 希拉（Hera，即罗马的由诺）妒忌蕾特（Leto），驱逐她。蕾特生阿波罗及黛安娜（Diana）时，赛斯摩斯把岱罗斯
（Delos）岛从海中举起来。

用力地挤、压，

和亚特拉斯 ① 一般，

举起小石、黏土、沙砾，

草原和地面，　　　　　　　　　　　　　　　　7540

和静静的河床和河岸。

他终于把平静的溪谷的表面

横斜地撕裂了一片。

他又和高大的女像柱似地

拼命用力，不知疲倦。　　　　　　　　　　　7545

他还在地下擎着可怕的石块，

高及胸前；

但他不能举得更高，

因为我们史芬克斯坐在上面。

赛斯摩斯

这都是我一人做的，　　　　　　　　　　　　7550

世人想必都会承认；

假使我未曾推动摇撼，

世界怎么会如此美观？——

假使我不曾把它们推上，

使它成为美丽得和图画一般，　　　　　　　　7555

怎么会有这些

耸立在澄明苍穹中的诸山？

当时我在叫做夜和混沌的

太古的祖先 ② 面前非常勇敢，

好像抛球似地和铁丹们，　　　　　　　　　　7560

投抛贝里翁和奥沙的二山 ③。

---

① 亚特拉斯（Atlas），足以双手托天的巨人。

② 最初的要素，夜与混沌（Chaos）是母女关系。

③ 贝里翁（Pelion）和奥沙（Ossa）都是特撒利亚的山。巨人们要攻击神们，将这两座山叠在奥林匹斯山上，以求达到宙斯的宝座。

我们凭着少年的血气胡闹，

直到弄得生厌，

终于在巴尔那索斯① 山上，

顽皮地放上了

 有双峰的帽子般的两山······   7565

现在阿波罗和幸福的缪斯们，

快乐地住在那里。

就是为了宙斯和他的雷具，

我也高高地举起了椅子②。

现在我也拼命用力地   7570

从地底升起，

大声劝导欢乐的居民

为新生活而努力。

史芬克斯们

这里矗立着大山，

若不是我们亲眼看见，   7575

它们很难从地下升现，

世人必将以为自古以来就是如此。

茂盛的森林繁殖到山腹，

岩石还在层层增添。

可是这些事情，史芬克斯一概不管：   7580

我们坐在神圣的地位而不被扰乱。

格列普斯们

我看见如纸如箔般的黄金，

从空隙中闪烁地发着光辉，

这种珍宝绝不可让人拿走，

---

① 巴尔那索斯（Parnassos），在特耳非（Delphi）旁边的山，是阿波罗和缪斯们聚会之处。

② 指奥林匹斯而言。

495

蚂蚁们呀，快把它掘出来！ 7585

蚂蚁们的合唱

健足的同志们！

请和巨人们

推动这座山似的

迅速向上爬升！

出入都须灵敏！ 7590

在这些空隙里，

任何细粒

都值得留存。

在任何边隅，

任何微细的金屑， 7595

你们都要

很迅速地搜寻。

蠕动的群众呀，

你们都要勤奋！

只要把黄金搬进！ 7600

对于山则可以不必关心。

格列普斯们

请进来！进来！把黄金堆在此处！

我们用脚爪把它压住。

我们用最好的锁，

能把任何珍宝安全地守护。 7605

侏儒比格美渥斯们 ①

我们现在停留在这里，

---

① 比格美渥斯们（Pigmaios），是住在世界的极南端的侏儒，与从河上飞来的鹤作战，歌德则把他们当作挖掘金银的小人。

不知道怎么会变成如此。
不要问我们从哪里来，
总之我们是在这里！
作为快乐的生活场所，   7610
什么地方都相宜。
岩石中只要有一个空隙，
就会有侏儒在那里。
侏儒们的男女都勤勉努力，
每一对都是模范夫妻。   7615
不知昔日乐园中的情形
也是否如此。
可是我们感到这里最好，
要感谢我们吉星的恩德；
因为不论东方和西方，   7620
大地这个母亲总喜欢孳育子息。

极小的侏儒达克蒂莱们

她在一夜之内
生了许多小孩，
也会有很小的生出来；
当然也会有相配的同类。   7625

侏儒的长老们

你们赶快
去坐在适当的位置！
快把工作开始！
迅速比刚强更有用处。
现在还是太平无事，   7630
快筹设兵工厂，
为军队制造
铠甲和武器。

蚂蚁们呀，

请成群地工作， 7635

去把金属准备好！

小而众多的

达克蒂莱们呀，

你们央去

搬运柴薪， 7640

堆叠起来，

燃起秘密的火焰

而把木炭制造！

总司令

快拿起弓箭，

一同出发！ 7645

在那个池边

有无数苍鹭①在营巢，

骄傲而自大，

你们快去

立刻把它们 7650

全部射杀！

我们可用它们的羽毛作装饰，

在钢盔上插戴。

群蚁和达克蒂莱们

谁来把我们援救？

我们把铁弄来， 7655

他们就用来制造锁链。

我们要逃走，

---

① 侏儒射杀苍鹭，以其羽毛作甲胄的装饰，鹤来为它们报仇。

但还未到适当的时间，

所以只好顺从敷衍。

伊比科斯的鹤①

我们听到惨杀的狂喊和临死的哀叹，　　　　　　　　　　　　　7660

还有恐怖地拍动翅膀的声音也很凄惨。

多么痛苦的呻吟和喘息

传到我们这么高的地点！

他们都被惨杀了，

海水为他们的血所污染。　　　　　　　　　　　　　　　　　　7665

苍鹭们文雅的羽毛

已经被丑陋的贪欲所摧残，

现在飘动着在那些肥腹②而弯足的

恶汉的钢盔上面。

我们队伍中的伙伴们，　　　　　　　　　　　　　　　　　　　7670

列阵飞渡大海的鸟友呀，

对于这件亲族的惨案，

请大家为复仇而战。

他们是我们永远的敌人，

对付他们要不惜力气和血汗。　　　　　　　　　　　　　　　　7675

（咯咯地鸣叫着而在空中飞散。）

梅非斯特（在平地上。）

北方的那些魔女我很容易就能驾驭；

而这些异邦的妖魔却很难应付。

勃洛根山仍旧是个好地方，

不论走到哪里，总不致于迷误。

---

① 伊比科斯（Ibykus）的鹤，席勒在同名的诗中歌咏这件事情。

② 侏儒：比格美渥斯的形状姿态。

老妪伊尔塞^①坐在

　　同名的石上将我们守护；　　　　　　　　　　　　　　7680

海英利希爱伦特在和他

　　同名的高岗上大概也是欢愉的。

打鼾岩虽在怒骂爱伦特，

而经过千年一切都仍依然如故。

而在此地，走往何处，或站在那里，

地面是否会在脚下隆起？……　　　　　　　　　　　　7685

我在平坦的溪谷里悠闲走去，

而在背后忽然有一座山升起——

虽不能名之为山，

而已高得能把我和史芬克斯们隔离——

从这里向溪谷下去，

　　还有许多火在燃烧，　　　　　　　　　　　　　　　7690

将奇异的事物临照。……

有一群妖艳的女子似乎在引诱我，逃避我，

做狡猾欺骗似的把戏在跳舞飘飞。

轻轻地走近去吧！我一向就有窃食的嗜好，

无论在何处，总有什么可以抓到。　　　　　　　　　　7695

妖女拉弥爱们（引诱梅非斯特。）

　　快点，快点，

　　再快一点！

　　尽管向前！

　　然后缓行，

　　且走且谈。　　　　　　　　　　　　　　　　　　　7700

　　我们这样

　　引诱罪孽深重的老人，

---

① 伊尔塞，已见于第一部《华尔布几斯之夜》。下一行的海英利希高岗（Heinri chshöhe）也是勃洛根山上的一条很长
　　的岩壁。又下一行的鼾岩也见于上述场面的第3879行；爱伦特（Elend）也见于上述场面的引言中。

使他受苦赎罪，

是很好玩的事哪。

他以迟笨的脚步 7705

蹒跚颠踬 ①

跟在我们后面。

我们逃走，

他就拖着脚急忙追赶。

梅非斯特（停止。）

又上当了！惯受哄骗的愚夫！ 7710

从亚当以来就常被诱惑的蠢物！

年龄虽增长，而谁又能变得更聪明几许？

我常被愚弄，不是尽够了吗？

谁都知道那些束腰涂脸的家伙，

原是毫无用处的。 7715

抓住她们的任何部分都不会有健康的感觉，

四肢胴体都已朽腐。

这种情形男人都知道，看得很清楚；

可是一旦她们吹起笛子，男人就会跟着跳舞。

拉弥爱们（停止。）

等一下！他在思考、迟疑、站住。 7720

快去敷衍他，使他不致逃去。

梅非斯特（前行。）

试试看吧！

何必愚蠢地投入疑惑的罗网。

如果没有魔女，

---

① 梅非斯特有马足，是拐脚的。

那么谁来充当恶魔！　　　　　　　　　　　　　　　　　7725

拉弥爱们（极妖媚地。）

我们围成圈子，

在这位先生的周围，

我们之中必定有一人能为他所喜爱。

梅非斯特

在朦胧的亮光中看起来，

你们似乎都是美人，　　　　　　　　　　　　　　　　　7730

因此我不想呵斥你们。

独脚的女子恩普萨 ①

（加入群聚里。）

也不呵斥我吧！

让我也加入而算作美人。

拉弥爱们

她在我们群中是多余的东西，

常捣乱我们的游戏。　　　　　　　　　　　　　　　　　7735

恩普萨（对梅非斯特说。）

我是有驴足的恩普萨，

是你一向熟悉的亲戚，前来问候你！

你只有一只马蹄，

但是表弟呀，我现在向你表示最诚恳的敬礼！

梅非斯特

我以为这里只有陌生人，　　　　　　　　　　　　　　　7740

---

① 恩普萨（Empuse），为有一只青铜制的脚，一只驴足的女妖，能变形为各种动植物。驴头则是歌德所加的。

没想到也遇见亲戚，

那是要查看古书：

从哈尔支山到希腊，到处都有从兄表弟！

恩普萨

我做事很敏捷，

能化为种种形象，　　　　　　　　　　　　　7745

为了对你表示敬意，

我现在把驴头戴上。

梅非斯特

在这些人中间，

似乎很重视亲戚关系；

但无论发生什么事情，　　　　　　　　　　7750

我总不愿和驴头做亲戚。

拉弥爱们

这个讨厌的女子，请勿予以理睬！

她把美和可爱的东西都逐走。

即使有美和可爱的东西，

她一走来，就不复存在。　　　　　　　　7755

梅非斯特

这些温柔窈窕的表妹们，

我觉得也都很可疑。

在玫瑰般的脸孔后面，

也许有奇怪的形状隐匿。

拉弥爱们

你试试看吧！我们人数众多，　　　　　　7760

你可把任何一个抓住！如果你运气好的话，

也许可抓到最美的美女。

老是说挑逗的话有何用处？

你是可怜的求爱者，

昂首阔步地走来，

　　表现出自大的姿态！——　　　　　　　　　　7765

现在他到我们中间来了，

你们可渐渐除去假面，

而把自己的真相显露。

梅非斯特

我抓到了最漂亮的一个……（抱她。）

啊呀，糟糕，好一把枯瘦的扫帚！　　　　　　7770

　　（捉住了另外一个。）

这个怎么样？……又是如此丑陋！

拉弥爱们

你要更好的吗？不要太妄想贪求了吧。

梅非斯特

我要把小的一个作为抵押而将她扣留……

拉彩尔特①却从我的手里溜走！

发鬈如蛇般滑柔。　　　　　　　　　　　　　7775

我去捉一个身材高大的……

而所捉到的却像是酒神

　　提索斯的手杖，

头上有松球！

那么怎么办？……

　　再捉一个肥的看看，

也许很好玩。　　　　　　　　　　　　　　　7780

---

① 拉彩尔特（Lacerte），蜥蜴般灵巧的少女，见威尼斯铭文第67、68及70行。

不管怎么样，要试最后一次！

好肥胖的家伙，

东方人会用高价来交换。

哎哟，糟了！马勃菌①已经碎成了两片！

拉弥爱们

我们现在可以散开，翩翩地飞舞盘旋！　　　　　　　　7785

如电光般地漆黑

绕着这个混进来的恶魔往返！

我们要画可疑而可怕的圆圈！

要悄悄鼓翼飞行，如同蝙蝠一般，

他却似乎未受损害扰乱。　　　　　　　　　　　　　7790

梅非斯特

我的智慧似乎没有多大进步。

这里的情形和北方同样荒谬，

妖怪都是乖僻愚鲁的，

人民和诗人都毫无风趣。

各处都流行肉感的舞会，　　　　　　　　　　　　　7795

这里也在举行化装舞会。

我捉住了戴妩媚的假面的人，

却都是令人恐惧的怪物……

但这种情形若会再延续，

我倒也甘心受愚。　　　　　　　　　　　　　　　　7800

（在石堆之间彷徨。）

我在什么地方？可以走向哪里？

这里以前有一条小路，现在却是杂乱的沙砾。

我从平路上走来，

①　马勃菌（Bovist），很大的菌子，压碎时散开许多粉末。

505

现在前面都有大小的石块堆积。

我徒然上下升降，7805

在何处能再见那些史芬克斯？

在一夜之中隆起了这样一座山，

这是我未曾想到过的奇事。

也许是当魔女们高兴地骑着什么来时，

把勃洛根山带来这里。7810

山中的妖精渥莱亚斯

（从天然岩①上说。）

请上到这里来！我的山是很古老的，

依然保存着原始的容貌。

请尊重这些险峻的岩路，

这是宾陀斯山脉的末梢！

庞贝从我山上逃过的时候，7815

我已经这样屹立着不动摇。

在近旁幻想的形象②，

在鸡鸣时就消失了。

我常见如此的故事发生，

而又忽然烟消云散。7820

梅非斯特

你的头角峥嵘，令人尊敬！

因为有高大的橡树掩蔽，

就是极明朗的月光，

也照不透如此幽暗的树荫。——

但在树丛附近7825

行走着一个微微发亮的光明。

---

① 天然岩：花岗岩或层次井然堆叠的岩石。

② 神话中的人物或妖物，或指因地震而突然出现的岩石而言。

这不知是怎么回事？

哦，这一定是叫做何蒙古鲁士的那个小人！

喂！小人先生，你从哪里来的！

何蒙古鲁士

我因为要很完美地成长 ①，

要尽快打破我的玻璃，

所以在各处游行，

所见过的一切地方，

没有一处能使我下决心走进。

我秘密地告诉你吧。

我追随着两位哲学家 ②。

我常窃听他们说：

"自然！自然！"而且互相讨论。

他们想必知道地上的事物，

我不愿离开他们。

或许我能因他们而知道

我应该走的最好路径。

7830

7835

7840

梅非斯特

这种事要自己努力去做才行。

凡有妖怪存在的地方，

哲学家总被欢迎。

他会立即造成一打新的妖怪 ③，

使世人钦佩他的技能，感谢他的恩情。

你若不迷惑 ④，绝不会变成聪明。

7845

---

① 何蒙古鲁士，还只是精神的存在，很想获得肉体而成为完全的人。参看第 6994 行的注。
② 两个哲学家，指泰勒斯和阿那克萨哥拉斯。
③ 指哲学家的假设。
④ 想获得肉体而成为人的何蒙古鲁士，渴望向自然哲学家请教生成的过程，而梅非斯特则与歌德一样，不信理论之力，
所以说非经过自力试行，经过一番迷惑，则不能得真的结果。

你若要成长，必须自己努力才行！

何蒙古鲁士

恳切的指示，也不可以轻视。

梅非斯特

那么去吧！且看以后会变成什么样子。 7850

（二人分离。）

阿那克萨哥拉斯

（对泰勒斯说。）

你是顽固而不愿屈服，

要使你相信，还要什么证明 ①？

泰勒斯

水波遇风，无不披靡；

对于险峻的岩石 ② 总是回避。

阿那克萨哥拉斯

这块岩石所以生成，

是由于地下有燃烧的气体。 7855

泰勒斯

生物在湿气中生起。

何蒙古鲁士（在二人之间。）

请让我跟你们走，

希望能达到成长的目的。

---

① 阿那克萨哥拉斯的世界观大体是原子论，他在这里则是火成论者。反之，泰勒斯则是水成论者。

② 比喻顽固的反对者。

阿那克萨哥拉斯

泰勒斯，难道你是从泥泞中，
只在一个夜里，造这样一座山？　　　　　　　　　　7860

泰勒斯

自然和它活泼的流动，
并非为昼夜和时间而限制，
它有规则地造成各种形体；
规模虽大却不是由于武力。

阿那克萨哥拉斯

但在这里却曾经用过武力！　　　　　　　　　　　7865
普鲁图式的猛火，
　爱渥路斯式的蒸气和强大的爆发力，
冲破了平地的旧壳，
因此就有一座新山堆起。

泰勒斯

那么以后会变成什么情形？
山既然生成，就算这样生成，　　　　　　　　　　7870
再从事如此的争论也是徒然浪费光阴，
只是把有忍耐力的世人用绳子牵引。

阿那克萨哥拉斯

那座山中不久就有许多生物，
就有弥尔弥顿①、比格美渥斯，
以及蚂蚁、侏儒等种族　　　　　　　　　　　　　7875
和其他细小活动的生物在岩隙中居住。
　　　（对小人说。）

---

① 弥尔弥顿（Myrmidon），特洛伊战争时亚奇辽斯曾经率领这种民族出征；但在 Doris 语中此字为"蚁族"之义。这里似乎用于第二种意义。阿那克萨哥拉斯想以此说明生物之发生也是火力作用的结果。

509

你如隐士般离群索居，

从未有过伟大的企图；

你如果愿意支配他人，

我就使你做个君主。 7880

何蒙古鲁士

请问泰勒斯先生的高见如何？

泰勒斯

我不想劝你。

和小人物在一起，大人物也只能做小事；

和大人物在一起，小人物也变得能干一番大事。

请看！那些黑鹤云也似的飞来！

它在威胁恐慌的人民， 7885

也会同样威胁皇帝。

它们用尖嘴和利爪

向小东西们袭击。

凶兆和电光般预示不吉。

这件事是因为

小东西们包围了和平的池塘， 7890

惨杀了苍鹭的暴行而起。

当时杀戮的凶箭如骤雨，

造成这种充满敌意残忍的复仇，

激动了友鸟的怨愤，

要使无礼的侏儒流血惨死。 7895

盾、枪和钢盔有何用处，

苍鹭羽毛的装饰对于侏儒们有何利益？

请看达克蒂莱和蚂蚁们都在这样仓皇躲避！

它们的军队已经动摇、溃散、奔逸①。

---

① 阿那克萨哥拉斯说：火成的产物侏儒，结果为鹤所打败，表示水成论的胜利。

阿那克萨哥拉斯（停了一会之后庄重地。）

我以前只赞扬地下的神祇；   7900

现在却要请天上的神显示威力……

高居天上，永远年轻的

有三个名称和三种形相的女神 ① 呀！

黛安娜、卢娜、海卡特呀！

我目睹人民的灾殃

　　而请求你把威力显示！   7905

仁德渊深，气象雍穆令人心怀旷达的

威武而慈祥的神呀！

请把你阴影而可怕的咽喉开启！

请不用符咒而把你素来的威力显示！

　　（暂停。）

　　　难道神明已经很快地听到了我的话语？

　　　难道是   7910

　　　我向天上所做的祈祷

　　　已经把自然的秩序扰乱？

女神圆形的宝座

渐渐接近膨胀，   7915

异常巨大，使我的眼睛惊慌！

宝座的火浓烈地发着红光……

威势煊赫的圆盘呀，请勿再走近！

你会使海、陆地和我们都灭亡！

据说特撒利亚的魔女们

　　曾用冒渎的魔术使你亲信，   7920

以唱歌引诱你离开轨道下来，

强求你降下极大的祸害。

这种事情是否真实？……

---

① 三位一体的女神：在地上是黛安娜，在天上是卢娜，在地下是海卡特（Hekate 即 Prosperna）。一般地被视为卢娜（月神）。

光亮的盘子从周围变成晦暗，

突然破裂而发出炫耀的火花和光辉。　　　　　　　7925

多么激烈的嗞嗞咻咻之声！

而且有雷声和暴风夹杂其内！——

我惶恐俯伏于玉座的阶上！——请宽容恕罪！

这是我招来的灾害。

　　（俯伏地上。）

泰勒斯

这个人怎么会听到和看见许多事情！　　　　　　7930

我全不知道有过什么事件，

也未曾感觉到什么，如同他所说的一般。

老实说吧，现在是疯狂的当儿，

月神卢娜在她自己的位置上移动，

和以前一样悠闲。　　　　　　　　　　　　　7935

何蒙古鲁士

请看侏儒们所住的地方，

那座山以前是圆的，

　　现在却变成了尖形①。

我感觉到非常激烈的冲突，

岩石从月亮坠落到地上。

它不分彼此，　　　　　　　　　　　　　　7940

把仇敌和朋友都压碎灭亡。

但能在一夜之中，

同时从上面和下面，

造成了这座山的那种技术，

我不能不加以赞扬②。　　　　　　　　　　7945

---

① 陨石落在本来是圆的山顶上，使它变成了尖形。

② 想得肉体的何蒙古鲁士赞美一切东西的急速成长，而水成论者泰勒斯则只静观自然的渐次生长，似乎不注意陨石的事实，以为这不过是阿那克萨哥拉斯的幻想而已。

泰勒斯

请你放心！这不过是幻想的情形。

侏儒这种丑类，尽管由它消泯！

你不曾做国王，是很幸运的。

我们现在去参加海中的盛会吧，

那里的人是在期待，

  也会尊敬奇异的来宾。   7950

 （一同退场。）

梅非斯特（在相反的方面攀登。）

我必须经过险峻的岩级

和老懈树的粗根而辛苦地攀登！

在我们的哈尔支山上，

树脂含有沥青似的气味，

也有我所爱的硫磺 ① 在其附近……   7955

这在希腊人的地方，没有这种香气可闻。

但我很想询问：他们是用什么

来把地狱的苦恼和火焰增添。

特里亚斯（树精。）

你在贵国也许算是聪明，

而在异乡却不见得十分灵敏。   7960

请勿老是眷恋故乡，

而要向这里神圣的树表示尊敬。

梅非斯特

人都会眷恋离弃了的东西，

住惯的地方总以为和天国无异。

但请说明那个洞里的微光中   7965

---

① 沥青和硫黄是地狱之火的燃料，所以为梅非斯特所喜悦。

513

蹲着的三个是什么东西？

特里亚斯

那是黑暗的妖女福尔基亚斯们[①]，

如果你不害怕，可去和她们讲话。

梅非斯特

为什么不去呢！——可是我看了一下好不惊骇！

我虽然不甘示弱，却不能不承认：   7970

我从未见过这样的妖怪。

她们比曼陀拉哥拉[②]坏……

看了这三个妖怪以后，

就感到自古以来被嫌恶的罪恶

都不能算丑陋。   7975

就是在我们最凶险的地狱入口处

也不会容许她们驻留。

她们生根在这个美的国度里，

且被称为古式……

她们动起来了，

　似乎已经知道我在这里，   7980

喁喁唧唧地在叫着，

　那些蝙蝠的吸血鬼似的东西。

福尔基亚斯中之一人

姊妹们，请把眼睛借给我，因为我要问明，

谁敢向我们的神殿如此走近。

---

① 福尔基亚斯们（Phorkyaden），是海的老人福尔基亚斯和海妖所生的三个女儿，三人只有一眼一齿，在看东西和吃东西的时候互相借用。

② 请参看曼陀罗花之根（第4980行）的注。

梅非斯特

姊妹们呀，让我走近你们，

将你们的祝福三倍受领。　　　　　　　　　　　　　7985

我来到此地，虽和你们并非熟人；

但我假如没有弄错，我们实在是远房的亲戚。

我曾经看过古老尊贵的神们，

也曾经在渥普斯和

　　蕾亚 ① 的面前深深地鞠躬致敬。

　混沌的孩子——

　　你们的姊妹巴尔采们——　　　　　　　　　　　7990

我在昨天——或是前天——也曾经看过她们。

但我从未看过像你们那样的人。

我再不多言，而且非常高兴。

福尔基亚斯们

这位妖精似乎颇为聪明。

梅非斯特

但没有诗人称赞过你们，　　　　　　　　　　　　7995

我很诧异不知何以会如此，

　何以会有如此的奇事？

你们这样尊贵的人物，

　我从未在图画中见过一次。

雕刻家不应该只顾雕刻

　　由诺、帕拉斯和维纳斯等等，

更应该雕刻你们的形影。

---

① 渥普斯（Ops）和蕾亚（Rhea）：渥普斯在罗马是莎图伦（Saturn）之妹，大地的女神；蕾亚在希腊是主神宙斯之母亲。后来两者被视为同一女神，都是奥林匹斯时代以前的"尊贵的女神"。

福尔基亚斯们

我们三人隐居在静寂的黑暗里，　　　　　　　　　　　8000
所以这种事情，我们三人都未曾想过！

梅非斯特

你们怎么会想到呢？
　　因为你们远离尘俗，
　你们不见世人，
　　世人也不会跟你们相遇。
你们本来应该和繁华、艺术并坐高位，
大理石的石块，每天变成英雄的形象，　　　　　　　　8005

以双重的步伐迅速地，走出世上，
应该在那样的地方居住。
在那样的地方——

福尔基亚斯们

　　　　勿再多言，勿向我们将欲望引起！
即使我们知道怎么样更好，
　　又有什么好处？
我们是在夜里产生，
　和夜间的东西亲近，　　　　　　　　　　　　　　8010
没有人认识我们，
　　差不多连我们自己也不认识。

梅非斯特

如果是这样，就没有多大问题，
可以把自己向他人身上转移。
你们三人可共用一齿一目，
可由两人收摄三人的本质，　　　　　　　　　　　　8015
暂时让我借用第三人的形影、

在神话学上想必是可以的。

福尔基亚斯中之一人

怎么样？

你们以为是否可以？

其余二人

我们可以试试！——但勿借以眼睛和牙齿。

梅非斯特

你们恰好扣除了最好的部分，　　　　　　　　　　8020

那么怎能和你们十分相像？

福尔基亚斯中之一人

你可以闭一只眼睛，那很容易，

随即露出一个犬齿，

那么你的侧面

就会和我们酷似。　　　　　　　　　　　　　8025

梅非斯特（侧面变为福尔基亚斯[①]。）

光荣得很！我要试试！

福尔基亚斯们

请你试试！

梅非斯特

我现在已经

变成混沌所宠爱的儿子！

---

① 梅非斯特装成福尔基亚斯时，也要用古代悲剧所用的高底鞋（Kothurn）及假面，如同在第三幕末尾中所说明的。

福尔基亚斯们

我们无疑是混沌的女儿。

梅非斯特

那么人家会骂我是半雄半雌，好不可耻！

福尔基亚斯们

现在的新三姊妹多么美丽！　　　　　　　　8030
我们有两只眼睛，两个牙齿。

梅非斯特

任何人的眼睛，我都要回避，
因为要在地狱的池里使恶魔们惊异。

（退场。）

爱琴海的岩湾

赛伦们

在凄暗的深夜，

特撒利亚的妖女们   8035

曾经冒渎地请你光临；

现在请你从夜间的苍弯

柔和地使幽光辉映，

静静地俯视微漾的水波，

又请照临   8040

从波间浮出的人群！

美丽的月神呀，

我们愿为你作任何

　　服务，请赐福给我们！

纳莱乌斯族和特利顿族 ①

请发出更强劲的声音，

使大海摇震   8045

以呼唤海底的人民！

我们回避凶猛的暴风雨，

逃到最静寂的底层，

有美妙的歌声引诱我们。

看吧，我们多么高兴，   8050

用金锁链装饰自身；

除了冠冕和宝石之外，

还有锦带和手钏等物品！

---

① 纳莱乌斯族（Neres）及特利顿族（Triton），海神纳莱乌斯有女儿五十人，称为妮丽丝。特利顿下半身是鱼，吹奏海
　　螺，海神普西顿之子。

519

这都是你们所馈赠的①。
你们诸位海湾的魔神，   8055
把连船沉没了的宝物，
用歌声引来给我们。

赛伦们

我们知道鱼类在清凉的海中泅泳②，
无忧无虑地生活，
逍遥自在。   8060
在这里参加盛会的诸位，
今天我们希望知道
你们是优于鱼类的。

纳莱乌斯族和特利顿族

我们来到这里之前，
我们曾经有所忖度；   8065
兄弟姊妹们呀，请赶快前进！
为了要充分证明
我们优于鱼类，
我们今天只须作极短的旅行。

（退场。）

赛伦们

他们忽然都已去了！   8070
趁着顺风，
径向撒魔特拉克③逍逝。

---

① 因为赛伦们以美妙的歌声引诱船夫，使他们触礁遇难，船上的财宝都为纳莱乌斯族及特利顿族所得。
② 泅游：浮游。——编者注
③ 撒魔特拉克（Samotrake），在爱琴海东北岸，距黑海入口不远的岛，其位置适当航路的要冲，常常有遇难者飘来，岸上多断崖，船不易靠近。

在尊贵的喀贝罗伊们 ① 的国度里，

不知他们想做什么事？

好奇特的神们！ 8075

永远创造自己，

而自己却是什么都不知悉。

慈祥的月神呀，

请常驻留在高处，

庶几夜能长久停留， 8080

白昼不会把我们驱逐！

泰勒斯（在岸上对何蒙古鲁士说。）

我愿意带你去见纳莱乌斯 ②，

他住在离这里不远的洞穴里。

可是他很顽固，

有古怪易怒的脾气。 8085

他以为

全人类无一可喜。

不过他能预知未来的事情，

因此人们尊敬他，

让他在他的位置上； 8090

他也对许多人提供挹注 ③ 的善事。

何蒙古鲁士

我们试着敲门看看，

未必会损害我的玻璃和火焰。

---

① 喀贝罗伊们（Kabiren），是上述的撒摩特拉克的岛民及其他弗尼基亚（Phönikya）人奉为守护神的神秘的神，数目
不定。喀贝罗伊是"伟大"之意。

② 纳莱乌斯是纳莱乌斯族之父，著名的预言家，被视为和善的老人。

③ 挹注：喻取有余以补不足。——编者注

纳莱乌斯

我所听到的是否为人声？
我的心中感到多么愤怒！   8095
这种生物虽然想成为神，
但总是依然如故。
自古以来我本可像神一般地安息，
而偏喜欢帮助优秀的人物；
最后观看他们所做过的事，   8100
我的意见似乎对他们毫无用处。

泰勒斯

可是海中的老人，世人仍很信赖你。
你是贤人，请勿强迫我们离开这里！
请看这种像人的火焰，
他将完全顺从你的指示。   8105

纳莱乌斯

什么指示！
　　什么指示对人可曾有过什么效验？
顽固的耳朵不会接受高明的忠言。
人虽常在事后痛责自己，
而任性的脾气却从不曾改变。
帕里斯还未为一个
　　外国的女人所魅惑时 ①，   8110
我曾经像父亲般予以警告规劝。
他大胆地站在希腊的岸边时，
我把我心中所看的情形明言。——
红光泛滥，浓烟蔽天，
栋梁在燃烧，在猛火下面杀戮与惨死。   8115

---

① 赫拉兹（Horaz）的《颂歌》(1:15) 中说，特洛伊的王子帕里斯诱惑海伦而从希腊开船时，纳莱乌斯就预言特洛伊
必将灭亡。

那是特洛伊的审判之日，

　　为诗歌所传述，

几千年后世人还知道它是多么凄惨。

那个傲慢的人把老人的话当作笑话，

顺从他的情欲，以致伊里渥斯 ^① 终于失陷——

那好像是受了长久的

　　痛苦之后僵化了的巨人的尸体，　　　　　　　　　　8120

是宾陀斯的老鹰 ^② 所贪嗜的美味。

我对尤利西斯也是如此！

我不是也对他预先说明了

　　基克罗普斯的祸害和基尔凯的诡计？

我也对他说明了他

　　自己的踌躇和他的部下的轻率，

可是对他又有什么好处？　　　　　　　　　　　　　　8125

他在海上被摇动很久，

　　幸喜后来有顺风，

才得到欢迎他的陆地 ^③。

泰勒斯

这样的行为会使贤人苦恼，

而善人却会再试一次。

稍微的感谢也会使他非常高兴，　　　　　　　　　　8130

足以完全抵销重大的忘恩负义。

我们所要请求的并非轻微的事情，

这个孩子希望能顺利长成。

纳莱乌斯

莫毁坏我难得的心境！

今天我要做和以前全然不同的事情。　　　　　　　　8135

---

① 伊里渥斯（Ilios），即特洛伊。

② 宾陀斯（Pindos）的老鹰，指进攻特洛伊的希腊军而言，犹如从特撒利亚的宾陀斯山上飞来的惊鸟群。

③ 菲阿坎（Phaaken）族的王亚尔基纳斯（Arkinos）迎接他，把他送回故乡。

我召唤了我的女儿们 ①，

海中的女郎妮丽丝的少女们。

在奥林匹斯和你们那里 ②

都没有这样举止娴雅的女人。

她们以风姿绰约的姿态，　　　　　　　　　　　　　　8140

从龙背向尼普金的背上飞乘；

和水极为亲昵，

水泡也似乎会抬举她们。

最美的加拉提亚 ③

　　乘着光彩绚烂的维纳斯的贝车来临。　　　　　　8145

自从基普利斯背叛我们，

她在巴福斯被奉为女神。

她早已成为维纳斯的继承人，

占有着车上的宝座

　　和神殿所在的市镇。

你们走开吧！　　　　　　　　　　　　　　　　　8150

在我享受做父亲的欢乐的日子里，

　　心里不宜有憎恶，口里不宜说出骂人的言语。

请到普罗特乌斯 ④

　　那里去！可问那个奇人：

怎样能够成长，怎样能够变形。

　　（向海的方面去。）

泰勒斯

我们用这种方法，也毫无成就。

------

① 即妮丽丝。

② 即希腊。

③ 加拉提亚（Galatea），是妮丽丝五十人中之最美者，据说维纳斯迁徙到奥林匹斯后，加拉提亚代替她而被供奉于塞普路斯岛上的巴福斯（Paphos）的基普利斯（Gypris，即维纳斯，希腊名阿普洛迪）的神殿中。

④ 普罗特乌斯（Proteus），是《奥德赛》中的海神，能变形为火、水、狮子、龙等，也是预言家，但不肯轻易预言。

即使遇见普罗特乌斯，他也会藏隐。 8155

即使他肯说话。

也无非讲些使人惊骇或昏乱的事。

可是因为你总是要向人请教，

我们不妨试试，向这条路前进！

（退场。）

赛伦们（在岩上高处。）

什么东西 8160

从远方穿过波浪而渐渐接近？

好像白帆

顺风驶来似地

姿态分明，

那是纯洁的海中少女们。 8165

我们下去吧，

已能听到她们的声音了。

纳莱乌斯族和特利顿族

我们在手上载来的什么

定能为你们所敬仰。

在大龟黑罗纳 ① 的甲壳上 8170

反映着庄严的形象。

这是我们所请来的神们 ②，

请唱起歌来赞扬吧。

赛伦们

他们形状虽小，

却有强大的威灵。 8175

---

① 黑罗纳（Chelone），被变形为龟的水精。

② 就是第 8073 行的注中所述的喀贝罗伊们，纳莱乌斯族及特利顿族请来了这些伟大的守护神，以证明他们自己优于其他鱼类（请看第 8062—8069 行）。

他们是沉沦者的救主，
自古以来即受人敬仰的神们。

纳莱乌斯族和特利顿族

我们请来了喀贝罗伊的诸神，
想把和平的祭会举行。
在他们神圣地莅临的地方，　　　　　　　　　　8180
尼普金 ① 也会变成和蔼可亲。

赛伦们

在船舶遇难的时候，
我们比不上你们 ②；
你们以不可抗的威力，
救护遭难的船夫们。　　　　　　　　　　　　8185

纳莱乌斯族和特利顿族

我们请来了三位神，
第四位却不肯光临。
他说，
他是为三位神策划的真神。

赛伦们

这也许是一位神　　　　　　　　　　　　　　8190
在嘲笑他神。
你们要畏惧灾殃，
敬重一切神恩。

---

① 尼普金（Neptun），罗马的海神，即希腊的普西顿。
② 赛伦们自白说它们虽欲以歌声迷惑船夫，而其能力比不过保护船夫们的喀贝罗伊的威力。

纳莱乌斯族和特利顿族

他们原来是七人哪。

赛伦们

还有三人在那里驻留？   8195

纳莱乌斯族和特利顿族

我们不知道这种事情，

可在奥林匹斯问明。

那里也许还有

谁也未曾想到的第八位神灵^①！

他们都会赐福给我们；   8200

但都未完全长成。

那些渴望不能得到的东西的

饥饿的神们，

无与伦比的神们，

都要继续长进。   8205

赛伦们

不论神们住在哪里，

住在日里或月里，

我们总是常做祈祷；

因为祈祷是最有效力的。

纳莱乌斯族和特利顿族

我们举行这种祭典，   8210

荣誉是多么显赫！

---

① 喀贝罗伊的数目不明，学者曾作种种考证，大抵认为有二人乃至七八人。谢林在《论萨摩都拉格的神们》一文中说
也许有第八人，歌德沿用此说。

赛伦们

不论古代的英雄们

在何处如何显赫，

他们总没有这样的荣誉。

他们得了金羊皮①，　　　　　　　　　　　　　　8215

你们却奉迎了喀贝罗伊。

（一齐合唱，重复此言。）

他们得了金羊皮，

我们 ⎱
你们 ⎰ 却奉迎了喀贝罗伊

（纳莱乌斯族和特利顿族过去。）

何蒙古鲁士

这些丑陋的神们②，

好像手工拙劣的泥壶，　　　　　　　　　　　　　8220

贤人们却向它们撞去，

打破坚硬的头颅。

泰勒斯

这正是人们所企求的，

货币也是生了锈才有价值。

普罗特乌斯

（善于变形的海神，在不可见之处说话。）

像我这样爱讲故事的

老人，很喜欢这样的东西！　　　　　　　　　　　8225

愈是奇怪，愈是可喜。

---

① 请看第 7339 行注。

② 喀贝罗伊等神在文学、艺术中是很少用的，而谢林等学者则大加研究，歌德在这里予以讽刺。

泰勒斯

普罗特乌斯，你在哪里？

普罗特乌斯
（他以腹语或近或速地说。）

我在这里！我在这里！

泰勒斯

你又在说戏谑，我虽不加以非难；
但勿对朋友说无聊的空话！
我知道你在非你所在的地方发言。　　　　　　　　　　　8230

普罗特乌斯

再见！再见！

泰勒斯
（低声对何蒙古鲁士说。）

他就在附近，你快放出光明！
他是鱼般的好奇：
不管他如何变形，在哪里藏隐，
总能用火焰将他勾引。

何蒙古鲁士

那么我就发出许多光来，　　　　　　　　　　　　　　8235
但要小心，不要使玻璃破坏。

普罗特乌斯（变成大龟。）

什么东西发出如此优雅美丽的光辉？

泰勒斯（掩蔽何蒙古鲁士。）

好的！你如果

529

想看，请来看个仔细。

请莫嫌烦劳，

幻现为有二足的人体。 8240

要看我们所隐蔽的东西，

是需要我们的意志和善意。

普罗特乌斯（化为高雅的形姿。）

你还记得处世的诡计。

泰勒斯

你仍旧喜欢变换形象的把戏。

（使何蒙古鲁士显露。）

普罗特乌斯（惊异。）

一个发光的侏儒！

我从未看过这样的东西！ 8245

泰勒斯

他要和你商量，希望能够成长。

据他自己说，

他是奇异而半成熟地降生于世上。

他虽不缺少精神上的能力，

却还没有可以捉摸的身躯。 8250

迄今只有玻璃是他的重量；

所以他希望能先得到具体的形象。

普罗特乌斯

你尚无出生之理却已经生出来了！

真是个处女的儿子。

泰勒斯（低声地说。）

从别的方面看来，似乎也有问题： 8255
他似乎是个半雌雄 ① 的东西。

普罗特乌斯

这样反而会更加顺利；
无论怎么样，他总会有相当的成绩。
可是现在不必多加思索，
你必须在大海中做起！ 8260
先从小处开始，
吞吃极小的东西也值得可喜，
那就会渐渐长大，
养成做更大的事情的能力。

何蒙古鲁士

这里吹拂着柔和的微风， 8265
草木青葱，发着悦人的香气！

普罗特乌斯

是吧，你这个可爱的小弟！
再向前去，将更加舒适，
在这个狭窄的海滩尖端
有更难形容的清香扑鼻。 8270
有行列轻飘地走来，

已经可以看得十分明晰。
请同向前去！

---

① 何蒙古鲁士还没有肉体，有半阴阳的可能性。

泰勒斯

我也同去。

何蒙古鲁士

好奇怪的三个结伴同行的妖精 ①!

（罗陀斯岛的特尔希纳斯们 ② 乘鱼尾马和龙手持尼普金的叉戟登场。）

合　唱

我们给尼普金炼成了三叉戟，　　　　　　　　　　　8275

他能用它使任何凶猛的波浪平静，

雷神若拨开浓云，

他就回应那可怕的隆隆雷声。

电光若从天上闪耀，

他就使波涛从海中相继涌进。　　　　　　　　　　8280

在这样的时候惶恐挣扎的人们，

被抛郑了很久之后，终于为海底所吞没。

因此他今天把笏交给我们，

我们要欢乐、平静、轻快地飘行。

赛伦们

虔诚地侍奉日神 ③ 的你们，　　　　　　　　　　　8285

欣逢天朗气清的日子，

我们在虔诚地崇拜月神卢娜的时候，

向你们致敬！

---

① 泰勒斯是死后还依然生存的哲学家的幽灵，何蒙古鲁士是尚未成形的妖精，普罗特乌斯是海神。

② 特尔希纳斯们（Telchinen）：据说是罗陀斯岛的原住民，能使海底喷火，或呼风唤雨。又据说是优良的艺术家，发明冶金术的工匠，曾为尼普金制三叉戟。希普坎姆（Hippokamem）马身鱼尾，为尼普金拉车。

③ 哈里奥斯，希腊的日神。赛伦以为特尔希纳斯是日神所宠爱的，因而有晴朗的日子，所以欢迎他们。日神和月神是兄妹，赛伦们正在崇拜月神的时候，见特尔希纳斯来临，觉得更加可喜。据说特尔希纳斯们所住的罗陀斯地方天气甚好。

金工特尔希纳斯们

高居苍穹的最温雅的女神！

请欣喜地听人赞美你兄弟日神的歌声。　　　　　　　　　8290

请向幸运的罗陀斯岛聆听，

那里有赞美他的永恒的歌声升腾。

他们开始昼间的行程，

　　将他的任务完成，

以火一般辉耀的眼睛凝视我们。

山陵、都市、河岸、波浪，　　　　　　　　　　　　　8295

都优美而清明，能使他高兴。

没有烟雾围绕我们。

　　即使有烟雾悄悄飘来，

只须阳光一照，微风一吹，

　　岛上就化为清净！

日神看见自己化为无数的姿影，

化为少年、巨人，

　　化为强悍和温柔的人们：　　　　　　　　　　　　8300

然而是我们首先把诸神的威力

造成端庄的人形 ①。

普罗特乌斯

　　请任他们唱歌，任他们自夸！

　　太阳有生命之光做比较，

　　无生命的作品只不过是笑话。　　　　　　　　　　　8305

　　他们孜孜不倦地常在熔解、制作，

　　把金属铸成物形，

　　自以为是造成什么的名家。

---

① 日神阿波罗的像很多，逖梅特留士（Demetrius）于公元前 303 年撤退其围攻军后，鲁多斯岛（Rhodus）的一位建筑家在那里建立了高 105 英尺（1 英尺相当于 0.3048 米）的阿波罗大铜像，被视为古代七奇之一；但在八十年之后，因地震而倒塌毁弃。

这些骄傲的家伙会有什么结果呀？
以前虽有诸神的神像高大矗立着——
而都已为地震所震垮；   8310
它们又早已被熔化。

地上的作为，无论如何，
只会使人烦恼痛苦。
还是波浪对于生活更为有用。   8315
我普罗特乌斯的海豚
会把你带进永恒的水乡中。

（变形。）

我已经改变了形体！
不管你到哪里去必定会很顺利；
我把你驮负在背上，
使你和大洋发生亲密的关系。   8320

泰勒斯

你要把造化的工作重新开始[1]，
顺从你这种可嘉的宏愿！
并且要迅速而不迟缓！
你须照永恒的法则行动，
经历千万种形态的变迁；   8325
等到你能成人，还要相当的一段时间。

（何蒙古鲁士骑上普罗特乌斯的海豚。）

普罗特乌斯

请你运用精神，
和我同往潮湿广大的境地。
你在那里就可纵横活动；

---

[1] 就是说何蒙古鲁士从最单纯的原始形状开始经过许多形态而成为人。

自由随意；

但不可想去参加上面的团体； 8330

因为你一旦变成了人，

那就万事休矣。

泰勒斯

那要看临时的情形而决定，

在该时代做个能干

　的人也是很好的事情。

普罗特乌斯（对泰勒斯说。）

你大概是说可以

　变成和你相像的样子！ 8335

这暂时还可以。

因为几百年来常见你

混在苍白的妖魔群里。

赛伦们（在岩上。）

　有什么东西像浮云似的， 8340

　在月亮的周围画成一个黑浓浓的圈子，

　那是有光一般羽毛的

　有热烈爱情的鸽子。

　那是从巴福斯 ① 市遣来的

　成群的怀春的鸟儿。

　我们的宴会现在正十分热闹， 8345

　人人都畅快欢喜。

---

① 这群鸽子是陪伴加拉提亚从巴福斯飞来的。它们以前是随伴维纳斯的，维纳斯离开塞路斯岛而到奥林匹斯去了
　之后，它们就成为加拉提亚的随从了。

纳莱乌斯（走近泰勒斯。）

夜行者也许把这个月晕

叫做空气的现象；

我们精灵都有不同的见解，

而且只有我们持有正确的观念。 8350

那是为我女儿的

贝车领路的鸽群，

它们已在古代

学会飞翔的方式。

泰勒斯

有神圣的东西 8355

生活在静寂而温暖的窝巢里面：

这是高明的人士所喜欢的，

我也以为这样最妥善不过。

利比亚的普西罗伊族和意大利的马尔西族 ①

（骑着海牛、小牛和海羊上。）

我们住在基普利斯荒僻的岩穴，

未被地震所摧毁， 8360

未被海神所阻塞，

常被永远的微风吹拂着，

如同在太古的时代 ② 一般，

自得其乐地

将基普利斯的车子守护， 8365

且在黑夜窃窃私语的当儿，

瞒着新生的种族，

经过柔和的波浪之间，

---

① 普西罗伊（Psylloi）及马尔西族（Marsi），前者是非洲的，后者是意大利玩蛇的种族。歌德在这里把他们都作为基普利斯的维纳斯的车子之守护者。
② 维纳斯最初登陆于基普利斯岛，因此岛民称她为基普利斯，把她看作最古的神。

我们伴有这些极秀丽的美女 ①。

我们是悄悄工作的人物，　　　　　　　　　　　　8370

不怕老鹰和长翼的狮子 ②，

也不怕十字架和弦月，

不管上面是谁君临统治，

怎么交替活动，

互相残杀或驱逐，　　　　　　　　　　　　　　　8375

毁坏城市和五谷，

我们以后

也将来伴随很可爱的公主。

赛伦们

你们这些健强、稍微放肆而可爱的

纳莱乌斯的女儿呀!　　　　　　　　　　　　　　8380

你们层层环绕着车子的周围，

动作轻盈而稍稍匆急地

形成参差交错的

蛇般的行列走来。

你们这些

　杜丽丝 ③ 的温柔的女孩，　　　　　　　　　　　8385

请把酷似母亲的加拉提亚相随以同来；

她虽然是和神一般庄严，

有永恒者般的高贵，

却又和世间的美人般

具有魅人的娇态。　　　　　　　　　　　　　　　8390

---

① 加拉提亚。

② 基普利斯岛公元前 18 年后为罗马统治（鹰），其后独立了很久。487 年，以后为威尼斯所统治（长翼的狮子）。又其
　后则为基督教徒（十字架）及伊斯兰教徒（弦月）所统治。这些就是所谓"新种族"。

③ 杜丽丝（Doris）：加拉提亚及其姊妹的母亲。

杜丽丝族

（全体骑着海豚，走过纳莱乌斯旁边。）

月神呀，请借光和影给我们！

请向这些少年明亮地照临！

我们带来了我们所爱的丈夫，

来见我们的父亲。

（对纳莱乌斯说。）

这些少年，   8395

我们从波涛的虎口拯救了他们。

我们把他们放在芦苇和藓苔上予以温暖，

使他们重见光明①。

他们应该诚恳地

用热烈的亲吻感谢我们。   8400

请仁慈地看这些可爱的人们！

纳莱乌斯

你们对人慈悲，自己也觉得愉快，

这真是一举两得值得嘉许的行为！

杜丽丝族

父亲呀，你既然称赞我们的行为，

容许我们所享受的快慰，   8405

那么请让我们

把他们紧拥在永远年轻的怀里。

纳莱乌斯

你们尽可庆贺你们所获得的美物，

可将他们培养为自己的丈夫；

---

① 他们复生。

然而只有宙斯才能允许的事 [①]，　　　　　　　　　8410

我却不能允许。

摇动你们的波浪

是为了不让眷恋感永续；

到痴情清醒的时候，

你们可缓缓地送他们上陆。　　　　　　　　　　　　8415

杜丽丝族

你们虽为我们所爱惜，

但我们不能不悲伤地分离。

我们虽希望永恒的恩情，

可是神们不允许我们。

少年们

但愿你们以后也同样爱护我们，　　　　　　　　　　8420

爱护我们这些善良的船夫之子们。

我们从未有过如此幸福的日子，

不想能有比这更佳的幸运。

（加拉提亚乘贝车而来。）

纳莱乌斯

是你吗？怪可爱的女儿！

加拉提亚

哦，父亲呀！我多么高兴！

海豚呀，请你等一会！

我不忍离开父亲的眼睛。　　　　　　　　　　　　　8425

―――――――――――――

① 即长生不死。

纳莱乌斯

他们已经过去了，
已经旋转跳跃走过。
不论我心中如何激动也无可奈何。
唉，她们若能带我同去该多好啊！
只看一眼，   8430
也能有填补一年那样的高兴。

泰勒斯

善哉！善哉！我要重复赞美！
真和美贯彻体内，
我感到多么愉快！
一切都为水所维持！   8435
一切都出自水中！
大洋呀，请为我们永远支配吧！
假如你不发出云气，
不布置丰富的溪涧，
不使河流曲折迂回，   8440
不把大河也造出来，
那么山岭、
　　平野和世界都会变成了怎样的形态？
维持最新鲜的生命，实在唯你是赖。

回　声（登场者全体合唱。）

最新的生命是从你涌出来的。

纳莱乌斯

她们遥远地摇摇摆摆走着归程，   8445
不再将眼睛朝向眼睛。
她们许多人作成长长的连环形
而蜿蜒地前行。

以表示举行盛会似的情景。

可是加拉提亚的贝车　　　　　　　　　　　　　8450

却忽现忽隐，

在群众之间

像一颗星似地光明。

那可爱的形影在众人之中光彩荧荧!

虽然已是那么遥远，　　　　　　　　　　　　8455

却还依然光亮明显①，

总像是接近而又真实。

何蒙古鲁士

在这可喜的水乡里，

无论我照什么，

一切都是魅人般美丽。　　　　　　　　　　　8460

普罗特乌斯

在这种有生命的水中，

你的光才能放出美妙的声音

而成为灿烂显赫。

纳莱乌斯

在那些人群中间，

将有什么新奇的

秘密在我们眼前显现?　　　　　　　　　　　8465

在贝车的周围，

在加拉提亚的足边发光的是什么东西?

它忽而旺盛

忽而微淡，可爱地燃烧着，

似乎为爱情的脉搏所鼓动似的。

---

① 加拉提亚即使在远处，她父亲的心眼中也能想象她美丽的容姿，拉斐尔所画的加拉提亚行列图为歌德所赞赏。

泰勒斯

那是何蒙古鲁士，为普罗特乌斯所骗……

那是强烈热望的表征，   8470

似乎有苦闷呻吟之声传来。

他将在辉煌的玉座旁破碎。

现在燃烧起来了，

    发出光辉，已经在熔化散开。

赛伦们

多么奇异的火，

把互撞发光

    而破碎的波浪照得这样明美?   8475

它闪亮，摇晃而向上照来:

许多物体在夜间的水道上发着红光，

火流在一切东西的周围。

开始这一切事情的爱罗斯 ① 呀，

    请你支配安排!

      我们要赞美为圣火所环绕的   8480

      大海和波浪!

    我们赞美火和水!

    我们要赞美奇异的作为!

众　人

我们要赞美温和的清风!

我们要把富于神秘的岩窟赞美!   8485

我们要赞美世间的一切!

把地、水、风、火都加以赞美!

---

① 爱罗斯（Eros），据柏拉图说，爱罗斯是直接从混沌中生出的，是一切神中之最早发生者，即自然发生之神。他主管
新生命之发生，种属之繁殖等。水火相克的现象，最能表现爱罗斯的能力。

第三幕

斯巴达梅纳拉斯宫前

海伦和被俘的特洛伊的女人们　以及领导合唱的女子潘泰利斯登场

海　伦

我是受过许多赞美和诽谤的海伦，

刚从登陆的海岸来。

我被驮载在汹涌波浪的背上，　　　　　　　　　　8490

藉欧罗斯的力量和普西顿的恩惠①，

从富利基亚②的平野送回祖国的港湾。

由于波浪的激烈摇摆，我现在也还觉得昏眩。

梅纳拉靳③王现在在那边下面。

和他的军士之中

　　最勇敢的人们庆祝凯旋。　　　　　　　　　　8495

你这座崇闳的宫殿，请欢迎我和你再见。

这是我父亲丁达辽斯④

　　从帕拉斯的小山⑤回来后，

建筑在斜坡的边缘。

我以前在这里和克利泰姆纳斯特拉⑥很友爱，

又和波鲁克斯及

　　卡斯多⑦一同游戏成长。　　　　　　　　　　8500

当时这个宫殿比斯巴达的

---

① 普西顿（Poseidon），海神之名，即罗马的 Neptunus。欧罗斯（Euros）是东风。

② 富利基亚（Phrygia），即特洛伊。

③ 梅纳拉斯（Menelas）是斯巴达的王。其王妃海伦为特洛伊的王子帕里斯所诱拐，希腊派大军出征，包围特洛伊达十
年之久，终于夺回海伦。那一次远征军的总司令是梅纳拉斯之兄亚加孟农（Agamemnon）。

④ 丁达辽斯（Tyndareos），斯巴达的先王，海伦之父。他流亡在阿都里恩（Atolien）时，王妃丽达被变形为白鸟的宙
斯所诱惑，生了海伦、卡斯多及波鲁克斯。

⑤ 帕拉斯（Pallas）小山，这小山上建造了雅典神殿之后，丁达辽斯则在山坡上造了自己的宫城。

⑥ 克利泰姆纳斯特拉（Klytaimestra），丁达辽斯和丽达的女儿，海伦之妹，亚加孟农之妻。

⑦ 卡斯多和波鲁克斯，宙斯的孪生儿迪奥斯克罗伊。

恩格尔贝特·西贝茨

1848—1851 年

一切房屋都装饰得更为辉煌。

你们这两扇青铜门，我向你们致敬。

你们曾经大大开放以欢迎来宾，

我从许多人中间被选为夫人，

梅纳拉斯以新郎的英姿向我走近。　　　　　　　　　　　8505

现在请再开放，好使我依夫人的身份，

将国王的紧急命令忠诚地实行。

请让我走进!

让我把那些一直不祥地困扰着我的事情，

都留在后面而走进去。　　　　　　　　　　　　　　　8510

我以前为奉行拜谒基德拉 ①

　神殿的使命，毫无忧虑地走出这个门庭；

不意竟为一个富利基亚的强盗所擒。

自从那时候起，发生了

　许多事情；被世人宣传于远近。

但如自己的事情被别人作为故事般谈论，

谁也不愿听闻。　　　　　　　　　　　　　　　　　8515

合　唱

尊贵的夫人，请勿轻视

所有你最高贵的宝物!

只有你被赐予的最大幸福；

才是比谁都美的一种荣誉。

英雄因为有声名率先传扬。　　　　　　　　　　　　8520

骄傲地横行阔步；

但不论多么顽固的男人，

一旦一看到能制服一切的美就都会屈服。

---

① 基德拉（Kythera），属于斯巴达的岛，海伦在该岛的女神神殿献祭时，为帕里斯所诱拐。

海　伦

不必多说了！我和丈夫同船而归，

他遣我先进城来；　　　　　　　　　　　　　　　　　　　8525

可是他怀着什么心意，我却不能忖度。

我回来不知算是夫人？或是女王？

或是作为国王愤怒的牺牲品，

或是要为希腊人所长久忍受的厄运而受罪？

我被夺回来了；

　　但是否是个囚人？我不明白。　　　　　　　　　　　8530

不死的神们授我以双关的声名和命运：

它们是美貌的可疑同伴，

它们似乎在这门口，

以阴郁的威吓般的姿态站在我的旁边。

在那空虚的船上，

　　国王已经很少向我顾盼，　　　　　　　　　　　　8535

也不说亲密的话语。

他和我对坐，似乎在思索不祥的事件。

当先行船头靠岸

驶进了欧罗达河的深湾，

一旦靠近边岸，

　　他就像为神灵所感动似地发言：　　　　　　　　　8540

我的士兵们要在此地依次上岸，

在海滩上排队，待我去检阅。

你则继续向前，

沿着神圣的欧罗达河丰饶的河岸向上游前行，

在潮湿的牧场的绿草上策马前行，　　　　　　　　　　8545

直到终于走到那个美丽的平原。

那就是拉克台蒙市 ① 所在之处，

以前是一片庄严的山岳

---

① 拉克台蒙（Lakedaemon），即斯巴达市。

所包围的广阔肥沃的良田。

然后请走进那有高塔耸立的宫殿，

请检查我所留在宫中的 8550

一个聪明的老侍女长和若干侍女。

你可叫侍女长把你父亲所遗下的

和我自己在和平与战争时期所常增加和积蓄的

许多珍宝都给你看。

你会看见一切东西都是秩序井然； 8555

因为主人回来时要看到家里的一切毫无改变，

都和他出去时在相同的地点：

这是王侯的特权，

臣下毫无权力改变什么物件。

合　唱

请看日益增加的富丽的宝贝， 8560

以怡悦眼睛和胸怀！

项链和宝冠等装饰品

都躺在那儿，有骄傲自负的神态。

请你进去，召唤它们，

它们就会迅速地准备起来。 8565

我很喜欢看

珍珠宝石和美貌的竞赛。

海　伦

丈夫又说出这样的话：

你先将一切东西依次检阅完毕；

然后收集你以为必须要那么多的鼎 8570

和在举行神圣的祭典时，

献祭人要准备在手边的各种祭器，

例如釜、盘及平的圆钵等东西，

还要把从神圣的泉水中

汲来的清泉盛在高高的瓶子里。 8575

也要准备容易引火的干柴，

磨快了的小刀，也不可忘记。

其余的事情，都由你酌量处理。

他这样说而催促我和他分离。

可是要屠杀以祭奥林匹斯诸神的生物； 8580

他却无只字提及。

这虽然很可疑，但我也不复忧戚；

一切由神们随意处理。

无论人以为是好是坏，

神们会做他们所想要做的事情， 8585

总要死亡的我们也必须服从神意。

献祭人往往一边祈祷，

一边向捆倒在地上的牲畜头上

把沉重的屠刀举起而不能完成祭礼，

因为突然敌人进来，或为神所阻止。 8590

合　唱

你不能预料将来会有什么事情，

女王呀！

请安心前进！

人间祸福

都是意外来临。 8595

即使有预兆，我们也不能相信。

特洛伊不是已经烧毁了吗？

我们不是目击了可耻的惨死情形？

我们不是在这里陪着你，

愿奉行你的命令？ 8600

我们不是瞻仰天上辉煌的太阳

和地上最美的你

而非常欣幸吗？

海 伦

不管将来情形如何，只好任其自然！
我总要毫不迟疑地走进这个宫殿。 8605
我离开它已很久了，
　很怀念它，几乎丧失了它，
不知道怎么样它现在又站在我的眼前。
这些高高的阶级，我小时候曾经跳过它们，
现在走上去，脚步却不再轻捷。

合 唱

　哦！可怜的 8610
　被拘留的姊妹们，
　请抛开一切的痛苦！
　而共同享受女主人的幸福，
　共同享受海伦的幸福！
　她虽然迟归， 8615
　而是以更稳健的脚步，
　愉快地
　向祖传的厨灶走去。

　我们要把为人恢复幸福，
　为领人还乡的 8620
　神们礼赞！
　囚人向往监狱的墙外，
　张开两臂
　而徒然烦闷悲叹；
　而得解放的， 8625
　则似乎长了翅膀，
　能飞越任何艰难。

有一位神灵

把漂泊在远处的王妃，

从伊里渥斯①的废墟   8630

向这个古老而

新装的宫廷引回，

使她经历了

说不尽的

快乐和苦恼之后；   8635

重新回忆

以前的年轻时代。

潘泰利斯（充任合唱团的领导者。）

请大家不要再看为欢乐所环绕的唱歌的路径，

而向那门扉观看！

姊妹们呀，那是什么情景？   8640

王后不是以激烈的脚步向我们回转？

尊贵的女王呀，这是怎么回事呀？

难道你的殿内不见仆役们出来欢迎，

而遇见了可怕的物件？请不必隐瞒！

你额上有不悦的神色②，   8645

有跟惊骇相争斗的愤怒。

海　伦（打开门，激动的样子。）

寻常的事物不会使宙斯的女儿恐惧，

轻微的恐吓不会使我有所感触。

可是从太古的黑夜里出生，

像从火山口里出来的红云那样，   8650

---

① 伊里渥斯即特洛伊，普通称为伊里渥斯。

② 因为看到扮装为福尔基亚斯的梅非斯特。

551

现在仍以种种形状

　　升腾的恐怖，也会震动英雄的肺腑。

今天地狱的魔神们

狰狞地伺候我走进殿宇；

因此我想避开这以前常常跨过，

很久就想念它的门槛，　　　　　　　　　　　　　　8655

如同被辞退的

　　客人般退出。可是不行！

我虽然已经退避到日光所照之处，

但不论你们是

　　什么恶魔，也不能再将我驱逐。

我将设法祈祷，要使灶火净化，

以迎接君主和主妇。　　　　　　　　　　　　　　　8660

领导合唱的女子

尊贵的王后呀，我们是恭敬地侍奉你的侍女，

发生了什么事情？请跟我们说明！

海　伦

假如古老的黑夜不把自己所造的物形，

向它奇怪的深腹中吞进，

那么你们也能将我所见的东西看清。　　　　　　　8665

但因为要使你们也知道

　　那种情形，我就向你们说明：

我当时心里想着要先做什么事情，

庄重地向王宫庄严的内部走进，

看见那些荒凉的走廊是那么静寂而吃惊。

耳不闻有匆匆行走者的足声，　　　　　　　　　　8670

眼不见有人们忙碌做事的情景；

不见有侍女，也不见有老侍女的形影。

她们在平时都诚恳地招待任何来宾。

又当我走近灶边时，

在炭火余烬的微光中，   8675

看到了地上坐着一个大的覆面女子，

仿佛并非睡着，而是在沉思。

我以为她也许是我丈夫预先费心，

留着她在这里做老侍女长的女子。

我就用主人的口吻叫她起来做事：   8680

她却裹着衣服，依然动也不动地坐在那里。

后来由于我威吓她，她才移动右臂，

似乎指示我离开厨灶和厅堂。

我忿然转过身来，急忙走向台阶，

阶上高放着有

　　装饰的泰拉摩斯 ① 双人床；   8685

隔壁则有我们的宝库。

那个怪物却急速地从地上爬起来。

傲慢地把我的

　　去路阻挡，形态古怪，身体瘦长，

凹眼中显露着充血、混浊的目光，

使人的眼睛和精神都为之迷惘。   8690

可是我怎么说也是枉然，

言语不能维妙维肖地描写人物的形态。

你们自己看吧，它居然来到阳光中现形！

在国王回来以前，我们是这里的主人。

这种恐怖的黑夜的怪物，   8695

爱美的日神费波斯

　　会把它驱入洞中，或是慑伏它们。

　　（福尔基亚斯在门口的柱间显现。）

---

① 泰拉摩斯（Thalamos），华丽的夫妇用的寝床。

553

合　唱

鬈发虽在我的鬓边年轻地飘动，

我却已经阅历了许多事情！

我看过许多可怕的事情，

看过战争的惨状，　　　　　　　　　　　　8700

看过伊里渥斯陷落时的夜景。

当军人们冲锋激战，

灰尘飞扬，天昏地暗的当儿，

我听见神们可怕地呼喊，

听见仇恨的凄厉之声，　　　　　　　　　　8705

经过田野而传向城垣。

当时伊里渥斯的城壁虽还矗立着

而熊熊的火焰

却从邻家向邻家蔓延，

为它自己所引起的风力所吹煽，　　　　　　8710

在各处扩张于

夜间的城市上面。

我逃走时，

看见盛怒的神们，在熊熊的火焰下

和蒙蒙的烟气之间走近。　　　　　　　　　8715

他们穿过

被火包围的浓烟中走来，

好像奇怪的巨人。

我不能说明：

这种混乱骚扰

　是我所真正看到的，　　　　　　　　　　8720

或者是因为我

被恐怖所围困的精神虚造呢?

但我在这里

亲眼看见这可怕的怪物,

却是千真万确的。

假如恐怖不曾控制我, 8725

阻止我接近危险的东西,

那么我甚至能用手把它抓到。

你是福尔基亚斯的

哪一个女儿?

因为我不能不把你 8730

和这个种族相比。

你大概是出生在黑暗之中那白发的,

交换地使用一齿一目的

三个格拉齐 ① 的

其中之一个? 8735

你这个丑家伙,

竟敢和美人并列,

在费波斯 ② 的

慧眼之前显现?

但是你尽管出来吧; 8740

因为他的圣眼

从未看过黑影,

想必也不曾看见丑陋的物件。

我们这些不免一死的人们,

不幸为厄运所捉弄, 8745

我们的眼睛不得不忍受

可诅咒的永恒不幸的丑物

---

① 格拉齐(Grazie),即三个福尔基亚斯,海中的妖怪福尔基亚斯与妖女所生的女儿。

② 费波斯(Phoibos),即日神阿波罗。

给爱美者所引起的说不尽的苦痛。

那么请听诅咒的话语，
请聆听神们所创造的   8750
幸福的人们
对你所说的
各种责骂和威吓。

黑暗之女福尔基亚斯

有句谚语虽是古老，其意义却是崇高而且真实，
就是说羞耻和美绝不会携手   8755
在世间绿色的路上同行。
两者之间有长久的根深蒂固的仇恨。
它们不论在何处相遇，
总是将背转向敌人，
然后各自更激烈地前行。   8760
羞耻是忧郁，而美则是骄矜不已。
倘使老年不预先驯服它们，
它们必将为地狱的空虚黑暗所围困。
你们这些来自国外的无耻女人，
傲慢得很，如同发着嘎声的黑鹤群，   8765
像一条长云，在我们的头上飞行，
发出喧嚣的叫声，
引诱静默的行人仰望它们。
然而鹤群仍自飞去，行人也仍然各自前行。
我们也将成为同样的情形。   8770

你们是谁，敢在国王的宫内
如迈那特斯
　般胡闹，和醉汉般妄为？
你们是谁，像群犬

556

吠月似地向宫中的侍女长声狂吠？

你们以为我不清楚

你们是什么种族，   8775

你们是士兵们所生，

为战争所养育的青年妇女。

你们诱惑男人，也为男人所诱惑，

　　使军人和公民的力气都趋于萎缩。

我看到你们如此众多，好像飞扑下来，

掩蔽青翠田禾的蝗虫队伍。   8780

你们消耗他人的勤劳，

窃食刚刚萌芽的财富！

你们是被捕捉、贩卖、交换的货物。

海　伦

在主妇之前谗骂侍女们，

是冒犯主妇治家的权力，   8785

如何褒贬赏罚，

只有主妇可以分别处理。

当伊里渥斯的强大城市

被包围、攻陷、灭亡的时候，

我对她们所做的服务也很满意。   8790

在我们忍受漂泊的各种困境时，

她们也同样的忠诚。

　　人人只会照顾自己时，

我在这里也期望她们和以前一般无二。

主人不问仆人是谁，

　　而只问他是否忠诚努力。

所以请你静默，勿再对她们臭骂。   8795

如果你到现在为止已替主妇好好看守了宫殿，

这就算是你的功绩；

可是现在主妇回来了，你就应该退出，

免得不受奖赏而反受谴责。

福尔基亚斯

斥责仆役是主妇的大权，

　　你是特别蒙受天惠的君主的夫人，　　　　　　　　　　8800

曾经有长年贤明治家的酬劳，

当然应该拥有这种权利。

你如今又被宠幸，

重新归回王后和主妇的地位，

请收容宝物和我们，　　　　　　　　　　　　　　　　　8805

再握住久已弛缓了的缰索统治吧。

白鸟般美丽的王后，

请抑制那些羽毛未丰而像鹅一般吵闹的女子，

庇护我这个较年长的侍婢。

领导合唱的女子

丑女在美人旁边，其丑陋是多么显著。　　　　　　　　　8810

福尔基亚斯

愚人在智者旁边，显得是多么愚笨！

（以下合唱者从人群里一个个出来回答。）

合唱之女一

请谈谈你的父亲爱勒波斯

　　和你的母亲黑夜的事。

福尔基亚斯

请你也谈谈堂姊妹斯基拉 ① 的事。

---

① 斯基拉（Skylla），海妖，像小狗般吠叫。这句话就是说合唱的女子是斯基拉的亲戚。

合唱之女二

你的宗族中大概有许多妖精。

福尔基亚斯

请到地狱里去！

先将你的亲族①搜寻。 8815

合唱之女三

住在地狱里的人比起你都还要年轻。

福尔基亚斯

你可去勾引盲目的老提勒西亚斯②。

合唱之女四

渥列洪③的乳母是你隔几代的玄孙女儿。

福尔基亚斯

你想必是哈碧伊爱④在污物中养大的孩子。

合唱之女五

你用什么调养这样枯瘦的形影？ 8820

福尔基亚斯

你所贪嗜的血，我却不吮吸。

---

① 这句话就是说合唱的女子是从地狱中来的。

② 提勒西亚斯（Tireias），盲目的老预言家。奥德赛向他问进入地狱之路，这句话就是说淫乱的合唱的女子甚至嫌弃以老人为对手。

③ 渥列洪（Orion），希腊神话中的猎夫之名，初列入星座。夸张福尔基亚斯的古老。

④ 哈碧伊爱（Harpyai），有翅膀的女妖，常夺取他人的食物，或以污物弄脏残余的食物。这里是说她是夺人之爱的女人。

合唱之女六

你自己也是秽臭的尸体，却贪吃死尸。

福尔斯亚斯

你无耻的口中闪耀着吸血鬼的牙齿。

领导合唱的女子

我说出你是谁，你的嘴巴就可阻塞。

福尔基亚斯

你先自报姓名，谜就会解开 [①]。　　　　　　　　　　8825

海　伦

我并不生气，而以悲哀的心情走进你们中间，

禁止你们吵嘴！

因为对于主人没有什么

能比忠仆暗中结成的仇恨更为有害。

主人的命令不会被迅速地奉行，　　　　　　　　　　8830

而且成为悦耳的回声回来。

他命令的回声嘈杂地乱响

　在他自己的周围，他自己也昏庸，

徒然责骂仆人们的妄为。

不但如此，你们这种无礼的愤怒，

把许多可怕的形象引来。　　　　　　　　　　　　　8835

它们包围我，因此我虽身在故乡，

而似乎被拖入地狱里面。

这可是记忆，或是侵袭我的妄念。

那个毁坏了许多城市

　女人的可怕幻影都是我吗？

---

① 说双方都是妖怪，不是实在的人。

是否我现在也如此？将来也是这般？ 8840

侍女们都在战栗，

 而最年长的你却是泰然自若。

请把事实给我道来。

福尔基亚斯

回想多年间享受过种种幸福的人，

就是最高的神恩，

 也感到好像是梦一般的幻影。

你蒙受了无限优渥的恩惠， 8845

生平所见过的许多男子，

都愿意立刻实行任何冒险那样地富于热情。

首先是如赫拉克雷斯一般强壮英俊的特色斯

急切地占有了你这位美人。

海　伦

我当时还只是纤弱的十岁小鹿， 8850

他把我带到阿提克的

 阿费特诺斯 ① 的城里去居住。

福尔基亚斯

但你不久就被卡斯多和波鲁克斯所救出，

而成为英雄豪杰们争风吃醋的标的。

海　伦

可是老实说，我暗中最喜爱的，

是那酷似贝利特的巴特罗克鲁靳 ②。 8855

---

① 阿费特诺斯（Aphidnus），特色斯的朋友。
② 贝利待（Pelide，即亚奇辽斯），巴特罗克鲁斯（Patroklus）是他的朋友。

福尔基亚斯

但是你依照父亲的尊意，嫁了大胆的航海者，

也是擅长内政的梅纳拉斯。

海　伦

把女儿嫁给他，也交给了他国家的政治，

我们结婚后

　生了叫做海尔蜜纳的孩子。

福尔基亚斯

但当他远行而去争取

　遗产克莱泰岛的时候，　　　　　　　　　　　8860

有个很漂亮的客人 ^① 来见你。

海　伦

你何必再提起那种尘寡妇式的生活，

以及因此而发生的种种可怕的事迹？

福尔基亚斯

我本来是克莱泰的自由少女，也因那次远征

而成为俘虏，成为长久的奴隶。　　　　　　8865

海　伦

他立即叫你到这里来做侍女长，

把王城和他所掳获的珍宝都归你管理。

福尔基亚斯

你离开了王城到那个

　有塔围绕的城市伊里渥斯去，

---

① 指特洛伊的帕里斯。

562

因为要在那里寻求无限的恋爱欢悦。

海　伦

请莫提起什么欢悦！　　　　　　　　　　　　　　　　　8870

痛苦烦恼降落在我的头和胸臆中。

福尔基亚斯

但听说你化为两人，

人家看你在伊里渥斯，也看到你在埃及 [①]。

海　伦

你莫使我昏迷的心更加昏迷！

我现在不知道哪一个人是我自己。　　　　　　　　　　8875

福尔基亚斯

又听说以前反抗命运的决定 [②] 而爱你的亚奇辽斯

也从空虚的冥国里出来，

热烈地和你亲近！

海　伦

我和他结合，是幻影和幻影联结在一起。

正如俗语所说：那是一场梦景。　　　　　　　　　　　8880

我现在也似乎要殒灭而成为幻影。

（倒在半数合唱者的臂上。）

合　唱

闭嘴！闭嘴！

你这个用怪眼光观看和说怪话的妖怪！

---

① 传说帕里斯所诱惑的只不过是幻象，她的本身是被神带到埃及去。她的丈夫梅纳拉斯从特洛伊回来的途中，和她在埃及相会。

② 传说命运在人出生时即决定其人的重大事件及配偶。

从这样可憎的独齿的口中，

从这样可怕的喉咙里　　　　　　　　　　　8885

发出多么古怪的声音来！

这种貌似和善的

藏在羊皮下的凶恶豺狼的愤怒，

我以为比有三个头的

狗①的巨嘴更为恐怖。　　　　　　　　　　8890

我们惶恐地听着：

阴险的怪物

会在何处何时，

怎样显示它的狠毒呢？

你不说充满慰藉，　　　　　　　　　　　　8895

令人忘忧的和善的话语，

反而从过去的事情当中

把最坏的事情一再援引，

不但使现在的光辉，

连将来的熹微，　　　　　　　　　　　　　8900

希望的光明，

也变成阴暗。

勿再聒噪，

也许将要逃走的

王后的灵魂　　　　　　　　　　　　　　　8905

不会逃开。

我们要留住太阳所曾经照过的

一切形态中最美丽的形态。

（海伦清醒过来重新站在群众之中。）

---

① 有三个头的狗，指地狱的狗凯贝罗斯。

福尔基亚斯

今天的太阳，请从浮云中显现。
你为云霓所遮掩时也令人那么
　　喜欢；现在辉煌地君临着人间。 8910
请用仁慈的眼光看世界在你面前如何开展。
人家虽然骂我丑陋，我却很能将美辨认。

海　伦

我蹒跚走出在昏厥时包围我的荒凉的境地，
我的肢体很疲乏，想要休息：
但无论有什么意外的事， 8915
王后和所有的人都要镇静而不萎靡。

福尔基亚斯

你美丽而尊严地站在我们面前，
你的眼光似乎有所命令。
　　你要我们做什么？请你指示。

海　伦

要赶快弥补因无益的争论而迟误的事情。
快依照国王所给我的命令准备牺牲。 8920

福尔基亚斯

一切都在殿内预备好了，有盘、鼎、利斧，
泼的水及熏的火等等：请说明用什么作牺牲？

海　伦

这一点国王并未说明。

福尔基亚斯

　　并未说明吗？那真令人伤心！

海　伦

你为什么感到伤心？

福尔基亚斯

女王呀，他要把你当作牺牲！

海　伦

他要把我当作牺牲？

福尔基亚斯

你和这些女人。

合　唱

唉，多么伤心！

福尔基亚斯

你将在斧下丧生。　　　　　　　　　　8925

海　伦

多么令人寒心！我曾有预感；真是残酷！

福尔基亚斯

我看这是无可逃避的命运。

合　唱

唉！我们呢，不知会有什么灾殃？

福尔基亚斯

女王的死法，应是高尚的；
你们则将和被捕的画眉鸟般并悬在
支持屋顶的迎风的屋内高梁上。

566

（海伦和合唱团的群众，作成预定的整齐的排列，惊惶失措地站着。）

福尔基亚斯

这些幽魂 ①！白昼原不属于你们，　　　　　　　　　　8930

你们现在因为要和它离别而像木鸡般发愣。

人也和你们同是幽魂，

都不愿离开太阳和辉煌的光明。

但谁也不替他们请求而挽回他们的厄运。

他们都知道这种情形，

　　而很少人愿意听天由命。　　　　　　　　　　　8935

总之你们是要死了！快把工作进行。

　　（拍手，门口马上有蒙面的侏儒 ② 显现，随即实行她所发的命令。）

你们这些弹丸般圆形的阴森凶妖！

快滚过来，可以不妨在这里任意骚扰。

请把有金角的 ③ 置牺牲的祭台妥当摆好；

把斧头放在银边上，使它闪烁光耀；　　　　　　　8940

请把水瓶儿装满，

以便洗清可怕的黑血的污秽腥臊。

请在这尘埃铺上华丽的毡毯，

以便作牺牲的女王适当跪倒。

她虽然即将

　　身首异处，却要把她包起来，　　　　　　　　8945

礼遇而尊荣地拿去埋葬。

领导合唱的女子

女王沉吟地站在旁边，

少女们都萎靡，如同割下了的牧草一般。

但我是最年长的，感到有神圣的义务，

---

① 侍女们也和海伦同样是从冥界暂时现形的影子。

② 是北方恶魔的同类。他们预备祭神的牺牲，以增加海伦等人的恐怖。

③ 圣餐台的尖端四隅称为角，是由作为牺牲的动物的角而来的名称，后来成为桌子的装饰。

要和你这位很老的女人商谈。 8950

这些女人谬误地和你抗辩，

而你是很贤明，

　　也有经验，对我们也似乎很和善。

如果有什么救我们的方法，请你明言。

福尔基亚斯

那是容易的事情。王后要保全自己，

也要保全你们，全在她自己一人。 8955

她必须要有决心，而且要很快执行。

合　唱

巴尔采之中最尊贵、最贤明的巫女呀，

请闭合黄金的剪刀 ①，

　　对我们把得救之日预告。

我们很想先去跳舞，

然后休息在爱人的怀抱； 8960

现在却已经感到我们的手足在痛苦地飘荡动摇。

海　伦

她们胆战心惊！我虽然觉得悲伤但并不寒心，

但你假如有拯救的方法，

我们当感激地实行。

在眼界广大的心中不可能

　　的事往往成为可能，请给我说明！ 8965

合　唱

仿佛有可怕的绳于要来缠绕我们

而成为最恶劣的装饰品。

_____

① 三位命运女神之中，阿特罗波司有切断生命之线的剪刀。合唱队请她勿剪断她们的生命。

请快说明：我们怎么能脱离它们？

你这位百神之母蕾亚^①如果不怜悯我们，

我们现在就觉得要窒息绝命。   8970

福尔基亚斯

你们是否有耐性，能将很长的话静听？

因为有许多事情要说哪。

合　唱

我们有充足的耐性，

　　因为在聆听的时候，我们可以生存。

福尔基亚斯

人如果能留在家里而将贵重的宝物保管，

能补好大厦的裂缝，   8975

能修理好屋顶以防范风雨侵袭，

他将能终身快乐平安。

可是人如果以轻率的步履

疏忽地跨越户限的神圣界线，

那么回来时即使

　　再见到故居在原来的地方，   8980

尚未完全毁坏，而一切却都已经改变。

海　伦

你为什么讲一些大家已熟悉的教训？

你要讲什么都可以：

　　请勿提起令人讨厌的事情。

---

① 蕾亚（Rhea），大地的女神，宙斯之母。

福尔基亚斯

这是事实而不是诽谤。

梅纳拉斯像海盗般

　　从一个海港到另一个海港，　　　　　　　　　　8985

在经过的海岸和岛屿到处劫掠，

拿了东西回来，都在宫殿中收藏。

他攻击伊里渥斯花了十年；

但我不知道他费了多少时间在回来的路上。

可是丁达辽斯的崇闳宫殿

　　所在的这个地方现在怎么样？　　　　　　　　8990

四周的国土现在又是怎样？

海　伦

难道你是骂人成了瘾？

非责骂人不能摇动你的嘴唇吗？

福尔基亚斯

那座山谷是以泰格多斯山为背景，

在斯巴达后面

　　向北升起，许多年来无人居住。　　　　　　　8995

欧罗泰斯河从那里滚滚流逝，

经过这个山谷，在芦苇之间广阔地流去，

将你们的白鸟养育。

在那大山的溪谷中，有个大胆的种族，

悄悄从金美辽伊

　　的黑暗中移栖到那个山谷，　　　　　　　　　9000

筑起了不能攀登的坚固城堡，

从那里任意侵害人民和国土。

海　伦

他们能做这种事情吗？似乎绝不可能。

福尔基亚斯

他们花了许多时间，大约有二十年吧。

海　伦

他们是否有一个领袖？

　是否有许多强盗结伙入寇？　　　　　　　　　　　9005

福尔基亚斯

那并不是强盗，却有一个领袖，

他虽然也侵犯过我，我却不想加以诟责。

他本来什么都可拿去，而却只拿了少数东西，

名之为"自由的赠品"，而不名之为征收。

海　伦

他有怎样的容貌？

福尔基亚斯

　　　　他容貌不坏。我认为很好！　　　　　9010

他是活泼、英勇、强壮，

他是希腊人中少见的明达的英豪。

世人往往骂那种人是野蛮，

　我却不认为有什么人很凶暴；

而在攻击伊里渥斯时，

我们的英雄之中，

　有过很野蛮行为的人却不少。　　　　　　9015

我以为他伟大、正直而可靠。

而且他有个

　极好的城堡！可请你亲自瞧瞧！

它不是像你们的祖宗所筑的墙垣一那般拙劣粗糙。

正如你们的祖宗和独眼人

　基克罗普斯所做的一样，

在粗石之上

　再加粗石，简单随便地堆高。　　　　　　　　　9020

在那个城堡中，

则一切都是垂直水平而合乎规则的构造。

请从外边看去！

　它高耸云霄。它的接合处都很隐密，

它很坚固，像钢一般地平滑光耀。

如想爬上去！那是

　连思想也会滑下来的那样险峻。　　　　　　　9025

它的内部有广大的庭院厅堂，

有各种不同用途的建筑物环绕着四方。

又可看到许多大小的柱子，大小的拱形，

许多可以观看内外的露台、

走廊以及徽章。　　　　　　　　　　　　　　9030

合　唱

什么徽章?

福尔基亚斯

如同你们已经见过的，

　艾亚斯有缠绕的蛇在盾上。

那攻击特拜的七人

也都在盾上有饶富意义的图样。

夜间的天上有星星和月亮，

也有女神、英雄、梯子、剑和火炬，　　　　　9035

以及凶狠地威吓和平城市的种种骇人的形象。

我们的英雄也色彩鲜明地

采用了祖先传下来的这种标帜：

有狮子、老鹰、鸟嘴和鸟爪，

有水牛角、翅膀、

　玫瑰和孔雀的尾巴，　　　　　　　　　　　9040

也有金色、黑色、银色、

　　蓝色、红色等线条的东西。

这些东西一排排地挂在

如世界般广大的厅堂里。

你们也可以在那里跳舞！

合　唱

　　那里有跳舞的男子吗？

福尔基亚斯

有最好的跳舞者。

　　他们是金发的活泼男孩，　　　　　　　　　　　　9045

身上发出芬芳的香味。以前只有帕里斯

在太接近王后时，才有这样的香味发出来。

海　伦

你的话太离谱了；

　　请把最后一句话说明白吧。

福尔基亚斯

请你自己说吧，请认真而明白说一声"好的"！

那么我就带你到那个城堡。　　　　　　　　　　9050

合　唱

请说句简单的话，以挽救我们也挽救你自己。

海　伦

怎么啦？难道我怕

梅纳拉斯会那样残忍，把我害死？

福尔基亚斯

他如何割伤

　　戴福布斯的？难道你已经忘记？

他是战死了的帕里斯的兄弟，　　　　　　　　　　　　9055

执拗地向你这位

　　寡妇求欢，而终能以你为妾。

梅纳拉斯割了他的耳鼻之后，

再加以割切，真是惨不忍睹地残暴。

海　伦

他对他如此残酷，是为了我的缘故。

福尔基亚斯

为了他的缘故，他也会同样对付你。　　　　　　　　　9060

美人不能共有；独占美人的人

不愿与任何人分占，宁愿将美人杀戮。

　　（远远有喇叭声传来，合唱的女人们都很惊慌。）

那种喇叭声是多么激烈尖锐，

几乎要使耳朵和心肺破碎。

嫉妒也在那不能忘怀的，　　　　　　　　　　　　　9065

并且曾经占据而已经失去

　　东西的人的心目中同样作祟。

合　唱

你是否听到那些号角声？

　　是否看到那些发亮的武器？

福尔基亚斯

国王陛下，欢迎欢迎！

　　我会把万事向你报告。

合　唱

我们是否可以生存？

福尔基亚斯

你们都很明白，女王就将在

你们眼前就刑；

你们也将丧命，要挽救是不可能的。　　　　　　　9070

（暂停。）

海　伦

我现在要毅然

做什么，我已经预先思考过。

我知道你是个捣蛋的妖魔，

恐怕你会把好事情弄糟。

可是我还是要和你同往那个城堡；

其他事情如何处理，我自己知道。　　　　　　　9075

做王后的人应深藏在心中的事，

不宜让别人明了。老婆子，请在前领导！

合　唱

我多么愿意

以轻快的脚步一同前往。

在我们的背后是死亡；　　　　　　　　　　　9080

在我们的前面，

则有高耸的城堡

不能逾越的高墙。

但愿它保护王后，

如同以前伊里渥斯城保护她那样。　　　　　　　9085

伊里渥斯因敌人卑鄙的诡计①而沦亡。

（雾气弥漫掩蔽背景，也适切地掩蔽近处。）

　　哎哟，怎么啦？

姊妹们，请回头看看！

刚才不是晴天？　　　　　　　　　　　　　　　　　9090

现在却有丝带般的烟雾

起自神圣的欧罗泰斯河面；

已经看不见芦苇丛生的

可爱的河岸；

那些自由温雅而骄傲地　　　　　　　　　　　　　　9095

成群快乐地

游泳的白鸟

也隐没不见！

我却听到它们

远远地　　　　　　　　　　　　　　　　　　　　　9100

以嘎声在啼叫！

据说这种啼声就是预告死亡的噩耗。

但愿它不是告知我们

不能接受预示的拯救

而终将灭亡的凶兆。　　　　　　　　　　　　　　　9105

只怕像白鸟般有美丽洁白的

长颈的我

和白鸟所生的王后都会遭殃，

唉，多么悲伤、多么苦恼！

周围的一切　　　　　　　　　　　　　　　　　　　9110

都已经为云雾所遮隐，

甚而我们不能互相看清！

---

① 希腊人用木马计攻陷了特洛伊。

怎么回事呀？我们是否在前进？

或只是在地上

以碎步飘行？   9115

你什么都没有看见吗？可不是黑尔美斯 ①

在引导我们？

金杖在发亮而表示命令，要我们返回

那可憎的、灰色的渐成的黎明，

充满着不可捉摸的形象   9120

而又永远空虚的幽冥？

哦，骤然变成阴暗，

　　那种浓灰色和石垣般褐色的雾

已经毫无光亮地清散。

在我们自由无阻的眼前有墙垣

　　迎面显现。不知是深沟？或是庭院？

总之令人寒颤！姊妹们，

　　我们成为俘虏了——   9125

从来没有过的那样凄惨。

---

① 黑尔美斯，希腊的神使，即罗马的 Merkur，他也带人的灵魂到阴间去。

城中的院子

四周有许多中世纪幻想式的富丽建筑物围绕

领导合唱的女子

你们是急躁而痴愚的、懦弱的女子！

你们只依目前的

　　情形而悲喜，因气象、祸福而变易！

你们对于祸福二者都没有镇静应付的能力，

你们时常互相激烈争论，互相诋毁；　　　　　　　　　9130

只有在快乐和痛苦的当儿

才齐声嬉笑或哭泣。

请勿再吵闹！静听王后高明的决定，

为你们和为她自己。

海　伦

巫女比多尼撒 ①

　　你在哪里？不论你是什么名字，　　　　　　　　　9135

请你出来—

　　从阴暗城堡的这些圆屋顶里！

如果你肯向那位奇异的城主通知我来了，

使他准备好好地迎接，我将很感激。

快引导我到他那里去；

我希望不再流浪，而能安息。　　　　　　　　　　　9140

领导合唱的女子

女王呀，你无论向哪边观看，都觉得迷惘。

那个讨厌的女子

---

① 比多尼撒（Pithonissa）：特耳非的女预言家。因为福尔基亚斯预言了海伦的未来，所以用此称呼。

已经不见，也许是在云雾里躲藏。
我们从烟雾中，不知怎样，
并未行走而却很快地来到这个地方。
她也许是在由许多建筑物奇异合成的 9145
这座迷宫般的城中寻访城主，
因为要使他来隆重地迎接女王。
哦，请看那上面的热闹的情景，
在门口、窗边和走廊等各处，
有许多仆役在匆忙地来往。 9150
这显然是郑重地欢迎贵宾的模样。

合　唱

我的胸怀顿觉舒畅！
请看那里，有许多可爱的青年
行列整齐，文雅徐缓地下降。
这些漂亮的青年们， 9155
不知是受谁的命令而来的，
这么早而整齐地排列成行？
什么东西是我所
　最欣赏的？是他们端正的步伐，
或是白亮的额上鬈发？
或是如桃花般红艳 9160
而生有柔毛的脸庞？
我很想去咬，却又觉得惶恐：
因为曾经在
　相似的场合，说起来也很懊丧，
有灰 ① 塞满了我的口腔。
　　可是有最美丽的人们 9165
　　向这里走来。

---

① 据说死海之滨的苏图姆（Sodom）国所产的苹果在树上变干燥，里面充满灰尘。

他们搬运什么来着？

那是御座的阶梯：

毡椅和椅褥，

还有帷帐 9170

和如天幕似的饰物，

像云冠似地

飘动于

王后的头上；

因为她已被邀请 9175

而就坐于美丽的茵褥①。

请你们前进，

一级一级地

庄重地排成队伍。

这典礼是多么隆重，多么隆重！ 9180

这般的欢迎，真可祝福！

（合唱的人们说的事情都依次实行。）

儿童和青年们形成长列走下去之后，浮士德穿上中世纪骑士的宫廷服在
台阶上出现，端庄而徐缓地下来

领导合唱的女子

倘使神们，不像他们常常所做的那样

只不过暂时借给这个人以英俊的形影，

高雅的风度和庄严的威仪，

那么他所做的事情， 9185

不论是和男人们的斗争，

或和美人们的小战争，都会获得胜利。

我亲自看过许多为人所赞誉的男子，

然而这个人全非他们可比。

我看他以庄重徐缓的脚步走来； 9190

---

① 茵褥：床垫子。——编者注

恩格尔贝特·西贝茨

1848—1851 年

皇后呀，请向他注视！

浮士德（带了一个捆绑着的人走来。）

我还没有向女王致郑重的问候言词，

尚未举行恭敬的欢迎仪式，

就带了这个用链条紧缚的仆人来此。

他忘记了

　　自己的义务，也使我失礼误事。　　　　　　　　　　9195

仆人呀，你跪在尊贵的女王之前

招认你的过失。

女王呀，他是具有奇特眼力的人，

我叫他担任从高塔上观望四周的差使，

要向高远的天空　　　　　　　　　　　　　　　　9200

和辽阔的地上细心探视

有没有事情可以报知，

从四周的丘陵到那坚固的城堡所在的溪谷为止

有没有什么——畜群或军队等移动的样子。

我们要将人民保护，而将敌人抵抗。　　　　　　　9205

可是今天他是多么失职！

女王光临，他并未通知。

因此对于如此的贵客未曾举行隆重欢迎的仪式。

他荒谬地将性命断送，

就该在自己的血泊中惨死。　　　　　　　　　　9210

只有你女王

可随意将他处罚或开释。

海　伦

你请我为法官、为指挥者，

这是地位很高的职司，

大概是要将我试探，　　　　　　　　　　　　9215

那么我就履行法官的第一义务：

先听被告的言词，被告可说明事实。

守塔人林克乌斯 [①]

请让我跪下，让我瞻仰！
请让我生存，让我死亡！
因为我已经把自己 9220
献给这位神授的女王。

我期望清晨的欢乐，
向东方迎望太阳的上升；
太阳却奇异地
忽然升自南方 [②]。 9225

我不看溪谷，不看山冈，
不看大地，不看天上，
而将眼光转向那边，
只凝望那唯一的对象。

我有如高树上的大野猫一般， 9230
被赋予了异常的眼光，
这时却不得不勉强振作，
好像要从深沉而幽暗的梦中醒来那样。

我茫然不能分辨！
是关着的门？是塔？还是屋顶？ 9235
烟雾漂浮，烟雾消散，
有这样的女神显现！

我向她转过胸和眼，

---

① 林克乌斯（Lynkevs），这个名字的意义是"山猫眼"。此人与第五幕中的同名者不是同一人。
② 海伦来自南方的斯巴达。

583

将柔和的光辉吮吸。

她娇艳的美貌 9240

使我可怜的眼睛完全昏眩。

我忘记了看守者的责任,

完全忘记了吹号角的义务。

你尽可威胁要杀戮我——

美却能降伏一切愤怒。 9245

海　伦

我不可以惩罚我自身所惹起的罪愆。

我多么不幸!

为什么被残酷的命运所缠绕!

我到处使男人迷惑,

甚至于使他们不爱惜

自己和任何贵重的物件。 9250

神、半神、英雄以及恶魔们 ①

把我抢劫、哄骗、争夺、迁移,

使我在各处流浪不安。

我不止一两次使世界混乱,

再三、再四地引起许多灾难。 9255

请把这个好人带开,释放他;

为神所迷惑的人不宜视为可以予以侮辱的罪犯。

浮士德

哦,女王呀,我在这里

同时看见善射者和被射中者而非常惊异。

我看见放箭的弓射伤了那个男子; 9260

可是连续射出的箭也射中我自己。

---

① 半神指特色斯、亚奇辽斯等;英雄指帕里斯等;神们指黑尔美斯等而言,恶灵则指假装为福尔基亚斯的梅非斯特。

584

我觉得城内和庭院中

都有带羽毛的箭矢乱飞不已。

那么我算什么呢?

最忠心的人都叛离我,

　　我的城也都陷在危急里。 9265

我现在就怕我的军队

也会服从常胜的你。

除了把我自己以及自以为是我的所有一切

都献给你以外,我还有什么妙计?

你一来就占领了宝座及一切的东西, 9270

让我俯伏于你的脚下,

　　自愿忠诚地拥戴你为女皇。

林克乌斯

(手里拿着一只箱子,又有拿别的箱子的人们跟着同来。)

　　女王呀,你又看到我回来!

　　富人也恳求你看他一下,

　　他一看到你, 9275

　　就会感到富如王侯、贫如乞丐。

　　我以前是什么情形? 现在是什么状态?

　　我想做什么事? 做什么才对?

　　不论眼光多么锐敏,又能有什么作为!

　　它到你的座位边就会驳回。 9280

　　我们从东方一来,

　　西方就有了灾害。

　　有长而阔的民众的行列 ①,

　　前头不知末尾。

---

① 是一种民族大移动的描写。

第一人即使倒下了，
　　第二人仍然站立，　　　　　　　　　　　　　　9285
第三人拿着枪准备；
每个人都精神百倍，
死了千人，也不以为意。

我们蜂拥前进，继续冲锋前进，
占领了一处又一处；　　　　　　　　　　　　　　9290
而在我今天如君主般命令的地方，
明天就有人来偷窃和夺取。

我们匆忙环视四周，
有的人抢劫了最美的女人，
有的人强占了壮健的公牛，　　　　　　　　　　　9295
所有的马匹都被夺走。

我却只热中① 寻找
人所未见的最稀奇珍宝；
不论别人拥有什么东西，
对我都如同干草。　　　　　　　　　　　　　　　9300
我利用我锐敏的眼光
将珍宝窥探寻找，
我能看见任何囊中的东西，
柜子里的东西也都能透视。

我得到大量的黄金，　　　　　　　　　　　　　　9305
而最珍贵的却是宝石：
只有绿玉可以作为
你胸前的美丽装饰。

---

① 同"热衷"。——编者注

586

耳朵和嘴唇之间

可悬挂从海底取来的卵形珍珠；　　　　　　　　　　　9310

红玉比不上你双颊的润红，

我想因为它是为你所不取。

我现在把无价的珍宝

放在你的面前；

把多次血战得来的胜利品　　　　　　　　　　　　　9315

都献在你的脚边。

我带来许多箱子，

以及更多的铁箱。

如果你允许我随从，

我将装满你的宝库。　　　　　　　　　　　　　　　9320

你一登上宝座，

所有的智慧、势力和财富，

都在你这位无比的美人之前

俯首称臣。

我以前以为这些宝贝

　是我所有而坚固地加以珍藏，　　　　　　　　　　9325

现在它们都离开我而成为你的东西。

我以前以为它们珍奇、高贵，

现在却感到它们毫无价值。

我所有的东西都已经化为乌有！

成为如割除的枯草般的废物。　　　　　　　　　　　9330

请以愉快的眼光眷顾它们一下，

使它们的价值完全恢复！

浮士德

快拿开你大胆得来的物件；

即使不会被谴责，也不会被称赞。

城中所藏的东西都是女王的财产；　　　　　　　　　9335

不必拿特殊的东西来奉献。

你去把宝物秩序井然地堆叠起来，

你要布置成

从未见过的那般高雅美观！

你要使圆屋顶如晴天般光亮，　　　　　　　　　　9340

使无生物成为有生命的乐园！

你要在她要来之前，

　赶快铺好一片片的花毯，

使她的脚踩在柔软的地面上。

也要有非常灿烂，

但不会使人昏眩的

　那样的光辉来迎接她的双眼。　　　　　　　　　9345

林克乌斯

　主人所命令的事情都很容易。

　仆人遵命去做，这些如同游戏；

　因为生命和财富

　都是这位美人的威力所统治。

　军队都已驯服，　　　　　　　　　　　　　　　9350

　刀剑也已不复锐利，

　在这样艳丽的形态之前，

　太阳也成为寒冷无力；

　在这样辉煌的美观之前，

　一切东西似乎都是空虚而无意义。　　　　　　　9355

（退场。）

海　伦（对浮士德说。）

我要和你谈谈，请你坐在我的身边！

这个空位在招呼你，

我的座位也因此而变得完全。

浮士德

请先让我跪下，表示我对你的忠诚。

你扶我到你的身边，　　　　　　　　　　　　　9360

让我向你的玉手亲吻。

请让我成为你那不知

　边界的国家的共同治理的君主，

请使我同时兼做你的崇拜者、卫士和侍臣！

请接受我将此身献给你。

海　伦

我看到种种奇事，感到很惊讶；　　　　　　　9365

我有许多事情想要请教你。

请向我说明：

为什么看守人的言语

听起来很怪异，不仅怪异而且很悦耳。

似乎声音和声音互相配合，　　　　　　　　　9370

一句话传进耳里，

另一句就来和它亲昵。

浮士德

我们人民的语调既为你所乐听，

那么我们的歌儿也一定会使你高兴，

能彻底地娱乐耳朵和精神。

我们最好立即开始练习；　　　　　　　　　　9375

问答会引起愉快的感情。

海　伦

请告诉我，

　　怎样才能说得那样巧妙动听？

浮士德

那很容易，

　　只要说从心里涌出来的话就行。

如果胸中充溢着羡慕之情，

就会四顾而询问——

海　伦

　　能与同乐的有何人？　　　　　　　　　　9380

浮士德

于是心灵不看过去和将来，

而只有现今——

海　伦

　　是我们幸福的时辰。

浮士德

只有现今是珍宝、利益、财产和抵押品；

可是谁来加以确认？

海　伦

　　可以用我的手予以确认。

合　唱

　　即使我们的女王　　　　　　　　　　　　9385

　　对城主表示好感，

　　谁以为不妥当？

因为老实说，

    自从伊里渥斯可耻地灭亡，

我们都忧虑恐怖地

在困苦的迷途上流浪，   9390

我们常常成为俘虏，

现在也依然如此。

习惯于男人爱情的女人们，

并不挑选男人，

而知道如何来获得他们的欢心。   9395

不论对于金发的牧童，

或是有黑色刚毛的潘恩们，

依照不同的时机，

把肥胖的手足

也同样地放任给他们。   9400

他们在有厚褥的

华丽的座椅上

渐渐靠近，

触肩接膝，

互相依偎，   9405

互相握手，

女王在众人前

并不顾忌，

她将内心的欢乐

坦然显示。   9410

海　伦

我似乎在很远处，又似乎在很近处，

但很愿意说我在这里！我在这里！

591

浮士德

我呼吸困难，身体发抖，说话艰涩。

我似乎在梦中，时间和地点都消失了①。

海　伦

我好像已经衰老，又似乎很年轻，　　　　　　　　　　　9415

和陌生的你缠绵得不能分离。

浮士德

不要追究这种独一无二的缘分！

生存是义务，即使是片刻的一瞬间。

福尔基亚斯（以激烈的态度登场。）

你们尽管作恋爱入门的试探，

尽管嬉戏和思索恋爱的经验；　　　　　　　　　　　　9420

尽管在嬉戏思索中悠闲地继续痴恋，

可是已经没有这样的时间。

有远雷般的响声，你们岂不曾听见？

请听喇叭的声响，

毁灭已经不远。　　　　　　　　　　　　　　　　　　9425

梅纳拉斯王率领大军②

前来攻击你们了，

请准备作猛烈的战争！

你将为战胜的敌军所包围，

像戴福布斯那样被宰割，　　　　　　　　　　　　　　9430

以赎偿诱拐女人的罪愆。

那些廉价的货色先被挂在空中，

然后就有新磨的快斧

---

① 浮士德从第 6556 行起想占有海伦，现在如愿以偿了。与他相隔数千年的海伦，他觉得内外都和她相近。

② 这时候梅纳拉斯王并未被从阴间叫出来，当然不会带兵来攻打的，梅非斯特（即福尔基亚斯）信口胡说，以威胁他们。

为这位女人在祭坛旁边准备着。

浮士德

狂妄的胡闹，你可恶地来到这里！　　　　　　9435
就是在危险的时候，我也不喜欢惊慌着急。
不祥的消息会使任何美丽的使者变成丑陋，
你是个奇丑的女人，只爱把噩耗传递。
这一次你却不能如意。
你不妨用空虚的气息
　　震动空气。这里并没有危险；　　　　　　9440
即使有，
　　也不过是毫无作用的威吓而已。

（信号，塔上发出爆音，各种喇叭声、军乐声、大军行进声。）

浮士德

　　不，我就要召集
　　同心协力的勇士们来给你看。
　　只有能威武地保护女人的男子
　　才有承受女人爱情的特权。　　　　　　　9445
　　（对着离开纵队朝前走来的指挥官们。）
　　你们是北方的青春花朵，
　　你们是东方的强盛武力，
　　你们有抑制愤怒的静默，
　　必定会使你们获得胜利。

　　你们身披坚钢，
　　　四周围绕着钢铁的光芒，　　　　　　　9450
　　把许多国家陆续灭亡。
　　你们走来时，地为之震动，
　　你们走过去时，有雷声般的余响。

我们以前在比罗斯^①登陆，
老将纳斯多尔已经不在；   9455
我们奔放的军队
把许多小王国的军队打败。

快把梅纳拉斯王
从这些城墙边逐回大海！
他在海上流浪、掠夺和狙击，   9460
这原是他的命运，
　　他所喜欢的行为。

斯巴达的女王
命令我向诸位将军致意：
请把山谷都献在她的脚下，
所得的土地，可作为你们领土。   9465

日耳曼人呀，请利用堡垒和屏障
来保护科林多斯的海湾！
戈特人呀，我把有许多山峡的，
阿哈亚^②地方交给你掌管。

法兰克军队，请开往爱利斯。   9470
美塞纳方面
　　的军事，请撒克塞人负责。
诺尔曼人则去扫荡海上，
而把阿尔哥利斯扩张。

那么你们都可安居于各自的地方，

---

① 比罗斯（Pylos），伯罗奔尼撒（Peloponnes）半岛的港市，特洛伊战争的老将军纳斯多尔（Nestor）所住的城堡。
② 阿哈亚（Achaia）、爱利斯（Elis）及亚尔卡提亚（Arcadia）都是伯罗奔尼撒半岛上的地名。亚尔卡提亚在斯巴达的
　北部，半岛的中央。

将国威向外发扬； 9475

但斯巴达是女王多年的领地，

必须君临在你们之上。

女王会看见你们

在你们自己的地方快乐安康；

你们可以安心地在她的脚下 9480

请求权利和光荣。

(浮士德走下来，将军们围绕着他，受详细的命令。)

合　唱

想求得绝世美人的男子，

第一要有高强的能力，

贤明地预先整理武器。

即使他巧妙地获得了

　世上最好的东西， 9485

以花言巧语骗到手，

要安稳地保持它却不容易，

阿谀会狡猾地把她骗去，

强悍会大胆地把她盗窃，

要防止这些事情，

　不可不谨慎留意。 9490

我赞美我们的领袖，

因为他比别人都高明。

他能果敢聪明地结交勇士们，

勇士们都顺从他

准备听候指示。 9495

愿忠实地奉行他的命令。

这样对他们自己既然有利，

也能赢得领袖的欢心。

双方都可因此而获得光荣的声名。

现在谁敢把女王   9500

从这位威武的占有者手中夺走？

她是属于他的，应该归他所有。

他对内以坚固的城垣，

对外以强大的军队将她和我们保护；

所以我们更愿意她归他所有。   9505

浮士德

我们给这些勇士们以非常优厚的赏赐，

他们每人可以获得一块丰饶的土地，

都是广袤而美丽的。请让他们前进，

我们则固守在中间的位置。

你这个半岛，四周被波浪所包围，   9510

以狭窄的丘陵地带

系结在欧罗巴的山脉尾端，

勇士们争先把你保卫。

早已在仰望女王的这个国家 ①，

现在成为女王的领土。   9515

但愿它在照临诸国的太阳之下，

每个民族都永远蒙受幸福。

女王在欧罗泰斯河边的芦苇响声里

辉煌地破壳而出时 ②，

你的眼光   9520

比你的母亲和同胞们 ③ 更为明澈。

这个国家只对你

---

① 这个国家即亚尔卡提亚。

② 据说海伦是从母亲的蛋中生出来的。

③ 卡斯多、波鲁克斯、克利泰姆纳斯特拉。

显示它最高的繁华；
即使全世界都属于你，
也请特别热爱你自己的国家！   9525

锯齿形的山巅
依然忍受着太阳的冷箭，
而岩石也已呈绿色，
山羊总是贪嗜稀少的食物。

泉水迸涌、山涧会合而奔冲，   9530
溪谷、山坡和牧场都已经颜色青葱。
在断续平原的许多丘陵上，
各处都有羊群在移动。
许多有角的牛分散而又谨慎徐缓地
向险峻的岩边走去；   9535
岩壁凹成许多洞窟，
可以让兽类躲避风雨。

潘恩在那里将
    它们保护。授予生命的水精们
在草木繁茂的溪谷中
    潮湿而清爽的地方居住。
茂密的树木不胜羡慕地向空中   9540
将枝杆伸出。

这是古老的森林！树木雄壮地挺立，
枝桠放肆地交相舒展。
饱含着甘汁的温柔枫树高雅地耸立，
玩弄着自己的
    重负。在幽静的树荫中，   9545
有微温如母乳般的乳汁丰富地涌出，

营养儿童和小羊，

可给平地人吃的成熟果实，

也在不远的地方，

　　从有洞穴的树干上流滴着蜜糖。

在这个地方；安乐是世袭的，　　　　　　　　　　　　9550

嘴唇和双颊都愉快爽朗，

人人各得其所，永不死亡，

都满足而健康。

因此可爱的儿童过着清静的日子，

培养做父亲的能力。　　　　　　　　　　　　　　　　9555

我们看这种情形而感到惊讶，

常产生"是神或是人？"的问题。

所以阿波罗幻现为牧童，

牧童中之最美的和他相似。

自然支配着清净的境地，　　　　　　　　　　　　　　9560

一切世界都有融洽的联系。

　　（在海伦身边坐下。）

因此我也成功，你也如意：

请让往事都在我们的背后消失，

只有你是属于最初的世界，

你要自觉你是最高之神 ① 的后裔。　　　　　　　　　9565

不必有坚固的城堡将你隐藏！

亚尔卡提亚在斯巴达附近，

具有永远年轻的风光，

可以作为我们欢乐生活的地方。

---

① 海伦的父亲是宙斯。

你被引诱而来住在这个吉祥的地方，9570
你已经向最明朗的命运逃亡！
宝座变为园亭，
我们的幸福
　　应当是亚尔加提式地自由舒畅。

　　（舞台完全改变，在若干个并列的岩洞前有几个关闭的园亭，到围绕
　　四周的巉岩为止有多荫的树林，不见浮士德和海伦，合唱的人们分散地
　　睡着。）

福尔基亚斯

我不知道，少女们已经睡了多久，
也不知道她们是否梦见　　　　　　　　　　　　　　9575
我所清楚看见的情形。
所以我要唤醒她们，她们都会吃惊。
你们也会惊讶，
　　你们这些坐在下面等着要看
可信的奇迹该如何解决的胡子们[①]。
出来吧！快出来！请动摇你们的鬈发，9580
张开惺忪的眼睛！
　　不要这样眨眼而听我说明！

合　唱

请说明，请快说明有什么奇迹发生！
我们最喜欢听人说无法相信的事情；
因为我们看岩石已经讨厌得很。

福尔基亚斯

你们还未揉醒睡眼，就觉得厌倦吗？　　　　　　　9585

[①] 指观众。

那么听吧！我们的国王和女王，

在这些岩窟、山洞和亭子里面，

如同牧歌中的情侣那样的游玩。

合　唱

哦，在那里面吗？

福尔基亚斯

　　他们与世界隔离，

只叫我一人秘密地让他们使唤。

我在他们身边

　　很受重视，而可以如亲信者一般，　　　　　　　　　　9590

故意躲开到外面去玩。

我因为认识各种药性，

　　所以到处去找草根、木皮和苔藓。

因此他们只有两人在那里面。

合　唱

听你所说，那边有溪流、湖泊、草地和森林，

好像是另有

　　天地的异境。真是荒诞的奇闻！　　　　　　　　　　9595

福尔基亚斯

这是因为你们孤陋寡闻！

　　那里是不能穷究地深远。

有房间和房间相接，

　　庭园与庭园相毗连；我曾仔细地窥视。

可是突然有笑声回响在洞窟中。

我向前观看，看见有一个男孩

　　从夫人的膝间跑到主人那儿，

又从父亲那里跑向母亲。　　　　　　　　　　9600

他们互相

爱抚嬉戏，说着痴愚的戏言，

高声地嘲弄和欢呼，

交替连续，使我耳目昏眩。

他是个无翼的杰尼乌斯（Genius）

般裸体的儿童；

很像潘恩①，没有兽类般的姿容。

他跳到坚固的地上，

却被地面反弹到空中。   9605

这样跳了两三回，

他触到了屋顶的穹窿。

母亲忧虑地喊道："你跳几次都无妨，

但不可以飞，不可以自由地飞翔。"

父亲也诚恳地劝告道：

"地下有把你抛起来的弹力，

你的脚趾一触到地面，   9610

你就会和大地之子安特乌斯②一样变得坚强。

那孩子跳到岩石堆上，

从这个岩角跳到另一个岩角，

好像皮球被反击而跳起来那样。

可是他在荒野的溪壑罅隙中

忽然隐没，仿佛已经遭殃。

母亲哀哭，

父亲劝慰，我惶恐地挥动臂膀。   9615

他却又出现，多么漂亮！

难道有宝贝在那里隐藏？

他已经穿了有花色条纹的衣裳。

流苏从臂上垂下，襟带在胸间飘荡，

---

① 潘恩，半人半羊的林野之神，好色的牧神。

② 安特乌斯（Antaeus），海神普西顿和大地的女神所生的儿子。其足触地时气力很大，而一经离地，就没有气力。后来被赫拉克雷斯抱到空中绞死。

手持金琴，

　　完全像幼小的费波斯那样，　　　　　　　　　　　9620

英勇地走到断崖的岩角上，我们都很惊惶，

他的父母却欢喜得向怀里拥抱。

这是因为孩子的头上发着多么辉煌的亮光！

发光的是什么呢？是黄金

　　的装饰吗？或是过盛的精力的火光？

他虽然还是儿童，

　　而他的行动却已经预示着　　　　　　　　　　　　9625

他将成为一个在全身

　　有永远的旋律流动的，

能创造一切美的巨匠。

你们将会听他的言论，

　　看他的风采而非常敬仰。

合　唱

你是在克莱泰出生的女人，

难道把这个当作奇事？　　　　　　　　　　　　　　9630

难道你未曾听说过

可以作为教训的诗词？

难道你也未曾听过

伊渥尼亚 ① 和希腊的

许多古老的　　　　　　　　　　　　　　　　　　9635

神们和英雄们的故事？

现今所发生的一切，

都是隆盛的

祖先时代的

凄凉余音。　　　　　　　　　　　　　　　　　　9640

你所说的事情，

---

① 伊渥尼亚，希腊西方的诸岛。Hellas 是希腊的古名。

不能和那种
歌咏玛耶 ① 的儿子的可爱谎话相比，
后者被说得似乎比事实更为可信。

这个小孩如此可爱而强壮，   9645
却是初生在世上，
饶舌的保姆们，
痴愚谬误地
用清洁的毛绒襁褓包裹他，
再罩以华贵的衣裳。   9650
强健可爱的男孩

却巧妙地
把柔软而有弹力的四肢伸张，
把不适意地压迫着的
紫色衣裳   9655
悄悄地遗弃在原来的地方。
好像蜕了壳的蛹，
张开翅膀，
在日光普照的大气中
大胆而放肆地飞翔，   9660
像已成长了的蝴蝶。

这个灵敏的孩子，
而且也是对窃贼、坏蛋，
以及一切唯利是图之辈
永远有好意的魔神。   9665
他不久就用巧妙的技能

---

① 玛耶（Maja），希腊语，母亲之意。在罗马神话中是春之女神。她与宙斯生黑尔美斯据说也是在亚尔卡提亚的洞中出
生的。

证明了这种事情。

他敏捷地偷窃了海王的三叉戟，

也狡猾地从剑鞘里

偷了战神亚雷斯的宝剑。 9670

他也偷取了费波斯的弓箭

和哈派斯特的火钳。

假如他不怕火，

必定也会偷走父亲宙斯的闪电。

他和爱罗斯角力， 9675

用脚将他钩翻。

基普利斯 ① 爱抚他时，

他也从她的胸前，偷去了带子。

（有清幽美妙的弦乐从洞穴中传来，众人侧耳谛听，似乎都很感动。从这里起到下面写着暂停的地方为止，继续奏着十分和谐的音乐。）

福尔基亚斯

请大家听最可爱的乐声 ②，

勿再谈神话和故事！ 9680

请捐弃那些古老的神们，

那是过去了的事情。

谁也不会再想理解你们所说的事情，

我们要求更高的税金：

凡是要感动人心的东西 9685

必须出乎自己的身心 ③。

（向岩石那边退回。）

---

① 基普利斯（Cyprus）的女神，被供奉在基普利斯岛的阿普洛迪（Aphrodite），即维纳斯。

② 有浪漫气质的北欧人梅非斯特对于古代希腊的神话不感兴趣，而喜欢它的音乐。

③ 参看第 9378 行。

合　唱

你这位可怕的女人

也爱听这种柔媚的声音？

我们好像大病初愈般地 ①

想要流泪似的心情。 9690

心中渐成黎明，

阳光不妨消失；

我们能在自己的心中寻觅

全世界所不能给予的东西。

（海伦、浮士德和穿了上述服装的欧福列洪登场。）

童子欧福列洪

听到童子的歌声， 9695

你们也会感到快乐。

你们看我这样配合节奏地舞蹈，

你们的心儿也会慈祥地跳跃。

海　伦

为了授予人类有人性的幸福，

爱情使富贵的二人接近； 9700

又为了使人有神样的快乐，

它集合了优秀的两人。

浮士德

现在我是你的，你是我的，

一切都已解决。

我们这样地结合， 9705

不容有什么改变。

---

① 脱离了呆板的古典的事物，好象病愈似地愉快。

合　唱

他们多年的恩爱，

成为这个男孩温柔的光辉，

在他们俩的身上汇聚。

这种集合，多么令人羡慕赞美！ 9710

欧福列洪

请任我跳跃，

任我飞腾！

无论多么高的苍穹，

我都要飞升；

这是我的愿望， 9715

它已经抓住我的心灵。

浮士德

不要鲁莽！

不要狂妄！

以免摔下来

而造成灾殃。 9720

宝贵的儿子，

不可使我们悲伤灭亡。

欧福列洪

我不愿长久地

留在地上。

请放开我的手， 9725

放开我的头发，放开我的衣裳！

它们都是我的，

请快放开！

606

海　伦

你要想想，你要想想：

你是谁的孩子！　　　　　　　　　　　　　　9730

你若毁坏

那好不容易得到的

我的、你的、他的东西，

我们将如何悲戚。

合　唱

恐怕这一伙人　　　　　　　　　　　　　　　9735

就快要分离。

海伦和浮士德

你要自制！

为了父母，

必须把太活泼的

强烈的冲动抑制！　　　　　　　　　　　　　9740

要安静地留在这里，

作为这里的装饰。

欧福列洪

那么我只为你们

而抑制我自己。

（穿行于合唱者群中，引诱她们跳舞。）

我绕着这些快活的人旋转，　　　　　　　　　9745

很是容易；

这样的腔调，这样的动作，

是否相宜？

海　伦

这样很好，

你可领导人们   9750

做巧妙的轮舞和游戏。

浮士德

这样的事情，我希望尽快结束！

这种骗人的玩意儿，

我不觉得可喜。

（欧福列洪和合唱队形成错综的行列翩翩起舞。）

合　唱

你这样可爱地   9755

将两手摇动，

使你的鬈发

飘荡而闪烁着光辉，

你的脚轻轻地

在地上滑走，   9760

你在各处

使手足相交。

可爱的小宝贝，

你的目的已达到；

我们的心儿   9765

没有不向你倾倒。

（暂停。）

欧福列洪

你们都是

脚步轻捷的小鹿；

我们来做新的游戏，

快从这里逃开！   9770

你们是野兽，

我是猎人。

合　唱

可爱的小宝贝儿，

你若要捉住我们，

不必性急地奔跑！　　　　　　　　　　　　　　　9775

因为我们很想

终于能够

把你拥抱。

欧福列洪

大家穿过森林，

一直向前走去！　　　　　　　　　　　　　　　9780

容易得到的东西

是我最嫌恶的；

强横取得的东西

我才觉得有趣。

海伦和浮士德

多么放荡！多么猖狂！　　　　　　　　　　　9785

一点节制也不愿意。

他们的声音好像在吹号角，

如震撼山谷般传扬。

那是何等的胡闹！何等的喧嚷！

合　唱（一个个地匆匆地登场。）

他轻蔑地嘲笑我们，　　　　　　　　　　　　9790

走过我们的身旁，

从人群中

拉走一个最年轻的女郎。

欧福列洪（抱一少女而来。）

我拖来这个强壮的女郎，

作为强迫享乐的对象。 9795

我为求快乐，为求喜悦，

吻她那不情愿的嘴唇，

紧抱她抗拒的胸膛，

以显示意志和力量，

少　女

快放开我！在我的身体里 9800

也有体力和勇气。

我们的意志和你相似，

不容易转移。

你以为我很困窘吗？

你太相信你的腕力！ 9805

你尽管紧紧握着，

我要烧伤你这个傻子，作为游戏。

（她变为火焰，熊熊地燃着升入空中。）

请跟我到轻飘的空际，

请跟我到坚硬的坟里，

请追求消失的目的！ 9810

欧福列洪（拂除残余的火焰。）

在森林的树丛之间

有嶙峋的石头重叠；

在这样狭小地方，能做什么？

我岂不是年轻力壮？

这里有飒飒的风声， 9815

有澎湃的波浪声，

听起来两者都很遥远，

我愿和它们相近。

（三个向岩石上跳。）

海伦　浮士德和合唱团

难道你想模仿羚羊？

只怕你会跌下来受伤！ 9820

欧福列洪

我必须尽量登高，

必须尽量远望。

因此我知道在什么地方！

我是在与海和陆地

都亲近的岛的中央， 9825

在贝罗普斯国的中央。

合　唱

你不愿意在山林中

快乐逍遥吗？

我们就去为你寻找

排列成行的 9830

生在小山边的葡萄，

无花果和金色苹果也可找到。

你要在这个优美的地方

安逸地居位才好！

欧福列洪

你们在梦想太平的日子吗？ 9835

谁爱梦想，就任他梦想。

战争！是口号，

胜利！是跟着发出的音响。

合　唱

太平之世

却期望发生战争， 9840

那是荒谬的

离开了希望的幸福之人。

欧福列洪

他们是这个国家 ① 所造就的勇士，

定出危险进入危险，

有自由的精神和无限的勇气，   9845

不惜牺牲自己的热血，

有无法抑制的

高尚的意志——

但愿我的参与

对他们有益！   9850

合　唱

请向上看，他已经飞得多高！

一点也不觉得渺小。

他好像是穿着战袍去争取胜利的英雄，

他的身体好像是用钢铁所制造。

欧福列洪

没有壁垒，没有城墙，   9855

人人只靠意志坚强。

坚忍不拔的金城汤池，

是好男儿的铁一般的胸膛。

若要不被征服而能安居，

就要立刻武装赴战场。   9860

女子们都要成为亚马逊 ②，

男子们都要成为勇士和猛将。

---

① 英国的诗人拜伦于 1823 年 7 月底毅然到希腊去参加反抗土耳其的独立战争。歌德以欧福列洪作为诗的创作精神的象
　征，也以此表现拜伦的事迹。
② 亚马逊（Amazonen），古代传说中的小亚细亚的好战的女人民族。

罗特列克《浮士德》

37.2×26.5cm　1896 年

合　唱

那是神圣的诗歌，
尽管向天上高升！
那是最美的星星，　　　　　　　　　　　　9865
请尽管广袤地照临！
那种声音仍能传来，
我们都喜爱聆听，
都永远喜爱聆听。

欧福列洪

不，我不再是小孩，　　　　　　　　　　　9870
而是以武装的青年的身份而来。
我在心里已经和刚强、自由、勇敢的人们
共同完成了各种行动。
那么去吧！
走向荣誉的大道，　　　　　　　　　　　　9875
它已经在那边展开。

海伦和浮士德

你出生人间为时无几，
才只开始经历愉快的日子；
现在却从令人眩晕的高阶上
神往于充满愁苦的境地。　　　　　　　　　9880
我们在你的心里
难道毫无任何意义？
我们的美满家庭，
　　难道与梦幻无异？

欧福列洪

你们是否听见海上有雷鸣般的隆隆之声①?

它在溪谷之间震起回响;   9885

军队和军队在尘埃和波浪之中

冲锋肉搏,惨痛苦闷。

死是

天命。

这是当然的事情。   9890

海伦　浮士德和合唱团

多么可怕!多么令人心寒!

难道死是你的天命?

欧福列洪

我能从远处旁观吗?

不!我要与人同受愁苦和患难。

海伦　浮士德和合唱团

这是手无械弹的冒险,   9895

死亡必难幸免②!

欧福列洪

我还是要去!我的两翼已展开,

必须要飞行!

我要到那里去!非去不行!

请让我飞行!   9900

(他跃入空中,衣裳暂时支撑着他。他的头发光,后面曳着光尾。)

---

① 指土希战争的大海战。
② 拜伦死于热病,间接地成为希腊独立战争的牺牲者。

合 唱

那是伊卡路斯①！伊卡路斯！

好不伤心！

（一个美少年坠于父母的脚边，这具尸体似乎是个熟谙的人②，但其形骸霎时消灭，而光芒则如彗星般升上天去，只有衣袍和琴具留着。）

海伦和浮士德

在欢乐之后，

就来了惨痛悲戚。

欧福列洪的声音（从地底发出。）

母亲呀，不要让我在   9905

幽暗的国度里凄凉孤寂！

（暂停。）

合 唱（挽歌。）③

你绝不会孤寂——无论在哪里，

因为我们跟你熟稔。

唉！即使你离开人间，

谁的心也不会和你分离。   9910

我们几乎不能哀悼，

反而羡慕你的命运而歌咏它。

以前无论在明朗和阴暗的日子，

你的歌声和勇气都是伟大而美丽。

你是世家子弟，能力高强，   9915

本可把世上的幸福安享，

可惜你迷失了自己，

---

① 伊卡路斯（Ikarus）：戴达罗斯（Dedarius）之子。奥维德斯（Ovidius）的《变形记》记述此事。戴达罗斯造成翅膀，用蜡粘在自己及其子伊卡路斯身上，一同飞入天空。然而伊卡路斯不听父亲的警告，飞得太接近太阳，蜡就融化，他失去翅膀，坠海而死。

② 就是拜伦。

③ 是为希腊人哀悼拜伦而作的。

在年轻时就凋谢飘零！

你对人心的任何冲动都深具同情心，

也有观察人间的锐利眼光，　　　　　　　　9920

为优秀的女人们所热恋，

创作了特异的诗歌文章。

可是你放肆地

投入无意识的网里，

偏激地违背　　　　　　　　　　　　　　　9925

法律和风俗：

而在最后，你极高尚的心意

偏重纯粹的勇气，

想要成就辉煌的事业，

而不能如意。　　　　　　　　　　　　　　9930

又有谁能够如意？——

当全国国民在不幸的日子 ①

都为流血而缄默之时，

　　这是悲惨的问题，

命运也对它蒙面而隐蔽自己。

可是你们要振兴新诗和乐歌，　　　　　　　9935

不可垂头气馁！

因为大地又会产生新的诗章，

和以前的情形一般无二。

（完全休歇，音乐停止。）

海　伦（对浮士德说。）

"美和幸福是不能长久相伴的。"

这句古谚竟不幸在我身上应验。　　　　　　9940

生命和爱情的联系都已中断。

---

① 希腊军的最后据点米苏隆奇（Misolungi）陷落时，拜伦也困守在这里，于陷落之年前病死。

我哀恸此二者，悲痛地说声再见，

向你的怀里再投入一递。

地狱的女神呀，

　　请让我的孩子和我同入黄泉！

（拥抱浮士德，她的形骸消散，衣服和面纱留在他的怀里。）

福尔基亚斯（向浮士德说。）

请把留在你手中唯一的东西抓住！　　　　　　　　　9945

切勿放掉这件衣服①！

魔鬼们已在牵拉衣缘，

想把它拉进冥府，请紧紧地将它抓住。

你所丧失的女神虽然不再生存：

而她的遗物却还是神圣的。　　　　　　　　　　　　9950

请利用极为尊贵的

　　恩情，使你自己高升：

在你能生存的时间中，

它会使你超尘绝俗，

　　带你在大气中飞行。

再见吧，将会在很远，很远的地方再见。

（海伦的衣裳散为云彩，围绕浮士德将他带向空中鹿去。）

福尔基亚斯

　　（从地上拾起欧福列洪的衣服和琴具走到舞台前方，拿起遗物而

说道。）

　　还好找到了这些遗物！　　　　　　　　　　　　　9955

　　火焰虽然已经消失，

　　我并不为世间感到痛苦。

　　只要有这些东西，就足以启发诗人的灵感，

　　就足以在工商界引起同样的嫉妒。

---

① 海伦的衣服是古典形式的象征。

我虽不能授予才能，   9960

而至少能借予衣服。

（在舞台前方的一根柱旁坐下。）

领导合唱的女子

女孩们，务请尽快！

　我们已经脱离妖术，

脱离特撒利亚的巫女 ① 讨厌的精神束缚：

那些扰乱耳朵，

扰乱内心杂乱的音响 ② 也已经消除。   9965

女王以庄重的脚步下去了，

我们也要同往冥府！

忠心的侍女们应该紧紧地随从主妇。

我将在不可思议的女神 ③ 的宝座旁和她会晤。

合　唱

　女王们当然无论哪里都喜欢去，   9970

　在地狱里也能居于上位，

　能骄傲地和其他贵妇人为伍，

　和女神佩儿西凤也很亲睦。

　我们则将在有日光兰 ④ 的

　低洼草原的偏僻处，   9975

　和细长的白杨

　以及不结实的柳树为伍。

　会有什么乐趣？

　我们只能像蝙蝠般吱吱地叫，

　像幽灵般不快地低声细语。   9980

---

① 特撒利亚的巫女即福尔基亚斯。

② 指浪漫派的音乐，古代的女人是不喜欢这种音乐的。

③ 指阴间的女王佩儿西凤。

④ 日光兰（Asphodelos），据说是在阴间开的花；但在希腊现在也有很多这种的野花。

领导合唱的女子

既不想成名，

　也不想做高尚事情的人，

只能回归于元素；你们不妨就去！

我却热望与女王在一起；

我们不但要以功劳，

也要以忠心把我们的人格维护。

（退场。）

众　人

我们又回到阳光所照临之处。　　　　　　　　　9985

我们已经不再是人类了，

这一点我们自己都清楚；

然而我们绝不返回冥府。

永远生活的大自然

需要我们这些精灵，　　　　　　　　　　　　9990

它也是我们所必需的。

合唱团的第一部分 ①

我们在无数树枝的颤动和摇晃的萧萧声中，

以戏弄般的刺戟，轻巧地引诱生命之泉，

使它从根部向枝头升起；

然后用许多叶片和花朵装饰蓬松

　的头发，使它自由茂密地生长。　　　　　　9995

如有果子落地时，

　就有快乐的人们和兽类急忙聚集，

互相拥挤，拾取而啃食。

他们好像膜拜最古老的

---

① 这个合唱队分为四组，每组三人。第一组代表木精（Doriaden），第二组代表山精（Oreaden），第三组代表泉精（Najaden），第四组代表葡萄树的精灵（Bacchantinnen）。

神似地在我们的周围弯身屈膝。

另一部分

我们摇动身体，

　　对这些向远方辉耀如

平滑的明镜般的岩壁谄媚地靠近。　　　　　　　　　　　10000

不论是鸟儿的歌声或芦苇的笛声，

或潘恩的可怕声音，

　　我们都静静地谛听，准备立刻回应。

对于萧萧飒飒的声息，我们也答以同样的声音。

假如是雷声，我们也以两倍、

　　三倍、乃至十倍强的雷声予以回应。

第三部分

诸位姊妹！

　　我们要更轻快地和溪流一同奔跑，　　　　　　　　　10005

因为那远处的草木繁茂的丘陵非常壮观。

我们尽管下去，

　　如迈安特罗斯河 ① 似地婉转流着，

先灌溉草地和牧场，

　　然后灌溉屋宇周围的花园。

耸立在田野、河岸和水面上的

那些细长的杉树的末梢，

　　是我们作为目标的物件。　　　　　　　　　　　　　10010

第四部分

你们不妨随意到那里去；我们就要绕过

那遍植青葱葡萄树的小山。

我们在那里可以看见葡萄栽培者终日勤劳，

---

① 迈安特罗斯（Maiandros）河，小亚细亚迂回曲折的河。

而无时不在忧虑收成的丰歉。

他们或用锹锄掘地，

　　或覆土于根上，或缚或剪，　　　　　　　　　　　10015

向所有的神——尤其向日神祈求丰年。

慵懒的巴克诃斯对于忠仆不太关心，

或在亭子里休息，

　　或在洞窟里凭眺，和最年轻的潘恩闲谈嬉戏。

他常有可供陶醉之用的美酒

贮藏在冷窖中左右

　　摆着的囊中、瓮中和桶里。　　　　　　　　　　　10020

可是当神们——尤其是

　　日神对植物加以通风、温暖、润湿，

将丰满的玉粒堆叠起来的当儿。

在种葡萄者幽静地

　　工作的地方，忽然变得很有生气。

每个亭子里都有声音骚骚然，

而且从一株树向另一株树传衍。　　　　　　　　　　10025

桶子和筐子都叽叽咯咯地响着，

　　担桶似乎在呻吟悲叹。

一切都被搬入大桶里去，

　　榨酒者就起劲地在那上面跳舞。

于是那富于液汁的纯洁葡萄

被无情地践踏，发出泡沫，

　　飞溅混合，被压成丑陋的容貌。

现在传来了铙钹 ①

　　铜锣的震耳欲聋的声音，　　　　　　　　　　　　10030

因为戴奥尼索斯从神秘中现形。

又有载着绥勒诺斯 ② 的长耳兽发着猛烈的吼声。

---

① 铙钹：一种乐器。——编者注
② 绥勒诺斯（Seilenus）是戴奥尼索斯的教育者。

他带着有山羊足的男人

　　和女人们摇摇摆摆地走来；

他们毫无顾忌，用裂开的脚爪将一切风俗蹂躏。

一切感觉都昏晕旋转，

　　耳朵也因麻木而不灵。　　　　　　　　　　　　10035

醉汉们摸索着杯子，

　　头和肚子都过于饱胀。

还有一二人在操劳，

　　而只将骚扰声增加；

因为要盛新酒，必须尽快将旧囊倾尽！

　　（幕落。福尔基亚斯在舞台前巨人般地站起来，脱下悲剧用的半长靴，除
　　去假面和面纱而现出梅非斯特的形象，如果必要，可添加收场词，藉以解
　　释剧情。）

第四幕

高　山

陡峭的　锯齿形的岩石山巅

一朵云彩飞过　倚近岩边　降在突出的平岩上面　未几散开

浮士德（出来。）

我离开了在晴天中驮载我

徐缓飞过海洋和陆地的云彩，　　　　　　　　　　　10040

向下面鸟瞰极深的静寂，

小心翼翼地踏上这山巅的边际。

那朵云彩并不散开，

　　而徐徐地和我分离。

它变成圆浑的行列向东飘去，

我目送它离去而感到惊异①。　　　　　　　　　　　10045

它波浪般地移动改变，

但似乎将变成什么形影。——

　　是的，眼睛并不曾将我欺骗！——

在太阳照着的枕褥上面有个

　　像巨人般高大，而像神一般的女人，

将身体美丽地舒展，

　　我能清楚地看见！

她很像由诺、丽达，或海伦，　　　　　　　　　　　10050

在我眼中摇晃，

　　是多么可爱而又庄严！

哦，它现在移动了！

它像遥远的冰山似地

　　停在东方，广阔高大而不成形；

将匆匆逝去的日子的重大意义，炫耀地辉映。

---

① 歌德晚年曾经非常热心地作过有关云的研究，所以常常写云的动态。参看第 6441 行。

雷东《浮士德和梅非斯特》

40×32cm 1880 年

可是还有一条轻淡明亮的烟雾，　　　　　　　　10055

飘浮在我的额边和胸际，

　　清凉柔媚，令人畅快舒适。

现在它徐徐地轻飘上升聚集。——

这个美丽的形象可不是和失去已久的

初恋时可爱的人儿

　　完全相似？或是由于错觉所致？

存在内心里的那些

　　最早的宝贝现在又都涌起：　　　　　　　　10060

它使我想起奥罗拉轻松兴奋的爱情 [1]：

这就是我虽然很快

　　就感觉到，而几乎不能理解的一瞥。

这一瞥，如果紧紧抓住，

　　它比什么宝贝都美丽。

这可爱的形影和灵魂的美同样增加，

它并不消散，而向空中高升，　　　　　　　　10065

同时带走我心中最美好的东西。

　　（一只七里靴 [2] 踏出来，不久又来了一只。梅非斯特脱靴，两只靴急忙走

开。）

梅非斯特

可以这样说已经定了很远！

请告诉我你在想什么事？

你何以降落在这样可怕的境界中，

降落在狰狞地开着大口的岩穴里面？　　　　　　10070

我认识这块岩石，但不是在这里；

因为它原来是地狱底的岩石。

---

① 奥罗拉（Aurora）的恋爱，奥罗拉是曙光的女神，据说她爱恋渥列洪，这里是指歌德的最早的爱人葛莱卿而言。

② 七里靴见德国童话，说走一步可以进七里。

浮士德

你是无时不讲蠢事的怪人，

现在又开始讲这样的事情？

梅非斯特（认真地。）

以前上帝使我们

　　从空中向极深处坠落，　　　　　　　　　　　　　10075

那里的中央 ① 和周围

都燃烧着永恒的烈火——

我也知道那是为了什么。

我们在那太亮的光焰里，

觉得拥挤而窘迫。　　　　　　　　　　　　　　　10080

魔鬼们都开始咳嗽，

咳声来自左右上下，

地狱里弥漫着硫磺的臭气和硫酸，

产生了一种瓦斯！变得非常可怕。

诸国平坦的地盘虽很坚实，　　　　　　　　　　　10085

但不久就轰然爆炸。

于是我们来到相反的尖端，

以前的地底现在变成山巅。

恶魔们上下颠倒的妙训

就因此而创建。　　　　　　　　　　　　　　　10090

我们从受苦的热穴中逃出，

来到充满自由的空气中。

这虽然是公开的秘密，而却要仔细隐瞒，

日后才能发表于世间。

　　（《以弗所书》（6：12）。）

---

① 即地球的核心，滑稽地解说着火成论，见《以弗所书》（6：12），这几句附注是歌德的秘书黎玛（Riemer）所加的。新约该节原文如下："因为我们并不是与属血气的争战，乃是与那些执政的、掌权的、管辖这幽暗世界的以及天空属灵气的恶魔争战。"

浮士德

山岭对着我崇高而沉默无声；　　　　　　　　　10095

我不问它以及为什么生成。

当大自然在自身中奠基的时候，

把地球浑然形成了圆形。

它喜欢山峰，也喜欢溪谷，

使岩石和岩石、山和山并列；　　　　　　　　　10100

然后适当地形成丘陵，

使它们以和缓的坡度向溪谷中延伸。

各处就有草木葱翠地萌芽和成长；

大自然并不需要狂暴的

　　天灾地变①，才能使自己欢欣。

梅非斯特

你这样讲！

　　你以为这是十分明白的事；　　　　　　　　10105

然而当时亲自在场的人，

　　却知道并不是这样。

当深渊在地下沸腾，

　　喷着火焰而流动时，

我亲自在场。

摩洛诃②用铁槌敲击，

　　使岩石和岩石互相接合，

使山的碎片飞到远方。　　　　　　　　　　　　10110

陆地上现在也还有几千片

　　外来的，沉重的石块散布着；

谁能说明这种投抛的力量？

岩石仍在那里，无法改变转移。

---

① 无需那种狂妄的天灾地变，歌德以为在自然界中只有渐次的变化，没有急速的飞跃。

② 摩洛诃（Moloch）：好战的山灵，对上帝的攻击也悍然反抗，在地狱的周围筑山以守护之，或说是牛身的火神。

这种事情，哲学家也不能明了，

我们再三想过，总是徒劳。—— 10115

只有淳朴的平民却极为清楚，

他们的观念不受烦扰。

他们早已认为：

这是奇迹，是撒旦的功劳。

因此巡礼者拿着信仰的手杖， 10120

去看魔岩和魔桥。

浮士德

可是恶魔如何观察自然，

这是值得注意的事件。

梅非斯特

这与我有什么相干！

 无论自然是怎么样，我都不管！

但恶魔曾经亲自在场，

 这才是最重要的一点。 10125

我们是做大事的人！

不妨扰乱、胡闹和蛮干！

 请看这种证据，就可以了解！ ——

我现在很明白地对你说吧，

这个地球上的东西，

 岂是未曾有什么为你所喜欢？

你在无限度的范围中， 10130

曾经见过许多国家和它们的庄严。

 （《马太福音》(4)①）

可是你是个不知足的人，

难道未曾有过你所贪欲的事物？

---

① 见《圣经·马太福音》(4:8)，恶魔诱惑耶稣。

浮士德

那是有的！曾经有过一种

　伟大的东西，引起了我的欲念。

你可猜猜看！

梅非斯特

　　我猜想你的欲望并不难。　　　　　　　　10135

我可以选择一个大都市，

那里有市民买食物的肮脏场所，

有弯曲的小巷，尖形的屋宇；

有狭小的市场，有葱、白菜、萝卜等东西；

也有肉摊，那上面有　　　　　　　　　　10140

贪吃肥肉的苍蝇麇集①。

你无论什么时候去，

总会看到

　热闹的样子，闻到难受的臭味。

市内也有大街和广场，

以显示高雅堂皇。　　　　　　　　　　　10145

又没有大门加以限制，

有郊外的市镇无限地扩张。

我在那里可以欣赏马车等各种车辆

喧闹不停地来往，

以及蠕动的人群，　　　　　　　　　　　10150

像分散的蚂蚁那样。

我乘马或乘车出游的当儿，

常成为他们的中心，

为千百人所敬仰。

---

① 麇集：成群。——编者注

浮士德

这样的情形不能使我满意。 10155

也许只因为看见人口增加，

人人能各自安适地生活，

或者能接受教育，有所学习而且觉得可喜，

然而只会养成叛逆 ①。

梅非斯特

然后我要凭自己的

　势力在风景优美的地方 10160

造一个可资游乐的壮丽大城，

我要将森林、小山、平野、草原和田地

改造为美丽的园林。

在绿色的树篱之前有天鹅绒般的草坪，

有线一般笔直的

　路径，有外形精巧的树荫， 10165

又有小小的瀑布经过岩石与岩石之间流行；

又有各种喷泉

壮丽地飞升，在旁边则成为

无数的细条而发出嘶嘶之声。

我还要为最美的女人们 10170

建造舒适小巧的屋宇，

可以和她们永远地

幽静快乐地同居。

我说到女人，

总是用复数。 10175

浮士德

这是庸俗时髦的方式，

---

① 歌德受了法国七月革命的影响。

是撒达那巴尔 ① 式的奢侈!

梅非斯特

听你的话语,

　　你的欲望也就可以想见。

你实在是了不起的大胆。

你曾经几乎飞近月边。

大概是你的欲念使你好高骛远?　　　　　　　　　　　　10180

浮士德

并非如此! 这个地球上,

还有做大事业的余地,

应该有人做惊人的大事,

我觉得有做这种尝试的能力。

梅非斯特

那么你的野心,是要求声名了?　　　　　　　　　　　　10185

可见你是从女英雄 ② 那里来的奇人。

浮士德

我要主权,要统治的权力!

行为是一切 ③,声名不具任何意义。

梅非斯特

可是将会有诗人们

将你的光荣传诸后世,　　　　　　　　　　　　　　　10190

---

① 撒达那巴尔(Sardanapal),亚述最后的君王,常在后宫穿女装游乐,恐为叛逆者所俘,集合许多美人及一切财宝于城市而自焚。所谓"庸俗时髦的方式"是指现代人的骄奢淫逸的颓废生活,与古代的健康纯朴的生活成为强烈的对比。

② 指海伦。

③ 以上是海伦的悲剧,浮士德以美为理想的那种生活至此终结了,梅非斯特想以奢侈的生活和名誉诱惑他,浮士德则以为这一切都是空的,要进而做济世救民的实业,就是要实行"太初有为"的原则了。

634

用愚蠢的话教人做蠢事。

浮士德

我所想的事情，你是一无所知。

人类企求什么，你能明白吗？

你那样尖刻乖癖的人物，

那能知道人们需要什么东西？　　　　　　　　　　10195

梅非斯特

那么我就遵从你的意愿！

请将你企图的范围明言。

浮士德

我曾经注视大海的情景。

海水高涨，汹涌奔腾，

然后退却，散布波浪，　　　　　　　　　　　10200

冲击平广的海滨。

这种情景使我气愤。

这如同强横者以激动的血气

妨碍尊重一切权利的自由精神，

而使其成为不愉快的感情。　　　　　　　　　10205

我以为这是偶然，于是再凝眸细看；

波浪停住又翻滚回去，

远离骄傲达到的地点；

可是过些时候，又把同样的游戏重演。

梅非斯特（向观众说。）

这种情景我觉得一点也不新颖，　　　　　　　10210

这是十万年来我就知道的事情。

浮士德（兴奋地继续说。）

无生产力的波浪悄悄跑来，

到处传布不生产的性质。

它膨胀、升高、滚动，

将荒凉可憎的地区掩蔽。 10215

连续而来的波浪虽然凶暴地发挥威力，

而退去之后，

并未做出使我恐惧绝望那样的事迹。

这是奔放不羁的

　元素无目的的势力，

我的精神敢于承当

　超过自己势力的事情， 10220

我要在这里奋斗，要争取胜利。

我相信这件事情是

　可能的！——无论海水如何泛滥，

只要遇到任何小丘，它就从旁弯定；

无论它怎样傲慢地翻动，

但稍高之处就能屹立于中流； 10225

稍低之处也能将它强烈地向下引诱。

我就很快地有许多计划在心里筹谋。

我要使强暴的大海离开海岸，

使潮湿的地带缩小，

把波浪向海中远远赶走， 10230

那么就会有难得的快乐可以享受。

我将我的计划一步步仔细研究。

这是我的愿望，我决心要使它成功！

（在观众的背后有鼓声和军乐从右边的远处传来。）

梅非斯特

这是很容易的事情！

你有没有听见远处的鼓声？

浮士德

又是什么战争！聪明的人不愿听闻。 10235

梅非斯特

不论是战争或和平，

要能努力从中取利，才是聪明。

任何有利的瞬间，都要随时留心；

现在机会来了，

　　浮士德，你非抓住它不行！

浮士德

勿用谜语般的话语来使我烦恼！ 10240

请简单地说明我该怎么办才好！

梅非斯特

我在途中听说：

那个忠厚的皇帝现在非常苦恼。

他的性情你也知道。

那一次我们游玩的时候，

　　使他得到许多虚伪的财富， 10245

成为可以收购全世界那样的富豪。

他是年轻时就登上了皇位，

所以荒谬地认为：

政治和享乐

可以并行不悖， 10250

这很妥当而且愉快。

浮士德

这真是荒谬之至。

凡是有权发命令的人，

必须在命令中感受欣喜。

他的胸中充满高尚的意志，

任何人都不能知道他想做什么事。 10255

他对最忠心的人所密语的事情，

一旦做成，就会震惊全世界的人。

因此他常是至贵至尊的权威。——

享乐会使人成为庸俗愚痴 ①。

梅非斯特

那个皇帝却不是如此。 10260

他不但自己享乐，而且穷奢极欲！

国家因而紊乱而毫无秩序，

上下互相斗争，

　兄弟互相残杀、驱逐，

城与城不和，市与市反目，

工会反对贵族， 10265

主教和僧侣及信徒也不亲睦。

人人相见，都以为是仇敌、匪徒。

连教会里都有杀人的惨案：

而在市外，

　商人和旅客都会丧失性命和财物。

因此人人都敢大胆妄为， 10270

生活等于自卫。

　然而这样也还能混到现在。

浮士德

还能混到现在；他的

　贫民跛行，跌倒，又站起来，

---

① 统治者应当清高，若贪图享乐，则将沦为庸俗。

然后翻筋斗、打滚而重叠成堆。

梅非斯特

这种状态，谁也不准诅咒。

人人想出风头，而且也都能够。　　　　　　　　10275

极渺小的人物也被认为是优秀的。

可是到了最后，最高明的人们认为这太荒谬。

于是有豪杰们用实力起来反抗，

公然宣言：能安定国家的人，

　　就是我们的皇帝陛下。

现在的皇上不想

　　安定国家，能力也缺乏，　　　　　　　　　10280

我们要选举新君主来复兴国家。

他会使人人安宁，

在新建设的社会中

使和平与正义互相融洽。

浮士德

你的议论好像是僧侣的话语。　　　　　　　　　10285

梅非斯特

　　　事实上也是僧侣的话语。

他们且求自己的便便大腹的安全，

实在比别人更多参加坏事的罪犯。

叛乱增加，他们把它作为当然的神圣①。

我们曾经使他快乐过的那位皇帝，

现在向这里来，

　　大概是来作最后的决战。　　　　　　　　　10290

---

① 教会看见自己的财产为无政府状态所威胁，因而宁愿援助伪帝，以保护自己的权益。

639

浮士德

我很为他伤心；他是个直爽的好人。

梅非斯特

请来看吧！活着的人总应该有所希望①。

我们要从这个狭窄的山谷中救出那位君王。

救他一次，等于救他一千次。

谁能知道骰子会转出什么花样？ 10295

如果皇帝本身幸运，应该有臣下帮忙。

（两人从山中走来，俯瞰山谷中军队的阵势，鼓声和军乐从下方传来。）

我看军队的阵势很是妥当；

我们若去参加，必定能打胜仗。

浮士德

人家对你能有什么期望？

无处不是欺骗、妖法、虚伪的幻象！ 10300

梅非斯特

这是破敌的妙计！

你要考虑你的目的

而坚定做大事业的决心。

我们若能给皇帝守护皇位和领地，

你就可以跪在御前， 10305

接受广大无边的海滨之地为封邑。

浮士德

你做过了许多事情，

这次战争务须获得胜利！

---

① 荷兰谚语："人生在世，必有希望。"歌德的格兹（Cötz）第五集："活人必有希望。"

梅非斯特

不，你自己要负起争取胜利的责任！

这一次，要由你来做总司令。   10310

浮士德

我怎么配担任这样高的职位！

对于军事毫无所知而去指挥战争。

梅非斯特

请先组织参谋部，

那么大将就可放心。

我早已知道战争的危险，   10315

所以已经预先任用深山中的原始人

来把参谋团组成。

能召集他们的人必有幸运。

浮士德

那边拿着武器而来的是什么人？

难道你已经煽动了山间的人民？   10320

梅非斯特

不！我和彼得·史坤兹 ① 先生是同样的

从游民之中选来的精英。

　　三个壮士登场（《撒母耳记下》（23:8）②）

我的壮士们来了！

你看，他们年龄不齐，

武器和服装，也都各异；   10325

你使用他们也会觉得还可以。

---

① 彼得·史坤兹（Peter Squenz），翻译莎士比亚《仲夏夜之梦》的作家格里弗斯的作品中的主人公之名。这篇作品中
　描绘着极拙劣的演员们演戏的事情。
② 仿《旧约·撒母耳记下》（23:8）的大卫三壮士而创造的人物。

恩格尔贝特·西贝茨

1848—1851 年

现在每个小孩

都喜欢铠甲和武士的服装。

这些家伙虽然像寓言里的人物，

也许更为你们所欣喜。 10330

粗暴者

（年轻，轻便的武装，穿着彩色的衣服。）

谁敢和我对视，

我就用拳头猛击他的颚骨！

若有懦夫想要逃开，

我就把他后面的头发揪住。

敏捷者

（成人，武装整齐，衣服华丽。）

这种空虚的吵闹是无聊的争论， 10335

徒然浪费光阴。

不如快拿些东西，

其他的事情，可待以后再问。

固执者

（老人，全身武装，里边不穿衣服。）

这样也不会有多大的利益可得！

巨大的财产也会很快地消融， 10340

而流失在生命的河道。

获取东西固然很好，而保持却更为重要。

可让我这个白发的老人去处理。

谁也不会从你那儿夺取分毫。

（一同向低处下去。）

前山之上

有大鼓和军乐之声从下方传来　皇帝的天幕被搭起来　皇帝　大将　卫士们

大　将

我们使全军退到这个形势良好的　　　　　　　　10345
山谷里来，这计划现在看起来
似乎也很妥当。
因此我深信我们必定会打胜仗。

皇　帝

我们的计划
　有无成效，不久即可见分晓。
可是这次退却
　颇像奔逃，不免令人烦恼。　　　　　　　　10350

大　将

陛下，请看我军的右翼！
这正是战略上所希望的地形：
丘陵并不陡峻，却不容易通行，
对我军有利，但不利于敌人。
我军可半伏于波形的地面，　　　　　　　　10355
敌人的骑兵不敢接近。

皇　帝

那么我只好加以称赞。
武力和勇气可以在这里考验。

大　将

陛下可以看见我们的方阵 ① 在中央草原的平地上

战斗得那么勇敢。 10360

刀枪在晨雾和朝阳中

反映得光辉灿烂。

强大的方阵黑压压地波动是何等壮观！

数千士卒想建立奇功而在奋战。

由此可知集团的威力是多么强大。 10365

我相信他们必定会使敌人溃散。

皇　帝

这样的奇观，我是初次看见。

这样的军队可作加倍计算。

大　将

关于我们的左路，

　我没有什么可以传述，

那险峻的岩山，有勇士们据守， 10370

现在有兵器在那块巉岩辉耀，

把狭窄山峡重要的通路保护。

敌军必将在这里

出乎意料地在血战中惨败颠覆。

皇　帝

那边有人走过来，

　他们是虚伪的亲眷。 10375

他们称呼我为叔伯、兄弟、堂兄弟等，

日益放肆而骄横，

从皇笏中夺取权力，从皇座中夺取尊严，

---

① 方阵（Phalanx）是重步兵队，与轻步兵队及骑兵队不同。

继而树党内讧，将全国蹂躏扰乱；
对我同谋造反。 10380
多数的民众彷徨不定，
随波逐流移转。

大　将

我们派去侦察的忠心士兵
现在正急忙从岩上来，
但愿他有好消息带来！

第一间谍

我们巧妙而大胆的办法 10385
可算是成功，
我们潜入各处去做侦察的活动。
可是我们所得的情报并不很好。
许多人如同忠臣那样，
愿意为陛下尽忠效劳 10390
而作为毫无作为的口实，
说是国内局势不安，民心动摇。

皇　帝

利己主义者只求保护自己的利益，
不顾义务、名誉、感激和情谊，
难道不会想想：如果作孽过甚， 10395
那么邻家的火不是也会烧死你们自己吗？
第二个间谍回来了，缓慢地下来，
手足都在发抖，他似乎很疲惫呢。

第二间谍

当初我们很高兴地看着
众人狂奔乱跑的状态， 10400

忽然意外地

有个新皇帝走出来。

群众就依循指定的路

越过原野走来。

他们都跟着展开的伪旗行走——   10405

像驯羊般的奴才!

皇　帝

来了一个伪帝对我反而有利。

现在我才感觉到我是皇帝。

以前我穿铠甲，只算是军人，

现在穿起来，具有更高尚的意义，   10410

以前每次宴会时虽然十分豪华，

不缺少什么，

　　却常常以没有危险为可惜。

当你们劝我和你们同样做比武的游戏时 ①，

我也心跳而感到自己也是武士。

假如你们不反对战争，   10415

我的武功必定已经显赫彪炳。

前次举行游艺会时我看见自己在火光中辉映。

我的心中就有特立独行的确信。

火焰向我凶猛逼近，

那虽然是幻象，却是伟大的奇景，   10420

我模糊地梦见了胜利和荣名。

我现在要补偿以前玩忽迟误的事情。

　　（遣派使节去向伪帝挑战，浮士德身穿铠甲，头戴半闭的军盔，三个壮士仍穿上述的武装和衣服。）

---

① 骑兵循圆形飞跑而射击圆圈或标的的游戏，以代替马上的枪战。

浮士德

我们来到这里，希望不受谴责。

即使没有危险，总要以谨慎为宜。

你也知道山间的人民善于思考，　　　　　　　　　　10425

熟悉自然界和岩石的文字。

早已离开了平地的精灵们

对于山岩比以前更有善意。

他们在富于金属性的清香气体里

往来于迷宫似的山谷中，

　　安静地工作不已。　　　　　　　　　　　　　10430

他们唯一的欲望，

　　是不停地综合、试验、分析，

以发明新的东西。

他们以精灵的轻巧手指，

造成各种透明的形影；

然后在结晶和永远的沉默里　　　　　　　　　　10435

窥看上面的世界中有什么事情发生。

皇　帝

我也听见过这种消息，

　　相信你的话是真实的。

但请问这种情形

　　现在对我有什么好处？

浮士德

那个住在诺济亚的魔术家 ① 萨布斯人

是你诚实忠心的仆人。　　　　　　　　　　　　10440

他曾经被非常可怕的命运所威胁。

---

① 诺济亚（Norcia）是在意大利翁布利亚大区（Umbria）东部城市，出很多魔术师。萨布斯人（Sabus）也是意大利中部的以农耕为主的种族，也出魔术师及预言家等甚多。这里所说的魔术师将被天主教徒处以火刑时，幸而被因受加冕而到罗马去的青年皇帝所解救，此为歌德的创说。

木柴已经燃烧，火焰像舌尖般上升；

堆积在四周的柴薪中

混杂着硫磺和沥青。

人、神或妖魔都不能救他，   10445

幸蒙陛下弄断了烧红的链条而得以生存。

这是在罗马发生的事。因此他非常感激你，

对于你的生活时时注意。

从那时候以后，他完全忘了自己，

仰观天文、探问

    黄泉，以谋求你的利益。   10450

他托我们在最紧急时来助你。

山岭之力是多么的伟大神奇。

大自然在山中自由发挥极强大的作用，

愚钝的僧侣却骂它是妖法的把戏。

皇　帝

在快乐的日子，

    我们欢迎来和我们同乐的佳宾，   10455

他们比肩接踵地光临，

挤满广大的客厅，

他们每一个人都使我们高兴；

而在命运的秤上

摇摆不定着可忧虑的早晨，   10460

毅然来援助我们的诚实之人，

当然是最受欢迎的。

可是现在请让你强壮的手

放开正将出鞘的利剑，

尊重有数千人分为友敌而战斗的   10465

这一重要的瞬间。

大丈夫必须能够自立！

    凡是想争取王座和皇冠的人，

必须有能接受这种荣誉的价值。

胆敢背叛我而自称为

元帅、领袖或君王的妖孽，10470

我将亲自用拳头

把他打进地狱里！

浮士德

无论如何，你若要完成大事，

总不宜用头打赌。

头盔岂不是以鸡冠和羽毛为饰物？10475

它把鼓励我们的勇气的头颅保护。

假如没有头，手足又有什么用处？

头如果安睡，四肢就全都垂下；

头如果受伤，全身就都受苦；

头如果迅速痊愈，全身也就恢复。10480

那么手臂也会灵敏地利用它的气力，

能举起盾牌以保护头颅；

宝剑也会自觉它的义务，

会威武地招呼，反复地砍断；

强壮的脚也会同样威风，10485

会用力践踏被打败的敌人头颅。

皇　帝

我也是同样愤怒，也要同样对付敌人，

要把他傲慢的头颅当作脚踩的矮凳①！

使者们（回来。）

我们在敌人那边未受重视，

讲话也没有什么效果。10490

---

① 《诗篇》（110：1）："等我使你仇敌作你的脚凳。"

650

我们义正辞严的晓谕，

　　为他们所嘲笑奚落。

　　他们说："你们的皇帝已经失踪，

　　那边狭窄的山谷里只有回声传入耳朵。

如果要我们想起他，　　　　　　　　　　　　　　10495

　　正如童话里所说的——从前曾经有过。"

浮士德

现在军事非常顺利，

完全如同你的忠臣们所预期的。

敌军靠近来了，国军急切地待命杀敌。

请下令进攻，

现今正是适当的时机。　　　　　　　　　　　　　10500

皇　帝

我在这里不想亲自指挥。

　　（向大将）

请你来负责处理。

大　将

那么我军的右翼先去迎战！

敌军的左翼正在登山；

但在他们要走最后的一步之前；　　　　　　　　　　10505

必将敌不住忠勇强盛的国军而逃窜。

浮士德

这位强悍的英雄，

请立即让他加入国军的行列，

让他和将士们同心合作，

发挥他的本领而建立奇功。　　　　　　　　　　　　10510

　　（指点右方。）

粗暴者（出来。）

谁敢向我转过脸来，

除非被我打碎了

　上下颚，他也不能把脸转开。

谁敢向我转过背来，

他的头、颈和头发就将凄惨地在背后悬垂。

如果将士们都和我同样凶猛　　　　　　　　　10515

用剑和棍棒攻击，

那么敌人必都将倒下

而淹死在自身的血泊内。

　（退场。）

大　将

我们的中央部队徐徐跟着前进，

以全力巧妙地迎击敌军，　　　　　　　　　10520

在那边稍稍右方，我军也奋力猛攻，

已经动摇了敌军的战阵。

浮士德（指正中的一人。）

请命令这位好汉也参加作战！

他非常敏捷，能拉走一切物件。

敏捷者（出来。）

国军不但要有旺盛的士气，　　　　　　　　10525

也要有抢劫的嗜好。

伪帝豪华的帐幕

可以作为我们大家的目标。

他不得夸耀地长坐在宝座上，

让我在队伍的前端来做向导。　　　　　　　10530

轻薄的女人（女商人，挨近敏捷者。）

我和他虽非夫妻，

他却是我最喜爱的男子。

对于我们两人，

　　现在已经是收获的时机！

女人攫走东西时很是猛烈，

抢东西时更是毫不客气。　　　　　　　　　　　　10535

打胜仗时女人总是先到！

　　因为要做什么事都可以。

　　（两人退场。）

大　将

果真如同我们所预期的，

敌军的右翼凶猛地攻击我们的左翼。

我军的将士必定都会勇敢地抵抗，

用疯狂的攻势争取狭小的岩道。　　　　　　　　10540

浮士德（指示左方。）

请陛下也赏识这位壮士，

强者更强，总是有利而无弊。

固执者（出来。）

对于左翼尽可放心，

　　不会有什么危险！

有我在场，阵地自会安然无恙。

老人有善于坚持的本领。　　　　　　　　　　　10545

即使天雷轰下来，也不会使我放开所持的东西。

　　（退场。）

梅非斯特（从上面下来。）

请看那后边，

从每一个有锯齿形的岩石溪谷里

都涌出武装的人员，

将那条狭窄的小路充塞得拥挤不堪。 10550

他们用钢盔、铠甲、剑和盾牌

在我们后面造成了一条城垣，

等待命令去和敌人作战。

（轻声对解事的观众 ① 说。）

请勿查问他们是从何处来。

我当然毫不迟疑， 10555

在附近的那些武器库中去搜索寻觅。

他们以步行或骑马的姿势站着，

好像还是地上的人一样。

他们以前是国王、皇帝或骑士，

现在却只是空虚的蜗牛壳儿。 10560

许多妖魔钻进其中，自行装饰，

再表现出中古时代的样子 ②。

不论壳子里躲着的是什么妖魔，

这次总会有什么作用显示。

（高声地。）

请听他们已经激昂地活动起来了， 10565

使金属物叮叮当当相撞！

那些旗竿上的破旗

也似乎切盼爽快的

风儿吹来都在飘飘飞扬。

请你们想象

这些古代人都已经预备好了，

愿意去参加现代的作战。 10570

（有可怕的喇叭声来自上方，敌军中显然发生动摇。）

---

① 解事的观众（die Wissenden）：即熟识妖怪故事的观众。

② 讽刺不真实的骑士小说。参看第 5295 行及第 10327 行。

浮士德

地平线已经变成黑暗，
只有带有不祥预兆的红光
在各处奇异显现。
剑戟仿佛都沾着鲜血而光辉闪闪。
岩石、森林、大气和整片天空　　　　　　　　　10575
也似乎都在参战。

梅非斯特

我军的右翼十分稳固；
我却看见敏捷粗暴的巨人韩斯
在众人之间特别醒目，
异常迅速地活动忙碌。　　　　　　　　　　　10580

皇　帝

起初我看见有一只手臂举起来，
现在则有十二只在挥动摇摆，
这显然不是自然寻常的情态。

浮士德

陛下岂不曾听人说过
在西西里的
　　海滨上飘浮的云烟①？　　　　　　　　　　10585
那里在白昼
有奇异的形象呈现，
明显飘摇地升到中天，
映在特殊的蒸气之间。
有摇晃的都市，　　　　　　　　　　　　　　10590
有升降的庭园，

---

① 指海市蜃楼（Fata Morgana），在南方可见。

655

有种种幻象继续穿破空中而显现。

皇　帝

可是现在的情形是多么令人疑惧！
所有长枪的尖端都像电光般闪烁，
我军光亮的枪尖上 ^①　　　　　　　　　　　10595
有小小的火花在急速地跳舞，
我感到这里充满妖魔怪物。

浮士德

请陛下原谅！
那是已消灭的妖精们的遗迹，
是船夫们都要向他们宣誓的　　　　　　　　　　10600
迪奥斯克罗伊兄弟返照的光辉，
他们在这里将最后的力量汇聚。

皇　帝

大自然为了我们
把珍奇的东西都聚拢来，
这是谁的安排？　　　　　　　　　　　　　　10605

梅非斯特

这不是别人，
而是非常关心陛下
　命运的那位尊贵的魔术师。
敌人凶狠地威胁陛下，
使他深感义愤，
他即使牺牲自己的生命，　　　　　　　　　　　10610

---

① 出现在桅杆顶上的 Sankt Elmsfour，古时被视为航海的保护神迪奥斯克罗伊，当阿尔高号的船员们航行时，在风雨中有一颗星照耀在他们的头上。

也要救你以报答宏恩。

皇　帝

回忆当时众人欢呼 ①，
引导我旋风似地到各处巡回。
我以为这是适当
　　的时机，就不加以思考地，
将清风向老人的白须吹喷。　　　　　　　　　　　　　　10615
因此使僧侣们都极为扫兴，
当然不能再为他们所喜爱。
已经过了许多年月，
还有人会为了我那件一时高兴
所做的事而来报答我的恩惠？

浮士德

豪爽做的事会有丰富的酬报。　　　　　　　　　　　　　10620
请抬起头瞧瞧！
那位先生仿佛要显示什么预兆。
请注意，不久就会分晓。

皇　帝

一只老鹰在高空盘旋；
一只格列普斯在凶猛地追赶。　　　　　　　　　　　　　10625

浮士德

请注意，我以为这是很好的预兆。
格列普斯是故事中的怪鸟。
何以不自量力，
要和真鹰来做强弱的比较？

---

① 在举行加冕礼时。

657

皇　帝

现在它们画着大圈，　　　　　　　　　　　　　　10630

互相旋转；

忽然相对扑近，

各想撕破对方的脖子和胸腔。

浮士德

请看那倒楣的格列普斯

被抓破撕裂，受了重伤，　　　　　　　　　　　10635

拖着狮尾，

窜入山顶的林中逃亡。

皇　帝

但愿会如同吉兆所预示的！

我虽然感到奇怪但姑且认为如此。

梅非斯特（向右边。）

我军反复猛烈进攻，　　　　　　　　　　　　　10640

敌人不得不退避；

他们负隅顽抗，

向着右方拥挤；

因此在混战中

扰乱他们自己主力的左翼。　　　　　　　　　　10645

我军坚强的先锋

转向右方，冲入敌军的弱处，

好像电光般敏捷。——

势均力敌的两军

像被暴风所激起的波浪般　　　　　　　　　　　10650

在恶战中猛斗不已。

这样的战争，真是壮烈无比！

现在国军已经获得了胜利！

658

皇　帝（在左边向浮士德说。）

请看！那边的情形似乎颇令人可疑。

我军的阵地很是危急。　　　　　　　　　　　　　　　10655

不时有石块飞起，

敌军已经爬上低岩了，

我军已经放弃高岩。

哎哟！大批的敌人

渐渐迫近了，　　　　　　　　　　　　　　　　　　10660

那条狭路似乎落在敌人的手里。

这是利用妖法的不幸结果！

你们的战略是徒劳无益的。

（暂停。）

梅非斯特

我的两只乌鸦飞来了，

不知它们带来什么的报告？　　　　　　　　　　　　10665

只怕是不利于我们的噩耗。

皇　帝

这些讨厌的鸟儿不知是有什么心意？

它们从有激烈战争的岩石上

把它们的黑帆驶向这里。

梅非斯特（对乌鸦说。）

请飞来停在我的耳畔。　　　　　　　　　　　　　　10670

你们所保护的人不会有灭亡的危险，

因为你们的建议很妥善。

浮士德（对皇帝说。）

陛下想来必也听说过，

鸽子无论是多么远的地方，

也会回到它们

    有自己的幼雏和食物的窝巢里。   10675

这一点有重大的差异；

鸽子们传达和平的佳音，

而乌鸦则传达战争的消息。

梅非斯特

总之我们的情势非常不利。

请看！我们的勇士们   10680

在岩边非常窘急！

敌人已经登上了最近的高地！

如果他们占据了那条狭路，

我们要反攻就很不容易了。

皇　帝

那么我终于为你们所欺骗！   10685

你们把我拖进了网子里面。

自从我为这个网所缠绕，

常感到惶恐不安。

梅非斯特

请不要灰心！胜败还未确定。

直到最后为止，需要妙计和坚忍！

万事到了末尾，往往是特别艰辛。   10690

我有些可靠的使者，

请让我来指挥他们！

大　将（正在此时走近。）

陛下和他们共事，

我常因此而忧虑不已。

妖术绝不能把确实的幸福招致。   10695

蒙蒂切利《梅菲斯特》

38.5×26.2cm　1870 年

我没有办法可挽回这种局势。

他们所开始的事，就让他们来收拾。

我现在奉还这条指挥的棍棒。

皇　帝

我们也会有运气转变的时机，

你可保留这条棍棒。　　　　　　　　　　　　　　10700

我看见那个人以及他与乌鸦亲密的情景，

不免觉得寒心战栗。

（向梅非斯特说。）

这条棍棒，我不能交给你，

你好像不是适当的人选；

但你不妨发命令，设法救助我们！　　　　　　10705

将来变化如何，只好听天由命。

（和大将同入帐幕。）

梅非斯特

不妨让人家用这条无尖锋的棍棒保护皇帝！

它对于我们毫无用处，

有点像十字架般的东西。

浮士德

那么我们应该做什么事？

梅非斯特

　　应做的事早已安排完毕！　　　　　　　　10710

喂，黑色的兄弟们①！

　　有急事要你们办理。

快飞到山上的大湖去！

---

① 指乌鸦，据说恶魔由渥坦承受了两只乌鸦作为随从。

662

为我向水精们致意，
将她们的水影借到这里。
她们会用别人不易了解的奇术
将实体和假象分离；   10715
而人人以为假象就是实体。
　　（暂停。）

浮士德

我们的乌鸦们必定已经用花言巧语
使水精们欣然听从；
那里已经有水开始涓涓流动。
在许多干燥的秃岩上面   10720
有丰富的泉水迸涌。
敌人的胜利就此告终。

梅非斯特

这种现象真奇异！
不论多么大胆的登山者也会昏迷。

浮士德

一条小溪分为许多湍急流下，   10725
从溪壑中成为加倍的水量流出。
这条巨流就成为弓形的瀑布。
忽然摊开在广阔的岩上，
发着泡沫而曲折地奔腾，
一级又一级地落入深谷，   10730
即使对它作英雄般勇敢的反抗又有什么用处？
强大的波浪会把反抗者冲去，
我看见这种滔滔的洪水也感到恐惧。

梅非斯特

我并不见有虚伪的洪水泛滥；

只有人的眼睛蒙受欺骗。 10735

我以为这是非常奇妙而有趣的事。

愚蠢的敌人害怕淹死

而纷纷奔窜。

他们虽然在陆地上

　很安全，却焦急气喘，

可笑地以游泳的姿态避难。 10740

敌军中已经完全混乱。

　（乌鸦们回来。）

我得向大师傅① 把你们称赞。

可是你自己若要试做大师傅的事，

那么就快前往有猛火燃烧的铁店②。

侏儒们在那里不知疲劳的工作， 10745

把金属和石头打得火花飞溅。

你们要婉曲巧妙地和他们商量。

借取他们所重视的

烁烁闪耀，嗞嗞发声的火焰。

在远处闪亮的电光， 10750

和从高空急速坠落的星星，

也许在夏天每夜屡见不鲜；

然而在茂林中闪亮的电光，

和在湿地上嗤嗤地发声的星儿，

却不容易看到。 10755

你们不必太过辛苦，

可先请求他们，命令他们贡献。

　（乌鸦们退场，上述之事次第实现。）

---

① 大师傅：指魔王撒旦。
② 铁店：指山精的锻冶所。

梅非斯特

敌人为浓重的黑暗所围困!

一步也不能走稳!

各处都有鬼火,　　　　　　　　　　　　　10760

忽然有一种炫目的光明!

一切都很妥当,

但还需要一种威吓的声音。

浮士德

从洞穴里拉出来的空洞武器,

仿佛在外面的空气中才成为强硬。　　　　　10765

在那边的高处

早已发着叽叽喀喀的怪声。

梅非斯特

真是这样!

　它们成为无法抑制那样地慷慨激昂。

我已经听到骑士们猛烈地相打的声音,

如同在美妙的古代那样。　　　　　　　　　10770

臂甲和胫铠,

迅速地成为教皇党和保皇党的分子,

重新展开永久的战斗而不相让。

他们依然继承祖传的仇恨,

无法和解般地顽强。　　　　　　　　　　　10775

骚扰的声音已经传开得很远很广。

凡有恶魔参加宴会时,

党派的憎恶总是最为旺盛,

总是造成很大的灾殃。

我们听到强烈的声音,

　像牧神潘恩的叫声般地可憎,　　　　　　10780

或像撒旦的吆喝似地尖锐高亢,

骇人地向山谷中传扬。

伪帝的天幕

皇座　周围的装饰非常富丽

敏捷者　轻薄的女子

轻薄的女子

我们比谁都先到这里。

敏捷者

任何乌鸦也不能飞得像我们这样迅疾!

轻薄的女子

哦，好多的宝贝儿埋在此地!　　　　　　　10785

不知道应该从哪里开始? 在哪里停止?

敏捷者

天幕中充满着许多珍宝!

不知道应该先拿什么东西?

轻薄的女子

这块绒毡正是我所喜欢的，

我的床铺往往不太美观。　　　　　　　10790

敏捷者

这里挂着一颗钢铁铸的星，

我很早就想要这样的东西。

轻薄的女子

这里有一件镶金边的红色披肩，

如同我所曾经梦见的。

敏捷者（拾取武器。）

这件东西用起来倒很方便，　　　　　　　　　　10795

可用来杀敌人而后再前进。

你已经拿了许多东西，

而没有一样好东西装进袋里。

无用之物不必拿走，

而只要选取一个箱子！　　　　　　　　　　　10800

这是要付给军队的饷银，

有金子装在里面。

轻薄的女子

这是了不起的礼物，

我提不起来，也不能担负。

敏捷者

快蹲下去！你要屈身弯腰！　　　　　　　　　10805

我把它在你强壮的背上放好。

轻薄的女子

哎唷，好痛啊！我受不了这种重担！

它会把我的腰骨儿折断。

（箱子坠落，箱盖跳开。）

敏捷者

这里有赤金堆成山丘——

赶快拿吧，赶快动手！　　　　　　　　　　　10810

轻薄的女子（蹲下。）

快投进我的衣兜！

这么多似乎已经尽够。

敏捷者

已经尽够！快走快走！

（女子站起来。）

你的围裙有个小洞！

无论你站在哪里，向哪里行走，   10815

会将宝物到处挥霍遗漏。

我方皇帝的卫兵们

你们在神圣的场所做什么？

你们竟敢窃取皇帝所有的财富？

敏捷者

我们出卖身体，

现在来拿战利品，   10820

在敌人的营中向来不妨如此。

我们也是兵士。

卫兵们

军人兼做小偷，

在我们中间可不行，

凡是走近我们皇帝的人，   10825

必须是真正的军人。

敏捷者

大家都知道正直是什么德性，

无非是"征收"的别名。

你们也在同样的立场，

"拿过来！"这是

同志中间招呼的喊声。   10830

（向轻薄的女子说。）

快拖走你所拿的东西！

我们在这里不是受人欢迎的嘉宾。

（退场。）

第一卫兵

那个家伙竟如此放肆，

你何以不立刻打他的脸？

第二卫兵

我不知何以丧失了气力，　　　　　　　　　　10835

他们好像是妖怪般的东西。

第三卫兵

我眼前仿佛有火花飞舞，

因此看不清楚。

第四卫兵

我不知道怎么说才好。

整天都那么热，　　　　　　　　　　　　　10840

那么沉闷烦躁，

有人站着，有人跌倒；

我摸索前进，同时挥刀，

每次有敌人打倒。

眼前总有薄纱般的东西浮动，　　　　　　　10845

有嗡嗡、沙沙、嘶嘶等声音在耳朵里骚扰。

这种情形一直继续着，

　我们现在到这里来了，

怎么来时，自己也不知道。

（皇帝和四位诸侯登场，卫兵等退场。）

皇　帝

不管经过如何！

　　总之这次战争我们已经胜利，

敌军在原野中四散奔逃。　　　　　　　　　　　　　　10850

这里留着空虚的皇位，

叛徒的财宝，用毛毯包裹着，

　　把这一带的地方放置得很拥挤。

我们光荣地由自己的卫兵保护着，

在等待各国的特使。

从四面八方纷纷传来可喜的消息。　　　　　　　　　10855

据说国内已经

　　平静，人民都臣服欣喜。

在我们的战争中虽然也有幻术参与，

毕竟是我们独自争取了胜利。

当然也往往有偶然的事帮助战斗者：

例如有石块从天上落下来，

　　有血雨落在敌人的头上 [①]，　　　　　　　　　10860

有强烈的怪声来自岩石的洞里，

使敌人寒心，提高我们的士气。

败者倒下，常为人所嘲笑；

胜者荣耀，称颂援助他的上帝。

他不必命令，万民附和着说：　　　　　　　　　　　10865

"上帝啊！我们赞美你！"

我平时很少反省，

　　现在却将虔诚的眼光

转向自己的胸怀，

　　以表示最高的赞美之意。

年富力强的君主会把光阴浪费，

而岁月会使他领悟时刻的意义。　　　　　　　　　　10870

---

① 是以前常有的迷信。

所以我要立即和你们四位元勋磋商，

将宫廷内外的一切事情处理。

　　（向第一人说。）

侯爵，你把军队带领得很妥当，

又在重大的时机做了勇敢的处置。

现在国内太平，

　　请依时势的需要而适当地办事。　　　　　　　　10875

我赐给你这把剑，

　　授你以典礼司的官职。

典礼官

陛下忠诚的军队以前是在国内服务，

现在却在边疆保卫陛下和皇位的安全；

请允许我们在历代祖先所住的厅堂中

举行盛宴时为陛下预备御膳。　　　　　　　　　　10880

我会把御膳

　　整洁地奉献，整洁地伺候你，

永远不离开陛下身侧。

皇　帝（向第二人说。）

你是勇敢而温和的人，

我让你做待从长官，这种职务并不轻，

你是宫中人员的最高主管。　　　　　　　　　　　10885

他们如有争执，就不会忠实勤勉。

你要以身作则，

以期能为众人所敬仰，

　　为君主和同僚所喜欢。

侍从长

我将努力奉行圣旨，

　　以求能得陛下的欢心。

我将帮助善人，也不损害坏人， 10890

　　沉静而不欺骗，

　　不用权术但却公正廉明！

承蒙陛下垂察愚忱，

　　我就感到十分荣幸。

我可否预想将来盛宴的情形？

陛下就席的时候，

　　我会把金盆拿来而执着它的环柄，

以便陛下在非常快乐的时候洗手， 10895

我仰望龙颜而感到欢欣。

皇　　帝

我正在想着国家的

　　大事，无暇考虑宴会的事情；

不过你那样做也可以！

　　宴会可增加办事的精神。

　　（向第三人说。）

我任命你为御膳司，

以后狩猎、鸟舍、果园都归你管； 10900

每月时鲜的食品则由我亲自选择；

你要用心治膳。

御膳司

我当奉献美味，使陛下称心满意，

绝对不敢自己先吃。

我要和厨师们同心协力， 10905

从远方采购名产，务求提早时季。

但陛下并不喜欢用远方

　　和早出的珍馐来装饰食桌，

只要求简单而富于营养的东西。

皇　帝（向第四人说。）

我们现在免不了要谈论欢宴。

你这个年轻的好汉，可改任为酒官。　　　　　　10910

你要设法将我们的酒库

用美酒来装满。

你自己则要有节制，

勿为机缘所迷惑而陶醉沉湎！

酒　官

就是青年，只要为人所信任，　　　　　　　　10915

则在别人还未注意的时候，

　就已经变成相当的人才。

请让我也来想象将来盛大的宴会；

我将用精巧的金银杯盘

将陛下的食器橱装饰得非常华美，

而且预先为陛下拣选最可爱的酒杯；　　　　　10920

那是晶莹的威尼斯玻璃杯子，

　有快乐藏在杯内，

能增强酒味，而不会使人昏醉。

嗜酒者往往太过信赖这种奇异的宝贝，

陛下圣明，必定会比别人更能节欲自卫。

皇　帝

在现在这样重要的时刻，

　我所要给你们的赏赐，　　　　　　　　　　10925

你们已经听我说明，

　是绝对可以相信的。

人君的话语出必行，

　任何赏赐都不会变更。

但为表示确实，

　也需要文书和签名。

673

现在恰好有个适当的人来了，

可由他来正式办理这件事情。 10930

（大主教兼宰相登场。）

皇　帝

圆形的屋顶要在坚固的基石上造成，

才能是永远稳固的。

请看那四位大臣！

　我们刚才讨论了，

什么才能改进我们的皇室和宫廷的安全要政。

关于国家全体的政治 10935

则郑重地交托你们五人。

你们的领地都将优于其他的人。

因此我现在就拿叛徒们所占领的地方，

来把你们的领域扩张。

对于你们这几个忠臣，

　我将赐予许多肥美的土地， 10940

并且特许你们在相当的机会，

以继承、收买、交换等

　方法，将你们的领地增广。

并且明确地准许你们可不受阻碍地

做领主当然可做的事项。

你们可做裁判官，

　有做最后判决的权利。 10945

对于你们最高的权威，

　别人不能用上诉等办法来反抗。

租税、利息、贡物、地租、警卫费、

　关税、货币及监税、矿产、货币铸造，

也可由你们自己辖掌。

我因为要充分表示我的谢意，

使你们的位置仅次于君王。 10950

大主教

我代表众人向陛下表示至深的谢意！

陛下使我们强大稳固，

　　也就是增加陛下的威力。

皇　帝

我还要托你们五人一件更重要的事。

我现在为国家生存，也希望能长命。

我以前只顾向前努力进取，　　　　　　　　　　　　　　10955

现在则不得不为了维持祖先的系统而转回眼睛。

我将来总有一天要和亲爱的人们离别，

你们要负责选立嗣君。

你们要举行加冕典礼而拥护他走上圣坛，

使现在这样骚扰的世局成为太平。　　　　　　　　　　10960

宰　相

世间上最尊贵的人们都心中暗喜，态度谦虚，

恭敬地在陛下面前俯伏。

在有忠义的血液舒畅于血管的时间内，

我们总是遵从圣旨的忠仆。

皇　帝

最后我还要说明：

　　我们所决定的办法，　　　　　　　　　　　　　　　10965

要用文书和签名作永久的保证。

你们虽然可以自由地处理你们的产业，

但有一个条件：就是不准分割。

不论你们怎样增加你们从我所受领的东西，

总要完全由长子承继。　　　　　　　　　　　　　　　10970

宰　相

为了保障国家和我们的幸福，我就将愉快地

把这种极重要的规定在羊皮纸上记录。

誊清和封印，可交文书处办理，

然后请陛下予以签署。

皇　帝

你们现在可以回家，　　　　　　　　　　　　　　　10975

都要把这个重大的日子的意义加以省察。

（四个世俗的诸侯退场。）

大主教

宰相去了，而主教留着不去。

我要竭诚进谏，乞恕冒渎！

我以慈父般的愚忧，为陛下忧虑。

皇　帝

在这样快乐的当儿，

　你有什么可以忧愁？　　　　　　　　　　　　　10980

大主教

我看圣明的陛下把国家的大事与撒旦商量，

心里好不悲伤！

陛下的帝位虽然似乎安全，

实在是藐视上帝和教皇。

如果教皇知道这件

　事情，必将立即严厉地惩罚，　　　　　　　　10985

以神圣的威力把这罪孽深重的国家灭亡。

教皇还未忘记在举行陛下的加冕盛典那一天，

陛下曾经把魔术师释放。

从皇冠发出的最初的恩泽之光

落在被诅咒者的

　　头上，成为基督教的灾殃。　　　　　　　　　　　　　　10990

请拍胸悔悟，将不义的幸福

还一部分给神圣的教堂。

曾经有陛下的帐幕

　　设立过的那片广袤的丘陵地带。

就是恶魔们来保护你，

你倾听过伪贵族者甘言的地点，　　　　　　　　　　　　10995

请你虔诚地把它作为神圣的事务而奉献。

也请捐献全部的山峦和茂林，

以及成为青葱肥沃的牧场的那些高地，

富于鱼类的澄清湖泊，

以及迂回曲折

　　而急注于溪谷的无数小川；　　　　　　　　　　　　　11000

连同有牧地、原野和深渊的山谷本身也都奉献。

这样可以表示诚心忏悔，

　　陛下将会获得宽恕赦免。

皇　帝

我为这种重大的过失而非常惊骇，

可由你酌量而决定适当的调配。

大主教

首先请宣布把有人

　　这样犯过罪的场所，　　　　　　　　　　　　　　　　11005

作为祭祀上帝的地方。

我现在就能想象有坚固的高墙竖立起来，

清晨的日光照临着合唱队，

房屋逐渐增加而成为十字架的形状①。

---

① 哥德式寺院的平面图作十字形。

677

大殿延长升高

　　而为信徒们所瞻仰欣赏。 11010

他们热诚地从庄严的大门流入，

第一次钟声从高耸天空的塔上向山谷中传扬。

忏悔者来祈祷，表示对于新生活的向往。

但愿殿宇早日落成！

最大的光荣将是

　　陛下驾临举行典礼的会场。 11015

皇　帝

我也希望以这样伟大的工程表示敬神的诚意，

以赞美上帝，也可把我的罪愆消释。

不必再多说了！

　　我已经感到我的精神提高升扬。

大主教

我以宰相的身份，

　　请立即决定，而且把正式的手续完成。

皇　帝

你可提出正式的文书，

　　将我献给教会的东西写明， 11020

我会欣然地签名。

大主教（辞退，而在门口回头再说。）

对于造成的寺院，

也请将什一的租税、

　　利息、贡物等一切都永远捐献，

因为妥善地维持

和周密地保管，都需要巨款。 11025

要在这样荒芜的地上建造屋宇，

请从战利品中给我们若干金钱。

我也不得不说明：我们也需要

从远方运来的石灰、石板和木料等物件。

至于搬运，

　　则可由教会奉劝人民来担任，　　　　　　　　　　　11030

教会可以祝福酬答他们的劳力和志愿。

皇　帝

我犯了严重的大罪，

可恶的魔术师们使我蒙受莫大的损害。

大主教（又回来，极恭敬地鞠躬。）

陛下，还有一件事情！

　　陛下已将我国的海岸地带

赐给那个声名狼藉的恶棍。　　　　　　　　　　　　　11035

陛下若不忏悔而将那里的

什一的租税、利息、贡物奉献给教会，

他就要受到诅咒，永远倒楣。

皇　帝（怏悒①地。）

那广大的地方在海里，还未变成陆地。

大主教

对于有权利和耐性的

　　人总会有适当的时机。　　　　　　　　　　　　　　11040

希望陛下的圣旨对我们常有效力！

皇　帝（独自一人。）

我怕不久就会把全国送完无遗。

---

① 怏悒：郁郁不乐貌。——编者注

第五幕

旷　野

旅　人

哦，那边还站着
古老而繁茂的菩提树。
我在这样长久的旅行之后，
现在又看到这些古木！
那也就是老地方和那座小屋。
当我被狂风大浪
冲到那些沙丘上时，
它曾经把我庇护！
我要祝福我的主人，
他们是喜欢助人的善良夫妇①。
当时他们已经年老，
今天不知是否还能和他们相遇？
啊！他们真是虔诚信神的人物！
我该去叩门？还是叫喊？
如果你们今天仍然
　　好客，享受着善行的福祉，
那么请接受我的请安！

11045

11050

11055

鲍济斯（很老的妇人。）

你这位客人！请把声音放轻！
让我的老伴儿睡得安甜！
老人必须要有长久的
　　睡眠，才能在醒着的短暂时间，
轻快地做点儿事情。

11060

---

① 斐莱蒙（Philemom）和鲍济斯（Baucis），古代传说中的一对纯朴虔敬的老夫妻。

旅　人

你可就是我的恩人？

你曾经和你的丈夫，

挽救了青年人的生命，　　　　　　　　　　　11065

请接受我的谢恩！

你可就是鲍济斯婆婆？

你曾经辛苦地用食物喂过半死的人。

（老翁登场。）

你可就是斐莱蒙先生？

你曾经奋勇地

　　从波涛中捞起了我的物品。　　　　　　　11070

你迅速地烧起火来，

使小钟发出白银般的声音，

那件可怕的灾难的救助

完全由你担任。

现在让我到外面去，　　　　　　　　　　　11075

眺望无边的大海；

让我跪下，让我祈祷，

我觉得惆怅而感慨。

（他在沙丘上前行。）

斐莱蒙（对鲍济斯说。）

你快到有花儿盛开的地方，

把食桌铺设起来。　　　　　　　　　　　　11080

让他去走走，他会感到惊骇，

他不会相信他所看的种种状态。

（站在旅行者近旁。）

以前不停地掀起大浪，使泡沫飞溅，

虐待过你的海面，

你看已经变成花园，　　　　　　　　　　　11085

像乐园般地美观。

我比以前老了，

不能像往常一样多帮助人。

我的体力日渐衰弱，

波浪也已经离得很远。   11090

聪明的贵人们，大胆的奴仆们

掘沟筑堤，

缩小海洋的范围，

他要自做主人而削弱了海洋的权威。

请看那绿油油的

  草地、牧场、村庄和田园。   11095

请来吃点儿东西，

太阳就快下山。——

那边很远的地方有帆船在移动，

在寻找安全的夜泊海湾。

船儿也像鸟儿一样知道自己的窝巢，   11100

现在有港埠在那边。

在很远的地方才能看到

大海的蓝色边缘，

左边和右边广大无垠的区域

都已经变成人烟稠密的地面。   11105

（三人在园中围桌而坐。）

鲍济斯

你何以这样沉默？

你必定很饥渴，

何以不吃什么？

斐莱蒙

他大概想知道这件奇事的经过；

你很喜欢说话，不妨同他说说。   11110

鲍济斯

好吧！那真是奇异的事件！
我到现在心里还是不能平安。
那件事情的经过情形
完全不和寻常一般。

斐莱蒙

皇帝怎么会犯了这样的罪过，　　　　　　　　11115
对那个人赐以海边的地方？
不是曾经有个使者
走过这里，打锣鼓而宣扬？
最初开工是在
　离我们沙丘不远的地方。
首先设立了小屋
　和帐篷！——可是不久，　　　　　　　　11120
就在鲜绿的草木之中造起了一座殿堂。

鲍济斯

在白天仆人们拿了锄锹，
徒劳喧嚣掘沙挖土，
而在夜里，
则有小火花纷纷飞舞，　　　　　　　　　11125
第二天早晨就看到有一条堤圩。
必定有些人被作为牺牲而流血，
每夜都有人在那儿哀号痛哭。
有火焰向海边流去；
第二天早晨就有了一条沟渠。　　　　　　11130
他非常强横，
要侵占我们的森林和小屋。
他是个骄傲自大的邻人，
我们不得不忍受委屈。

斐莱蒙

可是他曾经建议，   11135

可将新生地的一块好地方作为交换的东西！

鲍济斯

切勿轻信水中填起来的土地，

不可把我们的高地放弃！

斐莱蒙

让我们走进礼拜堂内，

去看那夕阳的余晖！   11140

让我们鸣钟、祈祷、跪拜，

面对古来的神明虔诚地信赖！

宫　殿

广大美丽的园子　笔直掘成的沟渠

高龄的浮士德 [1] 沉思地走着

守塔人林克乌斯 [2]（用扬声筒说。）

夕阳西沉，最后的几艘船只

轻快地向港内开进。

一艘大船　　　　　　　　　　　　　　　　　　11145

正将通过运河而向这里进行。

彩色的船旗愉快地飘动着，

坚固的帆柱都准备好了，

坐在你里面的船长必定很高兴。

在这极可喜的时候，

幸福对你表示欢迎。　　　　　　　　　　　　11150

　　（沙丘上在打钟。）

浮士德（谛听。）

该诅咒的钟声！

像暗箭般地使我伤心。

我的领地在眼前广阔无垠，

而在背后，却被愤怒揶揄 [3]。

嫉妒的声音使我想起：　　　　　　　　　　　11155

我良好的领地并不洁净。

那个有菩提树的地方，

　　那褐色的小屋和破旧的小礼拜堂，

① 歌德对爱克曼说：浮士德这时恰好一百岁。

② 请看第 9218 行。

③ 揶揄：嘲笑，戏弄。——编者注

687

都不是我所管领的。

我要到那边去休养，

却有他人之物的影子使我寒心。 11160

它是我脚底的刺，目中的钉。

哦，我宁愿离开这里而远行！

守塔人（同上）

那只彩色的小船趁着清凉的晚风

行驶得多么愉快！

它驮载着何其多的

　大箱、小笈和袋子， 11165

而急速地移将过来！

（华丽的船，船上装着各色各样的外国货物梅非斯特，三壮士。）

合　唱

　我们要登岸了，

　我们已经到达。

　希望我们的主人，

　我们的保护者幸福安好！ 11170

　（他们上岸，将货物搬去。）

梅非斯特

我们可说已经试验了我们的本事，

只要主人称赞，我们就感到满意。

我们只以两只船出发，

而却带了二十只回到港里；

我们做了什么大事， 11175

只要看我们所

　装载的货物，就可明白。

自由的大海也能使精神自由，

在海上谁也不知道什么远虑深思！

恩格尔贝特·西贝茨

1848—1851 年

无论什么总是以尽快抓住为宜，

在海上可以捕鱼，也可以捕船。   11180

做了三只船的主人，

就用钩来把第四只牵曳；

第五只也就难免晦气。

只要有武力，也就有权力。

人家只问你有什么，

　　而不问你如何取得东西。   11185

除非我是航海的外行人，

否则可以说战争、贸易、海盗，

是三位一体，不可分离。

三个壮士

主人不表示谢意，也不表示欢迎！

不表示欢迎，也不表示谢意！   11190

好像我们

给他带来了腥臭的东西。

他仿佛是

很讨厌的样子；

这种帝王的宝物，   11195

他似乎并不欢喜。

梅非斯特

你们不要再等待

什么酬劳！

你们的份儿

都已经各自拿到。   11200

三个壮士

那个东西

只可用以排遣无聊；

我们的份儿

是要同样大小。

梅非斯特

你们先把　　　　　　　　　　　　11205

这些珍贵的东西

在上面的那些厅堂内

陈列起来！

主人会亲自来看

这些丰富的宝贝。　　　　　　　　11210

他将更仔细地

检查一切东西，

绝不会吝啬

而不慷慨。

他会给船员们　　　　　　　　　　11215

连续举行宴会。

那些彩鸟船^① 明天就会到来；

我会妥当地照顾安排。

（货物都被搬开。）

梅非斯特（对浮士德说。）

你听人家讲了你了不起的幸福，

而你却是目光阴沉，态度严肃。　　11220

特异的智慧实现了伟大的企图，

使海陆又再度变得和睦。

大海欣然从岸边承受船舶，

使它接近便捷的航路。

你可以说从这个宫中　　　　　　　11225

---

① 原语 Vogel 是鸟，不知是奇异的五色鸟，或是挂五色旗帜的船，或穿艳丽衣服的妓女，不能确定，总之，是说将有宝贵的东西要来。

拥抱着全世界。

工作是从这里开始的，

首先在这里建设了板屋。

在现在有橹在匆忙拨水的地方，

当时先挖了一条细小的沟渠。　　　　　　　　　　　11230

你的远大计划和你工人的勤劳

使你在海陆上都有了莫大的收获。

从这里起——

浮士德

该诅咒的"这里"！

这正是我烦恼之所在。

我必须对你这个很能干的人说明：　　　　　　　　11235

有件事儿像刺般使我心痛，

我实在不能忍耐！

说起来不免感到惭愧。

我要使上面那两个老头儿离开，

要把那些有菩提树的地方收买。　　　　　　　　　11240

那少数的几株树若非我所有，

就把我要占有世界的兴趣妨碍。

我要在那里眺望四周，

要在树枝与树枝之间搭起架子，

以扩大瞭望的视界，　　　　　　　　　　　　　　11245

以便观看我所做的一切事情，

一目了然地观看

人类精神的杰作如何奇伟：

就是以高明的计划

如何能使人民安居乐业的状态。　　　　　　　　　11250

即使是富贵而却感到

缺少什么，那是最令人悲哀的。

那种钟声和菩提树的香气

好像把我在寺院和坟墓中包围一样。

强大的自由意志　　　　　　　　　　　　　11255

被挫折于沙丘上，

我怎么样能把这种烦恼扫荡！

钟声鸣响起来 ①，我似乎就要疯狂。

梅非斯特

那是当然！你有这样重大的愤懑，

必定会觉得生活非常难堪。　　　　　　　　11260

谁说不是当然！而那种钟声，

任何高贵的耳朵听起来，都会感到讨厌。

那种可恶的叮叮当当声音，

它混进从受洗礼　　　　　　　　　　　　　11265

到丧葬为止的一切事情里面。

在一声声的叮叮当当之间，

人生好像是消逝的幻梦一般。

浮士德

反抗和顽固

会使人感到任何

　辉煌的成功也不能满意。　　　　　　　　11270

在深刻剧烈的痛苦中，

连要维持正义的

　心思，也会因此而萎靡。

梅非斯特

你在这里何必有所顾忌？

你岂不是早就可以叫他们迁居新地？

---

① 歌德很厌恶钟声，例如他写信给史坦因（Stein）夫人说："我住在教堂对面，这是一种可怕的境遇……早晨四时起就打钟奏钢琴……我不能安静地思想……"

浮士德

那么你就去叫他们迁徙！——　　　　　　　　　　　11275

你也知道

我为他们所选定的那块美好的土地。

梅非斯特

不妨把他们带走而放在某处，

　　他们在转瞬间就会再站起来。

受了暴力之后，

他们会有良好的住所，　　　　　　　　　　　　　11280

怨恨也就会消除。

　　（锐利地吹起口哨，三人登场。）

梅非斯特

来吧！主人有命令哪！

明天在船上将有船员的宴会举行。

三　人

老主人待我们很冷淡，

实在应该有一次盛大的欢宴。　　　　　　　　　　11285

　　（退场。）

梅非斯特（对观众说。）

以前有过的事情，现在也发生在这里，

因为古代就有过拿伯的葡萄园的故事。

　　（《列王纪上》(21)①）

---

① 拿伯（Naboth）的葡萄园，《圣经·列王纪上》第二十一章说撒玛利亚（Samarita）王亚哈（Ahab）想以土地交换或
收买在宫殿附近的拿伯的葡萄园，拿伯不允，亚哈把他处死而后夺取之。

深　夜

守塔人林克乌斯（在城楼上唱歌。）

我是为瞭望而出生的，

我担任瞭望的职司。

我受命在塔上瞭望，　　　　　　　　　　　　　11290

感到这个世界真可喜。

我遥望远方，

也视察近处，

看星星和月亮，

也看森林和麋鹿。　　　　　　　　　　　　　　11295

我看万物

都是永恒的装饰。

我喜欢万物，

也喜欢我自己。

幸福的双眼呀，　　　　　　　　　　　　　　　11300

你们所见过的一切，

无论是什么东西，

都是那么美丽！

（暂停。）

可是人家叫我在这么高的地方，

并非只是要我欣赏美景。　　　　　　　　　　　11305

现在有多么可怕的事情，

黑暗的世界使我寒心！

我发现有火花从二重的黑暗的

菩提树中间纷纷飞升①。

因为有风儿吹着，　　　　　　　　　　　　　　11310

火势越来越猛烈强盛。

---

① 二重的黑暗，夜的黑暗加上树荫的黑暗。

而长着青苔的小屋烧起来了，

非立刻把火扑灭不可！

却不见有来救火的人。　　　　　　　　　　11315

唉！那对善良的老夫妇

平时对火烛那么谨慎，

现在将成为烈火浓烟的牺牲！

这种情形多么恐怖！

火焰熊熊地燃烧着，　　　　　　　　　　11320

将那座黑色长着青苔的小屋烧得通红。

但愿那善良的老人们

能从烈火狂烧的地狱中逃出！

火舌像闪烁的电光般

升起在树叶和树枝中间，　　　　　　　　11325

枯枝陆续着火，

迅即烧焦而折断。

我的眼睛何以不得不看这种惨事！

我何必要这样远视的双眼！

那个小礼拜堂　　　　　　　　　　　　　11330

因坠落树枝的重量而崩坍。

尖锐的火焰像蛇般

已经烧到了树巅。

中空的树干都深红地焚烧着，

一直到根边——　　　　　　　　　　　　11335

　　　（停了好久，唱道。）

以前常为人所欣赏的

几百年的老树都已不见。

浮士德（在露台上，对沙丘说。）

有多么悲伤的歌声来自上面！

我现在说什么话，都已经太迟。

我的守塔人在悲叹。　　　　　　　　　　11340

696

那种鲁莽的行为使我懊恼；

不过即使那些菩提树

已经烧得半成焦炭，

我仍然可以造个瞭望台，

而能无穷地观看。   11345

那座给老夫妇住的新屋，

我在这里也可以看见。

他们会想念我的宽大体贴的办法

而安享他们的余年。

梅非斯特和三人（在下面。）

我们急速地跑了回来。   11350

请原谅！这件事情办得并不和平愉快，

我们再三敲门，

而门总是打不开。

我们又敲打、摇撼，

那腐朽的门倒了下来。   11355

我们大声叫喊，严厉地威胁，

却无人理睬。

在这样的场合大抵如此！

他们不听我们的话，当然也不愿意。

我们毫不踌躇，   11360

把他们赶出屋子。

老夫妇并没有受到多大的痛苦，

因惊慌而急死。

有个外乡人躲在里面，

想要搏斗，被我们击毙。   11365

在激烈战斗的短暂时间中，

有炭火在四周散开，

碰到干草而有猛火引起，

把他们三人都葬身在火海里。

浮士德

难道你们是聋子，

　　不曾听到我的话语？　　　　　　　　　　　　　　11370

我并不想抢劫，而是想交换。

我诅咒你们这种鲁莽的蛮干；

这种责任你们应该分担！

合　　唱

一句老话，似乎现在也可适用：

对于权力，要乖乖服从！　　　　　　　　　　　　11375

如果想大胆地顽抗，

就要把家产和自己断送。

　　（退场。）

浮士德（在露台上。）

星星已经隐藏了光辉，

火势已经衰退。

一阵阴森的风儿将它煽着，　　　　　　　　　　　11380

将烟气向我吹来。

鲁莽的命令，被实行得太快！——

什么东西像影儿般飘来？

半　夜

四个厌色的女人登场

第一女人

我叫缺乏。

第二女人

我叫罪愆。

第三女人

我叫忧虑。

第四女人

我叫患难。　　　　　　　　　　　　　　　　　　11385

三　人

门户深闭着，我们不能走进。
里面住着富人，我们不愿走进。

缺　乏

假如走进，我就会变成虚影。

罪　愆 ①

我会变成无形。

---

① 罪愆原文 Schuld，有罪愆、罪责、悔念之意。浮士德是特别伟大的人，除忧虑外，缺乏、罪愆及患难都不能侵犯他；
然而浮士德现在也能克服忧虑。

患 难

奢侈成性的人，将会对我侧脸转身。

忧 虑

姊妹们，你们不能，也不宜走进。 11390

忧虑却能够从锁孔里钻进。

 （忧虑隐没。）

缺 乏

灰色的姊妹们，请从这里逃亡。

罪 愆

我紧跟在你的近旁。

忧 虑

我紧跟在你的后方。

三 人

云儿在飞行，星儿都已隐藏！ 11395

在那后面！在那后面！那个兄弟

从很远、很远的

 地方来了——他就是死亡。

 （退场。）

浮士德

我看见四个人走来，

 而只有三个人离开。

我不懂他们话里的意义，

好像有余音说——患难。 11400

还有个阴惨的韵语——死，

它是空洞的、鬼声般混浊的声音，

700

我还未逃到自由的境地。

但愿我能把魔术从生活的路上分离，

能把咒诰完全忘记。 11405

大自然呀，

  若我在你的面前是一个男儿，

那才有做人的价值。

以前即使在我尚未在黑暗中

  摸索的时候，以狂妄的话语

咒骂自己和世界以前，也曾经是一个男儿。

现在空中充满着妖气， 11410

谁也不知道应该怎样回避。

即使白昼明朗而有理性地对我们笑，

黑夜却将我们纳入梦寐的网里。

我们欣然从生气蓬勃的田野中回来，

有一只鸟儿在啼，

  它啼着什么？啼着不吉祥。 11415

我朝夕为迷信所萦绕。

  或有什么奇事发生，

或有什么使人警惕的预兆。

我们因此畏怯地孤立。

门在响着，却不见有人走进房里。

  （悚然。）

谁在这里？

忧　虑

  对于你的疑问，是不能否认。 11420

浮士德

你是何人？

忧　虑

不速而来的客人。

浮士德

你快给我滚！

忧　虑

我在这里，是适当的来宾。

浮士德

（初时发怒，既而镇静地对自己说。）

你要小心，不要念什么咒文。

忧　虑

即使我的声音不为人所听，
也必将震撼人的心坎，　　　　　　　　　　　　　11425
我变换形象，
施展可怕的威力。
不论在波浪之上或路上，
我常是不愉快的伴侣。
虽不寻找我，却常与人为伍，　　　　　　　　　　11430
或被诅咒，或被阿谀——
难道你还不认识忧虑？

浮士德

我只匆匆地走过世间；
我抓住了各种欢乐的头发而把它们嬉戏。
凡是不能使我满足的
　东西，我就将它放弃；　　　　　　　　　　　　11435
凡是从我手里逃脱的东西，我就由它逃窜。

我常有所渴望把它们实现；

然后又有所渴望，一直这样不停地蛮干，

过着我的生涯。当初是宏毅英勇，

现在却是贤明而稳健。 11440

这个世界，我已经了然，

不复有超越尘世的妄念。

如果转动眼睛仰望天空，

以为云上有类似

　　自己的人物，无疑的，那是痴汉！

人务须坚定地站在地上，环顾四周。 11445

这个世界，对于有所作为的人，并不是默然。

他何必要向永远的境界中去逍遥盘桓！

他所能认识的事物，都可以把它捉住。

他可以这样消磨他在尘世间的岁月，

　　即使有妖魔出现，

　　也仍然走自己的道路。 11450

他在进行中可能遇到困苦或幸福，

在任何瞬间，他总不能满足！

忧　虑

　　为我所侵占的人，

　　全世界就对他毫无好处；

　　永恒的黑暗笼罩下来， 11455

　　太阳不复落下和升起，

　　外面的感觉虽然仿佛满足，

　　却有黑暗盘踞在心里。

　　他不能占有

　　任何宝贵的东西。 11460

　　幸福和不幸都成为牢骚忧悒。

　　他在丰富中苦于饥饿；

　　不论快乐和苦恼，

他都把它迁延到明日；

只期待将来，   11465

而绝不会有什么成就！

浮士德

不要再讲啦！

　你不能用这种方法来把我侵犯！

我不愿听这种无意义的诳言。

快去吧！这种念经似的废话、

也能把很聪明的人蒙蔽欺骗。   11470

忧　虑

　去好呢，还是来好呢？

　他丧失了决定的能力。

　他在畅通的路途中

　细步探索，

　越走越昏眩，   11475

　看一切东西都似乎是弯曲离奇。

　自己和他人对他都成为讨厌的东西。

　他咨嗟唔叹，仿佛要窒息；

　虽不窒息，也是没有生气，

　虽不绝望，却不能安心努力。   11480

　他不停地来回徘徊，

　勉强做事，或伤心停歇；

　有时似乎舒畅，有时又似乎受着压迫；

　半醒半睡，不能好好地休养精力。

　这种情形将他

　　固定在所期待的地位，   11485

　为他做进入地狱的准备。

恩格尔贝特·西贝茨

1848—1851 年

浮士德

不祥的妖精！

你们这样屡屡使人类苦闷。

就是平淡的日子，你们也把它们化成

为网罗所缠绕的苦恼、可憎和纠纷。　　　　　11490

我知道魔鬼不易摆脱，

与魔鬼的严厉联结，不容易分离。

可是忧虑呀，你虽在暗中逞能，

我却不肯承认。

忧　虑

我迅速地诅咒，

　　而在你离去的当儿，　　　　　　　　　　11495

你会把我的力量领悟①！

人都是终身盲目的；

浮士德，你也终将变成盲目！

（她向他吹气而退场。）

浮士德（变成瞎子。）

黑夜仿佛逐渐加深；

我的心中却照耀着辉煌的光明。　　　　　　11500

我所想的事情，我要把它赶快完成。

最有分量的莫过于主人的命令。

仆人们，你们全部快从床上起来！

我要欣赏我的大计划实现的情形。

你们快拿起工具，运用锄锹！　　　　　　　11505

预定的事情，必须立刻实行。

要严守秩序，迅速努力，

才会有最美的收成；

---

① 忧虑用她最厉害的手段，使浮士德变成盲目，以为这样就可以使他屈服了。

然而只要有能指挥千只手的一颗心，
就可以完成最伟大的工程。   11510

宫殿广大的前庭

(火炬)

梅非斯特（站在前端，充当监督。）

来，来！进来，进来！

你们这些踉跄的妖怪、——

由韧带、腱和骨头合成的、

残缺不全的蠢材！

死灵们（合唱。）

我们立刻来给你帮忙。　　　　　　　　　　11515

我们仿佛听说

我们可以得到

一片广大的地方。

这里有测量用的长链条

和尖头的木桩；　　　　　　　　　　　　11520

我们为什么被叫来，

却已经遗忘。

梅非斯特

这里不需要技术的劳苦，

只要以自己的身体作尺度！

最长者在地上躺卧，　　　　　　　　　　11525

其余的人将周围的草儿铲除。

如同以前埋葬我们祖先那样

开成一个长方形的茔窟！

从宫中来到这个狭窄的家里，

总是造成这样愚蠢的终局。　　　　　　　11530

死灵们（用嘲笑的态度挖穴。）

我也曾经年轻健康，也曾爱过女郎，

那似乎有趣欢畅。

凡是有欢乐的声音，热闹有趣的地方，

我总喜欢逛逛。

可是诡谲的老年   11535

用拐杖触到我的身上：

我就倾跌在茔墓的门口，

不知它何以恰巧开放！

浮士德

（从宫中出来，摸索门口的柱子。）

那些锄锹的声音使我多么高兴！

他们都是为我服务的人民。   11540

他们恢复被水冲失的土地，

对波浪修造边境，

用强固的堤岸将大海围定。

梅非斯特（独语。）

你辛勤地筑堤，

只不过为我们而努力；   11545

因为你为水妖普西顿

预备了丰富的筵席①。

无论如何，你的性命休矣。

地水风火等元素都和我联结，

一切终必归于毁灭。   11550

---

① 就是说海水将冲破堤防而将许多居民沉入海中。

709

浮士德

监督！

梅非斯特

在这里！

浮士德

不论用什么方法，

你去将人工尽量募集；

用享乐和威吓将他们鼓励；

或给以金钱和诱惑，或加以压逼！

你要每天对我报告：   11555

我们所计划的壕沟已经延长了几许。

梅非斯特（以稍低的声音说。）

据人家给我的消息，

没有提到壕沟，只说及坟窟。

浮士德

有沼泽在山麓那边，

它的瘴气把开拓的土地都熏污。   11560

你要设法把污水排泄，

这是最后也是最重要的事务。

我为几百万人开拓过国土；

虽然未必安全，却总可以自由地经营居住。

田原青葱，土地肥沃，   11565

人畜就都可以在那新地上移居，

就可居住勇敢勤勉的人民，

筑成的高丘周围，就能安心舒服。

到海岸为止，外面虽有海水汹涌，

而里面却是乐园般的国土。   11570

710

恩格尔贝特 · 西贝茨

1848—1851 年

即使有潮水向陆地噬啮冲奔，

民众就会跑来堵塞漏洞。

是的！这是智慧的最后结论，

我诚心地服从

自由的生活，

    只有每天能够争取它的英雄，   11575

才能把它享用。

现在在这里男女老少都被危险所包围，

辛勤地操劳来度过他们的时光。

我愿见这样的群众，

愿与自由的人民住在自由的地方①。   11580

那么我会对瞬间说：

你真是美好无匹，请你驻留！

我在地上日子的痕迹，

将永远不会化为乌有。——

我现在预想这种崇高的幸福   11585

而将最高的瞬间享受。

    （浮士德倒下，死灵们将他扶起，放在地上。）

梅非斯特

什么快乐、

    什么幸福，都不能使他满足；

他只顾向着变换的形影追逐，

最后的空虚恶劣的瞬间，

他也想把它抓住。   11590

他顽强地向我反抗，

可是时间胜利了，

    老头儿终于在沙上僵伏。

---

① 浮士德比在第四章中所说的目标更进一步。他不但要占有和统治土地，而且要创立一种社会秩序，使人民都成为自由的人。

时钟停止了……

合 唱

　　时钟停止了！它像半夜似地静息。
时针脱落了。

梅非斯特

　　时针脱落了，事情已经完结 ①。

合 唱

已经成为过去。

梅非斯特

　　什么成为过去！
　　　　那是一句愚蠢的话语！　　　　　　　　　　11595
为什么成为过去？
成为过去和虚空，完全没有差异！
永远的创造有什么意义！
那就是把创造了的东西拉进虚无！
"已经成为过去！"
　　这句话又有什么意义？　　　　　　　　　　　11600
岂不是和未曾有过完全一样？
而好像有什么似地兜着圈子。
我倒更喜欢永恒的空虚。

---

① 事情已经完结，参看《约翰福音》(19：3)。梅非斯特以为他的诱惑工作已经完成了，而合唱队则说一切已成过去。

埋　葬

死　灵（独唱。）

谁把这座房屋
用锄锹造得这样马虎？　　　　　　　　　　　　　　11605

死灵们（合唱。）

对于你这个穿麻衣的阴郁客人
却是太好的建筑。

死　灵（独唱。）

谁将这个厅堂布置得如此粗率？
桌子和凳子在何处呢？

死灵们（合唱。）

那是暂时借用的东西 ①　　　　　　　　　　　　　　11610
有许多出借的物主。

梅非斯特

身体躺着，灵魂却想逃跑，
我就将血写的文书给他瞧瞧；——
但是不幸现在的人却有许多方法，
能从恶魔将灵魂偷盗 ②。　　　　　　　　　　　　　11615
旧法已不适用，
而新法我又不精通。
以前我是单独做事，
现在帮手却不能少。

---

① 由肉体和灵魂合成的生命只是暂时借用之物，神、恶魔、蛆虫等债主不久就来讨还，所以墓穴中不需要设置家具。

② 一般人的迷信，以为人的灵魂，可藉悔悟、赎罪、最后的涂油式等方法得救。

我们做任何事情，情形都很不顺利，　　　　　　　11620

向来的习惯，昔日的权利，

都不再可靠。

以前灵魂和最后的呼吸同时逃出来，

我在那里伺候，

　　迅速地用脚爪把它紧紧抓住，

好像抓住非常敏捷的老鼠。　　　　　　　　　11625

现在它却逡巡踌躇，

　　不肯离开阴森的地方。

不肯离开丑恶尸体的可憎屋宇。

互相憎恶的元素，

终于把它凶狠地逐出。

我终日心力交瘁，　　　　　　　　　　　　　11630

而在何时？ 怎样？

　　在哪里？ 变成麻烦的问题。

耄耋的死神丧失了敏捷的精力，

甚至"是否死了"也很可疑。

我往往以媚眼凝视僵硬的肢体，

但这只是外貌。往往又见其蠢动。　　　　　　11635

　　（做向导兵般奇异召妖的姿态。）

赶快来吧！将脚步加快，

你们这些有直角和弯角的家伙，

你们都出自恶魔的贵族名门，

请带着地狱的咽喉来临。

地狱虽然有很多，很多的咽喉，　　　　　　　11640

依照地位和身份而分别地予以吞进；

但在做这种最后的游戏时，

将不做这样仔细的区分 ① 。

　　（可怕的地狱的咽喉在左方张开。）

---

① 法国革命后流行民主主义、平等主义等，阶级的差别渐渐被消灭。

地狱口的犬齿张开，

从咽喉的穹窿中，

    有火流凶猛地涌进；   11645

而在其深处沸腾的蒸气中，

我看到永恒燃烧的火焰市镇。

红色的怒涛直冲齿龈；

被诅咒的人们渴望拯救而向这边游行；

    但被海厄纳所猛咬，   11650

惶恐地走回灼热的路程。

在角落里面还可以看到许多东西，

在很狭小的地方，竟有许多很可怕的东西聚集！

你们这样威吓罪人，虽然也无妨；

但是罪人们却把它

    当作梦幻、谎言和诈欺。   11655

    （对有短而直角的肥鬼们说。）

喂，你们这些有火红脸的大肚子流氓，

你们是以地狱的

    硫磺而肥胖，燃烧得很旺盛。

你们有木棒般、短的、不能活动的项颈！

你们必须在这下面伺候，

    看看是否有什么东西像磷般发亮。

这就是灵魂，好像有翅膀的蝴蝶。   11660

你们可以把它的羽毛拔掉，

    它就成为丑陋的蛆虫模样。

我将把它盖上图章，

然后你们就在火焰的旋风中带它逃亡，

你们这些大腹鬼，要注意身体的下部，

这是你们的义务。   11665

灵魂是否喜欢住在那里，

这一点并不十分清楚。

它总是喜欢在肚脐里居住——

务须留意它将从那里跑出。

（对有长而弯曲的角的瘦鬼们说。）

你们这些蠢材，有翅膀的大汉，　　　　　　　　　　　　11670

你们要向空中攫取，

　要预先不停地试验，

要伸臂而张开利爪，

捉住那飘飘然飞逃的东西。

它在那旧屋里，必定已经住厌；

天才这种家伙总喜欢赶快跑向上头。　　　　　　　　　11675

（有荣光从右上方照射过来。）

天使之群

　天上的使者们，

　天上的亲属呀，

　请悠闲地飞行！

　请宽恕罪人，

　给生命于灰尘！　　　　　　　　　　　　　　　　　11680

　请在列队逍遥

　飞行的时候，

　留仁爱的痕迹

　给万物众生！

梅非斯特

有不调和讨厌的声响　　　　　　　　　　　　　　　　11685

和不受欢迎的光芒来自天上。

这也许是伪信的人们所喜欢的

不知是男孩或是女孩的歌唱。

你们也知道我们曾经在非常无聊的当儿，

想要使人类灭亡。　　　　　　　　　　　　　　　　11690

可是我们所发明的最卑鄙的罪恶，

他们以为用在祈祷上非常适当。

那些家伙伪善地来临！
他们曾经这样从我们身上夺去了许多灵魂，
用我们自己的武器战胜我们。 11695
他们也是恶魔，只不过是用假面来蒙混。
若在这里失败，将是你们的耻辱遗恨。
快走近墓旁，将墓边抓稳！

天使们的合唱（撒着玫瑰。）
玫瑰呀，你们色彩艳丽，
散放清香！ 11700
你们在翩翩飘动，
暗地里使生命发扬；
你们以小枝为翅膀，
从蓓蕾中伸张，
请赶快开放。 11705

春天呀，快使草木萌芽，
发挥绿叶红花的美丽！
请给安息的人
带来乐园 ①。

梅非斯特（向恶魔们说。）
你们为什么伛偻而股颤？
这难道是地狱里的习惯？ 11710
你们要镇静忍耐，
任他们把花儿播散。
你们要各自站在适当的地点！

---

① 玫瑰花带来天国的清香。

他们大概是想把

　　这些小花朵，像雪般撒下来，

把像火般热的恶魔们掩埋。

小花遇到

　　你们的气息，就会融解而枯干。　　　　　　　　　　11715

吹火的魔鬼们呀，

　　快用力吹！——够了，够了！

飞来的花儿都因你们的热气而变成苍白——

不要太强烈！要紧闭鼻子和嘴唇！

你们实在吹得太狠，

怎么不知道分寸！　　　　　　　　　　　　　　　　　11720

那些花儿不但萎缩，

　　而且变成褐色，干燥而焚烧！

它们成为狠毒鲜红的火焰飞近。

快集合起来，抵抗它们！

气力消失了，变得毫无精神！

恶魔们都觉得

　　有奇妙的热气妖媚迷人。　　　　　　　　　　　　11725

天使们的合唱

　　美好的花儿，

　　欣喜的火焰，

　　传播仁爱，

　　能对世人

　　给他们所企求的喜欢。　　　　　　　　　　　　　11730

　　真理的话语，

　　对于永恒的天使们，

　　到处成为光明，

　　如同澄明的大气一般！

梅非斯特

哦，你们这些蠢物！这真是耻辱！　　　　　　　11735

你们都是恶魔而却用头倒竖，

笨拙地翻筋斗，

屁股落空而跌进地狱。

你们活该享受这种热浴！

我却仍旧站在原处。——　　　　　　　　　　　11740

（拂着飞来的火花。）

鬼火呀，滚开吧！

　你虽然这样强烈照耀；

可是捉住了你，

　你就成为使人欲呕的滑胶。

你怎么还在这里飞飘？赶快走掉！——

它好像沥青和硫磺般地在我颈上粘牢。

天使们的合唱 ①

　凡不适合你们的东西，　　　　　　　　　　　11745

　你们必须回避；

　凡扰乱你们心思的东西、

　你们不可容许。

　它若再顽强地逼近来，

　我们必须奋勇抵御。　　　　　　　　　　　　11750

　爱情只是把

　有爱情的人引入！

梅非斯特

我的头，我的心和肝为火所焚，

这种火比恶魔还更厉害！

比地狱的火还更凶狠！——　　　　　　　　　　11755

---

① 这首歌可用于天使军，也可用于恶魔军。前四行主要是对梅非斯特而言。

所以你们这样痛苦，

好像不幸的失恋者

被情人遗弃了，

　　还向情人回顾出神。

可是我自己也和

　　你们一样，怎么把头转向那边？

我不是在和他们作殊死战？　　　　　　　　　　　　11760

他们的样子，我一向非常憎厌；

难道有什么奇异的东西渗透到我的身体里面？

那些很可爱的少年，我百看不厌；

我要诅咒，有什么东西在阻止我发言？

如果我由他们欺骗，　　　　　　　　　　　　　　11765

将来还有谁被称为痴汉？——

我所憎恶的顽童们，

实在太教人爱怜！——

你们这些美丽的小孩，请对我道来：

你们可是卢济弗 ① 的后代？　　　　　　　　　　　11770

你们这样漂亮，我很想同你们亲嘴。

我觉得你们到这里来，

　　正好在适当的机会。

我感到很自然，也很愉快；

好像你们，我已经见过了几千回。

你们像猫儿般偷偷摸摸地　　　　　　　　　　　　11775

贪求什么似的神态，是愈看愈美。

哦，请你们走近来让我看一下！

天使们

我们来了，你为什么逃走？

---

① 卢济弗（Lucifer），因叛神而坠入地狱的美丽天使。

恩格尔贝特·西贝茨

1848—1851 年

我们走近来了，

　假如你能够，就请你驻留！

（天使们回旋着，充满在这个地方。）

梅非斯特（被迫到舞台前方。）

你们骂我们是该诅咒的幽魂行尸；　　　　　　　　　　11780

你们却是真正妖术的大师；

因为你们诱惑男子和女子——

多么尴尬的情势！

难道这是爱情的元素？

我全身站在火里，　　　　　　　　　　　　　　　　11785

而它在我脖子上

　燃烧，却几乎不自知——

你们往来飘动，请你们下来，

稍稍像世人那样运动你们可爱的肢体！

真的，这种庄重的神气对你们很相宜！

请你们微笑一下！　　　　　　　　　　　　　　　　11790

那将是我们永恒的欢悦。

我所说的是指情人们那种流盼的示意，

在口边稍微动一下，就可以了哪：

喂，你这个孩子，我最爱你。

这种僧侣般的表情对你完全不相宜。　　　　　　　　11795

请以含情的目光朝我看一次！

你们不妨更裸露而漂亮地行走，

这种有褶绉的长衬衣太文气。

他们转过身去——

使人也能欣赏他们的背脊！——

这些小鬼，也真够引起人的贪吃！　　　　　　　　　11800

天使们的合唱

　爱的火焰呀，

723

请转向澄明!

真理呀，请你拯救

诅咒自己的人们，

使他们能欣喜地　　　　　　　　　　　　　　　　　　11805

脱离邪恶，

都能共同

蒙受天恩。

梅非斯特（镇静心神。）

怎么搞的!——我像约伯

　般地全身火伤累累[1]，

自己也不免寒颤；　　　　　　　　　　　　　　　　　11810

同时完全看清自己的本性，

信赖自己和自己

　的种族，因此也有胜利之感。

恶魔高贵的部分得救了，

爱的怪物只作祟于皮肤表面。

那些可恶的火焰都已烧完，　　　　　　　　　　　　　11815

那么我诅咒你们全体，乃是当然!

天使们的合唱

神圣的火呀，

为你们所围绕的人

能安乐地生存，

与善人同感欣幸。　　　　　　　　　　　　　　　　　11820

大家起来吧，

庆祝他的幸运!

空气都已经净化了，

呼吸吧，灵魂!

（天使们带了浮士德不死的灵魂飞升。）

---

[1]　见《约伯记》（2:7）:"于是撒旦从耶和华面前退出，击打约伯，使他从脚掌到头顶长毒疮。"

梅非斯特（环顾四周。）

怎么啦？他们已经去了什么地方？   11825

未成年的儿童们突然到来，

搬了我的猎物而又飞升天上。

原来他们是在这个坟边做了偷吃的勾当！

他们夺取了我的唯一的大宝贝：

抵押在我这里的那个高贵的灵魂，   11830

竟为他们狡猾地偷窃。

我能向谁申冤？

谁来为我恢复我的既得之权？

你在这样的老年而为人欺骗，

活该倒楣，实在悲惨。   11835

我做这种事多么颠顶！

枉费许多气力，真是羞赧！

我这样老奸巨猾的恶魔

也动了淫欲和邪念。

我这样老练的人物   11840

竟做了这种孩子般荒唐的事情，

最后使我上当的这种愚蠢，

实在是令人惊叹。

山　谷

森林　岩石　荒凉的地方
神圣的隐士们 ① 散处在山上岩窟之间

合唱和回声

这里有摇动的森林，

有岩石重叠在林边，　　　　　　　　　　　　　　　11845

有缠绕的树根，

有丛生并列的树干，

河中有波浪陆续涌起，

有极深的岩穴将人庇荫。

狮子和善而静默地　　　　　　　　　　　　　　　　11850

在我们的周围悄悄巡行，

把这片圣洁的地方，

神圣爱情的隐藏处膜拜敬仰。

感奋的教父（上下漂浮 ②。）

永恒欢乐的火焰，

热烈情爱的因缘，　　　　　　　　　　　　　　　　11855

沸腾的胸中痛苦，

泡沫飞溅般的神的喜欢。

枪呀，你不妨刺我，

箭呀，你不妨把我射穿，

棍棒呀，你不妨把我打碎，　　　　　　　　　　　　11860

雷电呀，你不妨把我烧成黑炭！

但愿一切无谓的东西

---

① 神圣的隐士们（Anachoreten），公元初数世纪住在荒野中苦行的隐士们，被视为圣哲。
② 陶醉于与神结合的感情的教父。他们丧失了体重，所以浮在空中。

全部消散，

而永恒的爱的核心， 11865

即永恒的星星，恒久辉煌地灿烂。

沉思的教父（在低处①。）

如同岩石的断崖在我的脚下

沉重地俯临深渊；

如同千百条小河般地光辉闪烁，

成为奔流，使泡沫飞溅；

如同树干以自己旺盛的生长力 11870

向空中挺直伸展：

能创造和养育万物的

全能的爱也是这般。

我的周遭有激烈的水声，

好像森林、岩壑都波动着那样。 11875

这种丰富的水流虽发着强烈的声响，

慈爱地流入深谷，

因为要尽快灌溉下面的地方；

为了要净化

含有毒雾的大气， 11880

因而电光成为烈火而下降。

这些都是爱的使者，它们告知我们

有永恒在创造的力量，

飘动在我们的周围。

但愿这种力量也在我的心中点起

火来——我心中的精神纷乱寒冷， 11885

被烦恼的链条所紧系，

① 欲求得神秘的深刻的认识而冥想的教父，其冥想多含有大地的要素。所以住在"低处"。

被拘禁在迟钝的感觉围栏内。

哦，神呀，请使我的思想静默，

请照亮我贫乏的心怀！

天使般的教父 ①（在中间高处。）

经过枞树动摇的发间，   11890

飘浮着一朵早晨的云儿。

什么东西在那朵云里生存？

那是年轻的精灵之群。

得救的儿童们 ② **的合唱**

教父呀，请你说明，

   我们在哪里飞行？

和善的教父呀，

   请你说明，我们是谁？   11895

我们是幸福的：

   对于所有的人，生活都是快乐而安稳。

天使般的教父

在半夜里出生 ③，

精神和官能还只是半开的孩子们！

你们虽然是双亲所失去的宠儿，   11900

却成为天使们赢得的收获。

你们想必觉得这里有个爱你们的人，

所以请你们走近。

你们是幸福的人！

你们没有经历过险恶世情的痕迹。   11905

你们快下来，走进我那

---

① 所谓恶魔的时刻，民间传说在此刻所生的婴儿很快会死。

② 一出生就死了的儿童们，未受洗礼，因为在现世无罪，所以能升天。

③ 有一种迷信，以为在半夜出生的儿童有特殊的气质。

适于世俗之用的眼睛。

你们可以把它们当作自己

观看这个地方的情景。

　　　（他把孩子们收进体内。）

这是岩石、这是树木， 11910

那里有流水急速地流下，

可怕地转动，

以缩短它的峻峭的道路。

得救的儿童们（从体内说。）

这真是奇观，

但这个地方太阴暗， 11915

使我们惊骇胆战。

高尚、和善的教父呀，

　请让我们离开这个地方！

天使般的教父

那么你们可以升到更高的地方！

你们会不自觉地长大起来，

因为那里有神，

　常以清净的方式令人增加气力。 11920

赶快成长吧！

那是在自由无碍大气中的

精灵们的粮食，

终于扩大为神的恩宠

那是永恒之爱的启示。 11925

得救的儿童们的合唱

　　　（飞绕过最高的山巅。）

　请大家欢欣地

　携手作成环形，

一同跳舞

来歌咏神圣的感情!

你们蒙受了神的教训，   11930

要信赖神恩。

你们将会看见

你们所敬拜的神。

天使们

（抬着浮士德不死的灵魂在更高的空中飘浮。）

灵界尊贵的人得救了，

已经脱离恶魔的手掌。   11935

"凡自强不息的人

我们终能将他拯救 ①。"

又有天上的爱情

将他庇佑，

得救的人们   11940

诚恳地将他欢迎伺候。

较年轻的天使们

那些来自圣洁的充满爱情的

赎罪的女子们手里的玫瑰，

帮助我们把胜利取得，

帮助我们完成伟大的事情，   11945

获得了这珍宝的灵魂。

当我们撒花的时候，恶魔们要避开；

当我们投中的时候，恶魔们奔逃。

他们这次所承受的

不是素来所受的地狱的刑罚，   11950

---

① "凡自强不息的人，我们终能将他拯救。"这是《浮士德》全剧中最重要的文句。浮士德是因自己的努力和天上的爱
而得救的。歌德于 1831 年 7 月 6 日对爱克曼说："全书的关键在这几行诗中……"

连那年老的魔王

也被锐利的苦痛所烦扰。

欢呼吧！事情已经成功了。

较年长的天使们

搬运地上的遗物，

我们认为是一件痛苦的事情。　　　　　　　11955

即使它是石绵做的，

也不是干净的。

若有强大的精神力

把诸元素汇集一身，

那么灵肉二者

密切合而为一的综合物，　　　　　　　　11960

天使也没有

使它分离的本领；

能使它分离的

只有永恒的爱情。　　　　　　　　　　　11965

较年轻的天使们

我现在觉得

附近有一群精灵，

在岩顶的周围

像雾般飘行。

云渐澄清，　　　　　　　　　　　　　　11970

我看到得救的

活泼的少年们

脱离地上的压迫，

聚成环形，

欣赏着天上的　　　　　　　　　　　　　11975

新春美景

来调养精神。

这个人也可以首先

和这些少年为伍，

以后将会渐渐获得美满的收获。 11980

得救的儿童们

我们很高兴迎接

这个处在蛹状中的男子。

这样我们就可以获得

天使的气质。

请快除去 11985

包裹他的那些绵屑！

他已经在过神圣的生活，

成为强大和美丽。

崇敬玛莉亚的博士 ①

（在最高也最洁净的石龛里。）

这里可以自由眺望，

精神是多么爽朗。 11990

那边有女人经过，

向上飞翔。

有个戴星冠的庄严的人

在她们中央；

我只要看光辉， 11995

就知道她是天上的女王。

（欢天喜地。）

世界上最高贵的女王呀！

请让我在高张着的

苍天的帐幕里

---

① 崇敬玛莉亚的博士是最深知圣母的神秘救济力而崇敬她的人。歌德当初把他写做"教父"，后来因为玛莉亚的崇拜是开始
于中世纪之末，所以改用新名称"博士"，表示比教父更高一级。

探视你的秘密。 12000

请你接受

能严肃而且温柔地感动男人心胸的女人，

带着神圣爱情的喜悦

送到你这里来的东西。

你庄严地命令， 12005

我们就成为无比地刚强；

你使我们满足，

热烈的心情就渐趋清凉。

你是以最美的意味而言语的纯洁处女；

你是值得崇拜的圣母； 12010

你是与神们同等的

为我们选定的女王①。

　　在她周围

　　环绕着一朵朵轻飘飘的云彩，

　　那是赎罪的女人。 12015

　　她们都是温柔的人，

　　围在她的膝下，

　　吸着清爽的大气，

　　请求她宽容赐恩。

你这位不可接触的天神， 12020

想来不会拒绝

容易被诱惑的人们，

亲信地向你走近。

人若被陷害在官能的弱点中，

就难以救援。 12025

谁能以自己的力量

---

① 女人……母亲……女王，但丁《神曲》的天国篇中也排列着这三个名词。

733

扭断情欲的锁链？

在斜滑的地面上

是多么容易跌跤！

用媚眼和花言巧语，   12030

谁能不被欺骗？

（光荣的圣母 ① 飘来。）

赎罪的女人们 ② 的合唱

你在永恒的国度的

高空中飞行，

请垂听我们的恳求！

无可比拟的   12035

乐赐恩泽的女神！

罪孽深重的女人

（《路加福音》(7:36)。）

信徒们曾经不顾法利赛人的嘲笑，

使眼泪流在你神化的儿子脚上

以代替香膏——

我凭着那种爱向神祈祷；   12040

我凭着曾经滴下许多奇香的

那个瓶儿向神祈祷；

我凭着柔软拭干神圣手足的

那种头发向神祈祷——

撒玛莉亚的女人

我凭着亚伯拉罕曾经带了牲畜而去的   12045

那种泉水向神祈祷：

---

① 与在第一部的苦痛圣母相对。Murillo 及 Titian 各有名画《圣母升天图》。

② 在《路加福音》第七章中不说出姓名，普通以为是 Magdalena 的玛莉亚。

734

我凭着曾经清凉

接触过救主的口唇的那个水桶向神祈祷；

我凭着从那里来，

充沛地、永远澄清地   12050

流行于大千世界中的

那种丰富的清泉向神祈祷——

埃及的玛莉亚 [①]（《使徒行传》。）

我凭着人们曾经将主放下的

那片圣地向神祈祷；

我凭着警告地把我从门口推出来的   12055

那只手臂向神祈祷；

我凭着我忠诚地在沙漠中所做的

四十八年的忏悔向神祈祷；

我凭着我在沙渚中所写的

欣喜的离别之辞向神祈祷——   12060

三　人

你不拒绝有罪孽深重的女人们

走近你的身边，

而将赎罪的利益

提高以至于永远；

对于这个只忘了自己一次 [②]   12065

而不自觉

犯罪的好人，

也请予以适当的宽恕！

---

① 埃及的玛莉亚，她过着淫荡的生活，在十字架竖立纪念日到耶路撒冷去，想进耶稣的陵墓教堂（Grabeskirche），为一只不能见的手所拦阻，她自觉罪孽深重，向圣母祈祷乃得进教堂，然后到约旦河边去苦行赎罪四十八年，临死时在沙渚上写字，请僧侣 Socianus 安葬她，为她的灵魂祈祷。

② 指葛莱卿。

赎罪的女人中的一人

（以前叫做葛莱卿走近圣母。）

无与伦比的女神，

光辉灿烂的女神，　　　　　　　　　　　　　　　12070

请仁慈地转过脸来，

俯视我的幸福！

他已经回来了——

我以前的情侣。

他现在不再是混浊。　　　　　　　　　　　　　　12075

得救的儿童们

（围着图形挨近。）

他现在手足都很强壮，

他已经长得比我们更大了。

他对于我们的忠诚看护，

必定会予以丰富的酬报。

我们很早就　　　　　　　　　　　　　　　　　　12080

和世人隔离了；

这个人已很有修养，

将会给我们教导。

赎罪的女人中的一人

（以前叫做葛莱卿。）

被尊贵的精灵之群围绕身边，

这位新来者似乎还未能将自己分辨；　　　　　　　12085

新鲜的生活，也似乎还未预感；

但他已经类似神圣精灵的伙伴。

请看，他脱离旧躯壳

以及尘俗的一切羁绊，

有新鲜而年轻的精力　　　　　　　　　　　　　　12090

从大气般的衣裳里显现。

请让我来教他，

新的日光仍使他晕眩。

光明的圣母

来吧！你可向更高的空中飞升！

他知道你在这里，就会随你而行。   12095

崇敬玛莉亚的博士

（俯伏膜拜。）

你们这些悔悟的温良人们，

请仰望拯救者的眼光，

感激地改造自己，

以求能蒙受天赐的幸福！

所有优良的人   12100

都将为你服务。

童女呀，圣母呀，天后呀，女神呀，

请永远慈爱地佑护我们！

神秘的合唱 ①

变化无常的一切，

只是比喻而已；   12105

不能达成的愿望，

在这里已经实现 ②；

不可名状的 ③ 奇事，

在这里已经完成；

---

① 歌德当初写作崇高的合唱，是由天使们、教父们、赎罪之女等共同歌唱。用崇敬玛莉亚的博士担任指导，因为他是了解永恒的爱最深的人。

② 感觉的现实的世界不是永恒绝对理念的存在，而只是它们的映像，Gleichnis 可译为比喻或象征。

③ 就是说常在努力而不免迷误的人被救助而进入天国，虽不能以言语形容，却由神的爱而得以完成。

永恒的女性^①，

引领我们高升。

① 即由圣母玛莉亚及已离开尘世而净化的葛莱卿等女性所代表的神的永恒的爱。女性所表现的无我的永恒的爱能救助
男人，是歌德终身常有的思想。

歌德年谱

一七四九年　八月二十八日中午十二点，出生于梅因河畔法兰克福富裕的市民家庭，父亲约翰·卡斯帕，母亲卡朵莉娜·伊丽莎白，是家里的长子。

一七五〇年　一岁　十二月，妹妹珂内丽雅诞生（另外还有两个弟弟，两个妹妹，不过全都夭折）。

一七五五年　六岁　开始在家里接受父亲教育。

一七五六年　七岁　接受家庭教师教育拉丁语、法语、意大利语、英语、希伯来语、绘画、写字、钢琴、剑术、马术等多方面的课程，显露不凡才华。将《新年之诗》（现存最早的作品）献给外祖父母。

一七六三年　十四岁　初恋，对方为葛蕾卿。

一七六五年　十六岁　进入莱比锡大学攻读法律，接触启蒙思潮洛可可文化。

一七六六年　十七岁　与餐馆老板女儿克朵卿相恋，这次恋爱让他写成剧作《善变的情人》。

一七六八年　十九岁　醉心于诗、画。七月，咯血。八月底，返回故乡努力疗养。与葛蕾登堡小姐结为至交，接触虔敬主义思想。

一七六九年　二十岁　大量阅读炼金术书，以及化学、医学书籍，亲自进行化学的炼金术式实验。完成剧作《同罪者》、处女诗集《新歌集》。

一七七〇年　二十一岁　病愈。进入斯特拉斯堡大学就读，为莎士比亚、荷马、欧西安等反莱比锡式的作家倾倒，在德国文坛掀起狂飙运动。与弗丽德里克恋爱。

一七七一年　二十二岁　八月，取得学位，抛弃弗丽德里克返乡执行律师业务。完成《葛兹·冯·伯利欣根》。发表演讲《莎士比亚的日子》。

一七七二年　二十三岁　五月，前往德威兹勒研修法律。六月，与夏绿蒂·布芙恋爱。九月，返回故乡。十月，好友叶札勒姆因爱上有夫之妇而自杀，此即为《少年维特的烦恼》的题材。发表论文《关于德国的建筑艺术》、诗《旅人与暴风雨之歌》等。

一七七三年　二十四岁　六月，《格兹·芬·贝里兴根》出版，获得广大的回响。八月起到九月，开始着手写《浮士德》。

一七七四年　二十五岁　一月，玛格西蜜丽雅妮·封·拉罗歇与法兰克福商人布伦塔诺结婚。九月，《少年维特的烦恼》出版，一跃成为当代最受欢迎的作家。完成悲剧《克拉维哥》、诗《杜雷王》《驭者克罗诺斯》等。

一七七五年　二十六岁　一月与丽丽·谢尼曼相恋，四月，订婚，九月下旬，解除婚约。十月，应威玛大公卡尔·奥古斯都之聘前往威玛。完成剧作《司第拉》，以及《新恋情新人生》《丽丽的花园》等无数献给丽丽的诗作。

一七七六年　二十七岁　爱上年长七岁的史坦因夫人，这次的恋爱前后长达十年以上。六月，被任命为枢密评议员。夏天，访问伊梅瑙矿山，对地质学、矿物学深感兴趣。完成剧作《兄妹》、诗《汉斯·札克斯的歌之使命》《永不休憩的爱》《猎人的夜之歌》等。

一七七七年　二十八岁　二月，开始起稿《威廉·迈斯特的演剧使命》。六月，妹妹珂内丽雅逝世。十二月，赴哈尔兹旅行。完成诗《冬天的哈尔兹之旅》《多愁善感的胜利》等。

一七七八年　二十九岁　夏天，修筑威玛公园。完成诗《渔夫》《人的界限》等。

一七七九年　三十岁　九月，被任命为正枢密顾问官。完成剧作《陶尼斯的伊菲格尼》散文稿。

一七八〇年　三十一岁　《杜克华多·达梭》起稿。

一七八一年　三十二岁　钻研矿物学与解剖学等。完成诗《女渔夫》。

一七八二年　三十三岁　五月，父亲逝世。六月，与贵族并列，就任内阁主席。研究地质学。完成诗作《魔王》等。

一七八四年　三十五岁　在解剖学的领域，发现人的"颚间骨"。热心研究史宾诺莎。发表论文《颚间骨论》《关于花岗岩》，完成诗《蜜妮昂之歌》等。

一七八六年　三十七岁　九月，赴意大利旅行，参观各地美术馆，接触古代艺术，被南国民族与自然感动。获得植物变态论的构想，也写了一些《浮士德》。

一七八七年　三十八岁　在米兰与玛达琳·丽兹恋爱。完成《伊菲格尼》及写了十年的悲剧《爱格蒙》。出版《歌德著作集》一至四卷。

一七八八年　三十九岁　六月，返回威玛，与史坦因夫人失和，在宫廷中受到孤立。七月，与人造花工厂女工克莉丝汀·乌比斯相识同居。出版《歌德著作集》第五卷。

一七八九年　四十岁　十二月，长子奥古斯都诞生（之后又生了四个孩子，但全都夭折）。完成《达梭》。出版《歌德著作集》第八卷。

一七九〇年　四十一岁　研究自然科学，发表论文《植物变态论》《试论动物的形态》。完成《罗马哀歌》《威尼斯短唱》。出版《歌德著作集》第六、七卷。

一七九一年　四十二岁　设立威玛宫廷剧院，就任剧院总监。完成喜剧《大科夫塔》。发表自然科学论文《对光学的建议》

一七九二年　四十三岁　八月，从军参加对法战争。九月，在佛尔米的炮击战中，普奥联军惨败。出版《新著作集》第一卷。

一七九三年　四十四岁　初春，开始着手写《威廉·迈斯特的修业时代》。五月到八月，参加迈因兹的包围战。完成叙事诗《狐狸赖纳克》。出版《新著作集》第二卷。

一七九四年　四十五岁　七月，参加伊耶纳的自然研讨会返家途中，与席勒辩论有关"原始植物"的问题，与席勒的友情时代从此开始。经由这个机缘，歌德的创作活动变得急遽活跃起来。

一七九五年　四十六岁　与席勒交往日深，在席勒主持的刊物《荷莲》连续发表作品。完成诗《无风》《幸福的航海》《竖琴之歌》《菲里尼之歌》等。

一七九六年　四十七岁　专心执笔《克塞尼恩》。六月，完成《威廉·迈斯特的修业时代》。

一七九七年　四十八岁　完成叙事诗《赫尔曼与杜罗特》，以及诗作《柯林特的新娘》《魔法师的徒第》等。《浮士德》第二部起稿。

一八〇一年　五十二岁　一月，感染颜面丹毒，一时病情危笃。

一八〇三年　五十四岁　完成去年开始写的剧作《庶出的女儿》。

一八〇五年　五十六岁　一月起，罹患肾脏疝痛。五月九日，席勒永眠。完成诗《给席勒〈镜子之歌〉的终曲》。发表论文《维克曼及其世纪》。

一八〇六年　　五十七岁　　春天，完成《浮士德》第一部。与克莉丝汀正式结婚。开始出版柯塔版《歌德全集》。

　　一八〇七年　　五十八岁　　五月，开始着手写《威廉·迈斯特的遍历时代》。

　　一八〇八年　　五十九岁　　十月，在艾夫特谒见拿破仑。完成小说《亲和力》初稿和节日庆祝剧《潘朵拉》。

　　一八〇九年　　六十岁　　十月，《亲和力》完稿。专心写《色彩论》。

　　一八一〇年　　六十一岁　　完成耗费二十年的研究大作《色彩论》。开始执笔《我的一生——诗与真实》，完成第一部，第二部于一八一二年完成。

　　一八一三年　　六十四岁　　三月，独立战争爆发。威玛周边情势紧张。十月，拿破仑败于莱比锡战役。执笔《意大利之旅》和《诗与真实》第三部。

　　一八一六年　　六十七岁　　六月，妻子克莉丝汀逝世。出版《意大利之旅》第一部。

　　一八一七年　　六十八岁　　研究印度文学，出版《意大利之旅》第二部。

　　一八一九年　　七十岁　　六年前开始写的东方式诗篇，以《西东诗集》的题名结集出版。

　　一八二三年　　七十四岁　　七月，向去年认识的马伦巴十八岁少女乌丽克求婚被拒。受影响，写成《马伦巴哀歌》。

　　一八二五年　　七十六岁　　再度执笔中断了约二十年的《浮士德》第二部。

　　一八二九年　　八十岁　　一月，完成《威廉·迈斯特的遍历时代》。总结去年开始出版的《席勒、歌德往返书简集》共六卷。出版《意大利之旅》第三部。完成诗《遗言》等。

　　一八三〇年　　八十一岁　　十月，儿子奥古斯都客死罗马。十一月，咯血。

　　一八三一年　　八十二岁　　一月，确认遗嘱。七月二十二日，《浮士德》第二部脱稿，耗费六十年岁月的大作《浮士德》至此完成。《诗与真实》第四部脱稿。

　　一八三二年　　八十三岁　　三月十四日，最后一次散步。三月十六日，卧病。三月二十二日上午十一点三十分，永眠。歌德的两个孙子都没有子嗣，因此一八八五年歌德唯一活下来的孙子瓦德尔·冯·歌德也去世，歌德嫡传的烟火就断绝了。

图书在版编目（CIP）数据

浮士德：插图本 / (德) 歌德著；周学普译.—杭州：
浙江大学出版社，2020.12
ISBN 978-7-308-20594-8

Ⅰ.①浮… Ⅱ.①歌…②周… Ⅲ.①诗剧－剧本－德国－近代
Ⅳ.①I516.34

中国版本图书馆CIP数据核字(2020)第174900号

本书中文简体字译稿版权由志文出版社有限公司授权出版发行

浮士德：插图本

［德］歌德　著　周学普　译

责任编辑	王志毅
文字编辑	田　千
责任校对	董齐琪
装帧设计	宽　堂
出版发行	浙江大学出版社
	（杭州天目山路148号　邮政编码310007）
	（网址：http:// www.zjupress.com）
排　　版	北京楠竹文化发展有限公司
印　　刷	河北华商印刷有限公司
开　　本	787mm×1092mm　1/16
印　　张	48
字　　数	708千
版 印 次	2020年12月第1版 2020年12月第1次印刷
书　　号	ISBN 978-7-308-20594-8
定　　价	258.00元